Love You

labutxaca

www.labutxaca.cat
info@labutxaca.cat

Estelle Maskame

Love You

Traducció d'Esther Roig

Fanbooks
Barcelona

Títol original: *Did I Mention I Love You*

La primera edició en català d'aquesta obra es va publicar
a Fanbooks l'any 2015

Primera edició en aquest segell: gener del 2018

Fotocomposició: Moelmo, s.c.p.
Impressió: CPI (Barcelona)
DIPÒSIT LEGAL: B. 25.287-2017
ISBN: 978-84-17031-47-3

Als meus lectors des del començament,
perquè aquest llibre no és meu, és seu.

1

SI LES PEL·LÍCULES I ELS LLIBRES m'han ensenyat alguna cosa, és que Los Angeles és la ciutat més maca amb les persones més maques i les platges més maques. I per això, com totes les noies d'aquest món, somiava anar algun dia al Golden State. Volia córrer per la sorra de Venice Beach, posar les mans sobre les estrelles de les meves celebritats preferides al Passeig de la Fama, situar-me darrere el rètol de Hollywood i contemplar aquella preciosa ciutat des de dalt.

Això, i totes les altres coses penoses que han de fer els turistes.

Amb un auricular a l'orella, l'atenció dividida entre la música que sento i la cinta transportadora que avança davant meu, intento trobar un espai per instal·lar-m'hi i pescar el meu equipatge. Mentre tothom empeny i xerra alt amb els companys, l'un cridant que acaba de passar la seva maleta i l'altre que no, que aquella no és la seva, sospiro i em concentro en una de color caqui que s'acosta. Sé que és la meva perquè té la lletra d'una cançó gargotejada en un cantó, així que agafo el mànec i l'estiro tan de pressa com puc.

—Ei, aquí! —crida una veu coneguda.

La veu sorprenentment greu del meu pare m'arriba mig apagada per la música, però per alta que la tingués segurament el sentiria a un quilòmetre. La seva veu és massa dolorosament irritant per ignorar-la.

Quan la mare em va dir que el pare li havia demanat que jo passés l'estiu amb ell, a totes dues ens va agafar un atac de riure de tan absurd que ens va semblar.

—No cal que hi vagis —em recordava la mare cada dia.

Tres anys sense dir res i, de cop, volia que passés tot l'estiu amb ell? El que hauria pogut fer era començar a trucar de tant en tant, preguntar-me com estava, tornar a poc a poc a la meva vida; però no, va decidir llançar-se de cap i demanar-me que passés vuit setmanes amb ell. A la mare no li feia cap gràcia. No creia que es mereixés tenir-me vuit setmanes. Deia que mai faria prou per compensar el temps que havia perdut amb mi. Però el pare no va parar d'insistir, intentant convence'm amb desesperació que m'encantaria el sud de Califòrnia. No sé per què un dia va decidir, sense més ni més, tornar a posar-se en contacte amb nosaltres. ¿Esperava poder reparar la relació amb mi que havia trencat el dia que es va aixecar i va marxar? Jo dubtava molt que fos possible, però un dia em vaig rendir i vaig trucar-li per dir-li que hi volia anar. Tanmateix, la meva decisió no tenia gaire a veure amb ell. Tenia més a veure amb dies calorosos d'estiu i platges meravelloses i la possibilitat d'enamorar-me d'un model de les botigues d'Abercrombie & Fitch, morenos i amb uns bons abdominals. A més a més, tenia les meves raons per voler allunyar-me mil cinc-cents quilòmetres de Portland.

O sigui que no estic gaire il·lusionada per veure la persona que ve cap a mi.

En tres anys poden canviar moltes coses. Fa tres anys, era set centímetres més baixeta. Fa tres anys, el meu pare no tenia cabells blancs tan evidents. Fa tres anys, tot plegat no hauria estat incòmode.

Intento somriure com puc, somriure per no haver d'explicar per què tinc els llavis permanentment premuts. Sempre és més fàcil somriure.

—Mira la meva nena! —diu el pare, obrint molt els ulls i fent cara d'incredulitat perquè ja no sóc com quan tenia tretze anys.

Ah, quina sorpresa, oi?, que les noies de setze anys no semblin les mateixes que al primer any d'institut.

—Sip —faig, traient-me l'auricular. Sento la música, fluixa, vibrant als dits.

—T'he enyorat molt, Eden —diu, com si m'hagués d'emocionar molt saber que el meu pare, que ens va abandonar, m'enyora, i m'hagués de llançar als seus braços i perdonar-lo allà mateix. Però les coses no van així. No hauries d'esperar que et perdonin: t'ho hauries de guanyar.

Però, per altra banda, si he de viure amb ell vuit setmanes, val més que intenti aparcar la meva hostilitat.

—Jo també a tu.

El pare em somriu i se li enfonsen els clotets a les galtes com un talp en la terra.

—Dóna'm la maleta —diu, i l'agafa i l'arrossega.

El segueixo fora del LAX. Estic atenta per si em passa pel costat alguna estrella de cinema o una model, però no en veig cap abans que sortim.

A l'aparcament la calor em cau a sobre, el sol em fa pessigolles a la pell i la brisa suau em fa voleiar els cabells. El cel està força serè, a banda d'alguns núvols inoportuns.

—Em pensava que faria més calor —comento, empipada perquè Califòrnia no està completament lliure de vent, núvols i pluja com m'han fet creure els tòpics.

No se m'havia acudit que l'avorrida ciutat de Portland pogués ser més calorosa a l'estiu que Los Angeles. Quina desil·lusió! Ara me'n tornaria a casa per penós que sigui Oregon.

—Doncs fa força calor —diu el pare, arronsant les espatlles, com disculpant-se pel temps.

Quan el miro de reüll, veig com es desespera buscant alguna cosa per dir. No hi ha res de què parlar que no sigui d'alguna cosa relacionada amb la incòmoda realitat de la situació.

Deixa la maleta al costat d'un Lexus negre i jo miro poc convençuda la llustrosa pintura. Abans del divorci, ell i la mare compartien un Volvo ronyós que s'espatllava cada quatre setmanes. Amb sort. O bé el paguen molt bé a la feina que té ara o abans havia decidit no gastar els diners amb nosaltres. Potser pensava que era malgastar-los.

—Està obert —diu, fent un cop de cap en direcció al cotxe mentre obre el maleter i hi deixa el meu equipatge.

Vaig cap al costat dret del cotxe i em trec la motxilla, obro la porta i hi pujo. La pell del seient em crema les cuixes. Espero en silenci que el pare s'assegui rere el volant.

—Ha anat bé el vol? —pregunta, intentant començar una conversa mentre engega el motor i surt d'on ha aparcat marxa enrere.

—Sí, ha estat bé.

Agafo el cinturó i me'l cordo, mirant inexpressivament pel vidre amb la motxilla ben agafada a la falda. El sol m'encega, així que obro una butxaca de la motxilla, trec les ulleres de sol i me les poso. Sospiro.

Gairebé sento que el pare s'empassa la saliva quan respira fondo abans de fer la pregunta.

—Com està la teva mare?

—Molt bé —dic, potser amb massa entusiasme, perquè vull deixar clar que està la mar de bé sense ell. Tampoc és del tot veritat. Està bé. Ni molt bé, ni molt malament. S'ha passat els últims anys intentant convence's que el divorci és una experiència de la qual pot aprendre alguna cosa. Vol creure que ha rebut un missatge positiu o que l'ha omplert de saviesa, però francament l'únic que ha fet és fer-li odiar els homes.— Més bé que mai.

El pare assenteix i, agafant fort el volant, sortim de l'aeroport i entrem en un bulevard. Hi ha molts carrils, tots plens de cotxes; el trànsit és dens, però fluid. Aquí el paisatge és obert. Els edificis no són gratacels altíssims l'un al costat de l'altre, com a Nova York, ni fileres d'arbres com a casa meva, a Portland. L'única cosa satisfactòria que descobreixo és que les palmeres realment existeixen. Sempre havia tingut el dubte que no fossin un mite.

Passem per sota d'una sèrie d'indicadors, un a sobre de cada carril, que dirigeixen cap a les ciutats i els barris propers. A la velocitat en què anem, les paraules es veuen borroses. S'està formant un nou silenci i el pare ràpidament s'escura el coll i fa un altre intent d'iniciar una conversa amb mi.

—Santa Monica t'encantarà —diu, somrient molt breument—. És una ciutat preciosa.

—Sí, me n'he informat —dic, repenjant el braç a la finestra i contemplant el bulevard. De moment, Los Angeles no és tan glamurós com a les fotos que he vist per internet.— És aquella que té allò al moll, oi?

—Sí, el Pacific Park. —Un raig de sol fa brillar l'aliança d'or que el meu pare porta al dit de la mà que agafa el volant. Gemego. Se n'adona.— L'Ella es mor de ganes de coneixe't —diu.

—Jo també a ella —dic, però és mentida.

L'Ella, segons em va informar fa poc el meu pare, és la seva dona. Una substituta per a la meva mare: una cosa nova, una cosa millor. I això és una cosa que no entenc. Què té aquesta Ella que no tingui la meva mare? Una tècnica millor per rentar els plats? Fa el pastís de carn més bo?

—Espero que us avingueu —diu el pare després

d'un moment de silenci sufocant. Es passa al carril més ràpid.— M'agradaria molt que anés tot bé.

El pare té moltes ganes que això vagi bé, però jo no estic tan entusiasmada amb la idea d'un model de família reconstituïda. Pensar que tinc una madrastra no em fa cap gràcia. Vull una família nuclear, una família de capsa de cereals, composta per la meva mare, el meu pare i jo. No m'agraden les modificacions. No m'agraden els canvis.

—Quants fills em vas dir que tenia? —pregunto, en un to despectiu. No tan sols m'ha caigut una madrastra encantadora, també tinc la sort de tenir germanastres.

—Tres —diu el pare. S'està irritant amb la meva actitud evidentment negativa.— En Tyler, en Jamie i en Chase.

—D'acord —dic—. Quants anys tenen?

Parla tot mirant un senyal de trànsit a pocs metres davant nostre. Redueix la velocitat.

—En Tyler n'acaba de fer disset, en Jamie en té catorze i en Chase... en Chase en té onze. Intenta avenir-t'hi, reina. —Em mira de cua d'ull, suplicant amb els seus ulls de color avellana.

—Oh —repeteixo. Fins ara em pensava que em trobaria un parell de marrecs que amb prou feines parlarien.— D'acord.

Mitja hora després anem per una carretera tortuosa que sembla passar pels afores de la ciutat. Hi ha arbres alts a banda i banda, amb uns troncs gruixuts i unes branques retorçades que ataquen la calor fent ombra. Totes les cases són més grans que la nostra, i totes són diferents de disseny. No hi ha dues cases iguals, ni de forma, ni de color, ni de dimensions. El pare atura el Lexus davant d'una de pedra blanca.

—Vius aquí? —L'avinguda Deidre sembla massa normal, com si fos un carrer de Carolina del Nord. Los Angeles no hauria de ser normal. Representa que ha de ser enlluernadora, com d'un altre món, i totalment surrealista, però no ho és.

El pare assenteix, apaga el motor i aixeca el para-sol.

—Veus aquella finestra? —Assenyala una finestra del segon pis, la del mig.

—Sí.

—És la teva habitació.

—Ah —dic. No m'esperava tenir una habitació per a les vuit setmanes que passaré aquí. Però sembla una casa molt gran, o sigui que hi deu haver habitacions de sobres. M'alegro de no haver de dormir en un matalàs inflable al mig de la sala.— Gràcies, pare.

Quan intento sortir, m'adono que portar pantalons curts té pros i contres. Pro: tinc la part de dalt de les cames prou fresca malgrat la calor. Contra: se m'han enganxat les cuixes al Lexus del pare. I per això em costa un minut ben bo sortir del cotxe.

El pare va darrere, al portaequipatge, agafa la meva maleta i la deixa a terra.

—Entrem —diu, tot estirant el mànec de la maleta per arrossegar-la.

Segueixo el meu pare pel camí de pedra fins a la porta principal, de caoba i amb vidres, tal com han de ser les portes de les cases dels rics. Mentrestant, jo em miro les Converse i m'entretinc contemplant la meva lletra que decora la goma blanca. Com a la meva maleta, hi ha lletres de cançons escrites amb retolador negre. Mirar-les em calma una mica; lleugerament, fins que arribem a la porta.

La casa en si —malgrat ser un símbol repulsiu de consumisme— és molt maca. En comparació amb la casa on m'he despertat aquest matí, podria ser un hotel de cinc estrelles. Al camí de l'entrada hi ha un Range Rover blanc aparcat. «Déu n'hi do!», penso.

—Estàs nerviosa? —pregunta el pare, dubtant davant de la porta. Em somriu perquè em tranquil·litzi.

—Una mica —reconec.

He intentat no pensar en la quantitat de coses que poden anar malament, però per dins tinc por. I si no em suporten?

—No n'has d'estar. —Obre la porta i entrem, amb la maleta darrere que rasca el terra de fusta amb les rodes.

Al rebedor ens assalta immediatament una olor carregosa d'espígol. Davant meu hi ha una escala que porta al pis i una porta a la dreta que, pel que veig per l'obertura, deu donar a la sala. Enfront hi ha una arcada que dóna a la cuina: una cuina de la qual surt una dona que ve cap a mi.

—Eden! —crida la dona. M'agafa i m'abraça, una mica impedida pel seu pit exagerat, i després s'aparta per mirar-me. Li torno la mirada. És rossa i esvelta. Per alguna raó absurda m'esperava que s'assemblés a la meva mare. Però es veu que els gustos del meu pare pel que fa a les dones, com en la manera de viure, han canviat.— Quina alegria coneixe't, finalment!

Faig un passet enrere, esforçant-me per no fer cara d'exasperació o una ganyota. Segur que el pare em portaria de dret a l'aeroport si fes una demostració així de falta de respecte.

—Hola —dic.

—Oh, tens els ulls d'en Dave! —diu ella, que segurament és el pitjor que em pot dir algú, tenint en compte que preferiria tenir els ulls de la mare.

No va ser ella la que va marxar.

—Els meus són més foscos —murmuro amb desdeny.

L'Ella no hi insisteix i porta la conversa cap a una direcció completament diferent.

—Els has de conèixer a tots. Jamie, Chase, baixeu! —crida de cara a l'escala abans de tornar-me a mirar—. T'ha parlat en Dave de la festeta que farem aquesta nit?

—Una festeta? —repeteixo. No tenia les festes a la meva llista de Coses a Fer a Califòrnia. I encara menys quan els convidats són tots desconeguts.— Pare? —El miro de gairell, fent un esforç per no llançar-li una mirada assassina, i arquejo les celles.

—Farem una barbacoa amb els veïns —explica—. No hi ha millor manera de celebrar l'estiu que amb una bona barbacoa.

Tant de bo callés. Francament, ni m'agraden els grups grans de gent ni les barbacoes.

—Mira que bé —dic.

Se senten passos forts i dos nois baixen trotant l'escala, saltant els graons de dos en dos i fent ressonar la fusta.

—Aquesta és l'Eden? —diu el més gran dels dos en veu baixa a l'Ella, però el sento igualment.

Deu ser en Jamie. El petit amb els ulls més grossos deu ser en Chase.

—Hola —dic. Aixeco els llavis en un somriure. Pel que recordo de la conversa al cotxe, en Jamie té catorze anys. Malgrat tenir dos anys menys, és tan alt com jo.— Com va?

—Anar fent —diu en Jamie. És obvi que és fill de l'Ella. Els ulls blau clar i els cabells rossos llisos deixen clara la relació.— Vols prendre alguna cosa?

—No, gràcies —dic. Per la postura dreta i el seu intent de ser educat, es veu que és madur per a la seva edat. Potser encara ens entendrem.

—Chase, no penses saludar l'Eden? —incita l'Ella.

En Chase sembla molt reservat. També ha heretat els gens impol·luts de l'Ella.

—Hola —murmura, sense mirar-me als ulls—. Mare, que puc anar a casa d'en Matt?

—Sí, i tant, fill, però torna abans de les set —diu l'Ella. Em pregunto si deu ser la mena de mare que et castiga per deixar caure molles a la catifa de la sala o de la mena que tant li fa si desapareixes dos dies.— Recorda que fem la barbacoa.

En Chase fa que sí i passa pel meu costat, obre la porta i la torna a tancar ràpidament sense dir ni adéu.

—Vols que li ensenyi la casa, mare? —pregunta en Jamie, quan el petit se n'ha anat.

—M'agradaria —responc jo en comptes d'ella.

Segur que la companyia d'en Jamie serà millor que

la del meu pare o la de l'Ella o la de tots dos alhora. No sé per què hauria d'estar amb persones amb qui no tinc gens de ganes d'estar. Així que, de moment, em conformaré amb els meus germanastres nous i meravellosos. Segur que ells ho troben tot tan estrambòtic com jo.

—Em sembla molt bé, Jay —diu l'Ella. Sembla contenta de no haver d'ensenyar-me on és el lavabo.—Acompanya-la a la seva habitació.

El pare em fa un cop sec de cap i somriu.

—Serem a la cuina, si necessites res.

Intento no fer una rialleta sarcàstica i en Jamie m'agafa la maleta i l'estira escala amunt. Ara mateix, l'únic que necessito són unes cames bronzejades i aire fresc i segur que no ho tindré si em quedo a casa amb el meu pare.

Quan em giro per seguir en Jamie, sento el meu pare.

—On és en Tyler? —murmura.

—No ho sé —diu l'Ella.

Les seves veus es perden a mesura que ens allunyem, però encara sento el que li contesta el pare.

—O sigui que l'has deixat marxar?

—Sí —diu l'Ella, abans que i ja no se senti res més.

—Tens l'habitació de davant de la meva —diu en Jamie quan arribem al replà—. És la més maca. La que té millor vista.

—Em sap greu. —Ric una mica i intento somriure tota l'estona mentre em guia cap a una de les cinc portes. Però no puc evitar mirar enrere cap al passadís de baix, i em fixo en els cabells rossos a l'esquena de l'Ella, que travessa l'arcada de la cuina.

M'imagino que és de la mena que tant li fa que desapareguis.

2

SI HAGUÉS DE DESCRIURE la meva nova habitació per a l'estiu només amb una paraula triaria «bàsica». No en cal cap altra per a un llit posat contra una paret de color clar i una calaixera senzilla. I res més. A sobre, hi fa una calor increïble.

—M'agrada la vista —dic a en Jamie, malgrat que no sóc a prop de la finestra per veure quina vista hi ha.

En Jamie riu.

—El teu pare ha dit que te la podies fer al teu gust.

Camino per aquesta habitació meva, trepitjant la catifa beix i mirant a dins dels armaris de paret. Les portes corredisses tenen miralls. Molt més macos que el meu armariet de casa. I també té un lavabo. Fico el cap per la porta, alçant les celles amb satisfacció. Sembla que la dutxa no s'hagi fet servir mai.

—T'agrada? —pregunta el pare des de darrere. Em giro en sentir la seva veu i em saluda amb un somriure. No sé quan ha entrat a l'habitació.— Fa molta calor, perdona, engegaré l'aire condicionat. Tardarà uns cinc minuts.

—Tranquil —dic—. Sí que m'agrada.

És gairebé el doble de gran que la de Portland, i, per això, malgrat que sigui tan bàsica, és impossible que no m'agradi.

—Tens gana? —Sembla que el pare només sàpiga fer preguntes.— Tota la tarda de viatge, et deus morir de gana. Què et ve de gust?

—No cal —dic—. Crec que sortiré a córrer. A estirar les cames. —No vull trencar la meva rutina de córrer cada dia, i fer un volt ràpid sembla una bona manera de conèixer el barri.

Veig el dubte a la cara una mica més vella del pare. Primer arrufa les celles, però després sospira com si li hagués demanat que em comprés maria.

—Pare —dic amb fermesa. Moc el cap cap a un costat i m'obligo a riure sense hostilitat, encara que sigui una rialla falsa.— Tinc setze anys; puc sortir sola. Només vull fer un volt.

—Però que t'hi acompanyi en Jamie —proposa. El noi aixeca les celles encuriosit. O sorprès, no ho sé segur.— Jamie —diu el pare—, oi que t'agrada córrer? Pots anar amb l'Eden i així segur que no es perdrà?

En Jamie em mira i em fa un somriure còmplice, de disculpa.

—I tant. De seguida aniré a canviar-me.

Suposo que comprèn la creu que és tenir pares massa protectors que et tracten com si tinguessis cinc anys.

O sigui que, comptat i debatut, he començat bé a

Santa Monica. Només és el primer dia i la tensió entre el pare i jo ja és gairebé insuportable. El primer dia i ja estic obligada a assistir a una barbacoa amb una multitud de desconeguts. El primer dia i ja m'han d'acompanyar per sortir a córrer una estona.

El primer dia i ja em penedeixo d'haver vingut.

—No aneu gaire lluny —diu el pare, i surt de l'habitació sense tancar la porta, tot i que crido per demanar que la tanqui.

En Jamie va cap a la porta i posa una mà al marc.

—Vols que hi anem ara? —pregunta.

Arronso les espatlles.

—Si a tu et va bé...

Assenteix ràpidament i surt de l'habitació. Ell sí que tanca la porta.

Prefereixo no quedar-me gaire temps a dins, sobretot perquè l'aire condicionat no sembla que funcioni, de manera que poso la maleta sobre el matalàs tou i l'obro. Estic contenta de veure que les meves coses —des del portàtil fins a la meva roba interior preferida— han arribat bé i estan intactes. Normalment la maleta m'arriba amb la meitat de les coses per fora perquè el mànec tendeix a desmuntar-se. Així que remeno per dins de la maleta, de cop sorprenentment resistent, fins al fons, perquè l'equip de córrer és el primer que hi he posat.

Quan entro al luxós lavabo per rentar-me una mica i canviar-me, el mòbil vibra per avisar-me amablement que està a punt de quedar-se sense bateria. Recordo que l'Amelia m'ha demanat que li truqués quan aterréssim. Deixo els pantalons curts i els sostenidors d'esport al costat de la pica i m'assec a la rutilant tapa del vàter i encreuo les cames. Tinc la meva millor amiga en marcatge abreujat, de manera que m'hi connecto en qüestió de nanosegons.

—Ei, hola —contesta l'Amelia amb una veu ridícula que sona com una barreja de personatge de dibuixos animats i comentarista esportiu.

—Hola —dic, imitant el seu to. Primer ric, però després sospiro.— Aquest lloc és horrorós. Puc venir a passar l'estiu amb tu?

—Jo també vull que vinguis! Ja, és superestrany.

—Tan estrany com conèixer la teva madrastra?

—No tan estrany —diu l'Amelia—. Què t'ha semblat? No és com la madrastra malvada de la Ventafocs, oi? I els teus germanastres? Ja t'han fet fer de cangur?

Brando el cap encara que no em pugui veure. Si sabés que és precisament el contrari...

—De fet, no són petits.

—Ah?

—Són... no ho sé, adolescents.

—Adolescents? —repeteix.

Abans de marxar em vaig passar dues setmanes rondinant per la por que em feia conèixer els meus germanastres, perquè no tolero gaire els nens de menys de sis anys. I resulta que són molt més grans que això.

—Sí —dic—. Estan bé. Un és una mica tímid, però és el més petit, i ho entenc. L'altre és una mica més gran i crec que ens entendrem. No ho sé. Es diu Jamie.

—Em pensava que tenies tres germans —diu l'Amelia—. Em vas dir que en tenies tres.

—Sí, però és que el tercer encara no l'he conegut —explico. Fins ara, de fet, havia oblidat que tenia tres nous germanastres per jutjar-me i no tan sols dos.— Segurament el coneixeré més tard. Ara sortiré a córrer amb en Jamie.

—Eden —diu l'Amelia, amb la veu severa però amable—. Acabes d'arribar. Calma't. Tot anirà bé.

—No. —M'aguanto el mòbil a l'orella amb l'espatlla i m'inclino per treure'm les sabates.— Han dit alguna cosa més de mi? —pregunto a poc a poc, malgrat que preferiria no saber-ho. Però sempre hi ha aquell interès, aquella curiositat que et corseca, i la incapacitat de gestionar-la. I sempre em rendeixo.

La línia irradia silenci.

—Eden, no hi pensis.

—Això vol dir que sí —afirmo, gairebé per a mi mateixa. És gairebé un murmuri, tan baix que no crec que l'Amelia m'hagi sentit. El mòbil torna a vibrar.— Ostres, mira, estic a punt de quedar-me sense bateria. Aquesta nit em toca anar a un rotllo de barbacoa. Si no es pot aguantar, t'enviaré missatges tota l'estona perquè sàpiguen que tinc amics.

L'Amelia riu i me la imagino fent aquella cara d'exasperació que fa sempre.

—Sí, senyora. Vés-me'n informant.

El mòbil em deixa penjada abans que pugui dir-li adéu, o sigui que el deixo sobre la pica i agafo la roba. Córrer va molt bé per esbargir-se i esbargir-me és exactament el que vull fer ara. Em poso la roba de córrer en un moment —ho faig tan sovint que ho podria fer dormint— i baixo i entro a la cuina per primera vegada. Em reben els taulells negres brillants i les portes d'armari blanques brillants i més rajoles negres brillants al terra. Tot brilla, brilla molt.

—Uau —dic. Miro l'ampolla d'aigua que tinc a la mà i després l'aigüera impol·luta sota la finestra. Em fa por fer-la servir.

—T'agrada? —pregunta el pare, i llavors m'adono que també és a la cuina.

Té el costum d'aparèixer del no-res com si em seguís pertot arreu.

—La van instal·lar ahir o què?

Riu per sota el nas, branda el cap i va a l'aigüera a obrir l'aixeta.

—Té. En Jamie t'espera a fora. Està fent estiraments.

Dono la volta al taulell per omplir l'ampolla fins que vessa, li poso el tap i surto cames ajudeu-me de la cuina abans que el pare tingui temps de dir-me res més. No sé pas com sobreviuré vuit setmanes amb ell.

En Jamie corre amunt i avall per la vorera quan finalment surto. Para i somriu.

—M'estava escalfant.

—M'hi puc apuntar? —Fa que sí amb el cap i després de fer un glop ràpid d'aigua em poso al seu costat i correm a poc a poc per la gespa unes quantes vegades. I llavors ens posem a córrer pel bonic barri a una velocitat còmoda.

És la primera vegada en molt de temps que corro sense la companyia de la música, però només perquè em sembla que seria de mala educació aïllar-me completament d'en Jamie. Parlem de tant en tant i alguna vegada diem «baixem una mica el ritme» i prou. Però tant me fa. El sol és intens, gairebé com si els seus raigs s'haguessin fet més forts des de fa una hora, els carrers són realment bonics, i els residents passegen gossos o empenyen cotxets. Potser sí que m'acabaré enamorant d'aquesta ciutat.

—Odies el teu pare? —pregunta en Jamie sense més ni més quan ja anem de tornada cap a casa, i em ve tant de nou que gairebé ensopego.

—Què? —És l'única resposta que em surt dels llavis. M'assereno una mica i fixo la mirada en la vorera, davant meu.— És complicat.

—Em cau bé —diu, o més aviat panteixa, en Jamie. Em sorprèn que aguanti el meu ritme.

—Ah.

—Sí, però sembla que hi hagi tensió entre vosaltres dos.

—Sí —dic, mossegant-me el llavi mentre intento pensar una manera de canviar de tema—. Ei, que maca que és aquella casa.

En Jamie no em fa cas.

—Per què hi ha tensió?

—Perquè és un imbècil —responc finalment—. És veritat: el meu pare és imbècil. —És imbècil per haver marxat. És imbècil per no haver trucat. És imbècil perquè és imbècil.

—T'entenc.

La nostra conversa s'acaba aquí i tornem a la casa i fem estiraments a la gespa abans d'anar a dutxar-nos. El pare no es descuida de recordar-nos que tenim la barbacoa d'aquí a dues hores. En Jamie i jo ens separem i entrem cadascú a la seva habitació.

Em sento suada i bruta i, després de posar el mòbil a carregar, el primer que faig és ficar-me a la dutxa rutilant. L'aigua és una sensació estupenda i m'hi quedo mitja hora a sota, la major part de l'estona asseguda i cremant-me amb el vapor. A casa les dutxes no són mai tan bones.

L'hora i mitja que em queda la dedico a arreglar-me. Si pogués, baixaria al pati amb xandall. Però no crec que a l'Ella li agradés o sigui que busco a la maleta i trec uns pantalons arrapats i un blazer. Elegant però informal. M'ho sembla.

Em vesteixo, m'eixugo els cabells, em faig ondes grosses i després em maquillo una mica. M'estic ruixant amb un esprai corporal quan inspiro una bafarada de... sí, barbacoa. Deuen ser gairebé les set.

Baixo, seguint les aromes cap a la cuina. Les dues portes que donen al pati estan obertes i veig que la festa ja està en marxa. Això vol dir, doncs, que són més de les set. Hi ha la música que surt d'uns altaveus instal·lats no sé on, grups d'adults que xerren al jardí, i tot allò que fa tan pesades les reunions socials. Veig que en Chase és a la piscina amb nens de la seva edat. Veig que el pare gira hamburgueses a la barbacoa en un racó alhora que intenta fer uns passos de ball dels vuitanta. Fa pena de veure.

—Eden! —crida algú. Quan em giro, m'irrita veure que és l'Ella.— Vine!

Potser si fingeixo que tinc un ictus em deixaran tornar a l'habitació o, millor encara, a casa.

—Perdona que faci tard. No he mirat l'hora.

—No, no, tranquil·la —diu l'Ella. Es posa les ulleres de sol al cap per entrar a la casa i estirar-me cap a fora.— Espero que tinguis gana.

—Doncs, la veritat és que...

—Aquests són els nostres veïns de davant —interromp, fent un cop de cap en direcció a una parella de mitjana edat dreta davant nostre—. La Dawn i en Philip.

—M'alegro de coneixe't, Eden —diu la Dawn.

És evident que el meu pare o l'Ella o tots dos han comunicat a tothom que sóc aquí. En Philip em fa un petit somriure.

—Jo també —contesto.

No sé ben bé què més dir. Expliqueu-me la vostra vida? Quins plans de futur teniu, Dawn i Philip? Així que somric.

—La nostra filla arribarà de seguida —continua la Dawn, cosa que em posa nerviosa immediatament—. Et farà companyia.

—Ah, que bé —dic. Desvio els ulls de la parella. Fer amistat amb noies no és el meu fort. Les noies em fan por. I conèixer noies noves és pitjor encara.— M'he alegrat de coneixe-us —dic amb un somriure de comiat.

Fujo d'ells i de l'Ella, esperant evitar més presentacions incòmodes. Em funciona durant els primers quaranta minuts. Em quedo prop de la tanca i faig una ganyota intentant no sentir la porqueria de música que sona pels altaveus a l'altra punta del jardí. Em fa vergonya fins i tot ser aquí. Almenys quan el menjar està a punt i tothom es posa a endrapar, el soroll de les seves veus ofega una mica l'horrorosa música pop. Rosego el panet de la meva hamburguesa uns minuts i acabo llençant el plat sencer a la brossa. I quan ja em pensava que havia evitat amb èxit l'Ella per a tota la nit, decideix arrossegar-me per presentar-me tota persona, parella o família com la seva fillastra.

—Ja ha arribat la Rachael! —diu mentre em porta cap a una altra tongada de veïns.

—La Rachael? —repeteixo.

Si és algú que ja m'ha presentat, no me'n recordo. M'han donat tants noms nous per aprendre al llarg d'una hora que he començat a bloquejar-los tots.

—La filla de la Dawn i en Philip —informa l'Ella. Fa un cop de cap per sobre la meva espatlla i abans que em pugui girar es posa a cridar.— Rachael! Vine!

Uf. Respiro fondo, em convenço que serà simpàtica i bona noia i em plantifico el somriure més fals que puc a la cara. La noia ve i se'm posa al davant.

—Ah, oh, ei —balbucejo.

L'Ella ens somriu encantada.

—Eden, et presento la Rachael.

La Rachael també somriu i acabem semblant un trio d'assassines en sèrie.

—Hola! —Fa un somriure incòmode a l'Ella.

L'Ella copsa el missatge.

—Us deixo soles.

Riu i se'n va a tenir més converses avorrides amb persones avorrides.

—Que pesats que arriben a ser els pares —diu la Rachael. Només per això ja m'agrada immediatament.— Has estat aquí tota l'estona?

Tant de bo pogués dir que no.

—Desgraciadament, sí.

Té els cabells llargs, rossos, d'un to que és evident que no és natural. Però ho deixo passar senzillament perquè encara no sembla que m'odiï.

—Visc a la casa del davant i segur que no coneixes ningú, o sigui que, si vols, podem sortir juntes. T'ho dic de debò, passa quan vulguis.

Em sorprèn la proposta i alhora li estic agraïda. És impossible que m'estigui les vuit setmanes tancada a casa amb el pare i la seva nova família.

—Sí, m'agrada... —Em quedo a la meitat perquè alguna cosa que passa al davant em crida l'atenció.

Gairebé veig el carrer a través dels buits a la tanca i miro amb més atenció. Sona música. Més aviat ressona. La sento per sobre de la porqueria que insisteixen a posar a la festa, i, quan un elegant cotxe blanc passa a tota velocitat i frega amb la vorera, faig una ganyota. La música s'acaba tan bon punt s'apaga el motor.

—Què mires? —pregunta la Rachael, però estic massa concentrada mirant per contestar.

La porta del cotxe s'obre bruscament i em sorprèn que no es desprengui de les frontisses. És difícil veure bé a través de la tanca, però un noi alt en baixa i tanca la porta de cop, amb tanta agressivitat com l'ha obert. Dubta un moment, mira cap a la casa, i després es passa una mà pels cabells. No sé qui és, però sembla superenfadat. Com si acabés de perdre els estalvis de tota la vida o se li hagués mort el gos. Llavors va directament cap a la porta.

—Qui és aquest idiota? —murmuro cap a la Rachael mentre el noi s'acosta.

Però abans que puguem dir res més, l'Idiota decideix obrir la porta amb el puny i crida l'atenció de tots els qui ens envolten. És com si volgués que tothom l'odiés. M'imagino que deu ser aquell veí que ningú no pot veure, i que només ha vingut en un rampell de ràbia perquè no l'han convidat a la barbacoa més penosa que s'hagi fet mai.

—Perdoneu, arribo tard —diu l'Idiota sarcàsticament. I fort també, amb un somriure irònic als llavis. Els ulls verds brillen com maragdes.— M'he perdut res a banda del sacrifici d'animals? —Assenyala la barbacoa amb l'infame dit del mig, o m'ho sembla.— Espero que us hagi agradat la vaca que us acabeu de cruspir. —I llavors riu. Riu com si la cara de fàstic de tothom fos la cosa més divertida que ha vist aquest any.

—Més cervesa? —sento que crida el meu pare a la silenciosa colla de convidats, i, mentre riuen i tornen a les seves converses, l'Idiota travessa la porta de casa que dóna al pati. La tanca amb tanta fúria que gairebé veig com tremola el vidre.

Estic estupefacta. No tinc ni idea del que ha passat ni qui era ni per què ha entrat a la casa. Quan m'adono que tinc la boca una mica oberta, la tanco i miro la Rachael.

Ella es mossega el llavi i es posa bé les ulleres de sol.

—Veig que encara no coneixies el teu germanastre.

3

NO SÉ BEN BÉ QUÈ ESPERAVA abans d'arribar a Los Angeles, però una cosa és segura: no esperava tenir un germanastre sonat.

—Aquest és el que faltava? —etzibo mentre els convidats del meu voltant ignoren el que acaba de passar.

Jo, en canvi, no em puc treure del cap l'estrafolària escena. Qui es pensa que és, aquest noi?

—Doncs, sí —diu la Rachael, i després riu—. Et compadeixo. I espero de tot cor que la teva habitació no sigui a prop de la seva.

—Per què?

De sobte, sembla atabalada, com si acabés de revelar el seu secret més íntim i fosc i fos la cosa més vergonyosa del món.

—És que pot ser molt pesat, però mira, no hauria d'haver dit res. No n'he de fer res. —Amb les galtes vermelles i un somriure murri als llavis, canvia de tema ràpidament.— Demà tens el dia ocupat?

Encara tinc al cap el que acaba de dir de la meva habitació.

—Sí... però què dic? No. Perdona, no sé per què he dit que sí. Uf.

«Com t'emboliques, Eden».

Per sort la Rachael no em pren per una idiota acabada, encara. Torna a riure.

—Vols que ens veiem? Podríem anar al passeig o una cosa així.

—Molt bé —dic.

Encara estic una mica distreta i una mica perplexa i una mica irritada per l'entrada grollera de l'Idiota. No podia entrar per la porta principal? Calia que digués alguna cosa?

—Hi ha unes botigues bestials! —continua la Rachael, apartant-se els cabells de les espatlles de tant en tant, i fregant-me la cara cada vegada. Al final para de balbucejar coses sobre el passeig i diu:— Tinc un munt de coses per fer o sigui que me'n vaig a casa. No em puc quedar més, ho sento. La mare volia que passés abans de tornar a casa i digués hola. O sigui que hola.

—Hola —dic.

Em diu que ens veurem demà i se'n va tan de pressa com ha vingut, i em deixa sola amb un grup d'adults mig engatats. I en Chase.

—Eden —diu tot acostant-se. Diu el meu nom tan a poc a poc i amb tant de compte que és com si l'estigués provant amb els llavis.— Eden —torna a dir, aquesta vegada més de pressa i amb més decisió—, on són els refrescos?

Els seus amics s'aproximen a poc a poc, amb els ulls innocents i ansiosos. «Sí, home, com que faig tanta por».

—Deuen ser a la taula —suggereixo—. Demana-ho a la teva mare.

—És a dins —diu en Chase. I llavors un dels seus amics li clava una empenta, rient com si fos la broma més divertida del món, i en Chase topa amb mi amb un espetec sord. S'aparta immediatament i és evident que està una mica avergonyit. Llavors m'adono que tinc la samarreta molla.— Perdona —balbuceja. Mira el got de plàstic buit que té a la mà. Tenia una mica de líquid fa un segon.

—Tranquil —dic. De fet, ja em va bé. Ara puc entrar a casa i fugir d'aquesta espantosa barbacoa per canviar-me la samarreta. M'escapo, doncs, i entro a la casa gairebé ballant d'alegria. Amb sort el pare haurà begut massa per notar-ho si decideixo no tornar a baixar aquesta nit. Em quedaré a la meva habitació superbàsica i trucaré a la meva mare o xatejaré amb l'Amelia o potser em trencaré les dues cames. Qualsevol d'aquestes coses és millor que quedar-me a fora tota sola.

Deixo anar un sospir d'esgotament —ha estat un dia cansat perquè sí— i vaig cap a l'escala. Però no he posat ni un peu al primer esglaó que sento uns crits explosius ressonant a les parets de la sala. I tinc massa curiositat, estic massa intrigada per plantejar-me d'ignorar-ho. I no ho ignoro. Vaig cap a l'escletxa de la porta mig oberta.

Amb el meu limitat camp de visió, veig que l'Ella

tanca els ulls i amaga la cara entre les mans i es frega les temples.

—Ni tan sols he fet tard —diu una veu masculina des d'algun lloc de l'altra punta de la sala. El to és aspre i immediatament m'adono que és la veu de l'Idiota.

—Has vingut dues hores tard! —crida l'Ella, i reculo instintivament quan veig que obre els ulls de cop. Em fa por que em vegi.

L'Idiota riu.

—De debò et pensaves que vindria a una barbacoa merdosa?

—Què et passa aquesta vegada, si es pot saber? Deixa't de barbacoes —diu l'Ella, i comença a caminar amunt i avall per la catifa de color crema—. Abans de baixar del cotxe ja t'estaves comportant com una criatura petita. Què et passa?

Li costa una mica respirar quan serra les dents i gira la cara.

—Res —diu, fent carrisquejar les dents.

—És evident que et passa alguna cosa. —El to de l'Ella és sever i reprensiu, que és molt diferent del to amable amb què m'ha parlat no fa ni un quart.— M'has humiliat davant de la meitat del veïnat!

—Ui, sí.

—No t'hauria d'haver deixat marxar —diu l'Ella, aquesta vegada més baix, com si estigués enfadada amb ella mateixa—. T'hauria d'haver fet quedar, però no, no ho he fet, perquè com sempre et volia deixar una mica de llibertat i tu, com sempre, te n'has aprofitat.

—Me n'hauria anat igualment —replica l'Idiota.

Entra en el meu camp de visió, bellugant el cap, i es riu despectivament de l'Ella. Està d'esquena i em dóna l'oportunitat de mirar-me'l, perquè abans ha passat tan de pressa que amb prou feines n'he retingut res.— Què faràs? Tornar-me a castigar? —Té una veu greu i ronca i els cabells gairebé negres. Els té esvalotats però ben tallats, i té les espatlles amples i és alt. Molt alt. És uns quants centímetres més alt que l'Ella.

—No hi ha qui t'aguanti —diu ella amb les dents serrades.

Però, mentre ho diu, els ulls se li desvien per sobre de l'espatlla d'ell un segon i fixa la seva mirada directament en mi.

Se'm talla la respiració i m'allunyo de la porta, desitjant amb totes les meves forces que no m'hagi vist, que només mirés cap a la porta i no cap a la persona amagada darrere. Però el meu desig es confirma com una esperança vana quan la porta s'obre de cop uns segons després, abans que tingui temps de fugir.

—Eden? —L'Ella surt al passadís. Em busca i em mira, quan ja sóc a mitja escala.

El meu patètic intent d'amagar-me ràpidament a dalt no ha sortit gaire bé.

—Mmm —dic. Si no tingués els braços paralitzats, ara mateix em taparia la cara amb la mà.

I llavors passa el pitjor que podria passar. L'Idiota treu el cap per la porta i surt al passadís i el veig de prop per primera vegada. Té els ulls de color maragda —massa brillants per considerar-los verds i prou i massa vibrants per considerar-los normals—, i se'm claven d'una manera que em provoca una esgarrifança a l'espinada. Torna a serrar les dents i el somriure despectiu se li esborra de la cara.

—Qui coi és aquesta? —exigeix, amb els ulls girats cap a l'Ella, mentre espera una explicació de la presència d'una adolescent desconeguda que sembla que faci aeròbic a la seva escala.

Percebo la vacil·lació en l'expressió de l'Ella mentre pondera com contestar. Afectuosament li agafa el braç.

—Tyler —diu—. És l'Eden. La filla d'en Dave.

L'Idiota —o, més formalment, en Tyler— riu.

—La filla d'en Dave?

M'incorporo una mica i em poso dreta del tot, però encara no em mira.

—Hola —dic.

Estic a punt d'oferir-li la mà, però llavors m'adono que seria una estupidesa i tanco els dits.

Finalment em mira. Em mira i prou. Em mira i em mira. Com si no hagués vist mai un altre ésser humà, perquè d'entrada sembla confós, i després empipat, i després perplex una altra vegada. Aquests ulls penetrants que m'examinen em fan sentir incòmoda, així que abaixo els meus cap a les seves botes marrons i els seus texans un segon. Quan el torno a mirar, s'empassa la saliva a poc a poc i mira l'Ella.

—La filla d'en Dave? —repeteix, aquesta vegada amb una veu més baixa, plena d'incredulitat.

L'Ella sospira.

—Sí, Tyler. Ja et vaig dir que vindria. No et facis l'estúpid.

Mira l'Ella, però, de cua d'ull, em torna a mirar de dalt a baix.

—Quina habitació?

—Què?

—A quina habitació s'estarà?

Se'm fa estrany sentir-lo parlar de mi com si jo no hi fos, i, per la seva reacció, s'endevina que és el que preferiria.

—La del costat de la teva.

Gemega teatralment, exagerant el disgust que li provoca saber que seré a prop d'ell, i després es gira per mirar-me directament. Ara em mira furiós. Es pensa que a mi m'agrada viure en aquesta casa amb aquest simulacre de família? Perquè no, no m'agrada.

Després de mirar-me enrabiat, com si volgués deixar clara alguna cosa, dóna un cop de colze a l'Ella i després passa pel meu costat i puja esperitat.

Els segons que tardem a sentir un cop de porta, l'Ella i jo callem. Esperar que peti una porta abans de tornar a parlar deu ser una cosa habitual en aquesta casa.

—Em sap greu —es disculpa l'Ella. Sembla sincerament estressada i mortificada, i la compadeixo. Fins i tot l'entenc. Si hagués de tractar amb un imbècil com ell cada dia, segurament tindria un atac de nervis cada vint-i-quatre hores.— És que... Tornem a fora, va.

No, gràcies.

—És que en Chase m'ha tirat la beguda per sobre i he de pujar a canviar-me.

—Ah —diu. Arqueja les celles tot mirant la taca que tinc a la samarreta amb una petita ganyota.— Espero que s'hagi disculpat.

Quan se'n torna al jardí, puc pujar finalment l'escala, aquesta vegada amb rapidesa, sense semblar esguerrada, i entro corrent a la meva habitació, deixant anar un sospir d'alleujament tan bon punt tanco la porta. Sola, per fi, sense que ningú m'irriti.

Durant exactament vuit segons, fins que la música provinent de l'habitació del costat comença a ressonar, tan forta que em fa por que s'ensorri la paret. La Rachael ha dit que esperava que no tingués l'habitació a prop de la d'en Tyler. Què més voldria jo, a prop... La tinc al costat. Em sento muda i empipada i cansada, dreta al mig de la meva habitació, i miro la paret del fons. A l'altre costat, a les nits hi dorm un imbècil.

Sortosament, al cap de cinc minuts, la música s'acaba i torna el silenci, l'únic que se sent és una porta que s'obre. Potser el meu germanastre ja s'ha calmat. I és aquesta esperança la que em guia cap a la meva porta i me la fa obrir a poc a poc per afrontar uns ulls enfurits i molt lluny d'estar calmats.

—Hola —torno a dir. Si aquesta persona és un element permanent de la meva nova «família», val més que faci un esforç.— Va tot bé?

Els ulls maragda d'en Tyler es riuen de mi.

—Adéu —diu.

Amb la mateixa camisa vermella de franel·la i les botes marrons als peus, baixa l'escala àgilment i va cap a la porta sense que ni una ànima s'adoni que se n'ha anat, fora de mi. És evident que està castigat, però sembla que li importa un rave.

Sospiro i torno a la meva habitació. Almenys ho he

provat, que és molt més del que ha fet ell. Em trec el blazer i la samarreta, i la llenço a terra i m'estiro al llit nou per primera vegada. El matalàs d'escuma s'enfonsa, i, tan bon punt he desenvolupat la capacitat d'aïllar-me del llunyà rebombori de la música esquitxada de rialles, fito el sostre i respiro. Continuo respirant fins i tot quan se sent un motor que rugeix i un cotxe que surt catapultat pel carrer. Segur que és en Tyler.

L'hora següent truco a l'Amelia, i deixo clar que la barbacoa ha estat un martiri, el meu pare és insuportable i en Tyler no pot ser més carallot. Faig un resum semblant a la meva mare.

—Eden. —Poc després, quan ja estic mig adormida, sona la veu del meu pare a l'altre costat de la porta. L'obre i entra abans que li doni permís per fer-ho.— Gairebé tots els veïns han marxat —diu. Fa pudor de carn cremada i de cervesa.— Anem a dormir. Fins demà.

Li dic bona nit i em giro de cara a la paret, amagant el cap sota la vànova. La gent diu que en un llit desconegut o bé t'hi adorms de seguida o tardes molt. I ara mateix, malgrat el cansament que sento a tot el cos, començo a adonar-me que serà la segona opció. Em giro i em poso una mà al front. La calor del dia ha quedat atrapada a la meva habitació i l'aire no sembla que funcioni. No sé si està espatllat o si el pare se n'ha oblidat completament. En tot cas, no penso dir-li res fins demà.

Em passo una hora ben bona regirant-me i posant a prova la meva voluntat de viure abans d'adormir-me.

I dormo exactament durant quaranta-set minuts. En aquesta casa res no dura gaire abans que ho interrompi algú.

De fet, em pensava que si alguna cosa em despertaria seria la calor sufocant que fa a la meva habitació, no el so dels gemecs d'un borratxo que entren per la finestra oberta. Els gemecs, el somiqueig i els renecs ocasionals em fan obrir les orelles i els ulls. Travesso l'habitació de genolls, a poc a poc i en estat d'alerta màxima. Espio per sobre l'ampit de la finestra. L'aire fresc nocturn és una sensació agradable a la cara.

—No —diu en Tyler, borratxo, a la nit—. No. —La seva expressió és completament solemne. Té una mà recolzada amb força sobre la gespa.— Es pot saber què passa? —Parla sol i ho fa en veu baixa. M'imagino que ha tornat caminant perquè el cotxe no es veu enlloc, i això em diu que almenys té una mica de seny. Conduir begut és massa estúpid fins i tot per a ell.— Quan ha passat la mitjanit? —Se li escapa una rialla brutal dels llavis.

—Ei —dic en un fort xiuxiueig per la finestra, i m'incorporo i l'obro una mica més—. Aquí dalt.

Els ulls desenfocats d'en Tyler tarden uns segons ben bons a localitzar la meva veu, i, quan em situa al pis, em saluda amb una mirada furiosa.

—I tu què vols?

—Va tot bé? —Ho acabo de dir i m'adono que és una pregunta absurda. És evident que no va bé.

—Obre la porta —diu.

S'embarbussa una mica quan parla. Fa un cop de cap

i desapareix de la meva vista sota el porxo, gronxant-se lleugerament.

Com que m'havia quedat en roba interior per no tenir tanta calor, agafo ràpidament el primer que trobo i m'ho poso abans de baixar l'escala. Procuro no fer soroll. No encenc cap llum i trepitjo amb compte. El seu cos es perfila nítidament a través dels vidres de la porta.

—No sé pas què faig —murmuro mentre intento obrir el pany. L'Idiota que no ha parat de fer-me la guitza em demana que el deixi entrar a casa i jo ho faig? Però, sense dubtar, obro la porta tan bon punt sento que s'obre el pany.

—T'ho has pres amb calma, eh? —balbuceja en Tyler passant pel meu costat. Desprèn les fascinants aromes de l'alcohol i el tabac.

Tanco la porta i passo el pestell.

—Que estàs borratxo?

—No —diu. Somriu encantat, però aviat es converteix en un somriure burleta.— Que és demà ja?

—Són les tres.

Riu per sota el nas i després intenta pujar, però ensopega i cau contínuament.

—Això què fa aquí? —pregunta palpant un dels graons—. Abans no hi era.

No li faig cas.

—Vols que et porti aigua?

—Porta'm una altra cervesa —contesta.

En la penombra, veig que arriba al replà i desapareix cap a la seva habitació, sortosament aquesta vegada sense fer petar la porta. Estic segura que l'Ella el faria matar si el veiés ara, borratxo i incapaç d'aguantar-se dret més d'uns segons.

El segueixo ràpidament, pujo i entro a la meva habitació, em torno a despullar escampant la roba per terra. L'habitació continua increïblement calenta, així que, en comptes de tornar al llit i morir-me de calor, m'assec al costat de la finestra. Enganxo la cara al vidre fred i respiro l'aire nocturn. Hi ha una llauna de cervesa aixafada al costat de la bústia.

Idiota.

4

QUAN LA RACHAEL EM VA DIR que avui ens veuríem, no m'esperava que es presentés a casa del meu pare a les deu i quatre minuts del matí. A l'estiu, despertar-se, i menys encara quedar amb algú, abans del migdia és una cosa absurda. Va contra les normes socials per a qualsevol adolescent normal. Llanço una mirada indignada a la Rachael mentre baixo l'escala.

El pare aguanta la porta oberta amb una mà, una tassa de cafè a l'altra i un somriure a la cara.

—Mira, ja baixa.

—Adéu, pare —dic, i faig una ganyota exasperada. Ell continua somrient encantat; és com si hagués tornat a la llar d'infants i acabés de fer la meva primera amiga. Finalment se'n torna a la sala.— Em fa passar una vergonya!

La Rachael riu.

—El meu pare fa el mateix. Deu ser obligatori que els pares siguin penosos.

—Sí —dic. Encara mig adormida, em sorprèn ser

capaç de conjuminar paraules per fer una frase.— No sabia que sortiríem tan d'hora.

La Rachael obre molt els ulls i somriu com dient «pobra noia, que ignorant que és».

—És dissabte; si anem al passeig hi hem d'anar superaviat, perquè estarà com un ou!

No sé ni a què es refereix amb «el passeig».

—Aaaah. —Callo un segon (o quatre) per repassar el que porta posat la Rachael. Uns pantalons curts maquíssims i una brusa de color crema amb botons de dalt a baix i ulleres de sol d'aviador i un reguitzell de bijuteria. I jo porto una samarreta ampla amb unes llames de dibuixos animats.— Em vaig a vestir. Vols passar i esperar-me o...?

—Quan estiguis a punt passa per casa —diu, i després afegeix un aclariment—: És aquella. —Assenyala la casa del davant. Abans d'anar-se'n, em demana educadament que m'afanyi.

Tardo mitja hora a vestir-me. No esmorzo, em dutxo en sis minuts, em poso una roba semblant a la d'ella, els cabells sense recollir, i em maquillo una mica. Res complicat i res que es tardi gaire a fer.

—Surto —dic al pare ficant el cap a la cuina després de seguir el so de la seva veu.

Deixa a mitges el que estava dient a l'Ella.

—Vés amb compte i no tornis tard. On vas?

Arronso les espatlles.

—A un lloc que es diu «passeig» o una cosa així, crec.

—Ah! En Tyler també ha anat al passeig —comenta l'Ella.

M'havia oblidat d'aquell imbècil.

El pare es gira automàticament a mirar-la.

—Que no estava castigat? —pregunta, en un to una mica dur. Es veu que tampoc l'aguanta, i no l'hi puc retreure. En Tyler no és la persona més simpàtica del món.— Para de donar-li tanta llibertat. Has de parar de cedir tant.

—Que et diverteixis —diu l'Ella, i em somriu, ignorant del tot l'expressió enfurismada del pare. És com si les paraules d'ell li rellisquessin.

La incomoditat ambiental creix i toco el dos d'allà tan de pressa com puc. No vull que la Rachael m'hagi d'esperar. Fer enfadar la meva nova amiga el segon dia que la conec no és una cosa que em faci especial il·lusió. Per sort, quan arribo a l'entrada de la casa de la Rachael a les deu i trenta-set no sembla enfadada, malgrat que és evident que m'espera: ningú no surt tan d'hora de casa perquè sí.

—Avui farà calor —diu la Rachael. Aixeca el cap mirant al cel i exhala. S'ha de reconèixer que sí, que l'ambient és molt més calorós que ahir. I encara no són ni les onze.— Au, som-hi. —Hi ha un Escarabat vermell aparcat a l'entrada, i ella treu un clauer i l'obre.

Hi pujo una mica escèptica.

—Quan et vas treure el carnet?

La Rachael arqueja una cella i sospira mentre jo endarrereixo sense voler la seva arribada al passeig.

—Al novembre —contesta. La miro fixament.— Sé què estàs pensant: encara no fa dotze mesos. Però aquí ningú no segueix aquestes restriccions absurdes, o sigui que puja.

Ignorant el fet que és il·legal que jo pugi al cotxe amb ella, que no té vint anys, sec al seu costat. Em cordo el cinturó de seguretat amb compte.

—En tens disset, doncs? —pregunto.

La Rachael fa marxa enrere cap al carrer.

—Sí, estic a punt d'acabar l'institut —diu, però té l'atenció concentrada en el carrer mentre condueix ridículament de pressa—. La mateixa edat que en Tyler. Anem al mateix institut. I tu?

—Encara no. —Em falten dos anys per acabar l'institut, quan amb una mica de sort podré fer la maleta i anar a la Universitat de Chicago. Se m'està fent etern, i ja he començat a omplir la sol·licitud de tan desesperada que estic per entrar-hi. Tinc el cor posat a Chicago des del primer any de l'institut i encara que la mare preferiria que sol·licités una plaça a la Universitat Estatal de Portland, jo crec que Chicago té un programa de psicologia millor, i la psicologia és l'única cosa que m'ha interessat mai. Les persones m'encurioseixen.

—El penúltim és el pitjor any —pontifica la Rachael—. L'odiaràs!

Posa la ràdio a un volum tan eixordador que gairebé em quedo sorda mentre correm per l'avinguda Deidre i girem a l'esquerra. La Rachael canta fent l'acompanyament.

Els següents cinc minuts no sé si estic marejada per la manera horrible de conduir de la Rachael o perquè anem a un lloc ple d'hordes de vianants. Hordes que inclouen en Tyler.

—Ah, la Meghan també vindrà —diu la Rachael, tot abaixant el volum de la música.

Para al costat d'una casa de maó clar en una cantonada i toca el clàxon. Jo jugo ansiosament amb els meus dits.

Un moment després, una noia asioamericana amb els cabells foscos lluents ve trotant cap al cotxe. Puja darrere la Rachael.

—Hola, noies! —diu amb una veu agradable.

La Rachael engega el cotxe.

—Hola, Meg. Et presento l'Eden, la germana d'en Tyler.

—Germanastra —corregeixo. Giro el cap enrere per mirar-la als ulls.— Encantada.

—Jo també —diu la Meghan, fent-me un somriure mentre es corda el cinturó—. Et quedes a passar l'estiu, oi?

—Sí.

La música torna a bramar i no deixa lloc a la conversa, cosa que agraeixo. Aviat sortim de la part residencial de la ciutat i entrem en una zona més industrial, passant pel costat de motels, cafès i edificis d'oficines. Aviat ens trobem enmig d'un trànsit dens.

—No suporto haver de buscar lloc per aparcar —rondina la Rachael, malgrat que ha entrat en un aparcament, ha pujat tres pisos accelerant i ha parat en una plaça buida... en diagonal—. A les botigues falta gent!

I jo encara sense saber què és «el passeig».

Baixem al carrer i m'endarrereixo una mica. La Rachael i la Meghan caminen massa de pressa i a mi ja em va bé anar més a poc a poc i mirar per on vaig. Les segueixo pel carrer fins que girem la cantonada. I llavors és quan descobreixo què és «el passeig»: és un carrer enorme tancat al trànsit, ple a vessar de botigues de disseny i restaurants cars i cinemes ostentosos, i és la mena de complex d'entreteniment sobrevalorat que normalment no suporto.

—Eden, et presento el passeig del carrer Tres! —diu la Rachael, i jo m'esgarrifo—. El meu lloc preferit de Los Angeles. No té rival.

—El meu també —afegeix la Meghan.

O totes dues estan com un llum o són molt convencionals i típiques. És clar que els agrada aquest passeig meravellós i fantàstic, perquè són noies. Noies boniques. És natural que s'hagin aficionat a un lloc així, que s'hi sentin segures.

—Està molt bé —dic. Em surt una veu tan seca que es veu d'una hora lluny que menteixo. Intento animar-me i m'escuro el coll abans de continuar.— És molt llarg o què?

—Ocupa tres travessies! —La Rachael mira l'hora i després gesticula erràticament.— Correu, que estem perdent temps!

Ostres. Anar de botigues és un dels pitjors passatemps que existeixen, si no és que es tracta d'explorar els prestatges d'una llibreria. No crec que la Rachael i la Meghan vagin a aquesta mena de botigues. Queda confirmat quan em fan entrar a un American Apparel.

—Es pot dir que tu ets una turista —diu la Rachael—, o sigui que fes el que et doni la gana. Jo necessito uns pantalons, vaig a veure què trobo.

—Jo necessito uns sostenidors —comenta la Meghan.

Totes dues se'n van sense dir res més i em deixen sola en aquella botiga enorme per fer el que més detesto: comprar. S'ha de reconèixer que no m'anirien malament uns quants conjunts nous per a l'estiu, o sigui que em sobreposo i començo a mirar i remenar els penjadors i prestatges de roba. Acabo trobant una faldilla i una samarreta amb estampat asteca que poden considerar-se acceptables. Decideixo emprovar-me-les i em desespero quan veig la cua que hi ha als emprovadors.

—Eden —diu la Rachael sortint de no sé on—. Surt d'aquesta cua.

La miro.

—Què?

—Perquè... —diu, però calla quan la dona que tinc al davant es gira i la mira de dalt a baix. La Rachael m'agafa pel colze i em fa sortir de la cua.— Perquè —torna a dir— hi ha emprovadors al fons de la botiga que estan tancats, però sempre els fem servir igualment. És millor que fer cua. Vine que t'ho ensenyaré. —Amb una pila de pantalons al braç, em guia per la botiga cap a un racó del fons.— Encara no he acabat de mirar o sigui que quan acabis ens busques o el que sigui.

Quan se'n torna a anar, em quedo mirant la porta blanca amb un rètol que informa que està tancat. No sé si la Rachael m'està fent una broma o una cosa igual de cruel, però miro al voltant per assegurar-me que no em veu ningú abans d'entrar-hi. Em sento com una delinqüent. M'emprovaré la roba tan de pressa com pugui i sortiré tan de pressa com pugui, abans que m'enxampin. Està silenciós, només se sent l'omnipresent música de la botiga, i entro al primer emprovador que trobo. El cor em va a mil i no tinc ni idea de per què. Quan m'estic traient la samarreta, sento una rialleta a l'emprovador del costat i se'm paralitza el cos i se'm talla la respiració.

—Paaara —diu la veu baixet i rient. És tan fluixa i tan prima que gairebé no se sent. Sens dubte és la veu d'una noia.

—Nena —murmura una veu masculina, greu i ferma. Se sent soroll de llavis que es fan petons. O de pell i llavis. No sé la diferència.

—Què portes? —pregunta la noia. Més petons.— És Montblanc? Ho sembla.

—No, és Bentley —diu el noi. Ensumo. Hi ha una aroma de colònia increïble a l'ambient.— Vine. —Més petons. Un cos topa amb la paret del meu emprovador i intento no respirar, amb les mans aixecades.

La noia riu.

—Què fas?

—Què?

—No sé què fas ara mateix però m'agrada.

—Oi que sí?

Tinc estampada a la cara una ganyota de fàstic, em tapo la boca amb la mà. És la cosa més incòmoda que m'ha passat en la vida. Em fa por que les persones del costat mirin a terra i em vegin els peus per l'obertura de la paret separadora i silenciosament m'enfilo a la cadira. Intentaré sortir sense que s'adonin que he estat aquí, però només de pensar que pugui fer un soroll i descobreixin la meva presència em paralitza. Inclino el cap i abaixo els ulls a terra. Ells potser no em poden veure els peus, però jo a ells sí. Sabates planes blau cel i botes marrons.

—Tyler —sospira la noia apartant els llavis—, aquí no ho farem.

No sé què és el que no faran aquí, però sé que aquestes botes marrons i la veu i el nom de Tyler s'ajunten alhora al meu cap. No, per favor, no.

És llavors que gairebé vomito i també és llavors que sento la Rachael.

—Eden, que encara hi ets?

Sense esperar un segon més, agafo la roba de la paret i salto de la cadira, obro la cortina i miro la Rachael frenèticament. Vaig cap a ella mig corrent i gesticulo intentant fer-li entendre que hem de sortir d'allà de seguida.

—Xsst —fa fort la noia, i després, més fort—: qui hi ha?

Intento empènyer la Rachael cap a la porta, però s'atura.

—Tiffani?

—Rachael? —La cortina de l'emprovador del costat del meu s'obre i apareix una noia alta i rossa platí que fa una passa endavant. Se li encenen les galtes i es mossega el llavi. Porta la brusa mig descordada.— Ostres. No sabia que hi hagués algú.

«Ho he notat», penso.

—Què fas? —pregunta la Rachael, alçant les celles desconfiadament—. Tyler, tu també hi ets?

Esperem que contesti.

—Sí, hi sóc. —En Tyler surt de l'emprovador tot

posant-se una samarreta grisa descolorida, i després es passa la mà pels cabells. S'ha de reconèixer que fa més bona pinta que aquesta matinada.— Que no has sentit parlar de la intimitat?

—Que no has sentit parlar de no lligar en un American Apparel? —replica la Rachael en un to equànime i el nas arrufat—. Quin fàstic.

Les celles perfectament arquejades i els pòmuls alts i els llavis plens de la Tiffani cauen tots a terra. Primer sembla avergonyida d'haver estat descoberta, però després se li endureix l'expressió mentre es corda ràpidament els botons de la brusa. Miro cap a una altra banda.

—I vosaltres dues què hi feu, aquí? —pregunta en Tyler, fixant l'atenció en mi.

Em mira amb aquells ulls penetrants durant uns segons i em puja una esgarrifança per l'espinada mentre estic pendent de què dirà a continuació.

—Emprovar-nos roba —contesta la Rachael amb rigidesa—, que és el més normal de fer en un emprovador.

La Tiffani li engega una mirada assassina abans de mirar-me a mi, clarament emprenyada.

—I tu qui ets?

—L'Eden —murmuro. Em costa mirar-la als ulls, en part perquè em sento molt petita i en part perquè les circumstàncies són rares. Per això miro en Tyler.— La seva germanastra.

—Tens una germanastra? —El to de la Tiffani s'estova només breument i les celles se li ajunten. Mira ràpidament en Tyler.

Ell arronsa les espatlles.

—Es veu que sí.

La noia parpelleja mirant-lo, com si una germanastra fos una mena d'ésser mític que només existís en els contes de fades. Quan ho acaba assumint, em torna a mirar, amb els ulls entretancats. El seu to és agre.

—Per què eres aquí? Ens espiaves?

—Calma, nena —diu en Tyler, estalviant-me haver de pensar una resposta, i li agafa el braç—. No n'hi ha per a tant. No t'embalis.

Els ulls de la Tiffani s'eixamplen i separa els llavis, consternada per la falta de consideració d'en Tyler. Encreua els braços i fa morros.

—No, és clar!

—Doncs, no —diu ell. Prem els llavis i torna a arronsar les espatlles.— A ella tant se li'n dóna. Va, anem. He de passar per la Levi's. —Li passa el braç per les espatlles amb impaciència i l'empeny contra el seu cos, però ella sospira i no es mou, entretenint-se mirant la Rachael.

—Ens veiem dimarts —diu—. Vindràs a la platja, oi?

—Sí —diu la Rachael, i després em mira. En aquest segon sé exactament el que està pensant, i prego perquè no ho digui en veu alta. Però ho diu, és clar.— L'Eden també pot venir, oi?

Aix.

Els trets de la Tiffani s'endureixen una altra vegada mentre deixa anar aire lentament, com si tingués un fals debat amb ella mateixa sobre si hauria de permetre que una intrusa envaís els seus plans per a la platja.

—Suposo —acaba dient.

I llavors deixa que en Tyler se l'emporti, passant-li el braç pel coll. Està mig mortificada mig irritada. Segurament tardarà hores a perdre la vermellor de les galtes.

Miro la Rachael en el nou silenci que queda quan se'n van, arquejant una cella amb curiositat.

—La nòvia —diu—. Van junts des del primer curs. Temo que estàs marcada per sempre.

Brando el cap i respiro per primera vegada en deu minuts.

—Quin tio més idiota.

—És en Tyler Bruce —diu la Rachael—. Sempre és idiota.

5

SI HE DE SER SINCERA, el dia que he passat al passeig amb la Rachael i la Meghan no ha estat tan malament. No s'han passat hores a la mateixa botiga, no s'han gastat tota la paga en sabates i, sorprenentment, a totes dues els agrada el cafè, cosa que he descobert quan hem parat en una petita cafeteria minimalista en una cantonada de Santa Monica Boulevard. Es deia Refinery i ens han servit el millor cafè amb llet que he pres en molt de temps.

—Segur que no vols venir? —pregunta el pare per vuitena vegada tot traient el cap per la porta de la meva habitació.

M'estic pintant les ungles del peu de color safir brillant, però paro per mirar per sobre l'espatlla l'ésser humà irritant que hi ha darrere meu.

—N'estic segura —dic—. Encara no em trobo del tot bé.

Torno a pintar-me les ungles i amago la cara. Sóc molt mala mentidera i quan era petita el pare sempre sabia que li estava intentant colar una bola només mirant-me. Sortosament ja no se'm nota tant.

—Si t'agafa gana hi ha menjar a la nevera.

—Entesos —dic, i ell se'n va.

Potser evitar un àpat familiar no és gaire sociable, però només de pensar a passar el dissabte al vespre amb la meva família reconstituïda em fa venir migranya. En les dues hores que fa que he tornat del passeig, el pare no ha parat de burxar perquè anés a aquesta celebració horrible. Ho he rebutjat amb fermesa.

Acabo de pintar-me les ungles i endreçar-ho tot, camino per l'habitació amb els dits dels peus aixecats i després surto al replà quan l'Ella crida des de baix que estan a punt de marxar. Estic a punt de començar a baixar l'escala quan en Tyler surt de la seva habitació.

Se li entretanquen els ulls tan bon punt em veu i es queda un moment mirant-me amb mala cara. A mi i els meus pantalons de xandall.

—Que no hi vas?

—Que no hi vas tu? —replico.

Porta una dessuadora blau marí amb la caputxa aixecada. Li penja un auricular de l'orella.

—Castigat. —Riu per sota el nas i es frega les temples.— Quina excusa tens tu?

—Malalta —menteixo. Em giro i baixo al rebedor, però el sento darrere meu.— Doncs sí que és estrany: estar castigat no t'ha impedit anar a l'American Apparel —deixo anar en veu baixa.

—Fes el favor de callar —murmura furiós.

Quan arribem al rebedor, el pare està esperant al

costat de la porta amb l'Ella. En Jamie i en Chase semblen morts d'avorriment. Són més petits i els deu costar escapolir-se d'aquestes atroces celebracions socials.

—No arribarem gaire tard —diu l'Ella. Mira en Tyler amb duresa. És com si la fes patir deixar-lo sol. No m'estranya.— Ni se t'acudeixi sortir.

—Mare, no ho faria mai —diu ell, però la seva veu supura sarcasme. Es repenja a la paret amb els braços encreuats.

—Ens en podem anar? —pregunta en Chase. M'alegro de no haver de passar pel que ell està a punt de passar.— Tinc gana.

—Sí, sí, anem —diu el pare. Obre la porta, diu a en Chase i en Jamie que vagin al cotxe, i em mira amb afecte.— Espero que et trobis millor, Eden.

Només somric.

—Adéu.

—Porteu-vos bé —adverteix l'Ella.

Encara sembla poc convençuda, però al final se'n van tots.

Quan tanquen la porta i cau un estrany silenci sobre la casa, se m'acut que m'han deixat sola amb l'Idiota al costat. Tot el vespre. Em giro a mirar-lo. Ell ja m'està mirant.

—Mmm —dic.

—Mmm —imita, amb una veu que no s'assembla gens a la meva.

—Mmm —torno a dir.

—Em vaig a dutxar —diu—. Si t'apartes del mig.

Em retiro cap a una banda de l'escala i passa volant

pel meu costat de la mateixa manera que va fer ahir, com si jo només fos un obstacle en el seu camí.

—Mal educat —murmuro.

En les quaranta-vuit hores que fa que sóc aquí, no m'ha dit ni una sola paraula amable. Sembla que no tingui nocions de bona educació. Si més no m'alegro de no haver de parlar amb ell els pròxims cinc minuts.

Ja avorrida, vaig a la sala i em poso còmoda al sofà. La veritat és que, quan ets nova en una ciutat i tens zero amics, acabes passant el vespre de dissabte sola a la sala immaculada de la teva família afegida veient reposicions de *realities* amb famosos, perquè l'única cosa que pots fer quan la teva vida és un fàstic és mirar la dels altres. És veritat que l'Amelia em mataria si sabés que miro aquest programa. No és que ni tan sols m'agradi. Bé, una mica potser sí, però no l'hi diria mai.

Mentre miro la tele, també bombardejo la mare amb missatges que contenen només queixes del meu pare. Ella està d'acord amb tots.

Estic mirant el mòbil quan sento una veu femenina que ve del rebedor.

—Hola?

Sento que es tanca la porta principal. Em quedo quieta i després poso la televisió en pausa. No pot ser l'Ella. Només ha passat mitja hora i no crec que s'hagin menjat ni els entrants.

—Hola? —contesto.

—Qui ets tu? —esclata la veu, i em sobresalta tant que m'arrauleixo al sofà. Una figura obre la porta de la sala de cop i entra amb els llavis premuts amb força. És la Tiffani. Sospira alleujada quan em veu.— Perdona, em pensava...

—Què et pensaves? —demano, mirant-la inexpressivament.

—Res —diu ràpidament—. On és en Tyler?

Aquí és on perdo l'interès. Torno a mirar la tele i elimino la pausa per continuar veient l'episodi.

—No l'he vist des que ha pujat a dutxar-se.

—Gràcies. —Surt de la sala i sento els seus passos quan puja àgilment l'escala com si fos a casa seva. Abaixo a poc a poc el volum de la tele i espero amb la intenció de sentir alguna cosa, ho reconec.

Durant tres minuts ben bons no sento res, però llavors les veus pugen de to quan ells baixen. Em premo el revés de la mà sobre els llavis i miro la porta amb curiositat.

—Calma —diu en Tyler—. Pensava venir d'aquí a una hora, com has dit tu.

—Almenys podries haver contestat les meves trucades —diu la Tiffani.

—No les deç haver sentit amb la música. —Tots dos es paren al passadís i els miro a través del llindar. En Tyler se n'adona.— Es pot saber què vols, tu?

—Apa aquí! —dic.

La Tiffani el mira brandant el cap amb disgust. No sé pas com l'aguanta.

—Calla, Tyler.

—Sí, dona, sí —murmura, i es gira d'esquena a mi, amb la cara contreta en una ganyota rígida—. Fotem el camp.

—Doncs, mira... —La Tiffani abaixa la veu, treu una mica el llavi de baix i el mira per sota les pestanyes. En Tyler no es pren a la lleugera l'expressió creguda de la Tiffani.

—Ara què?

La Tiffani entra a la sala i se situa davant de la tele. L'engegaria, però encara no em sento còmoda per discutir amb aquests desconeguts.

—Nou pla —diu, i noto que ens està mirant ara a mi ara en Tyler. Em sento inclinada a escoltar. I faig bé, perquè el que diu a continuació ens agafa a tots dos per sorpresa.— L'Austin ha decidit fer una festa i hi anirem tots dos. Tu també, Eden. —Em mira.— Et deies Eden, oi? No fas cara que t'agradin les festes, però la Rachael ha dit que t'havia de convidar. O sigui que vine.

—Para un moment —ordena en Tyler, arrufant les celles i anant cap a ella. En veu baixa, li parla a cau d'orella.— Em pensava que aniríem a casa teva. Saps...

Però no parla prou fluix i les intencions que tenia són evidents.

—Canvi de plans —xiuxiueja ella. Ajunta les mans i passa pel seu costat i torna a parlar normal.— Entesos, doncs, véns, Eden. I tu també, Tyler. Véns i per variar no t'entromparàs.

—Una merda!

—La Rachael i la Meg ja són a casa meva arreglant-se, o sigui que va, som-hi! —Treu unes claus de cotxe de la butxaca de darrere i va cap a la porta, però jo la crido ràpidament.

—Espera, que m'he de canviar —etzibo. Em poso

dreta i miro el sostre. Amb una mica de sort em caurà al damunt.— Deixa'm cinc minuts per buscar alguna cosa.

Ara mateix no entenc per què sempre em trobo en aquestes situacions espantoses, però per algun motiu no sé dir que no.

La Tiffani riu, m'agafa pel braç i m'estira. Quan torna a parlar, ho fa amb una veu compassiva.

—Ja et deixaré alguna cosa. Va, anem! Que només tenim dues hores.

Em deixa anar, es gira i surt. En Tyler passa pel meu costat i també va cap a la porta.

—Em pensava que estaves castigat —dic.

Es gira, em mira amb calma i somriu d'una manera que no és gens amistosa.

—I jo que em pensava que estaves malalta.

Això em fa callar.

Durant el trajecte amb cotxe fins a casa de la Tiffani estic tota l'estona corsecada per l'ansietat. Només puc pensar en una cosa: que no m'he depilat les cames. Aquest fet em turmenta els deu minuts que estic ficada en aquell vehicle esportiu, encongida al diminut seient de darrere amb els genolls enganxats al pit perquè en Tyler decideix egoistament tirar el seient tan endarrere com pot. Cap dels dos m'inclou a la conversa. Tampoc és que m'importi. Només parlen de l'últim drama i xafarderia del seu institut. Es veu que l'Evan Myers i la Nicole Martínez, que vés a saber qui són, han trencat.

La casa de la Tiffani és en un extrem del barri en una

gran finca, i està feta de la mena de marbre que fa pensar que segurament té un majordom per servir-la. Però quan parem i entrem, no hi ha ni majordoms ni criats. És una casa normal feta amb un material molt car.

—La teva mare encara no ha tornat, oi? —pregunta en Tyler.

Ara encara són més clares les seves intencions prèvies.

—Encara no —diu la Tiffani—. Hi ha cervesa a la cuina. Espera't a baix mentre ens arreglem, però pren-t'ho amb calma. —Li llança una mirada d'advertència. Se sent música forta a dalt. M'agafa la mà i em comença a estirar cap allà. Pugem l'escala, de marbre, per descomptat.— No tardarem gaire —crida la Tiffani.

—Tiff? —Sento la veu incorpòria de la Rachael des de l'habitació del fons del llarg replà. La música s'apaga al mateix moment.— Tiffani?

—He tornat! —La Tiffani obre la porta i entra. Jo la segueixo.

—Eden! —La Rachael es posa dreta de seguida, malgrat que està a mig pentinar la Meghan, branda l'arrissador de cabells i em somriu.— Has vingut!

«No he tingut la possibilitat de no fer-ho», penso.

—Segur que està bé que vingui? —pregunto sense dirigir-me a ningú en concret.

—Crec que sí —contesta la Tiffani. No és gaire convincent. Va cap al vestidor, que de fet és una arcada que separa una part de l'habitació plena a vessar de roba, i em mira per sobre l'espatlla.— La Rachael diu que només et quedaràs a l'estiu, oi?

—Sí.

—Doncs llavors suposo que ho has d'aprofitar.

—Té raó —diu la Meghan, que està asseguda a terra, amb una bata de seda i només tres quarts de cabells arrissats—. Ens encarregarem que el teu estiu no sigui un pal.

«Massa tard», penso. «Ja ho és».

—Vine a triar un vestit! —xiscla la Tiffani, però l'entusiasme sona fals—. Jo et recomanaria el color negre. Negre o vermell. Et quedarà bé. I cenyit. Sí. Però espera't, Meghan, tu vas vermella, oi? D'acord, cenyit i negre. Això és el que t'anirà bé. —Malgrat que m'acaba de dir que triï un vestit, me'n dóna un abans que tingui la possibilitat de mirar-lo, però el retira immediatament.—No, aquest t'anirà petit —murmura, mirant-me el cos de dalt a baix, i sento que m'arronso sota el seu escrutini. M'acaba de dir grassoneta?

Vull creure que no ha estat intencionat, que no ho volia dir així, però fa mal igualment. M'esforço per treure-m'ho del cap, però ja és massa tard. Es repeteix sense parar, infinitament, com una tortura, encara que la Tiffani em posi una pila de vestits al braç i bombollegi amb el mateix entusiasme forçat. Intento respirar fondo. Intento enganyar-me i creure que s'equivoca.

Amb un estoc de vestits possibles a les mans, tots negres, em deixa perquè m'arregli, i començo desfent-me la cua i agafant-li la planxa per estirar-me els cabells. La Meghan s'ofereix a maquillar-me. La Tiffani troba unes sabates de plataforma que fan joc amb el vestit que m'ha deixat, perquè per sort calcem el mateix peu. I, quan arriba el moment de posar-me el vestit, confesso a la Rachael quc tinc les cames peludes. Després de riure una mica, m'envia al majestuós i luxós lavabo de la Tiffani perquè hi posi remei, donant-me instruccions precises d'on puc trobar les fulles d'afaitar d'un sol ús.

Estic acabant de posar-me el vestit —un vestit molt i molt cenyit, que només fa que fer-me sentir pitjor— quan sento que en Tyler entra a l'habitació de la Tiffani. Entro a l'habitació i veig que ara totes estem vestides i a punt per marxar. I encara que els vestits de la Tiffani, la Rachael i la Meghan siguin tan cenyits com el meu, em sento espantosament fora de lloc. Me'l noto enganxat a cada centímetre del cos.

—Què? Ens en podem anar d'una vegada? —pregunta en Tyler, sense dissimular l'avorriment. Fa dues hores que s'espera amb la cervesa com a única companyia i es nota en la seva falta d'equilibri.— En Dean i en Jake ja hi són.

—Estic bé? —pregunta la Tiffani, giravoltant en un petit cercle perquè li vegi bé el cos.

Porta un vestit blanc i, malgrat ser tan cenyit i curt, li dóna una aura d'elegància.

—Nena, estàs estupenda —balbuceja ell. Fa un últim glop de la cervesa que té a la mà abans de deixar-la sobre la calaixera i fer un pas.— Molt bona.

Li agafa la cintura i l'arramba cap a ell. I, com si no hi hagués més persones a l'habitació, aixafa els llavis sobre els d'ella d'una manera que sembla gairebé dolorosa, mentre amb una mà li agafa el cul i amb l'altra li fa pressió a la ronyonada. Ella no se n'aparta.

Miro la Rachael que, fastiguejada, fa una ganyota

d'exasperació. L'únic que sento és aquell horrible soroll de petoneig una altra vegada. En Tyler i la Tiffani: la pitjor parella del món quan es tracta de demostracions d'afecte en públic.

—Sempre estan així? —murmuro en veu molt baixa, perquè interrompre el seu moment d'intimitat una altra vegada no és exactament el que vull fer.

La Rachael només branda el cap. Crec que és amb commiseració.

—Sempre.

Torno a mirar la parella. No sembla que hagin de parar aviat, ni tan sols quan la Meghan els aparta una mica per poder sortir al replà. Qualsevol diria que fa tres anys que no es veuen de tan absorts que estan l'un amb l'altre.

O sigui que en Tyler pot ser irritant i la Tiffani una mal educada inconscient i jo puc ser grassoneta. Però almenys el meu vestit no és tan enganxifós com aquests dos.

6

POC DESPRÉS DE LES VUIT, la Meghan ens porta a tots a aquesta festa que em fa una por indescriptible. Em fa tanta por que desitjo haver anat a la sortida familiar amb el pare i l'Ella. Segur que menjar-me per força un plat car seria millor que el gust amarg de l'alcohol barat.

Ens amunteguem al Toyota Corolla platejat quan la foscor es comença a filtrar a través del sol ponent amb tanta bellesa que em quedo mirant carrer avall cap a l'horitzó fins que la Rachael s'adjudica el seient de davant i em clava el colze al costat. De mala gana, sec al darrere amb en Tyler entre la Tiffani i jo; ell, amb cervesa a la falda, i jo, amb vodka als peus. Hi ha una combinació irrespirable d'esprais corporals i perfums i la colònia d'en Tyler, per no parlar de la música que puja de volum a cada segon que passa. El cotxe avança, gràcies a Déu, a una velocitat segura. La Meghan condueix amb el cos rígid i abocat sobre el volant, i no diu ni ase ni bèstia. És com si li fes una por horrorosa distreure's, així que mentre es concentra amb ganes en la conducció, la Rachael i la Tiffani parlen per omplir el silenci.

—Si la Molly Jefferson és a la festa, et juro que me'n vaig —afirma la Rachael sense treure els ulls del mòbil.

Els dits li van tan veloços i envia missatges tan de pressa, que només la puc mirar amb incredulitat.

—I per què hi hauria de ser, aquella penjada? —La Tiffani riu mentre s'arregla els cabells amb els dits fins que està satisfeta de com li queden.— L'Austin és un desgraciat, però almenys té principis. No convida penjats.

Es tira una mica endavant per mirar-me un moment per sobre en Tyler, però llavors somriu i es torna a posar còmoda.

Mentre travessem la ciutat, espio a la meva esquerra. En Tyler té els braços encreuats i no sembla que estigui còmode, els ulls fixos en el fre de mà i la cara tensa. Deu notar que el miro, perquè desvia el cap un segon cap a mi i torna a mirar endavant amb la mateixa rapidesa. Per això giro una mica el cos i em dedico a contemplar els edificis que veig passar per la finestra, però no m'ajuda gaire a millorar la sensació de raresa que m'ha envaït. Cada pocs minuts sento els ulls d'en Tyler a sobre, però cada vegada que em giro amb la intenció d'enxampar-lo ja està mirant a l'altra banda.

—I la Sabine aquella? Sabine...? —La Rachael aixeca el cap del mòbil i es posa un dit davant dels llavis mentre pensa. Es tomba i mira la Tiffani pel forat entre el seient i el reposacaps.— Saps quina vull dir, oi? L'estudiant alemanya d'intercanvi.

—La que em va prendre el lloc a la classe d'espanyol? La Sabine Baumann?

—Sí! —xiscla la Rachael, i es torna a acomodar al seient—. Espero que ella tampoc hi sigui. No para de mirar en Trevor.

—I a tu, Tyler —afegeix la Tiffani.

Al meu costat, sento que en Tyler arronsa les espatlles, però és evident que la tal Sabine no és amiga de la Tiffani. Prem els llavis i s'arramba més a ell.

Totes dues continuen comentant altres possibles convidats a la festa, mentre la resta aportem poc a la conversa. La Meghan perquè està massa ocupada intentant no matar-nos a tots; en Tyler perquè està molt concentrat a no mirar res en concret, i jo perquè, a mi, francament m'importa un rave.

Així que, al cap de quinze minuts i després de molts ajustaments de cabells i comentaris amb mala bava, arribem a la festa, que sembla que marxa de conya. Hi ha persones voltant pel jardí i més que n'hi arriben, la música està forta i ressona quan baixem del cotxe, que la Meghan ha aconseguit ficar amb dificultat entre una camioneta atrotinada i un descapotable. Agafem les ampolles i acabo carregant un paquet de llaunes de Twisted Tea i una ampolla de vodka, i de sobte em sento com una alcohòlica. Estic segura que els veïns ens espien a través de les persianes amb el mòbil a la mà i el número de la policia en marcatge abreujat. Es veu d'una hora lluny que som tots menors. No tinc ni idea d'on han tret això la Tiffani, la Rachael i la Meghan ni com s'ho han fet per aconseguir-ho, però com qualsevol adolescent del país deuen tenir els seus trucs. Sempre n'hi ha.

—Ei, Tyler! —crida una veu a l'altra punta del jardí. S'acosta un noi més baix, amb un tall curt de cabells i una Budweiser a la mà, i se saluden fent xocar els punys.— Que bé que hagis vingut.

—Sí —diu en Tyler. Assenyala amb el cap el paquet de Bud Light que porta sota l'aixella.— A la cuina?

—Sí —diu el noi, assenyalant la casa amb el dit—. Deixa-les i torna.

En Tyler entra amb passos vacil·lants, tot saludant gent pel camí.

—Hola, Austin! —diu la Tiffani al mateix noi, l'amfitrió de la festa. La segueixo, amb la Rachael i la Meghan al costat, i no puc evitar sentir-me totalment fora de lloc. No conec a ningú, però sóc aquí, en una festa i resant perquè ningú es fixi en la desconeguda.

—Passeu-vos-ho bé, noies —diu l'Austin, i hi ha tanta luxúria en el seu to que el torna fastigosament repulsiu—. Uns vestits preciosos.

—Ho sabem —diu la Tiffani. Es mira des de l'espatlla fins al cul, i es mossega el llavi. Me n'adono.— Escolta, l'Eden també ha vingut.

—L'Eden? —L'Austin mira la Rachael i la Meghan i finalment a mi.— Que et coles a la meva festa, Eden?

Abans que pugui caure morta allà mateix, la Tiffani fa un pas i li posa una mà plana al pit. Se li acosta a l'orella i li xiuxiueja:

—L'Eden és la germanastra d'en Tyler. —Es tira enrere per mirar-lo amb duresa.— No deus pas voler caure-li malament...

L'expressió de l'Austin es fon ràpidament i fa un pas enrere; canvia el somriure arrogant per un de benvinguda.

—Benvinguda a la festa! Desfaseu-vos o marxeu.

Alça la seva cervesa cap al cel, xiula un moment i després se'n va.

—Ja l'heu sentit —diu la Rachael.

Obre una ampolla de vodka que té a la mà i en fa un bon glop, empassant sense fer ni una petita ganyota. Hi deu estar acostumada.

—A desfasar-se!

El cel s'enfosqueix i la Tiffani va cap a dins. A hores d'ara ja he descobert que ella és la femella alfa del trio. El trio d'amigues més jo, la paparra de Portland. I ser una paparra comporta ansietat i nervis i la sensació de no ser benvinguda.

La casa està pràcticament plena de punta a punta, tant de cossos com de llaunes de cervesa, i hi fa molta calor. La música està forta i d'alcohol no sembla que en falti. La majoria de la gent, aquí, ja va una mica torrada, si no torrada del tot. I només n'hi ha uns quants que s'aguantin drets. Quan arribem a la cuina, en Tyler ja se n'ha anat. El seu paquet de cerveses és al mig d'un bé de Déu d'alcohol que ocupa la taula i tots els taulells. El terra està esquitxat de gotets de xarrups i els esquivo amb compte per poder deixar els Twisted Tea i el vodka a la punta de la taula.

—Dispensi, senyoreta —diu una veu d'home per

darrere, i quan miro a la dreta hi ha un noi que fa girar la Rachael agafant-la per la cintura.— Em pensava que ja no venies.

—Trevor! —Emocionada, se li llança al coll i li fa un petó als llavis.

En Trevor passa pel costat i agafa una cervesa mentre ella el mira com un nen de tres anys miraria un cadell.

—El nòvio? —articulo cap a la Meghan, però ella branda el cap.

—Ens veurem després, noies! —crida la Rachael, malgrat que la tenim al costat i la sentim perfectament—. Passa-t'ho bé, Eden!

Se'n van tots dos de la cuina, en Trevor amb una cervesa a la mà i la Rachael encara amb el vodka a la seva.

—La Rachael no aguanta l'alcohol —diu la Tiffani mentre col·loca dos gotets nets, d'esquena a nosaltres—. No ha parat de beure còctels des que ha arribat a casa meva.

És veritat que la Rachael no parava d'anar a la cuina mentre ens arreglàvem. En aquell moment em semblava que anava molt sovint al lavabo.

Observo de prop com la Tiffani omple els gots amb tequila.

—Qui és en Trevor? —pregunto.

—El seu rotllet de les festes —contesta amb avorriment, com si no tingués cap importància—. S'enrotllen a les festes i prou. Au, ja està! —Es gira, fent un gran somriure, i em dóna un got de tequila Cazadores. Miro la Meghan demanant ajuda, però ella arronsa les espatlles i fa dringar les claus del cotxe.

He provat el tequila un parell de vegades a casa, a Portland, amb el meu limitat grup de coneguts, però no em va fer cap efecte fora de deixar-me un gust agre i amarg a la boca.

—Oh —dic, tot mirant el got. Està ple fins dalt. De cua d'ull veig que la Tiffani es llepa la mà.— Oh?

La Meghan riu fluixet i fa una ganyota d'exasperació alhora que agafa un saler que hi ha en un taulell. El passa a la Tiffani.

—Ho has fet alguna vegada?

—Beure tequila? —pregunto.

—Beure tequila com cal —corregeix, arquejant les celles—. Amb la llima i tota la pesca, vull dir.

—Oh —torno a dir. A casa només bevem cervesa i rom.— Les nostres festes no són tan...

—Sonades? —La Tiffani somriu amb pedanteria. S'aboca una mica de sal a la mà.— Quan tornis els pots ensenyar això. Llepa't la mà, entre el dit gros i l'índex.

De cop, em sento burra. Com si tornés al primer curs de l'institut, on estic sotmesa al judici dels estudiants més grans i més enrotllats. Però això no és l'institut i els altres no són els estudiants. Això és una festa i elles saben exactament què fer i què dir i com formar part del grup. Jo, en canvi, no sé ni per on començar.

—D'acord —dic, i em llepo la mà. Em sento ridícula i em començo a preguntar si el pare i l'Ella ja deuen haver tornat a casa.

—Sal. —La Tiffani em passa el saler i me n'aboco una petita quantitat sobre la pell, com ha fet ella. S'hi queda enganxada.— Va, a veure si trobem llima.

—Tiff, són allà —diu la Meghan, i riu assenyalant el cistell de llimes que han posat amb aquesta intenció exactament. Ni tan sols m'agrada la llima.

La Tiffani es pica el front amb la mà i sospira.

—Encara no he begut res i ja vaig pet. Va, agafa'n un tall. Eden, aguanta'l a la mà amb la sal.

Faig el que m'ordena, deixo el tall de llima entre el meu dit gros i l'índex i després la miro, esperant que em digui què s'ha de fer a continuació.

—I ara què?

—Sal, tequila, llima —contesta la Meghan. Recula per mirar-nos a la Tiffani i a mi, i, quan la Tiffani fa un cop de cap, es posa a animar:— Va, va, va.

M'atabalo però llepo la sal igualment i tiro enrere el cap intentant fer baixar el tequila. M'esforço per no ennuegar-me. És fastigós i amarg. Recordo que tinc la llima a la mà i la mossego, tot i que tinc la cara arrugada, però el suc em llisca per les galtes i haig de córrer a la pica i escopir la beguda.

Quan torni a casa, em mataran.

—Ja sabeu què diuen —diu la Tiffani amb un somriure. Dec fer una cara horroritzada i em passa ràpidament una llauna de cervesa, com si això em pogués ajudar a treure'm el gust.— Un tequila, dos tequiles, tres tequiles, a terra. —Entra tot de gent a la cuina per omplir-se els gots i ella decideix aprofitar per tocar el dos.— Vaig a veure si trobo en Tyler. Passeu-vos-ho bé.

La música encara puja més de volum tot de sobte, rebotant a les parets i perforant-me les orelles. Començo a tenir mal de cap. La Meghan m'agafa la mà, em treu de la cuina i em porta a una sala gran, plena a vessar de gent. Pel camí parla amb un parell de persones, però per sort cap li pregunta per què va amb una penjada.

Un noi corpulent se'ns acosta des de l'altra punta de la sala i la Meghan crida instantàniament per fer-se sentir amb la música.

—Jake!

—Hola, Megs —diu en Jake. Porta una samarreta negra amb un gran eslògan al davant, que no em prenc la molèstia de llegir, i els cabells rossos pentinats en totes direccions amb gomina.— I la Tiff i la Rach?

Descobreixo que a en Jake li agrada escurçar els noms.

—La Rachael és amb en Trevor —diu la Meghan, i fa una ganyota, i ell també—, i la Tiffani està buscant en Tyler. L'has vist?

Em fixo que l'expressió d'en Jake s'endureix una mica.

—Sí —diu, amb rigidesa—. Fent el que fa sempre.

La Meghan em mira de reüll, es mossega el llavi i després canvia de tema.

—On és en Dean?

—Us estava buscant. —En Jake riu i se li estova l'expressió mentre fa un glop de cervesa. Se l'empassa i em mira.— Qui és la noia nova?

—Eden —responc abans que la Meghan parli. Sé quines preguntes vindran a continuació, de manera que continuo i responc abans que en Jake pugui fer la pregunta.— Sóc la germanastra d'en Tyler. He vingut a passar l'estiu. —Se li tornen a endurir les faccions. Mira la Meghan i ella arronsa les espatlles.— Què?

—Mmm —diu la Meghan—. Vaig a veure què fa la Rachael. Haig de vigilar que no me la deixin embarassada.

—Vols portar-los gomes? —En Jake somriu. Es dóna copets a la butxaca juganerament i riu. La Meghan riu divertida i marxa arreglant-se els cabells.

—O sigui que ets la germanastra d'en Tyler Bruce?

M'agradaria fer que no, però seria una bestiesa, així que murmuro que sí ràpidament i després canvio de tema tan de pressa com puc. Li pregunto el primer que em passa pel cap.

—Tots feu segon?

—Tu no? —pregunta decantant el cap.

—Primer —dic baixet.

Aquesta és una altra raó perquè em senti tan desplaçada. Sóc una noia de primer curs en una festa d'últim curs. L'Amelia no s'ho creurà de cap manera. A Portland, els de l'últim curs no volen tenir res a veure amb nosaltres. Els nois són massa bons per a nosaltres, les noies estan massa ocupades intentant semblar grans. És com si es pensessin que són una raça superior. Com els novaiorquesos.

—D'on has dit que eres?

Torno a dedicar la meva atenció a en Jake.

—De... de Portland.

—Portland, a Maine?

—Portland, a Oregon —corregeixo. En Jake fa un altre glop de cervesa i el silenci i la conversa brusca s'estan tornant molt incòmodes.— Perdona, on has dit que era en Tyler?

Deixa de beure i alça una cella.

—Per què?

Perquè vull tornar i resulta que vivim a la mateixa casa.

—Li he dit que li portaria una cervesa. —Apa.

En Jack dubta un moment llarg abans de parlar.

—A darrere. Vigila.

—Gràcies.

Faig un glop ràpid de la meva beguda, surto al passadís i el segueixo cap al fons de la casa i a través d'una massa de cossos. Cossos entre els quals no hi ha els de la Tiffani, la Rachael i la Meghan. I ara mateix, m'aniria bé tenir-les al costat. M'han abandonat entre una multitud de desconeguts en una ciutat nova i no és una sensació gaire agradable.

Al final del passadís hi ha una porta oberta amb gent que entra i surt de la casa, així que surto al jardí i deixo la cervesa a la taula del pati. Hi ha un noi que vomita al costat de la tanca i una noia dormint a la gespa. No sé si ajudar-la, però em distrec immediatament amb un esclat de rialles que ve d'un cobert del fons. Les rialles semblen venir d'un grup de nois, així que m'armo de valor i me n'hi vaig. Si no, m'hauré de quedar en aquesta festa fins a una hora intempestiva.

A mesura que m'hi acosto, noto l'olor. El cobert no té finestra i la porta està tancada, així que agafo la maneta i l'estiro. Immediatament em cau a sobre una pudor de marihuana brutal, tan brutal que mentre el fum s'escapa cap a l'aire nocturn se m'omplen els ulls de llàgrimes. Em tapo la boca amb la mà i tusso, entretancant els ulls i reculant una passa.

—És herba? —balbucejo.

—No, és cotó de sucre —crida algú, i el cobert ressona amb udols de rialles. Però jo no li veig la gràcia.

Torno a obrir els ulls, l'aire s'aclareix i veig quatre nois que em miren. Un és en Tyler. Té un porro a la mà i l'intenta amagar darrere la cama, però no serveix de res. Encara el veig, de la mateixa manera que veig el pànic i l'alarma que li travessen les faccions.

—No fotis! —dic amb incredulitat.

—Nano, treu aquesta tia d'aquí —murmura algú. No sé ni quin dels altres tres nois parla. Tant se me'n donen els altres. Tinc els ulls fixos en en Tyler.— O potser vol entrar i fer-nos companyia.

—Tio —diu en Tyler, però és difícil ignorar la tremolor que té a la veu quan s'empassa la saliva i se li escapa una rialla forçada dels llavis. Té els ulls entelats, les pupil·les dilatades.— De debò que vols aquesta nena aquí?

Hi ha més rialles, però en Tyler no s'afegeix a la barreja d'estossecs i riures. Es mossega els llavis i em mira a mi i els seus amics, no gaire segur de com ha d'enfocar la situació. Per començar, s'hauria de desfer del porro que encara té a la mà.

—Qui coi és aquesta? —pregunta el mateix noi. Algú exhala i em ve una altra bafarada de fum, però l'escampo ràpidament amb la mà.— Ningú no li ha explicat les normes? —Entretanco els ulls per veure-hi a través de la fumerada i quan es dispersa veig el parell d'ulls injectats en sang que intenten enfocar-me. El noi negre propietari dels ulls somriu.— No s'interromp, noia. Si no vols participar, fot el camp.

Fa un pas endavant amb el porro encès a la mà. Gairebé està acabat, però me l'ofereix igualment.

Com si m'hagués passat pel cap agafar-lo, en Tyler s'interposa entre el porro i jo. Es llepa el polze i l'índex i apaga el seu propi porro. Després se'l guarda a la butxaca i es tomba per mirar furiós el noi.

—Es pot saber què fas? —pregunta, assenyalant amb el cap el porro que té a la mà—. Clayton, home, una mica de seny!

En Clayton s'acosta el porro als llavis i xucla amb ganes abans de deixar anar el fum a la cara d'en Tyler.

—Oferir-li una xuclada és assenyat. Se'n diu bona educació. Seria de mala educació no fer-ho —li diu. Em mira per sobre l'espatlla d'en Tyler.— Oi que tinc raó, noia nova?

Els altres dos nois s'aguanten el riure un altre cop, però ja no ens fan gaire cas. Porten una merda com un piano i tant se'ls en fot. S'estan drets al fons del cobert, rient. En canvi, en Tyler no es distreu tan fàcilment.

—Treu això, tio —diu en veu baixa i amenaçadora. Fa un pas enrere i ensopega amb mi, i m'obliga a fer un pas enrere també.— No en vol. Mira-la.

Mira la meva expressió de repugnància, més estona del que convé perquè em senti còmoda. Fins i tot quan en Clayton torna a parlar, en Tyler em continua mirant.

—D'acord, d'acord —diu en Clayton—. Però emporta-te-la. I com és que tenim una criatura perduda per aquí?

—És el mateix que pensava jo —murmura en Tyler.

De sobte es gira cap a mi. Fastiguejada pel fum, brando el cap. No crec que l'Ella ho sàpiga. És conscient que el seu fill és aquí aquesta nit col·locant-se?

En Tyler fa el gest d'acostar-se'm, però, quan es gira, el puny tancat li topa amb alguna cosa. Mira cap a la dreta i jo li segueixo els ulls cap a una taula de metall i el llumet que hi ha en un racó. Estic a punt d'oblidar-ho quan distingeixo què hi ha a la taula al costat del llum. Hi ha un feix de bitllets de dòlar i unes targetes de crèdit escampades, i, el més important, una filera de ratlles. De ratlles blanques de coca.

—Ai, mare —xiuxiuejo, parpellejant tan de pressa com puc, perquè no sé si el fum que m'he empassat m'està fent efecte o de debò veig el que hi ha—. Ai, mare!

—De debò, tio, no ho dic de broma. —És en Clayton.— Emporta-te-la abans que truqui a la bòfia o jo què sé.

—Sí, sí, ja se'n va —contesta en Tyler.

M'agafa pel colze i em treu del cobert. Em sorprèn que ell també surti i em faci caminar pel jardí fins que som lluny de tothom i no ens poden sentir.

—Ets increïble —dic baixet mentre em trec de sobre la seva mà—. Coca? Per l'amor de Déu, Tyler.

Sembla indefens davant meu, com si fos la primera vegada que l'hi haguessin retret, perquè només es tapa la cara amb les mans i gemega.

—No hauries de ser aquí —diu, quan es destapa la cara. S'entafora les mans a les butxaques i clava puntades de peu a la gespa.— Torna... torna-te'n a dins.

Serro les dents. No m'havia trobat mai en una situació així, o sigui que no estic del tot segura del que he de fer. Hi parlo? Truco a l'Ella? A la policia? Al final, decideixo tocar el dos. Me'l trec de davant amb una empenta, i el pols em batega ràpid i tinc la sang encesa. Estic enfurismada pel que acabo de veure. Tinc ganes de clavar una guitza a alguna cosa, donar un cop de puny a la paret, arrencar una extremitat a algú. Estic molt enfadada.

En Tyler torna al cobert i no sé què diu als seus amics quan entra, però de sobte tots riuen com bojos. Sento com ressonen les rialles darrere meu i no puc evitar preguntar-me si és de mi que riuen.

—Tio, va —diu algú. Les rialles al cobert paren.— És mesquí. Prou.

—Calla d'una puta vegada, Dean —sento que diu en Tyler, però no em molesto a girar-me. Estic massa emprenyada per mirar-lo.

Sento passos que corren i aixeco el cap quan algú es posa al meu costat.

—Ets en Dean?

—I jo intentaré endevinar-ho i diré que ets la germanastra d'en Tyler —diu. Mentre em parla té una mà sobre els cabells castanys.— Ets l'única persona d'aquí que no havia vist mai i la Meghan ha dit que la misteriosa germanastra corria per aquest pal de festa. O sigui que l'encerto?

M'obligo a somriure.

—Sí. Escolta, no deus pas saber quin número de carrer té la casa d'en Tyler, oi? La de l'avinguda Deidre. Vull tornar a casa, però no... no sé l'adreça.

—Que si sé on viu el meu millor amic? —En Dean somriu.— Al 329.

—El teu millor amic? —Miro cap al cobert. Fa cinc segons s'estaven insultant al jardí.

—És complicat —diu, i després assenyala la casa—. Et puc acompanyar. Tinc el cotxe aparcat aquí baix.

—Has begut?

—Si hagués begut no m'oferiria a acompanyar-te.

Sospiro.

—Gràcies.

Torna cap a la casa i jo l'acompanyo, amb el cap com un timbal. I jo que em pensava que en Tyler no podia ser pitjor. Alenteixo el pas un moment per mirar cap al cobert i, per la porta encara oberta, tinc una visió clara d'ell traient la resta del porro de la butxaca. En el moment que se'l posa als llavis i l'encén, em veu.

De manera instintiva i rapidíssima, fa una ganyota i mira a terra. Algú li posa una cervesa a la mà, però no l'agafa. Es queda quiet com si estigués paralitzat i no es pogués moure, amb les espatlles enfonsades i el cap cot. I llavors s'allibera de la paràlisi i va cap al fons del cobert, tan lluny de mi com pot, i l'única cosa que veig és una lluentor taronja brillant en la foscor.

Mentre en Dean em porta a casa, de cop sóc conscient que hauré de donar un munt d'explicacions. No sols he mentit per evitar d'acompanyar el pare convencent-lo que no em trobava bé, sinó que me n'he anat de casa i a una festa. A hores d'ara deu estar trucant a la policia per denunciar la meva desaparició. I, per acabar-ho d'adobar, torno a casa amb un vestit que amb prou feines em tapa mig cos.

—El meu pare em matarà —murmuro tot repenjant el cap a la finestra—. Li havia dit que estava malalta.

En Dean em mira.

—Has experimentat una curació miraculosa o una cosa així?

—Una cosa així. —M'incorporo una mica i busco el mòbil, que és una cosa instintiva, però no tinc butxaques i no tinc mòbil. L'he deixat a ca la Tiffani.— Quina merda.

—Què passa?

—Res. —Sospiro frustrada i busco l'hora al rellotge del cotxe. Són gairebé les onze. He estat amb prou feines una hora a la festa. Si m'hi hagués quedat més, només hauria trobat més motius per menysprear en Tyler i més raons per qüestionar la meva salut mental.— Penses tornar a la festa?

—Sí —diu en Dean tot entrant a l'avinguda Deidre—. Em toca fer de xofer d'en Jake —diu rient—. M'he d'encarregar que torni a casa.

—I en Tyler què? —pregunto, i em maleeixo a mi mateixa per preocupar-me'n.

En Dean somriu una mica.

—En Tyler no torna a casa.

—I què fa? Es posa a dormir al mig del carrer o què? —Encreuo els braços, empipada, però també una mica encuriosida.— Passa la nit al calabós?

—No ben bé —diu en Dean—. Normalment se'n va amb la Tiffani a casa seva.

—Ah. —Quin horror.— No em puc creure que es drogui. —Encara pitjor.— Ho sabies?

Hi ha un llarg silenci.

—Tothom ho sap.

Ara entenc l'expressió d'abans d'en Jake i les mirades vacil·lants de la Meghan. Tots dos sabien el que feia en Tyler.

—Però per què cap de vosaltres no l'hi impedeix? —Em sembla increïble que tots aquests es considerin els seus amics, i, tot i veure que està esnifant davant d'ells, no facin res per ajudar-lo o per impedir-l'hi.— La seva mare ho sap?

—Creu-me, ho he intentat —diu en Dean. Entra al jardí del pare i apaga el motor.— Però intentar connectar amb en Tyler és com intentar connectar amb un mur de pedra. És literalment impossible. No escolta. Hem acabat ignorant-ho tots. Crec que la seva mare sap que fuma, però segur que no sap res de la coca.

—És fastigós. —Brandant el cap amb incredulitat, agafo la maneta i obro la porta. Regiro ràpidament la petita bossa de mà que m'ha deixat la Tiffani i en trec un bitllet. És de cinc dòlars i està tan arrugat que gairebé no té tinta, però és suficient per pagar el trajecte. L'ofereixo a en Dean.

—Gràcies per acompanyar-me.

—Què és això? —Es mira el bitllet arrugat amb cara de perplexitat i després a mi.

—Per pagar la gasolina. —Li poso els diners a la mà, però no els vol agafar. Sospiro.— Agafa'l.

—No hi pateixis, Eden, t'ho juro —diu rient—. Saluda l'Ella de part meva i quedem en paus.

El miro amb escepticisme amb els ulls entretancats. A Portland, si algú t'acompanya amb cotxe, és la norma social donar un parell de dòlars per contribuir al cost de la gasolina. Si baixes del cotxe sense oferir ni un cèntim, et posen a la llista negra de la colla i tens molta sort si mai es tornen a oferir a acompanyar-te. Potser aquí s'acompanyen de franc, o potser en Dean és més bo del que li convé. Per si de cas, deixo el bitllet a la guantera i baixo del cotxe, abans que me'l pugui tornar.

—Queda-te'l! —crido, i tanco la porta de cop i corro cap a la casa.

Llavors m'adono que a dins hi ha tots els llums encesos. Podria ser que el pare fos extremament comprensiu o que estigués enfurismat. Segurament això últim. Potser puc entrar d'amagat per darrere sense que em vegin el pare i l'Ella, pujar corrent a l'habitació, posar-me un pijama i convence'ls que no m'he mogut d'allà. O posar-me a plorar i demanar perdó.

Armant-me de valor, m'abaixo el vestit de la Tiffani tant com puc per les cuixes i l'eixamplo perquè em tapi una mica més el cos. Tot ajuda. També em trec les irritants pestanyes postisses i les llenço a la gespa. Porto enganxada la fortor d'alcohol i no puc fer res per treureme-la. Haig d'afrontar el fet que he mentit i em mereixo que m'enviïn a les calderes de l'infern.

La porta no està tancada amb clau, o sigui que entro tan silenciosament com puc i travesso el rebedor de puntetes. Però no sóc tan discreta com em penso, perquè el pare em crida des de la sala.

Em mossego el llavi i vaig cap a la porta, trec el cap pel marc i amago la resta del cos.

—Ei.

—Ei? —repeteix el pare, parpellejant mentre em mira amb una expressió atònita—. Això és l'únic que penses dir? Ei?

—Hola —provo. No he estat mai conflictiva i fer coses d'amagat és nou per a mi. En setze anys, la mare m'ha castigat tot just un parell de vegades. El pare no hi era per castigar-me.— Sóc a casa.

—Sí, ja veig que ets a casa —diu el pare, amb una veu ronca i sarcàstica mentre es posa dret. L'Ella ens mira des del sofà.— Que és on representava que havies de ser tota la nit. No et trobaves bé, però ara sembla que estàs recuperada. Què ha passat?

—He anat a ca la Tiffani —balbucejo. És mig veritat.— Amb les noies. Em trobava millor i per això hi he anat. Em pensava que et semblaria bé.

—La nòvia d'en Tyler? —interromp l'Ella. Ella també es posa dreta.

Malauradament per a la Tiffani, sí.

—Sí.

—Parlant d'en Tyler —murmura el pare—, on s'ha escapat, ell?

—No ho sé —menteixo. Ara mateix està fumant porros i esnifant coca i bevent cervesa i rient de bromes que ni tan sols fan gràcia.— Quan he marxat encara hi era. —Seria molt fàcil dir a l'Ella que el seu fill s'emporra. Potser així no faria tant l'imbècil amb mi. Però per algun motiu sento que no em correspon de dir-ho a sa mare, i el continuo encobrint. És com si no pogués impedir que em surtin les paraules de la boca.— Potser ha anat a comprar menjar o una altra cosa.

—El seu cotxe hi és —observa l'Ella. Sembla decebuda com si s'hagués esperat que fos el seu fill el que entrés per la porta i no jo.

—Potser ha anat a passejar?

—Ho dubto —diu ella—. No m'agafa el telèfon.

Deu ser difícil per a ella haver de tractar amb un noi intractable.

—Eden —diu el pare—. Sento olor d'alcohol. No m'agrada que em menteixis.

El miro, preguntant-me a què es refereix: mentir sobre estar malalta, mentir sobre anar a casa de la Tiffani, o mentir sobre saber on és en Tyler. Per algun motiu em ve un rampell de ràbia i no tinc ni idea de per què. Faig una ganyota.

—I a mi no m'agrada que abandonessis la mare, però les coses no sempre van com ens agradaria.

No espero que el pare em contesti. Tanco els punys, pujo l'escala ràpidament i entro a la meva habitació. El tequila m'ha regirat l'estómac, i em recorda que amb prou feines he sobreviscut una hora a la festa. La música forta m'ha fet mal de cap i encara sento la fortor de la marihuana. Ara sí que em trobo malament i aquesta vegada no és una excusa.

Em desperto al matí sentint els crits de l'Ella per tota la casa i la veu d'en Tyler el doble de forta. Observo el sostre una estona, escoltant com s'escridassen i sense saber quina hora és. I sigui quina sigui l'hora, segur que és massa d'hora per a això. En Tyler deu haver trobat la manera de tornar de casa de l'Austin.

Em costa ignorar la claror del sol que entra a la meva habitació i el soroll d'algú que talla la gespa i decideixo llevar-me i posar-me alguna roba a sobre. Mentre estic en això, sento unes passes fortes a l'escala i uns renecs. Només pot ser una persona i aquesta persona decideix entrar a la meva habitació.

—No saps que existeix una cosa que es diu... ai, no ho sé, intimitat? —Miro l'intrús amb indignació abans d'acabar de posar-me la dessuadora amb caputxa.

En Tyler decanta el cap i tanca la porta.

—Les teves coses. —A la mà té la roba que vaig deixar a ca la Tiffani i ho deixa tot al meu llit. Sorprenentment, parla amb una veu tranquil·la. Fa cinc segons era prou forta per eixordar un nen petit.— I el teu... daixò... mòbil.

S'inclina una mica cap a mi i l'hi prenc, a poc a poc, mirant-lo a la cara. Li costa mirar-me als ulls.

—Gràcies —dic, bruscament. Encara estic enrabiadíssima amb ell.

El silenci s'instal·la a la meva habitació una estona. Es

gira a poc a poc per marxar, però abans d'arribar a la porta em mira.

—Escolta —comença—, allò d'ahir a la nit...

—Ja sé que ets idiota i que et drogues i que no pots ser més patètic —dic—. No cal que m'ho expliquis.

Arrufa les celles, prem els llavis i fa unes passes cap a mi.

—No... no diguis res.

Encreuo els braços i el miro encuriosida. Per variar, no fa gaire por.

—M'estàs demanant que no xerri?

—No diguis res a la meva mare o al teu pare —diu, i la seva veu és tan baixa i tan suplicant que em deixa una mica desconcertada. Almenys la seva part suplicant és agradable.— Oblida-te'n.

—No em puc creure que facis aquestes coses —murmuro, mirant el meu mòbil. Quatre trucades perdudes del pare. El llanço sobre el llit.— Es pot saber per què ho fas? No et fa més maco, si és el que pretens.

—No hi té res a veure.

Gesticulo amb exasperació.

—Aleshores què?

—No ho sé —murmura—. No he vingut a sentir un sermó, entesos? He vingut a tornar-te les coses i a demanar-te que callis. —Es passa la mà pels cabells i mira a una altra banda.

Potser és que he dormit poc o potser és que estic sonada, però, no sé com, arreplego el valor per fer-li la pregunta que tinc a la punta de la llengua des de divendres.

—Per què em tens tanta mania?

Això enxampa en Tyler per sorpresa. De sobte sembla perplex.

—Qui ha dit que et tingui mania?

—Home —dic—, es pot dir que m'insultes cada vegada que pots. Entenc que sigui estrany que t'aparegui una germanastra sense més ni més, però per a mi també ho és. Em sembla que hem començat amb mal peu.

—No —diu en Tyler, brandant el cap i rient—. No has entès res.

Fa una mirada ràpida a l'habitació, entretanca els ulls i es torna a girar per marxar.

—Què és el que no he entès? —crido.

—Res —crida.

7

DIMARTS EM POSO EL DESPERTADOR a primera hora i decideixo sortir a córrer abans que es despertin els altres. Les paraules de la Tiffani sobre el vestit cenyit encara em ressonen al cap, o sigui que surto del barri i dibuixo una ruta d'anar i tornar fins a la carretera de la costa portant al límit el meu cos. Em desanima veure que a la platja hi ha una capa de boira que la tapa, però l'ambient és càlid. Quan arribo a casa, el pare està llevat i fent cafè.

—Has corregut bé? —pregunta quan entro a la cuina.

Sospiro amb força, premo les mans al costat de la samarreta i respiro.

—Sí —dic, però és més aviat un panteix—. Gairebé sis quilòmetres. Al moll hi havia una superboira.

—S'esbargirà quan canviï el mes —diu de broma—. Ai, la famosa boira. Se'n diu Grisor de Juny. Cafè? —Aixeca la tassa.

—No, gràcies. —M'encantaria un cafè, però les set

del matí és massa d'hora. L'únic que puc fer ara mateix és una dutxa calenta i llarga.— Hi ha algú més despert?

—L'Ella s'està vestint —diu, i es gira per agafar una altra tassa—, però els nanos encara dormen.

Des del meu brusc comentari de dissabte a la nit, s'ha calmat i intenta ser simpàtic. Ara sap que no l'he perdonat, que encara estic enfadada amb ell per abandonar-nos. S'ha d'empassar molta cosa.

—Ha d'anar a treballar? —Ahir no semblava que tingués feina. Quan el pare se'n va anar a treballar, ella va netejar la casa, va xerrar amb mi, va discutir una mica amb en Tyler, i després va acompanyar en Jamie i en Chase on fos que haguessin d'anar.

El pare em fa un petit somriure.

—L'Ella és advocada de drets civils.

Pestanyejo. No hauria dit mai que fos advocada. Amb en Tyler sembla perdre totes les discussions i rendir-se al cap de pocs minuts.

—No hauria d'anar a un despatx?

—Ha deixat de treballar una temporada —diu el pare, però no em dóna l'oportunitat de continuar indagant en el tema—. Vas dir que avui aniries a la platja, oi?

—Sí —dic—, amb la Rachael. —I amb la Tiffani i la Meghan, però dubto que al pare li interessin tots els detalls.

—Si necessites que t'hi portin, l'Ella t'acompanyarà —ofereix, que és una bestiesa perquè només fa quatre dies que la conec i em falta molt per tenir la confiança suficient per demanar-li que m'acompanyi enlloc.

—M'hi portarà la Rachael —dic—. Però gràcies.

—D'acord. —Fa un bon glop de cafè, després es fica bé la camisa dins dels pantalons de vestir i s'ajusta la corbata.— Au, me'n vaig, a veure si m'avanço a la congestió del trànsit de Los Angeles. Hi ha matins que guanyo i d'altres que perdo.

—Per què la corbata?

—Sóc el supervisor.

—Ah. —Finalment una resposta a per què aquesta casa és tan luxosa. El pare és enginyer civil des d'abans fins i tot que jo nasqués, i els anys d'experiència finalment li deuen haver proporcionat un lloc de treball més ben pagat. Evidentment.

—Tornaré a les sis —diu, i s'acomiada saludant amb dos dits quan passa.

Faig una ganyota exasperada, vaig a l'aixeta per posar-me un got d'aigua i me'n torno. Sento que l'Ella obre la porta de l'habitació principal quan sóc al passadís i pujo l'escala corrent abans que em vegi. Però a les habitacions d'en Tyler, en Jamie i en Chase no se sent cap soroll.

Em regalo una dutxa llarga i calenta, prou llarga i prou calenta per relaxar-me els músculs i deixar-me el cos en plena forma una altra vegada. Aquest cop no em descuido de depilar-me les cames.

—Eden —diu l'Ella, i entra a la meva habitació sense trucar. Sorpresa, em lligo fort la tovallola al voltant del cos.— Perdona... no...

Agafo ben fort la roba i li faig un somriure tens.

—No passa res. —«Tot i que sí que passa», penso. Estic mig despullada davant d'una desconeguda.

L'Ella s'escura el coll, mira a terra, a la catifa.

—No sé si vols esmorzar. O potser has menjat alguna cosa amb el teu pare?

—De moment no cal —dic—. No tinc gana.

L'Ella somriu, assenteix i se'n va. Almenys s'hi esforça. M'esperava que fos una madrastra malvada estereotipada. Però de moment no m'ha fet fregar res.

Amb els cabells molls, em faig una trena i em torno a ficar al llit. No aniré a la platja fins a la tarda, i no puc parar de badallar. M'he llevat molt d'hora o sigui que s'imposa una dormideta reparadora.

—La Tiffani i la Megs ja hi són —diu la Rachael tan bon punt pujo al seu cotxe, cinc hores després. Arqueja les celles i em mira de dalt a baix.— Sembla que t'acabis de despertar.

—Sí, senyora —dic—. Fa vint minuts.

—Dona, entenc que és estiu, però llevar-se a... —toca el rellotge de la ràdio— a les dotze i vint és una mica gandul, no trobes?

Esbufego amb exasperació, i em passo els dits pels cabells per assegurar-me que m'he desfet bé les trenes. M'han quedat unes ones de sirena, perfectes per a la platja i per als estàndards de la Rachael. Em tanco el quimono floral sobre el cos.

—M'he llevat superaviat.

—Per què?

—Per anar a córrer.

La Rachael riu.

—Molt bé, retiro la meva afirmació anterior. Ja has estat al moll?

Em poso les ulleres de sol i la miro, amb atenció, mentre es concentra en la conducció.

—Allà on hi ha la sínia? Ho he vist aquest matí. He baixat fins a la carretera.

—Sí, allò és el moll —confirma la Rachael—. Després, si tenim temps, hi podem passar.

Avui fa molta calor, només bufa una lleugera brisa que ve del Pacífic, però és fresca i no em queixo, sobretot ara que la boira ha escampat. Portland no és precisament una ciutat famosa per les seves platges, més que res perquè no en té. Hi ha alguna anomenada «platja» en un llac o a la riba del riu Willamette, però res a l'escala de les platges d'aquí. S'allarguen quilòmetres i quilòmetres per la vora de la ciutat fins a trobar-se amb Venice Beach, i tenen un flux constant de visitants.

La Rachael troba un lloc per aparcar al costat del moll i agafo la bossa i baixo. A casa he tardat deu minuts per decidir-me a posar-me biquini, i ara que el porto sé que és la pitjor decisió que he pres en la meva vida. Mentre la Rachael agafa la tovallola i els altaveus del maleter, reviso si porto ben posats els pantalons curts i si el quimono em tapa bé. No em penso treure la roba per res.

—D'acord —diu la Rachael fent la volta al cotxe per venir al meu costat. Amb les ulleres al cap mira el mòbil amb els ulls entretancats.— La Meghan diu que són al costat de les pistes de voleibol, a prop de Perry's, o siiiiiiiigui que són en algun lloc per aquí. —Assenyala a la dreta. Deu ser difícil trobar les persones que busques en una platja tan gran, però gràcies a la tecnologia la dificultat es minimitza.

Surto de l'aparcament amb la Rachael i trepitjo la sorra. Les xancletes em ballen als peus de la manera més incòmoda, i així caminem cinc minuts ben bons fins que trobem la Tiffani i la Meghan. Seria impossible no veure-les perquè estan dretes gesticulant com boges.

—Nenes! —crida la Tiffani—. Us acabeu de perdre un tio guapíssim que ha demanat el telèfon a la Meghan.

Miro la Meghan, que s'estira a la sorra avergonyida i amb les galtes vermelles.

—És de Pasadena —murmura, mossegant-se el llavi.

Mentre la Tiffani s'estira també a la sorra, la Rachael i jo la imitem estirant la tovallola i posant-nos còmodes. Encreuo les cames i somric. La platja és realment enorme, amb fileres de botiguetes darrere i carrils bici i nois que es llancen pilotes de voleibol.

—I què, Rach —diu la Tiffani, alçant una cella per darrere les ulleres de sol—, què vau fer tu i en Trevor dissabte?

La Rachael somriu, fa una ganyota i després mira a una altra banda.

—Res —diu, però encara somriu.

—Una merda, res —crida la Meghan—. M'imagino que aquest cop et vas quedar a la tercera base, perquè dues setmanes seguides arribant fins al final no és el teu estil. Tinc raó o no tinc raó?

La Rachael calla un moment.

—Tens raó —acaba dient en veu baixa. I riu.

Es treu la camisa transparent i la deixa en un costat, s'estira panxa enlaire i es posa còmoda. M'adono que té un cos perfecte, les cames llargues i la panxa plana. El cos perfecte per fer joc amb el biquini de color menta.

—Eden, què et va passar a la festa? —pregunta la Tiffani.

Estic tan distreta amb les cames de la Rachael que m'agafa per sorpresa.

—Què?

—On vas anar? —S'asseu amb el seu cos també perfecte i em mira fixament per darrere les ulleres de sol.— Amb qui vas anar a casa? Com es diu?

Gairebé m'ennuego.

—Nooo —dic, brandant el cap—. No em trobava gaire bé. En Dean em va acompanyar. —Quantes vegades més hauré de fer servir l'excusa de no trobar-me bé?

—Va ser el tequila, eh? —Somriu, riu i després es posa de genolls per estirar la tovallola.— Escolteu, els nois proposen que sortim aquesta nit. Potser a Venice o a la ciutat, però en Dean també ha proposat d'anar a Hollywood perquè poguessis veure el rètol, Eden, perquè no pots venir a Los Angeles i no veure el rètol de Hollywood de ben a prop. Hi anirem tots.

—Hollywood és bona idea —diu la Rachael—. Em ve de gust fer alguna il·legalitat.

Tot plegat em fa sentir una escèptica.

—Il·legalitat?

Totes tres riuen per sota el nas, i després la Tiffani continua xerrant, encara que sigui només amb la Rachael, al començament.

—Només agafarem tres cotxes per fer-ho més fàcil, o sigui que, anem on anem, en Jake em passarà a buscar, i en Dean ha dit que us recolliria a tu i a la Meg. —I em diu:— I tu pots anar amb en Tyler, perquè sortiu de la mateixa casa.

La miro sorpresa. De fet, gairebé se m'escapa una rialleta, però aconsegueixo reprimir-la. Sí, que en Tyler i jo compartim cotxe sembla convenient, però posar-nos a tots dos en un espai tancat més d'un minut em pot fer bullir la sang.

—Fem una visita a Perry's? —pregunta la Meghan. Agafa el moneder.

—Porta'm un Frio de caramel —diu la Rachael.

La Meghan em mira.

—Eden?

—Mmm —dic. No sé quina mena de botiga és Perry's, i no havia sentit a parlar d'un Frio en ma vida.— Què venen?

—Compra-li el mateix que a mi —interromp la Rachael estirant-se repenjada en els colzes, amb la cara aixecada cap al sol.

No val la pena discutir.

La Meghan se'n va amb la Tiffani a buscar begudes per a totes i ens deixen a la Rachael i a mi prenent el sol. O almenys jo he decidit que són begudes. No en tinc la més mínima idea. Podria ser un gelat. Sigui el que sigui, no em fa cap il·lusió.

M'escuro el coll i busco una manera de distreure'm.

—A veure, em sembla que ja ho he entès —dic, encreuant les cames i girant-me cap a la Rachael. S'asseu per escoltar.— Vosaltres tres sou molt amigues, oi?

—Sí... —diu la Rachael, però el seu to és cautelós mentre espera veure on vull anar a parar.

—I llavors en Tyler i en Dean i aquest tal Jake també són molt bons amics?

Rumia, prement els llavis com si ho hagués de valorar.

—Si fa no fa —diu—. Entre en Tyler i en Jake hi ha una mica de tensió, però normalment fan veure que no.

—Per què hi ha tensió? —Recordo haver parlat amb en Jake a la festa i tot i la seva poca habilitat conversadora semblava simpàtic.

—Perquè en Tyler va començar a sortir amb la Tiffani al primer curs i aleshores en Jake estava penjadíssim d'ella i hi va haver discussions i baralles. Però ho va superar —explica la Rachael. Fa una ganyota.— Coses de criatures. Però encara es tenen força tírria.

—Si no comptem la tensió —continuo—, vosaltres sou com una colla d'amics? És el que sembla, però vull saber si ho he entès bé.

—Ho has entès bé —diu la Rachael—. Som tots amics des de... primer de secundària o així. Vam anar tots junts a l'escola. I ara prou! —Aixeca els braços enlaire.— Treballem-nos unes bones marques de bronzejat.

—Estic bé així —dic, i somric tant com puc per desanimar-la de seguir per aquest camí. Però no funciona.

—Però què dius... —diu rient, i es torna a estirar—. No et posaràs mai morena si prens el sol tan tapada.

Miro a terra i em tanco més fort el quimono.

—No, de debò, no cal.

—Porto els vostres Frios! —anuncia la Tiffani apareixent per sorpresa per darrere, i li agraeixo la interrupció.

S'inclina per sobre la meva espatlla i em dóna un got de plàstic amb crema que vessa i en dóna un altre a la Rachael, i després ens llança unes palletes.

Em miro el got uns segons. Sembla la beguda més calòrica del món. La crema em fa angúnia i no puc ni somriure a la Meghan. Dec semblar una desagraïda, però no puc parar d'arrufar les celles. Espero, fins que totes em miren, i llavors fico la palleta al got i faig un glop de la beguda freda, assegurant-me que em miren. «Somriu i assenteix», penso. I això és exactament el que faig. Faig veure que és la cosa més bona que he tastat en tota la meva vida, però, tan bon punt no em miren, la deixo. Més tard, quan estigui fosa amb l'escalfor del sol, faré veure que me n'havia oblidat.

—Aquell noi repel·lent que sempre ens serveix ens ha fet descompte —diu la Meghan, tot seient a la tovallola amb les cames encreuades. Agafa una mica de crema de la seva beguda amb el dit i la llepa a poc a poc.—Només perquè la Tiff ha flirtejat amb ell.

—No he flirtejat amb ell! —protesta la Tiffani bufant.

Remeno la meva bossa i en trec els auriculars, els desenredo i busco una llista decent. M'estiro i miro el cel. Auriculars, música forta, ulleres de sol, beguda al costat i aïllada de la xerrameca de noies fabuloses.

Ens quedem unes cinc hores a la platja i decidim passar un moment pel moll, o sigui que, quan la Rachael i jo tornem a l'avinguda Deidre, començo a tenir gana. Sortosament, l'Ella té el sopar en marxa.

—Aquesta nit el teu pare arribarà tard o sigui que soparem més tard —diu quan arribo a casa—. T'ho has passat bé a la platja?

—Sí —dic, i fins aquí arriba la nostra conversa.

A sobre, deixo un rastre de sorra darrere meu quan pujo per dutxar-me una altra vegada i preparar-me per anar a Venice, Los Angeles o Hollywood. L'itinerari d'aquesta nit encara està pendent de decidir.

Ara estic dutxada, vestida i a punt per sortir. Quan m'estic tornant a revisar la ratlla dels ulls al mirall, sento la veu del meu pare a baix. És a casa, cosa que vol dir que el sopar deu ser a punt. Baixo i, quan m'acosto a la cuina, m'adono que el meu pare ha aixecat la veu.

—Vols saber el que acabo de veure? —pregunta el pare, i la seva veu és tan hostil que és evident que està superenfadat.

Vaig cap a l'arc de la cuina i m'amago darrere la paret per espiar a dins. L'Ella és al costat del forn. El pare davant d'ella i en Tyler enmig.

—Anava baixant per Appian Way —brama el pare— per deixar uns documents abans de venir a casa i imagina't qui veig a la platja.

L'Ella mira en Tyler un moment.

—T'havia dit que no sortissis.

—Llavors penso «que no estava castigat?» i vaig a preguntar-li a què juga —continua el pare—, i està assegut en una taula amb uns nois que semblen deu anys més grans que ell, i el veig que llança sobre la taula deu, vint, fins a cinquanta bitllets de dòlar.

L'Ella empetiteix els ulls.

—Tyler.

En Tyler només branda el cap i somriu amb incredulitat.

—Això és una merda.

—Fot el favor de callar —li etziba el pare, arromangant-se les mànigues de la camisa i afluixant-se la corbata—. Em quedo allà veient com juga i llança els diners sobre la taula. I endevina què ha passat quan ha perdut l'aposta! —El pare calla un moment.— Ha començat a atonyinar un dels nois.

—Aquell malparit feia trampes —murmura en Tyler, agafant-se al taulell i repenjant-s'hi. Se li han enfosquit els ulls.— No pensava deixar que se sortís amb la seva.

—Vols que t'arrestin per agressió? —El pare fa un pas per fixar en ell una mirada furiosa.— Passar-te la vida en centres juvenils? Això és el que vols?

—Tyler, has de parar de fer aquestes coses —diu l'Ella baixet, posant-se una mà al front i sospirant. Sembla més trista que enfadada.— No vull que acabis malament.

—Això no és Las Vegas —interromp el pare. Es fica encara més en l'espai personal d'en Tyler, amb les galtes molt vermelles. Està enfurismat per tots dos.— A què collons jugaves?

En Tyler serra els llavis.

—Viu una mica.

—Ja en tinc prou, de tu —diu el pare, brandant el

cap. Deixa caure els braços en un gest de derrota, es gira i surt al pati, potser a respirar una mica d'aire fresc.

L'Ella obre la boca per parlar, però en Tyler fa petar la llengua abans que pugui dir res i surt al passadís. M'aparto quan passa fet una fúria, amb l'esperança que no em vegi. Però em veu, per descomptat.

Es gira i s'atura, mirant-me.

—T'havia d'acompanyar, oi?

No estic segura que anar amb cotxe amb algú amb problemes de comportament sigui una bona idea. Segurament és un conductor pèssim, que se salta el límit de velocitat i atropella un nen de tant en tant.

—Crec que sí.

—Me'n vaig ara mateix —diu, en un to encara dur per la discussió—, o sigui que, si vols venir, ja ho saps.

Amb els ulls encara entretancats, bufa i va cap a la porta principal. L'Ella el crida, advertint-li que no surti, però ell no li fa cas i surt.

Miro dins de la cuina. L'Ella sembla a punt de plorar i el pare camina amunt i avall al pati. Cap dels dos no sembla bona companyia per a la nit, així que no tinc cap intenció d'escollir quedar-me amb ells. Sospirant, corro ràpidament a la porta i crido l'atenció d'en Tyler abans que arribi al cotxe.

—Espera'm!

El sopar ja està espatllat igualment.

8

EL COTXE D'EN TYLER ESTÀ APARCAT en diagonal entre la vorera i la plaça d'aparcament, i no puc evitar preguntar-me quina mena de ràbia el posseïa quan va deixar-lo d'aquesta manera. Potser s'assembla a l'humor que té ara mateix. Obre la porta d'una revolada i després es para a mirar. A mirar-me i prou.

—Què? —pregunto, tot acostant-me a ell i al cotxe.

—I bé? —insta. Alçant les celles, fa un cop de cap en direcció al cotxe. Repasso amb els ulls la carrosseria blanca buscant alguna cosa significativa, però no hi ha res interessant.— No saps quin cotxe és? —Em mira com si fos estúpida, com si no sabés què és un airbag o una cosa així, i per deixar les coses clares vaig a la part de darrere del vehicle i em miro el logo. Quatre cercles de metall entrellaçats.

—Un Audi? —endevino.

—Un Audi R8 —acaba, amb un somriure repel·lent i pedant.

—D'acord —dic—. Vols que aplaudeixi o què?

Riu i posa una mà a la part de dalt de la porta.

—Les noies no en teniu ni idea. Cauries de cul si sabessis el que costa això.

—Fes-t'ho mirar —murmuro, movent el cap i anant cap a la meva porta.

Entro sense pensar i descobreixo que només té dos seients, i que tot és de pell i metàl·lic, i potser sí que té raó que aquest cotxe és car, i per això callo.

—Truca a la Tiffani —diu quan puja, tancant fort la porta.

Amb un cop ràpid de canell em llança el seu mòbil a la falda i engega el cotxe.

—Et refereixes a la nòvia que o bé li estàs a sobre tota l'estona o no li fots ni cas?

Em dedica un somriure arrogant i se'm fa un nus a l'estómac de fàstic. Mai a la vida havia conegut algú amb tants defectes, algú que es pensa que tot és una broma.

—Ets un cabró —murmuro, agafant el mòbil i allunyant-me tant com puc d'ell. Miro per la finestra mentre accelera massa el motor i sortim disparats per l'avinguda.

—Truca-li —torna a dir—. No tinc ni punyetera idea d'on anem.

Sospiro i m'assec més dreta, giro el mòbil a les mans i miro un moment la pantalla.

—Contrasenya?

—4355.

Ràpidament pico els dígits i desbloquejo el mòbil. Busco els seus contactes.

—És el teu número preferit o vol dir una paraula o...

—Vol dir vés a la merda —contesta grollerament. Però, malgrat tot, manté els ulls al carrer i les mans fermes al volant.— Truca-li.

Acompleixo la seva petició, que és més aviat una ordre, i repasso la llista de contactes fins que trobo el número de la Tiffani. Em fixo en la quantitat increïble de números que té guardats, la majoria, de noies. I llavors truco a la seva nòvia.

—Què passa, rei? —diu la Tiffani quan despenja, i se m'arronsa el nas només de sentir l'epítet afectuós.

—Sóc l'Eden —dic—. En Tyler està conduint. On anem aquest vespre? Ja ho heu decidit?

Torna a parlar de seguida.

—Al rètol de Hollywood. Estem tots d'acord que te l'hem d'ensenyar. És brutal. —Em mossego el llavi inferior i l'emoció se m'escampa per tot el cos. Sempre hi he volgut anar, i, encara que Venice també sona la mar de bé, m'alegro que hagin decidit anar al rètol.— Vosaltres ja heu sortit?

—Sí. —La veu se'm torna aguda quan el cotxe vira bruscament a un costat. La traça en la conducció d'en Tyler està demostrant ser llastimosa. No sé ni com es va treure el carnet.

—Escriuré a tothom a veure si ja estan a punt i ens veurem allà —diu ràpidament—. Posa l'altaveu un moment.

Em trec el mòbil de l'orella, faig el que m'ha demanat i aguanto el mòbil a prop d'en Tyler.

—Sí? —diu ell.

Mira un moment la pantalla abans de prémer a fons els frens quan ens acostem a un senyal d'estop que és evident que no havia vist.

—No he parlat amb tu en tot el dia! —La veu de la Tiffani ressona forta pels altaveus. Veig que en Tyler fa una ganyota d'exasperació totalment irrespectuosa.— La teva mare t'ha deixat sortir de casa?

Aixeca el fre de mà i em mira amb uns ulls determinats, brandant el cap a poc a poc.

—No, he estat tot el dia tancat a casa —diu.

—Pobre —diu la Tiffani. Pobra noia. Viu en la ignorància.— Quines ganes de veure't que tinc! No tardarem gaire. Espereu-nos al Sunset Ranch.

—D'acord.

—T'estimo.

—Sí —diu, i llavors m'agafa el mòbil de la mà per penjar. Badalla, es tira enrere al seient i es passa la mà pels cabells.

Faig una rialla sarcàstica i el miro amb incredulitat. Cada dia, cada hora, em dóna més motius per detestar-lo.

—Ets increïble. Tot el dia a casa?

Amb un gruny sord, deixa anar el fre de mà i travessa la cruïlla.

—És el que penso dir.

—Li penses mentir d'aquesta manera? —Intento que em miri als ulls quan gira el cap, però també estic atenta a la carretera, veient que ell no sembla estar-ne gaire pendent.— Eres a la platja jugant i barallant-te i faràs veure que t'has quedat tancat a casa tot el dia? Pobra noia.

Riu, amb una veu tan greu que em provoca una esgarrifança.

—Ostres, com es veu que ets filla d'en Dave. Has d'aprendre a no ficar-te on no et demanen, nena.

—No em diguis nena —aviso—. Només ets un any més gran que jo i tens menys neurones.

—D'acord, nena —diu, però somriu amb arrogància—. El teu pare és un pesat.

—Mira, en això sí que estem d'acord. —Sospiro fort, omplint el silenci. Hi va haver un temps que tolerava el meu pare. Quan era més petita, el trobava genial. Però llavors suposo que es va cansar de la mare i es va cansar de mi i es va cansar de viure amb nosaltres dues, i se'n va anar i no va tornar. I ara és un pesat amb mal geni i arrugues i els cabells grisencs.— No sé ni què li passa. Entenc que viure amb tu ha de ser insuportable, però és com si busqués motius per escridassar-te.

En Tyler pica el volant amb impaciència.

—Digue-m'ho a mi.

—La meva mare està més bé sense ell —mussito, i després em faig enrere immediatament—. No és que la teva mare s'ho mereixi ni res d'això, eh? I tu què? On és el teu pare?

Sense més ni més, prem els frens a fons.

—Hòstia puta!

Em quedo de pedra, estupefacta, amb la seva reacció tan agressiva i sóc incapaç de respondre. Intento balbucejar una disculpa, però els mots em surten escanyats i estranys.

—Perdona... jo... no...

Amb les dents serrades i accelerant el motor, prem el gas i el cotxe surt tan de pressa que el meu cos queda aixafat contra el seient.

—Calla —etziba.

—No et volia ofendre... —intento, amb el pols accelerat i consumida per la culpa. «Potser el seu pare és mort», penso. «I jo l'hi acabo de recordar».

—Que callis, hòstia —gruny amb les dents serrades, i llavors decideixo que no diré res més.

Si parlo, em fa por que continuï accelerant.

Amb els braços encreuats i mirant cap a l'altre cantó, em dedico a contemplar el panorama de Los Angeles ara que hem sortit de Santa Monica per l'autovia. No em fa res estar callada. Cada vegada que parlo, o bé em contesta impertinent o sarcàstic, o m'insulta innecessàriament. Apuja el volum de la música, una selecció de cançons de R&B del mòbil, i el deixa al màxim tot el trajecte. Tinc les orelles encetades de sentir tantes obscenitats. La tensió silenciosa entre nosaltres és raríssima, com si haguéssim d'enraonar però no ens hi veiéssim amb cor. Som germanastres, però sembla que siguem enemics irreconciliables i crec que no hauria de ser així.

—Gairebé hi som —murmura, al cap d'una hora de despreocupada conducció.

El llarg silenci és tan insuportable ara ja que no el puc ni mirar. M'he passat l'estona intentant no pensar en el fet que no ens hem dit ni ase ni bèstia des de fa més de seixanta minuts i he concentrat el pensament en la bellesa de l'entorn.

Entrem en un carrer llarg que es diu North Beachwood Drive, i davant meu el rètol de Hollywood s'alça alt a les muntanyes, planant sobre la ciutat al sol del capvespre. Em mossego el llavi i abaixo el para-sol per veure'l millor. Estic gairebé nerviosa quan contemplo la icona mundial que només he vist a les pel·lícules. Veure'l directament és una experiència completament diferent.

Més endavant, el carrer deixa de ser residencial i es converteix en una carretera estreta que corre pel peu de la muntanya. Passem pel costat d'un rètol que anuncia el Sunset Ranch que ha esmentat la Tiffani, i, poc després, entrem en una zona d'aparcament al costat de la carretera. Ja hi són tots, i no entenc com s'ho han fet per arribar abans.

—Has agafat l'autovia, oi? —pregunta la Meghan quan baixem del cotxe, i la Tiffani corre immediatament a llançar-se al coll d'en Tyler.

—Sí —acaba contestant ell, amb l'atenció dividida—. Vosaltres heu anat per Beverly Hills?

La Tiffani prem el cos contra el d'ell i acosta els llavis als seus, però en Tyler no sembla tan interessat. Sense somriure, s'inclina i li fa un petó molt breu abans d'apartar-se. Em sembla que sóc l'única que els fa cas, i, quan veu que l'observo, ell abaixa el cap i mira a terra.

En Jake se'ns acosta tot bloquejant el pany del cotxe.

—És la millor ruta per córrer i que no t'enxampin. No volíem que ens haguéssiu d'esperar una hora.

—És increïble —murmuro, brandant el cap mentre contemplo les lletres immenses. Entretanco els ulls per evitar el sol.— Gràcies per ensenyar-m'ho.

Tots sis riuen alhora, en Tyler inclòs. També rebo unes quantes ganyotes d'exasperació.

—Encara no te l'hem ensenyat —diu la Rachael. Té unes quantes ampolles d'aigua a les mans.— Et portarem a dalt de tot.

—A dalt? —Torno a mirar la muntanya, preguntant-me si deu fer gaire pujada. No sembla fàcil.

—Sí, a dalt —diu en Dean. Ell encara porta més ampolles d'aigua.— Hauríem d'anar passant si vols veure-ho abans que es pongui el sol. Es tarda una hora a pujar. I fa calor. Té. —Em dóna una ampolla d'aigua, en passa una a la Meghan i una altra a en Jake.

—Qui se'n recorda, del camí? —pregunta la Rachael tot passant aigua a en Tyler i la Tiffani.

En Tyler riu, abaixa la mà a la cintura de la Tiffani i assenyala el camí de darrere nostre.

—No és que costi gaire, Rach. A l'esquerra i després a la dreta.

Veig un senyal que indica el Hollyridge Trail, i m'imagino que és el camí que agafarem. En Tyler i la Tiffani van al davant, amb en Jake, en Dean, la Meghan, la Rachael i jo darrere, i comencem a pujar. El camí és ample i està decorat amb aquella meravella de la natura que són les tifes de cavall.

—He passat la pitjor hora de la meva vida —dic molt baixet a la Rachael quan ens quedem una mica endarrerides del grup—. Recorda'm que no torni a pujar mai en un cotxe amb en Tyler.

Ella riu, aixecant pols amb els peus en la pujada.

—Què ha passat?

—Gairebé ens matem perquè li he preguntat on era el seu pare —reconec. Els ulls se me'n van cap a ell. Guia el camí amb la Tiffani al darrere.— És... és mort, el seu pare?

La Rachael gairebé s'ennuega amb l'aigua que està bevent, i llavors para de caminar un moment per mirar-me horroritzada.

—Ostres, no, Eden. Esmentar el seu pare davant d'ell és com posar-se davant d'una arma carregada. És buscar-se la mort.

Tornem a caminar.

—Per què?

—És a la presó per robatori de cotxe o una cosa així —diu la Rachael, en veu més baixa. No para de mirar endavant per assegurar-se que no ens sent ningú.— En Tyler és molt susceptible quan es tracta d'aquest tema.

Me'l miro. En algun lloc molt endins, sento una mica de compassió. Potser tenia una bona relació amb el seu pare i ara ja no hi pot comptar. Ha de ser difícil. I a sobre un divorci, per acabar-ho d'adobar.

No tardem gaire a arribar al desviament a l'esquerra que en Tyler ha recordat tan grollerament a la Rachael. El camí també segueix recte, però nosaltres fem un gir gairebé complet a l'esquerra i continuem pujant. Després d'aquest punt les tifes de cavall desapareixen.

En Dean tenia raó quan ha dit que faria calor, i m'alegro de tenir l'aigua que m'ha donat. Però, malgrat la calor, m'agrada l'excursió. És un bon exercici, i la vista de Los Angeles val la pena. Parem de tant en tant per respirar i per contemplar la ciutat, i pair la immensitat i la bellesa del panorama vist des de dalt. Aquí hi ha molta pau.

Al final arribem a un sender que es bifurca en dos camins asfaltats i agafem el de la dreta.

—No havíem d'anar a l'esquerra? —pregunto, notant que ens allunyem del rètol en comptes d'encaminar-nos-hi. Em fa dubtar que no estiguin pensant a fer-me una broma cruel.

—No —diu en Jake. Alenteix el pas i es posa al meu costat, alt com un sant pau, mentre els altres no em fan gens de cas.— Si vas per l'esquerra tornes a baixar. Per la dreta fas la volta al rètol per darrere.

Faig un llarg glop d'aigua i després apunto amb l'ampolla el camí.

—I això no és il·legal?

—Beure aigua? —pregunta en Jake—. Que jo sàpiga, no.

Faig una ganyota i ric una mica mentre miro com la Meghan estira la Rachael per un tram costerut del camí.

—Ho és o no?

—Només és il·legal si saltes la tanca —diu—. T'hi pots acostar força per darrere. —Mira al cel uns segons, i quan abaixa el cap el miro als ulls.— Perdona que estigués tan antipàtic dissabte. Perdo tota la meva capacitat conversadora després d'un parell de cerveses.

Somric una mica. Em sorprèn que recordi haver parlat amb mi i que es disculpi per això em fa posar una mica vermella.

—Tu no vas ser antipàtic. Només les teves preguntes.

—Tornem a començar —diu, i m'ofereix la mà—. Sóc en Jake. Tu deus ser aquella noia tan maca que ha vingut a passar l'estiu. Eden, oi?

Sento que em poso més vermella encara. Em mossego el llavi ansiosament i decanto el cap perquè no se n'adoni. Tot i així aconsegueixo donar-li la mà. Té el palmell càlid.

—Encantada, Jake.

—I què? —pregunta—. T'agrada Los Angeles?

—M'agrada molt. —Noto que o bé els altres han accelerat el pas o en Jake i jo anem més a poc a poc, perquè la distància entre nosaltres i la resta del grup està augmentant. Enxampo en Tyler llançant-nos una mirada de retret. Arrufo el nas i el miro indignada un moment. Què li agafa? Intento que no m'afecti.— M'encanta.

Els ulls d'en Jake espurnegen quan deixa que se li dibuixi un gran somriure als llavis.

—El teu nòvio t'espera a Portland?

—No —dic, i el miro de reüll—. Si intentes ser subtil, no funciona.

—Merda —murmura. Riu de gust.— La subtilesa i les converses no són els meus punts forts. Però en tinc, de punts forts, no et pensis. Surt amb mi una nit d'aquestes i te'ls ensenyaré.

Sembla segur de si mateix quan alça una cella i espera una resposta, però jo no sé com ho he de fer per ser tan espontània com ell. No sóc una noia gaire sol·licitada. La situació més semblant que recordo és la vegada que un noi de la classe d'àlgebra em va demanar si el podia ajudar a entendre els fonaments de les equacions quadràtiques el primer any d'institut. Fins i tot llavors vaig dir que no, perquè el noi era famós per esternudar sense parar. Es deia Scott. Per darrere, li deien Scotty Atxum.

—Potser —és la resposta que dono a en Jake per escapolir-me. Potser diria que sí si ens haguéssim dit més de quatre frases, però ara mateix en Jake continua sent un desconegut. Potser un altre dia. Potser més endavant.

—Em conformo amb un potser —diu—. Ei, mira, gairebé hi som.

Miro endavant i veig que el camí trenca cap a l'esquerra, on comença una tanca alta. La Tiffani corre cap al revolt, agafant la mà d'en Tyler i estirant-lo amb ella.

—Eden, vine a veure-ho! —crida, i en Jake m'empeny.

La Rachael m'agafa pel colze i m'estira l'últim tram del camí amb ella, mig saltant, mig trotant. Hem tardat cinquanta minuts a arribar al rètol. La tanca segueix el camí tot al voltant, i quan m'empeny pel revolt sóc conscient de cop d'on sóc: darrere del rètol de Hollywood sobre Los Angeles.

Se'm talla la respiració i el silenci que m'envolta em permet concentrar-me en el moment. Poso les mans sobre la tanca amb els ulls esbatanats, el pols accelerat. Des de darrere, la vista és espectacular. Les lletres que presideixen la ciutat són absolutament enormes. Són molt més grosses del que et penses que són.

—Ha valgut la pena? —pregunta en Dean des de darrere.

Em treu del meu trànsit. L'únic que puc fer és assentir a poc a poc, sense desenganxar els ulls de la vista que tinc al davant.

—És preciós —dic baixet.

—Feia un any que no hi pujàvem —mussita la Meghan baixant les mans per la tanca—. Sembla que faci més.

De cua d'ull, noto que en Tyler agafa la tanca amb fermesa i s'hi enfila. També noto la quantitat de càmeres que ens envolten.

—Què espereu, penya? —pregunta, i s'enfila del tot i salta en un moviment àgil. Cau suaument a l'altre costat.— Va.

Miro les càmeres un moment, i després la filera de senyals que prohibeixen clarament l'accés al rètol, i després en Tyler. També em mira, amb un somriure tort i els ulls mig aclucats.

—Tenim deu minuts abans que enviïn l'helicòpter —diu la Tiffani tot començant a pujar—. Eden, toques el rètol i fotem el camp.

Els miro dubtosa. Helicòpter?

—No cal. No necessito tocar el...

—Que toquis el puto rètol —m'etziba en Tyler, mirant-me amb intenció.

La Tiffani aterra al cantó restringit de la tanca, al costat d'ell. Li posa una mà al pit i l'empeny, apartant-lo de nosaltres.

—No ens enxamparan —m'assegura la Rachael, just abans de saltar juntament amb la Meghan i en Dean—. Ho fem contínuament.

—No et preocupis —afegeix en Jake—. Si ens enxampen, ens enxamparan a tots. —M'agafa la mà i la posa sobre la tanca.— Però hem de ser ràpids.

Sucumbint a la mena de pressió dels iguals contra la qual la meva mestra de cinquè m'advertia, m'enfilo a la tanca i salto a l'altre costat. Perdo una mica l'equilibri en caure, i llavors m'adono que fa molt pendent. Els altres ja han començat a baixar cap al rètol, però jo espero en Jake i ell m'ensenya per on passar per no trencar-me la crisma.

—M'encanta aquest lloc —diu en Dean des de darrere de la primera «O»—. M'agradaria saber quantes persones al món matarien per l'oportunitat de fer això. Tenim molta sort.

—Tio, no cal que et posis sentimental, només són lletres en una muntanya —murmura en Tyler—. Aquesta ciutat és estúpida de collons i el rètol també ho és.

—Que negatiu que ets —murmura la Tiffani.

Sense fer-los cas, segueixo en Jake cap a la «H». S'aparta i assenteix amb un somriure acollidor.

—Tu primera.

No sé per què, però estic nerviosa. Potser és perquè estic a punt de fer una cosa que a tanta gent li agradaria fer o potser perquè em puc estimbar i matar-me en qualsevol moment. Respiro fondo i avanço un pas i llavors toco el metall pintat de blanc de la «H» del famós rètol de Hollywood.

I em sento exactament de la mateixa manera que em sentia fa dos segons.

—Oh —dic.

Se m'acut que estem tots tan engrescats per unes peces de metall clavades a uns pals i para de comptar.

En Jake posa la seva mà sobre la meva.

—Què me'n dius ara, de quedar?

Podria haver dit que sí en aquell moment, senzillament perquè estem literalment sota el rètol de Hollywood i és un lloc perfecte per acceptar una cita, però en Tyler se'ns acosta bramant.

—Hòstia, tio —crida abans que tingui temps d'obrir la boca.

—Què? —En Jake fa una cara irritada i s'aparta del rètol per mirar en Tyler, que s'acosta amb els punys tancats.

—Què hòsties li acabes de dir?

L'expressió d'en Tyler és dura, té les dents serrades i els ulls enfosquits. S'acosta molt a en Jake, amb el front tirat endavant i els ulls gairebé tancats.

—Tensió —articula la Rachael quan la miro cercant ajuda.

Recordo vagament que va comentar que hi havia una tensió latent entre aquest parell. Ara mateix, no sembla precisament latent.

—Tio, aparta la cara —murmura en Jake.

Recula i arronsa les espatlles, gesticula i es gira.

—No —protesta en Tyler, brandant el cap i fent un pas cap a en Jake, i es torna a quadrar davant d'ell i li pica el pit amb un dit—. Vosaltres dos res de res. Que no et passi pel cap perquè et trenco la cara.

—Tyler, rei, calma —diu la Tiffani, i es col·loca entre tots dos. Amb les mans al pit d'en Tyler, intenta empenye'l, però ell mira fixament en Jake.— No facis l'imbècil. Para de provocar.

En Dean s'hi afegeix, i es posa davant d'en Jake i i els mira amb cara de retret.

—Ja està bé, nois. Pareu.

Aleshores la meva atenció es desvia de la baralla en potència al rebombori d'un motor i la rotació de les hèlixs. El soroll es fa més fort i miro al cel.

I em veig sota l'ull d'un helicòpter de la policia de Los Angeles.

9

AMB EL CAP TIRAT ENRERE, miro al cel i al vehicle que plana per sobre nostre. Ens quedem tots parats, les paraules es fonen i les expressions decauen.

—Quina merda —crida en Tyler, i se sent un espetec brutal quan pica amb la mà contra el metall de la «H». Es passa una mà pels cabells i branda el cap.—Com s'ho fan per arribar sempre tan de pressa, collons!

—No ensopegueu! —crida la Tiffani.

Agafa la mà d'en Tyler i l'estira, però, en lloc de tornar a la tanca, van directament muntanya avall.

—Marxem d'aquí de seguida —crida en Jake al meu costat, i fa una bona mirada a l'helicòpter abans de posar-se en marxa—. Hem d'arribar a baix de pressa, abans que el cotxe patrulla.

—Aquells dos no esperen a ningú, eh? —diu en Dean rient i assenyalant amb el cap les siluetes d'en Tyler i la Tiffani que s'encongeixen saltant ràpidament entre la pols i les pedres i la vegetació—. El pobre no es pot permetre que el tornin a arrestar.

—Tornin? —repeteixo, però no em fan cas i es posen en marxa. La Rachael i la Meghan comencen a baixar agafant-se l'una a l'altra com si la més petita ensopegada les pogués conduir a la mort. Potser és que és així.

—Vigila —crida en Dean mirant enrere mentre comença a seguir el rastre vague d'un sender i baixa saltant o lliscant.

Amb el soroll de l'helicòpter encara vibrant al voltant, una onada d'adrenalina em corre per les venes i el pols em batega dolorosament de pressa sota la pell. Ara és quan córrer cada matí resulta útil. Malgrat l'abrupta baixada que fa el terreny, em poso en marxa i segueixo en Dean. El terra és irregular i gairebé fa mal caminar-hi en alguns llocs, i aviat estic fent esforços per no perdre l'equilibri, resant per no ser arrestada i esperant no morir.

—Vas bé, Eden? —diu en Jake al meu costat, saltant d'una pedra a l'altra i rient.

No entenc com pot trobar-ho divertit.

—Ho intento! —crido.

Tot just ho acabo de dir i em rellisca el peu en una part més costeruda del vessant que estem baixant amb compte i esbufego.

Una mà ferma m'agafa pel colze.

—Compte —diu en Jake, i m'ajuda a recuperar l'equilibri. Em posa una mà a l'espatlla.— Bé?

—No vull anar a la presó —deixo anar, i llavors miro l'helicòpter. Tinc el pànic escrit a la cara.

Quan miro a baix, veig que la resta del grup ja ha arribat a terra més ferma.

En Jake riu, però fa un altre pas a poc a poc.

—No aniràs a la presó —diu, i llavors m'agafa la mà i m'estira—. El pitjor que ens pot passar és que ens posin una multa.

Malgrat les paraules tranquil·litzadores d'en Jake, tinc la panxa plena de nusos mentre em deixo arrossegar atordida per la resta de la baixada de Mount Lee. En Jake no ensopega, no alenteix el pas i fa que no ens enxampin. Estic molt agraïda quan finalment arribem a baix, després de passar algunes cases i travessar un camí. Veig el senyal del Sunset Ranch i de cop és el meu senyal preferit del món sencer.

—No es veu cap cotxe patrulla —murmuro, i gairebé sento que el cos em fa un sospir d'alleujament.

El pare m'incineraria literalment mentre dormo i llançaria les meves cendres al vàter si torno a casa amb una multa per entrada il·legal.

—Encara —acaba en Jake. Em deixa anar la mà quan salta a la carretera i el segueixo en direcció al revolt.— Encara no ha passat el perill.

Quan arribem al petit aparcament on hem deixat els cotxes, veig que el d'en Tyler no hi és. En Jake em porta al seu, un Ford vermell no sé quin model.

—La Meghan i la Rachael deuen haver anat amb en Dean —diu mentre obre el cotxe i puja.

La Tiffani deu ser amb en Tyler.

—On creus que deuen haver anat? —pregunto, esperant que sigui més bon conductor que el meu germanastre.

En Jake arronsa les espatlles, engega el motor i surt en marxa enrere.

—Tant se val, no? —«No», penso.— Què vols fer? Tens gana?

El miro un moment amb els ulls posats en les seves faccions mentre condueix i no puc evitar meravellar-me que la nostra fugida del rètol de Hollywood s'hagi acabat convertint en una cita. Els altres se n'han anat i m'he quedat amb en Jake. Dubto, però tinc una mica de gana.

—Per aquí hi ha algun lloc per menjar que estigui bé?

—Hi ha un Chick-fil-A a uns deu minuts, a Sunset Boulevard —proposa—. Podem fer un mos ràpid.

—D'acord —dic—. A Oregon no tenim Chick-fil-A.

Es queda de pedra.

—Què?

—Tampoc no tenim benzineres d'autoservei —afegeixo, i em distrec amb la idea de casa, i em pregunto què deu fer l'Amelia i si la mare se sent molt sola a la nostra caseta—. Oregon és un rotllo.

—Doncs deus pensar que Los Angeles és genial —conclou—. Tenim rètols a les muntanyes i podem demanar menjar ràpid als Chick-fil-A i podem omplir nosaltres mateixos el dipòsit del cotxe sense que ens detinguin. Insuperable. —Ric una mica, com ell, i constato que és agradable tenir una companyia masculina que no sigui ni el meu pare ni en Tyler. Odiosos i irascibles tots dos.

M'acomodo al seient i miro el cel per controlar la posició de l'helicòpter, però sembla que hagi desaparegut. I puc tornar a respirar tranquil·la.

—Així doncs, t'agrada la ciutat? —pregunta en Jake al cap d'una estona.

Apuja l'aire condicionat i abaixa la música.

—Sí —dic. He de reconèixer que encara no he vist gaires coses, però de moment tot és espectacular.— Més interessant que Portland, segur.

—No he estat mai a Portland.

—No et cal. —Després de dir-ho me'n penedeixo.— De fet, Portland no està malament. Tenim una gran escena indie, però plou des de la tardor fins al final de la primavera, i això és un pal; i hi ha molts clubs de *striptease*. En canvi, la gent està molt bé. —Somric una mica i em miro la falda.— O la majoria de la gent.

El problema de Portland és que l'associo amb moltes coses que odio. A Portland és on els meus pares es van desenamorar. A Portland és on no para de ploure. A Portland és on hi ha els meus suposats «amics». En general, Portland és una ciutat que està bé. Però la meva vida en aquella ciutat no és res de l'altre món, ni tan sols és gaire feliç. Santa Monica és una alenada d'aire fresc en comparació.

—Clubs de *striptease*? —En Jake esbatana els ulls i somriu.— Ara sí que no em puc perdre aquesta horrible ciutat.

Faig una ganyota. Tots els nois són iguals.

—Com és Los Angeles de veritat, a més de les coses turístiques evidents?

En Jake s'ho rumia mentre pica el volant amb el polze.

—Home, la distància entre rics i pobres és molt evident. Hi ha tots aquests peixos grossos vivint en cases enormes i conduint Lambos i després hi ha persones dormint al carrer que l'únic objectiu que tenen a la vida és arribar a l'endemà. No és gaire maco. Però, en general, la gent aquí està bé.

—No ho havia pensat mai així —dic.

Baixem per North Beachwood Drive, tirant recte fins que entrem a Sunset Boulevard. És un carrer llarg amb cinemes i restaurants, un institut i molt de trànsit. M'ho miro tot amb admiració.

Quan arribem al Chick-fil-A per a cotxes, en Jake para al costat dels altaveus i em mira.

—Què vols?

Com que a Oregon el Chick-fil-A no existeix, no tinc ni idea de què serveixen, així que repasso ràpidament el menú i escullo la primera cosa saludable que trobo.

—Aquesta amanida.

En Jake assenteix, però em continua mirant expectant.

—Res més —dic.

—Només això? —Alça les celles, però sospira de seguida.— Què us passa a les noies amb les amanides? —Faig un petit somriure i es tomba per demanar.— Voldria el sandvitx de pollastre especiat amb una coca-cola i l'amanida amb...

—Aigua —dic.

Una altra mirada de retret.

—Amb aigua —acaba per a l'empleat—. Gràcies. —Avancem fins a una finestra i ell busca la cartera i diu:— Convido jo.

Paga el menjar de tots dos i li'n dono les gràcies.

Continuem fins a la finestra següent, i, mentre esperem darrere el cotxe que estan servint, em mira amb una expressió una mica perplexa.

—No m'agrada gens el menjar porqueria, si és el que estàs pensant —dic, que és fals en part. No és el menjar el que no m'agrada, són els seus efectes.

Fa un sospir i avancem fins a la finestra final, on recollim la nostra bossa de menjar i les begudes, i m'ho passa perquè ho aguanti mentre surt al bulevard.

—M'estàs dient que no t'agrada aquest sandvitx de pollastre especiat amb patates fregides que és literalment la cosa més bona que menjaràs en tota la teva vida?

—Sí —responc secament—. Sí, detesto aquest sandvitx horrorós de pollastre especiat amb aquestes patates fregides fastigoses.

—Si ni tan sols les has tastades. —Branda el cap amb desànim i riu, i després busca dintre la bossa fins que troba les patates alhora que intenta no apartar els ulls del carrer. Quan les troba, les deixa entre tots dos i se'n fica una a la boca.

—En vols una? Són bones.

—No. Vull tastar aquesta amanida Chick-fil-A, a veure si és més bona que les amanides de Portland —mussito com si res, somrient-li amb suficiència mentre trec una safata petita i estripo el plàstic—. Fa bona pinta.

En Jake s'entafora més patates a la boca.

—T'ho estàs perdent.

—Una malaltia coronària? —pregunto—. Bé.

Para de mastegar per mirar-me amb un somriure de derrota als llavis. Assenteix rendit.

Anem a Santa Monica, perquè ja és tard, i devoro la

meva amanida pel camí mentre en Jake s'acaba el seu sandvitx i aconsegueix que no xoquem amb ningú pel camí. Agafem l'autovia mentre el sol es pon, i el trànsit, malgrat la mania que li tinc, és fins i tot bonic al capvespre. La música està forta però no massa, i podem parlar i ignorar-la quan el seu gust per la música convencional se'm fa insuportable. El trajecte és molt més agradable que el de fa tres hores amb en Tyler.

—Vius a casa seva, oi? —pregunta en Jake quan tornem a ser a la ciutat.

Surto del trànsit en què havia caigut.

—A casa de qui?

—D'en Tyler —diu—. És on vols que et porti, oi?

—Oh —dic—. Sí. No sé per què s'ha posat d'aquella manera abans.

—Perquè és un ca... —S'interromp i s'escura el coll.— Em sembla que no l'hauria de criticar davant de la seva germana.

—La veritat és que estic d'acord amb el que estaves a punt de dir —dic.

Em mira un moment llarg, com si no sabés si sóc sarcàstica o no, i al final decideix que sóc seriosa del tot.

—Això no m'ho esperava.

Arronso les espatlles.

—Jo tampoc. No m'esperava detestar el meu germanastre.

No contesta, sobretot perquè crec que no sap què dir, i passem els últims cinc minuts fins a l'avinguda Deidre en silenci, sense comptar la seva música dolenta. Tots els llums de la casa estan encesos quan parem al davant.

—Gràcies per ajudar-me a baixar de la muntanya i per acompanyar-me a casa —dic, quan apaga la música i el motor—. I gràcies pel menjar.

—De res, però com puc obtenir el teu telèfon per convidar-te a sortir? —Em fa un somriure entremaliat, però decidit, amb els ulls espurnejants.— I et prometo que no menjarem patates fregides de Chick-fil-A la propera vegada.

—Home, m'has convidat a l'amanida —murmuro, mantenint un fals debat amb mi mateixa, prenent-li una mica el pèl mentre li faig gruar una mica més la resposta—. O sigui que suposo que et puc donar el meu telèfon.

Se li il·lumina la cara i tanca la mà i dóna un cop al volant.

—Síííííí. Canta, noia, canta! —Amb l'altra mà, busca el mòbil a la butxaca i me'l passa i jo introdueixo el meu número.

Ja tinc les galtes en flames.

—No pateixis, que no t'he donat un número fals ni cap cosa d'aquestes.

—Mmm —diu, i em mira de dalt a baix quan obro la porta—. Demà et trucaré per comprovar-ho.

—Ja hi tornem a ser —dic, girant els ulls en blanc i sortint del cotxe. Ja és de nit.— Gràcies.

Tanco la porta amb compte i s'acomiada de mi per la finestra abans de marxar. Sento el soroll del motor, el soroll dels pneumàtics abans que s'esvaeixi. Després de quedar-me uns minuts més a les fosques, posant-me vermella jo soleta com una bleda assolellada, em giro i vaig cap a la casa. Llavors veig que el cotxe d'en Tyler està aparcat al fons de l'entrada. Em pensava que tornaria més tard.

Quan arribo a la porta també se m'acut que el pare no té ni idea d'on he anat. He desaparegut convenientment abans de sopar a la mateixa hora exacta que en Tyler i segur que no li ha costat gaire lligar caps.

Gairebé sense respirar, empenyo la porta a poc a poc i entro al rebedor, després la tanco amb compte perquè no faci soroll. Sento la tele a la sala, i per això passo tan silenciosament que no em sento ni els peus pujant els graons de puntetes. No pateixo per haver sortit. No he fet res mal fet —fora de tocar el rètol de Hollywood, que resulta que és il·legal— i el pare no em pot impedir que surti, al capdavall. Però no em veig amb ànim de parlar amb ell.

—Eden? —xiuxiueja una veu des del replà mentre pujo i paro per mirar amunt. En Tyler em mira des de dalt, amb els ulls entretancats.— On t'havies fotut?

—On t'havies fotut tu? —replico. Em poso més dreta i pujo els graons que em falten, i, quan arribo al seu nivell, el miro a la cara.— Ens has deixat a tots penjats. D'això se'n diu treballar en equip.

Sembla cansat, com si fes dies que no dormís, o potser està col·locat. Sigui com sigui, gemega.

—No tinc bons tractes amb la bòfia, d'acord? No puc deixar que em tornin a detenir.

—Tornin —repeteixo de nou avui. Encara no sé a quina altra activitat delictiva es dedica, a més d'entrar en zones d'accés prohibit i ensumar cocaïna.— A quina hora has arribat?

—Fa vint minuts —diu—. A la fi la mare ha parat de fer-me la guitza amb la història d'abans de la platja.

—Mira que bé —dic, bruscament, i me'n vaig a la meva habitació. Em segueix.— Què vols?

—Res —diu, i veig com evita ràpidament els meus ulls. Imagino que és l'oportunitat perfecta per interrogar-lo sobre el seu rampell d'abans, perquè ha estat totalment fora de lloc.

—Es pot saber què et passa amb en Jake? —Encreuo els braços, arrufo les celles quan es gira i se'n va. I, tal com m'ha seguit a mi, el segueixo jo a ell. Acabo a la seva habitació per primera vegada i em sorprèn que no m'exigeixi automàticament que surti.— T'he fet una pregunta.

—No te la penso contestar —murmura—. Espera, sí. —Es gira, amb el pit enfora i les dents serrades amb força.— Aquell paio és el segon més imbècil que he conegut en la meva vida. No hi perdis el temps. Te la fotrà.

—Qui és el primer? —pregunto—. Tu?

Em mira una estona llarga.

—Si fa no fa.

—Doncs, què vols que et digui, en Jake és simpàtic —dic, i faig un pas enrere mentre estudio l'habitació dissimuladament—. No com altres. I tu no tens cap dret a dir-me amb qui puc sortir i amb qui no.

—Te'n fots, oi? —Obre molt els ulls i fa una rialla seca i curta.— Com vulguis. No diguis que no t'he avisat.

—I a tu què t'importa? —insisteixo, ofesa per la manera com s'ha emprenyat. Potser si es portés més bé amb mi tindria en compte el fet que no suporti en Jake.

Però no es porta bé amb mi o sigui que no ho tinc en compte.

—No m'importa —em clava.

—És evident que sí —replico, però ja es veu que discutir és inútil. No reconeixerà mai la veritat.

Se'n va a l'altra punta de l'habitació, es fica les mans a les butxaques i s'atura davant d'una col·lecció de DVD col·locats de qualsevol manera.

—Quina és la... la teva pel·li preferida?

Ara sí que m'ha matat. La meva pel·li preferida? Per l'amor de Déu! Sé que intenta esquivar el meu interrogatori persistent, però es podria haver empescat alguna cosa millor.

—*La dama i el rodamón* —reconec finalment, més que res perquè he desistit d'esbrinar per què li importa si surto amb en Jake o no.

—La pel·li de Disney? —Té una rialla a punt als llavis, però quan assenteixo i s'adona que parlo seriosament, s'escura el coll per reprimir-la.— Per què?

—Perquè és la millor història d'amor de tots els temps —dic, a la defensiva—. Romeu i Julieta no arriba a la sola de la sabata de la dama i el rodamón. Eren superdiferents i tot i així van fer que funcionés. La Dama era totalment normal i el Rodamón totalment despreocupat, però es van enamorar. —M'aturo per respirar, revivint la pel·lícula al cap. Se m'escapa un somriure.— A sobre, l'escena dels espaguetis és totalment icònica.

—Totalment —se'n burla en Tyler. Ara riu, cosa que només fa que reforçar la impressió que he tingut abans que el paio no fa absolutament res més que provocar-me migranya. No l'entenc gens. Com pot passar d'estar tan enfadat i ser tan desagradable a estar tan relaxat i ser tan divertit?— Doncs jo estic força segur que la Dama no era normal. Era una avorrida i no sabia com passar-s'ho bé. El Rodamon sí que és dels meus, veus?

—Ah, sí? Perquè volta pels carrers com fas tu quan tornes a casa borratxo els caps de setmana? —Li somric amablement, esperant en secret fer-lo irritar tant com m'irrita ell a mi. Però es pren el meu comentari de broma, i sospiro i miro a una altra banda.

Examino la seva habitació. Bàsicament és de color blau marí, té el llit desfet, muntanyes de roba en un racó i una o dues llaunes de cervesa decorant la tauleta de nit. No m'esperava menys d'ell. La porta de l'armari està oberta i al prestatge de dalt veig la màniga d'una jaqueta d'equip esportiu penjant, com si l'haguessin llançada allà de qualsevol manera.

—Jugues a futbol? —pregunto.

—Eh? —diu en Tyler, i segueix els meus ulls per veure que miro—. No. És d'en Dean. El futbol no em diu res.

—En Dean juga a futbol? —Em sorprèn que en Tyler no hi jugui. És el prototip perfecte de la posició de mascle alfa del futbol, com aquells *quarterbacks* estereotipats que hi ha a totes les pel·lícules d'institut.— I tu no?

—No —diu atansant-se a l'armari—. En Jake també. Quan era petit jugava, però ho vaig deixar abans de l'institut.

—Per què? —El miro amb curiositat, i intento recordar-me que aquesta persona em treu de polleguera i que no m'hauria d'interessar, però no em serveix de res. Hi ha tantes coses que no sé d'ell i, sincerament, m'intriga. No ho puc evitar.

—Hi ha persones que creuen que el futbol és una pèrdua de temps —diu, però la seva veu de cop es torna més dura. Es queda un moment més al costat de l'armari.— Per què perdre el temps amb esports? Llançar pilotes no t'ajudarà a entrar en una universitat d'elit. Queda't a casa i estudia, si de debò vols tenir èxit —cita, però no riu ni insinua un somriure. Només mira a terra.

—Qui t'ho ha dit? —Ara encara estic més encuriosida.

D'entrada, en Tyler no sembla la mena de noi que vol entrar en una universitat d'elit. De fet, no crec ni que li agradi estudiar. A les persones com ell no els agrada mai.

—Algú —murmura amb una petita arronsada d'espatlles—. I per això no se'm permetia jugar.

Alço una cella, però encara em dóna l'esquena.

—Permetia?

Immediatament, es belluga incòmode i s'estira per ficar la màniga de la jaqueta esportiva d'en Dean al prestatge.

—Volia dir que per això ho vaig deixar —diu corregint-se ràpidament. Es deu pensar que no em fixo en tot el que fa, però m'hi fixo. Noto i absorbeixo tot el que diu, i ho he fet des del moment que va irrompre a la barbacoa.

Però és evident que està trasbalsat, així que decideixo que és millor no interrogar-lo sobre el seu ús del terme «permetia». Insinua que qui li va dir que el futbol era una pèrdua de temps era algú amb autoritat sobre ell. I em fa l'efecte que aquesta persona li desagrada profundament. Potser un professor.

Em torno a centrar en ell, i encara donant-me l'esquena, agafa una samarreta neta de l'armari i es treu la que porta. Igual de ràpidament, es posa la nova. Però, en aquells pocs segons, detecto un petit tatuatge a la part de darrere de l'espatlla, escrit en cal·ligrafia.

—A veure si torno la jaqueta a en Dean. No para de demanar-me-la.

S'està estirant la samarreta i jo el miro fixament, gairebé sense adonar-me'n, al començament. Noto que té els braços musculats, la pell morena, la mandíbula definida. No hauria de notar aquestes coses, però les noto. M'empasso la saliva.

—Què significa el tatuatge? —pregunto, amb una veu una mica rogallosa. El miro directament als ulls quan es gira, sorprès per la meva pregunta.— Ignoraré el fet que és evident que te'l vas fer fer il·legalment.

Es fa el burro.

—El tatuatge? —Quan alço les celles i premo els llavis, em contesta com cal.— Doncs... diu *Guerrero*. Està escrit en espanyol.

Sembla gairebé nerviós que li hagi preguntat per això, i silenciosament es rasca el cap.

Ara sí que estic interessada.

—Per què en espanyol?

—El parlo —diu—. Els meus pares també el parlen. El meu pare m'hi parlava quan era petit.

Quan esmenta el seu pare recordo el que m'ha dit abans la Rachael. El seu pare és a la presó o sigui que em comporto amb respecte i no continuo preguntant.

—D'espanyol no en sé —reconec, mossegant-me el llavi—. Parlo francès. Com els canadencs. *Bonjour.*

—*Me frustras*—diu, i no tinc ni idea de què vol dir—. *Buenas noches.* —Somriu quan veu la meva expressió perplexa.— Vol dir: bona nit.

—Ah. —Vaig cap a la porta per marxar, però primer li ofereixo un ínfim somriure.— *Bonne nuit.*

10

PASSA EL CAP DE SETMANA i assenyala el final de la meva primera setmana a Los Angeles. Finalment aconsegueixo parlar per telèfon amb la mare durant una pausa en el seu caòtic horari laboral. Treballa d'infermera a jornada completa, amb torns de nit i hores extres incloses, al Providence Portland Medical Center, esforçant-se molt per mantenir-nos totes dues amb un sol sou. Fins i tot amb l'assignació que ens passa el pare, continua sent difícil per a ella.

—Hola, Eden —murmura la mare despenjant el telèfon just abans que salti el contestador—. Com estàs, filla?

—Sembles cansada. —Se m'arruga el front. És horrible saber la pressió que pateix i no poder fer res per millorar la situació.— Quantes hores ha durat el torn?

—Dotze —diu en veu baixa, però continua ràpidament, abans que pugui afegir res—. Avui una pacient ha portat el seu gos pigall i ha estat una de les coses més divertides que he vist d'ençà que tu eres petita. Ha entretingut tota la canalla de la sala d'espera. Gairebé se m'ha trencat el cor quan ha marxat. Per això estava pensant que, quan tornis, hauríem d'agafar un gos. Em farà companyia quan te'n vagis a la universitat d'aquí a dos anys. Què et sembla?

El seu entusiasme infantil em fa somriure.

—D'acord, agafarem un gos. Els pastors alemanys són maquíssims.

—Són aquells que intimiden?

—Sí.

Calla un moment.

—Començaré a mirar. —Quan ric, ella també ho fa i després la sento que badalla.— Ja estàs adaptada o encara et sents incòmoda?

—Encara se'm fa estrany —dic—. Estic esperant que el pare tingui una conversa de debò amb mi, però no sembla que hagi de passar aviat.

—Que burro que és en Dave —murmura la mare lluny del telèfon, però la sento igualment—. Tant de bo no haguessis de ser allà amb ell. Em sap greu per tu. Ja et vaig dir que no calia que hi anessis.

—No està tan malament, de debò —dic. Arronso les espatlles encara que no em pugui veure, però m'agradaria que pogués. És difícil estar sense ella; és difícil haver de ser a tot un estat de distància de l'única persona que ha estat al meu costat tota la meva vida; és difícil haver de dependre de trucades cada dos dies perquè és el més a prop que puc estar d'ella.— He estat sortint amb una colla d'amics. Tots són simpàtics menys un.

—Quin?

—El que és el meu germanastre —dic, i llavors ric, perquè és absurd que la persona que no m'agrada sigui la que representa que m'ha d'agradar—. Què faràs aquesta nit?

—Demanaré pollastre fregit per menjar-me'l mentre passo la nit de dissabte sola al sofà veient qualsevol porqueria que facin, perquè estic a punt de fer quaranta anys i ja estic divorciada i no paro de treballar i no estic gens maca —diu de broma, amb la veu lleugera fins que se li trenca—. T'enyoro. Espero que t'ho estiguis passant bé i que et portis bé.

Sento una opressió al pit. Em sap greu deixar-la sola.

—Quan torni tindrem un gos i veure'm *Pretty Little Liars* juntes i demanarem tot el pollastre fregit que vulguis. Només has d'esperar set setmanes.

—És una espera molt llarga, Eden Olivia.

Somric.

—Intenta no enyorar-me gaire i passarà més de pressa.

—D'acord —diu—. Intentaré no enyorar la meva única filla mentre tu t'ho passes bé el cap de setmana. Tornem a parlar aviat, bonica. —Penja mentre badalla una altra vegada i després la línia ressona en un silenci inacabable.

La mare es mereix una vida millor que la que té.

—Amb qui parlaves? —exigeix una veu masculina, alhora que la porta de la meva habitació s'obre.

El cor gairebé se m'atura i, clarament sobresaltada, giro els ulls cap a l'intrús del meu espai personal. És en Tyler, amb els ulls entretancats, per variar.

—T'he donat permís per entrar?

—Amb qui parlaves? —pregunta una vegada més, aquesta vegada més decididament—. Tens un nòvio a Portland o què?

El miro fixament, fent un esforç titànic per no riure de la cara que fa així, amb els llavis premuts.

—Que escoltaves d'amagat?

—La meva habitació és la del costat —diu, com si no ho sabés—. Les parets són de paper de fumar.

Faig una ganyota i em poso dreta.

—Molt bé, doncs parlava amb ma mare. —Se li relaxen les faccions i jo miro el rellotge de la paret del costat de la porta. Són gairebé les vuit.— No hauries de ser fora fent alguna cosa?

—D'això havia de parlar amb tu —murmura. Respira fondo, tanca la meva porta i se situa enmig de l'habitació. Alço la cella mirant-lo.— Aquesta nit no fas res, oi?

—No —dic—. Tothom està ocupat.

La Rachael és a Glendale a passar uns quants dies amb els seus avis. La Meghan té la grip i la Tiffani passa cada tercer cap de setmana amb el seu pare, que no li deixa fer plans en què ell no pugui participar.

—Aleshores véns amb mi —afirma en Tyler—. Hi ha festa al carrer Onze. No ho diguis al teu pare. —Es gira per marxar però el crido.

—Qui ha dit que vulgui anar a una festa amb tu? —Encreuo els braços al pit. Aquest matí m'ha escridassat perquè no el deixava passar per l'escala.— Perdona, però ets l'última persona amb qui tinc ganes de sortir.

Serra les dents.

—Prepara't.

—No.

—Sí —diu—. Si no, què faràs? Quedar-te a la teva habitació sola com una desgraciada sense vida social?

Premo els llavis. Té part de raó. Part.

—Què m'he de posar?

Immediatament un somriure triomfal li il·lumina la cara i els ulls.

—Qualsevol cosa. No és una festa com la de l'Austin. Això és més... tranqui. Hi podries anar amb xandall i no quedaries malament.

—Tranqui? —Torno a arquejar la cella. Em passen un munt d'idees pel cap.

—Sí —diu—. Et ve de gust prendre alguna cosa mentre et vesteixes? Començo a estar baix de provisions, perquè la mare no para d'escorcollar-me l'habitació. Només tinc cervesa, una mica de Jack i una mica de vodka. Saps què?, et sorprendré. —Somriu. I és un somriure sincer, ni sarcàstic ni suficient, sense ni gota d'egoisme.

Se'n torna a la seva habitació. Estic desconcertada. Per ser algú que em té tanta mania, sembla molt interessat que vagi a aquesta festa «tranqui» amb ell. Però si no murmura insults o m'engega mirades assassines de tant en tant, ja m'està bé. I si acompanyar-lo és el que cal per treure el seu costat bo, així sia. M'agrada la seva part amable, que m'ha ensenyat breument, i espero que es mantingui de bon humor tota la nit, perquè crec que el podria trobar menys irritant i més agradable si fos així. És un risc que estic disposada a córrer.

Per sort, ja m'havia dutxat. A mitja tarda, estava tan

avorrida que m'he posat a veure tutorials de perruqueria al YouTube i n'he seguit alguns, però els meus resultats són decebedors i no s'assemblen gens al que prometien aquelles belleses angleses. Al final n'he trobat un que m'ha funcionat, i per això aquesta nit tinc els cabells pentinats en un recollit informal la mar de maco i em considero pentinada i a punt per sortir.

—Segurament tardaré vint minuts —dic a en Tyler, que torna a entrar a l'habitació amb dues begudes a la mà, una ampolla de Bud Light, i un got d'alguna cosa que sembla coca-cola.

—Molt bé —diu, i me'l dóna, fregant-me amb els seus dits freds. M'arronso amb el contacte, però no sembla que se n'adoni.— Té.

—Vodka amb coca-cola? —endevino.

—Sí —diu, gairebé avergonyit, i destapa la cervesa amb el cantell de la calaixera—. No falla mai. T'agrada, oi? Si vols cervesa, en tinc...

—Està bé —interrompo amablement. S'està embolicant una mica.— M'agrada.

—D'acord, bé —balbuceja. Tira el cap enrere i fa un llarg glop de cervesa i després dóna un cop d'ull a l'habitació.— Daixò... quan estiguis a punt, vine a buscar-me.

—Vosaltres dos esteu bevent?

Ens girem de cop cap a la porta oberta i veiem en Jamie que ens mira, amb una expressió taciturna als ulls que es passegen per les begudes que tenim a la mà. En Tyler intenta amagar la seva darrere l'esquena, però fa tard per quinze segons.

—No —menteix mantenint l'ampolla fora de la vista, tot i que és inútil. El seu to és relaxat.— Saps que no tenim vint-i-un anys. Per què hauríem de beure?

—Ho veig des d'aquí. —En Jamie assenyala amb el cap el got que tinc a la mà.— Ho sap la mare?

En Tyler es posa una mà al clatell i fa estiraments de coll.

—Només és una mica. Ens pots donar una mica de corda?

—Vint dòlars —diu en Jamie, però té un somriure maliciós als llavis quan para la mà. Pestanyeja mirant en Tyler, expectant.

—L'altre dia te'n vaig donar trenta —protesta en Tyler. Igualment deixa la cervesa sobre la meva calaixera i treu la cartera de la butxaca de darrere dels texans.— Perquè volies aquell videojoc, no sé si te'n recordes. No et pensis que me n'he oblidat, perquè no.

—Mmm. —En Jamie s'ho pensa un moment.— Em conformo amb deu, doncs.

En Tyler riu. Em fa l'efecte que ho fan sovint, això que en Tyler compri el silenci d'en Jamie.

—Va, deu. —Dóna a en Jamie un bitllet de deu dòlars i després li clava suaument un clatellot.— I ara fot el camp.

En Jamie es treu la mà d'en Tyler de sobre. Es fica el bitllet a la butxaca, surt ràpidament al replà i torna a la seva habitació.

—M'hauria conformat amb cinc —crida.

En Tyler riu i agafa la seva cervesa i fa un glop llarg. Se l'empassa en un no res.

—Aquest nano es pensa que sóc un caixer. —Em

mira amb un somriure i després surt al passadís.— Prepara't —diu.

Tanco la porta i torno a entrar a l'habitació. Em rento i em maquillo una mica. Em poso uns texans estrets, una samarreta i una dessuadora vermella amb caputxa per sobre les espatlles. En Tyler ha donat a entendre que estaria fora de lloc si m'arreglava gaire, al capdavall, o sigui que és un descans poder-me posar unes Converse en comptes de sabates de taló, aquesta vegada.

—Vinga —dic, tot entrant a la seva habitació—. Estic a punt i m'he acabat la beguda o sigui que ja podem marxar.

En Tyler porta texans i una samarreta grisa descolorida. És a la finestra, amb tres ampolles de cervesa buides en fila a l'ampit, i em mira per sobre l'espatlla.

—Ja era hora, coi.

De sobte les tira totes a terra i després ve cap a mi tot traient-se les claus del cotxe de la butxaca.

—Què fas? —brando el cap fastiguejada i gairebé li arrenco les claus de la mà, però em reprimeixo—. Acabes de beure't totes aquelles cerveses.

—Ostres, tu —diu—. D'acord, buscaré algú que ens porti. Contenta?

—Sí —dic, i ell llança les claus al llit.

Treu el mòbil i truca a algú tan de pressa que l'ha de tenir en marcatge abreujat. La persona a l'altre costat de la comunicació contesta gairebé de seguida i observo la cara d'en Tyler mentre parla.

—Sí, sí, ja vinc, Declan. Qui condueix aquesta nit? —Pausa.— Passa'm en Kaleb. Li pots demanar que passi per casa meva tan de pressa com pugui? No, millor dues cases més avall. —Pausa.— Gràcies, noi. Tardem vint minuts.

—Kaleb? —pregunto quan penja.

—En Kaleb està bé —diu, i després riu una mica i va cap a la porta de la seva habitació—. Va a la universitat, però encara sembla un nano de segon d'institut. Però sap passar-s'ho bé. —Obre la porta, surt al replà i després baixa l'escala. El segueixo. Passem per la cuina abans de sortir a fora per la porta del pati.

—No hauria de dir al meu pare que surto? —pregunto, seguint en Tyler cap a la part de davant de la casa—. Entenc que tu t'hagis d'escapolir, però jo no estic castigada. Em matarà quan vegi que he marxat sense dir res.

—No t'atabalis tant per aquestes coses —diu—. Beu molt i d'aquí a dues hores tant se te'n donarà.

Evitant expressament la finestra de la sala, baixem pel carrer sis cases més avall i esperem a la vorera. En Tyler pot ser idiota en més sentits dels que puc comptar, però és molt llest quan no vol que l'enxampin. Si ho hagués fet jo, hauria estat estúpida i hauria demanat que em recollissin davant de casa, que vol dir davant del pare i l'Ella. O sigui que se li ha de reconèixer.

—És una festa grossa? —pregunto, mirant-lo quan es repenja en el tronc d'un arbre.

—No gaire grossa —diu amb una arronsada d'espatlles, però llavors es mossega el llavi de baix com si estigués nerviós i m'imagino que no vol parlar amb mi. Això m'amoïna, perquè ens estem cinc minuts callats fins que una furgoneta Chevy tota atrotinada para al costat nostre.

La finestra s'abaixa i un noi baixet treu el cap i es posa a bramar.

—Puja, col·lega!

Em quedo encantada mirant-lo. En Tyler té raó. En Kaleb sembla un nen, les seves faccions encara no s'han desenvolupat del tot i no me'l puc imaginar passejant-se pel campus de la universitat.

En Tyler passa per davant meu i obre la porta del passatger mentre jo pujo al darrere. A dins fa pudor de fum de tabac i hi ha tot de gots de McDonald's escampats per terra.

—Qui és aquesta? —pregunta en Kaleb, tot estudiant-me pel retrovisor. És molt blanc de pell i té els cabells ros fosc i molt curts.

—La meva... —En Tyler comença, però per algun motiu li costa treure les paraules. S'inclina per apujar el volum de la música rap que té posada en Kaleb.— La meva germanastra —diu finalment.

—No sabia que en tinguessis cap. —En Kaleb encara em mira més pel mirall. Em fa sentir incòmoda, però acaba mirant a una altra banda i treu el cotxe a la calçada. No espera que en Tyler contesti i li fa una altra pregunta, sortosament canviant de tema.— Què has fet tots aquests dies, tio? Sembla que faci setmanes que no parlem!

Com que no conec en Kaleb, no em fico en la conversa (tampoc crec que m'hi vulguin) i els deixo parlar entre ells els deu minuts de trajecte fins a la festa. En

Tyler li dóna diverses vegades les gràcies per venir-nos a buscar i en Kaleb diu diverses vegades que no és res, i després tots dos belluguen el cap seguint el ritme d'aquella música espantosa.

Tota l'estona, em miro les lletres de les sabates.

Quan finalment parem davant d'una caseta i arribem a la festa, és una escena completament diferent de la de la festa de l'Austin de fa una setmana. No es veu ningú. No sembla ni que hi hagi una festa.

—Segur que és aquí? —pregunto tan bon punt baixo de la furgoneta i en Kaleb la tanca.

—Sí —diu en Tyler, fent un cop de cap en direcció a la porta, i es posa a caminar cap allà—. Ja t'he dit que era una festa més reduïda. Vint persones, màxim.

Una festa reduïda vol dir que no em serà tan fàcil dissimular, mirar-m'ho des de darrere i resar perquè ningú no es fixi en la desconeguda de la sala. Se'm veurà d'una hora lluny. La gent s'adonarà que no m'ha vist mai. I jo no ho suportaré.

Tan bon punt en Tyler obre la porta de la casa, m'eixorda la música house, horrorosa. El batec em perfora les orelles i puc sentir que m'està provocant danys cerebrals. A sobre, fa pudor d'herba. En canvi, no hi ha tanta gent a la festa i no em fa sentir sufocada quan segueixo en Tyler a una habitació que s'ha destinat a guardar tot l'alcohol. En Kaleb no ens segueix.

—Tyler, has vingut —diu un noi quan entrem. Sorprenentment, sembla del tot sobri.— Qui és?

—La meva germanastra. Eden, et presento en Declan. Ha vingut amb mi aquesta nit, si et sembla bé.

—Apa. —Els ulls blaus d'en Declan s'obren sorpresos quan passa una llauna de cervesa a en Tyler.— Des de quan tens una germanastra, tu?

—Des de la setmana passada, col·lega —murmura, però ràpidament es gira cap a mi amb un somriure—. Què vols prendre?

—El que sigui —dic, repassant les coses de sobre la taula—. De fet, prendré una altra coca-cola amb vodka.

En Tyler fa un sospir mentre agafa un got, prepara la beguda i me la passa. En Declan ens observa tota l'estona.

—Li ensenyaré això a l'Eden —diu en Tyler, i em posa una mà a l'espatlla i em dirigeix cap a la porta. M'empeny cap al rebedor, però no em segueix. Es gira ràpidament cap a en Declan i l'empeny cap a un racó de l'habitació.

Observo com en Tyler murmura alguna cosa, a la qual en Declan assenteix. Parlen tan baix que és impossible sentir què diuen, però en Tyler deixa anar un sospir abans de tornar amb mi, al passadís. Hi ha persones que el saluden quan passa, però ell està pendent de mi.

—Mira, veus aquesta gent?

Parem al costat de la porta de la sala, i amb la cervesa m'assenyala un grup de persones assegudes als sofàs. Semblen desinflats i molts sembla que tenen més de vint anys.

—Sí? —No sé on vol anar a parar.— Semblen avorrits.

En Tyler reprimeix una rialla i s'aparta de la porta.

—No n'estan gens, d'avorrits. Ei, mira què tenim aquí. —Amb la llauna assenyala el terra i, sota la taula del passadís, hi ha un gatet taronja i blanc arraulit.— Ei, noi. —Deixa la cervesa, s'ajup i agafa el gat a coll, i li acaricia el pèl del clatell.— Per què no surts amb aquest? Segur que els té més ben posats que en Jake.

—Deixa'l a terra —dic amb fermesa, però el gat sembla content amb les carícies, perquè comença a enfilar-se juganer pels braços d'en Tyler.

—Ja ho veus —diu mentre el rasca darrere les orelles i el gat ronca amb satisfacció. Sento que se m'estiren els llavis en un somriure veient-los.— Sóc un imant per a les mixetes.

Sospiro i em giro, però ell riu, deixa l'animal a terra i torna a agafar la cervesa. El gat se'n va ràpidament a una altra habitació

—Mira, fins i tot el gat està tip de les teves bestieses.

En Tyler em somriu amb suficiència, però el somriure aviat s'esvaeix.

—He de parlar amb una gent. Surto un moment per darrere.

Sortir per darrere? Aquesta referència la conec. Sé què hi ha darrere. Sé quina en porta de cap. Em canvia l'humor de cop.

—Et fots de mi?

Mira enrere amb una expressió despreocupada i fa un glop de cervesa.

—Eh?

—No et facis l'imbècil —xiuxiuejo rabiosa mentre m'hi atanso i m'inclino perquè em pugui sentir, amb la beguda gairebé repenjada al seu pit—. No he vingut amb tu a aquesta estupidesa de festa perquè em deixis sola mentre tu te'n vas al jardí a fumar porros i fer boniques ratlles de coca per ensumar.

—No n'has de fer res —replica, apartant-se de mi—. Vés a fer amics i deixa'm fer el que em doni la gana.

Intenta baixar pel passadís, però el segueixo de prop i literalment em situo entre ell i la porta de darrere quan hi arribem.

—No sortiràs. És una imbecil·litat.

De sobte, s'apodera d'ell una fúria i pica la paret amb la cervesa, aixafant tota la llauna contra el guix i deixant que regalimi el líquid a terra.

—Aparta't d'una puta vegada!

—No!

Es llança endavant, m'agafa el canell amb els seus dits llargs i fa força de tal manera que gairebé m'insensibilitza el braç. Està tan a prop meu i té tanta ràbia als ulls que no puc evitar arronsar-me sota la seva força.

—Eden —xiuxiueja a poc a poc—. No.

—No —protesto una vegada més, desfent-me de la seva mà. Decideixo que no reculаré malgrat la cervesa aixafada i el meu canell entumit.— Per què ho fas?

—Perquè ho necessito, entesos? —gairebé crida, i ràpidament mira al voltant per assegurar-se que no l'escolta ningú.

—No ho necessites —dic—. Ho vols.

Em mira una estona en silenci. És com si calculés què ha de fer a continuació, què ha de dir, com esquivar-me. I llavors branda el cap, es passa una mà humida pels cabells i respira.

—No ho entens.

Li vull preguntar què és el que no entenc, però m'aparta a un costat i obre la porta. Surt i la tanca. Estic furiosa i si no m'hagués sentit tan humiliada l'última vegada que vaig sortir i el vaig interrompre, potser ho tornaria a fer. Però sé que no serviria de res fer-ho, així que torno a la part de davant de la casa i em paro un moment a pensar què puc fer.

—Eden? Què hi fots tu, aquí?

Em giro en la direcció de la veu i em quedo estupefacta i molt agraïda quan veig en Jake darrere meu, mirant-me amb els llavis una mica separats.

—Jake! He vingut amb en Tyler, però està... Bé, m'està fent emprenyar.

—Eden... —Es posa una mà al front i s'acosta més a mi, per parlar-me a cau d'orella en veu molt baixa.— Saps que això és una festa de fumetes, oi?

—Que és què? —balbucejo, i amb els ulls em diu que haig de callar o sigui que em mossego la llengua.

—Mira al voltant, Eden —xiuxiueja, llançant-me l'alè càlid sobre la pell—. Tothom està col·locat.

Els meus ulls es passegen a poc a poc pel rebedor i cap a la porta oberta de la sala. En Tyler tenia raó. Aquestes persones no estan avorrides. Tenen els ulls vermells i les pupil·les dilatades, la meitat miren al sostre i la resta riuen histèricament. Com més els miro, més evident ho trobo. Una festa de fumetes. En Tyler m'ha portat a una puta festa de fumetes.

—Llavors què hi fas tu, aquí? —pregunto, encreuant els braços fastiguejada.

—Un amic meu necessitava que l'acompanyessin a

casa —explica en Jake, mirant al voltant amb els ulls entretancats—. He vingut a buscar-lo, però sembla que ja ha tocat el dos. Que és el que hauries de fer tu, Eden, no són la mena de gent amb qui t'hauries de relacionar.

—Treu-me d'aquí, sisplau —xiuxiuejo amb els ulls esbatanats—. No em puc creure que m'hagi portat aquí.

—Perquè és un cabró.

Que curiós. En Tyler va dir exactament el mateix d'ell. És la paraula de l'un contra la de l'altre, i a mi em toca decidir de part de qui estic. I ara mateix sóc a la banda d'en Jake. Perquè, si hagués de decidir quin dels dos és el cabró, hauria d'assenyalar el meu germanastre.

11

NO HI PUC FER MÉS, em posa furiosa que en Tyler es pensés que era una bona idea convidar-me a anar amb ell a una festa com aquella. De debò es pensava que m'ho passaria bé amb una colla de paios col·locant-se? Era el més lluny possible de ser una bona idea, i no entenia per què m'hi havia convidat, en Tyler. En què pensava? Pensava?

En Jake no és tan estúpid. Té prou neurones per saber què està bé i què està malament, i és per això que he acabat al seu cotxe. I amb ganes de trencar el parabrisa d'un cop de puny.

—De fet, havia quedat amb en Dean d'aquí a un quart —diu en Jake, mirant-me de gairell amb una expressió desanimada als ulls—. Pots venir amb nosaltres o et puc acompanyar a casa. Tu mateixa.

La idea de tornar a casa després de passar-m'hi tot el dia sola no em ve gens de gust, i ara el que realment necessito és companyia humana decent i no relacionada amb drogues. I sortosament en Dean és simpàtic.

—Segur que no passa res, si vinc?

—Segur —diu—. Bona decisió.

Deixo anar un sospir i estic una mica menys alterada, m'escarxofo al seient i ajusto l'aire condicionat. És més fàcil relaxar-se al cotxe d'en Jake que al d'en Tyler, senzillament perquè no tinc la sensació d'estar al caire de la mort cada vegada que trenquem per una cantonada.

—A qui anaves a buscar?

—Es diu Dawson Hernández —diu, i no sé per què l'hi he preguntat, si aquí no conec a ningú—. De segon curs. L'haig de vigilar.

—On hem quedat amb en Dean? —pregunto, canviant de tema, amb ganes d'oblidar-me d'aquella meravellosa festa de fumetes. Com més hi penso, més fastiguejada estic.

—Hi ha un grup que li agrada, els La Breve Vita, que toquen de franc al centre. Hem quedat per veure'ls.

Francament no he sentit mai a parlar d'aquest grup. Però si toquen gratis, deu ser que són força desconeguts.

—D'acord —dic—. Sona bé.

No tardem gaire a arribar al centre de la vida nocturna de Santa Monica, ple de gent un dissabte a la nit, amb els rètols dels clubs enlluernadors, la música forta, la gent borratxa i les abundants prostitutes. Parem en un petit aparcament de darrere d'un edifici més petit encara i no sabria dir si és un club, un bar, un restaurant o un dispensador d'herba. Sigui com sigui, hi entrem.

La sala sembla el soterrani d'una casa qualsevol, on regna la penombra. Ple de gom a gom, hi fa calor i costa respirar. Hi ha un escenari minúscul, i en aquest escenari minúscul hi ha quatre persones que toquen la guitarra, la bateria o canten. Trepitjo uns gots de plàstic aixafats.

—Ja era hora! —La veu d'en Dean ressona per sobre la música des de no sé on. Apareix darrere nostre, amb la cara il·luminada pels focus que fan pampallugues.— Eden? No sabia que venies.

—Me l'he trobada quan buscava en Dawson —explica en Jake, i veig com l'expressió d'en Dean es panseix i ells dos es miren. Saben de què parlen.

—A la festa d'en Declan?

—Sí —diu en Jake, i decanta el cap en direcció a l'escenari, rient com si jo no hi fos—. No en tenia ni idea.

Acaba la cançó, el públic crida i aplaudeix abans que el cantant els faci callar amb un gest. S'acosta al micròfon, l'agafa i camina amunt i avall de l'escenari.

—Gràcies per venir, penya. Sou una canya. Tots. Fins i tot la verge de mitjana edat del fons que només ha vingut per la cervesa gratis. Sou genials, gent. Sou genials. —Riu esbufegant davant del micròfon, sense deixar de mirar el públic, que riu una mica.

—Aquí t'ho passaràs més bé —em diu en Dean a cau d'orella, amb els ulls fixos a l'escenari—. Aquest grup m'encanta.

—A veure, abans de continuar —diu el cantant—, us vull recordar que us passeu per on vulgueu el que pensin els altres. La vostra vida és vostra, la vostra música és vostra, les vostres decisions són vostres, i la vostra vodka és vostra. No perdeu el temps fent imbecil·litats que no porten enlloc. Feu les coses que tingueu ganes de fer. Sortiu de bars cada nit, llanceu-vos d'un avió, aneu a Bulgària. El que sigui. Foteu el que us faci feliços perquè... *la vita è breve*. Visca LA BREVE VITA! Esperem que us agradi el concert. *Tanto amore*.

El públic es posa a aplaudir i a cridar i la bateria torna a sonar, i el guitarrista, el baix i el cantant s'hi afegeixen sincronitzadament.

—La Breve Vita és llatí o què? —pregunto, mirant en Dean.

Em fa l'efecte que és més fàcil que ho sàpiga ell que en Jake.

En Dean riu i branda el cap.

—És italià. Com jo. Bé, a mitges.

—De debò? —dic. Alço la veu per competir amb la música.— Has viscut a Itàlia?

—No, vaig néixer aquí —reconeix, amb un petit somriure als llavis, alhora que mira alternativament a l'escenari i a mi—. La meva mare és italiana. El meu pare la va conèixer quan estava de vacances a Nàpols i ella va venir a viure aquí. De fet, no he posat mai els peus a Itàlia. Una cosa rara.

—Que fort —dic, perquè ho és, en comparació amb la magnífica història d'amor dels meus pares. Els meus pares van coincidir en una festa, es van enrotllar en plena borratxera i l'endemà van anar a menjar uns frankfurts. Romàntic.— Parles italià?

—No gaire. Només una mica —diu amb vergonya. Continua bellugant el cap al ritme de la música.

Miro l'escenari i després el torno a mirar a ell.

—I què vol dir La Breve Vita, doncs?

—Vida breu. Vaja, que la vida és curta. —Somriu, amb un somriure tan exagerat que em fa l'efecte que ha de fer mal.— Per això m'agraden. Defensen que es visqui la vida al màxim. I tenen cançons boníssimes.

Riem, però en Jake, no. La veritat és que m'havia oblidat d'ell fins que s'escura el coll i es posa davant meu.

—Eden —diu—, vols prendre res?

Veig els gots de plàstic escampats per terra i després miro el bar ronyós del fons i somric.

—No, gràcies.

El concert dura més d'una hora. A tots tres ens agrada, però sobretot a en Dean, i quan anem cap a la porta decideixo que m'ho he passat bé. Escoltar melodies indie des del fons d'un petit local és molt millor que entrompar-se en una festa de fumetes. M'alegro d'haver vingut. Abans d'anar a l'aparcament passem per un petit local de *tacos*.

—Et puc acompanyar a casa, Eden —diu en Dean quan arriba al seu cotxe. Només queden dos vehicles, el seu i el d'en Jake; els altres han marxat tots.— He de passar per casa d'en Tyler igualment.

En Jake es fica les mans a les butxaques i arrufa les celles.

—L'acompanyaré jo —diu, amb fermesa—. Demà parlem. Que vagi bé.

En Dean només fa un cop de cap.

—Molt bé. Ja ens veurem.

Quan puja al cotxe i l'engega, en Jake i jo ens quedem sols a l'aparcament, en un silenci confortable. Si bé no és un silenci total. Es continua sentint el rebombori irritant de la música house que ressona pels clubs propers. En Dean ens saluda amb la mà quan passa i s'allunya.

—Què? —pregunta en Jake, i riu una mica—. Què tens ganes de fer? Perquè encara no et vull portar a casa.

—Quina hora és?

—Poc més de mitjanit. —Em mira fixament amb els ulls espurnejants i els llavis una mica separats.

En la setmana que fa que sóc aquí, m'he acostumat a estar amb ell.

També l'he anat trobant atractiu.

—Així què? Vols que et porti a casa? —ofereix, però és una proposta buida—. O anem a un altre lloc, si et ve de gust.

Penso si estic gaire cansada, que no n'estic, i penso si el pare deu estar gaire enfadat, que segur que sí. Encara no tinc ganes de tornar a casa.

—Podem anar a algun lloc? M'agradaria evitar el meu pare.

Un somriure se li dibuixa lentament a la cara.

—S'està fent tard, o sigui que què et sembla veure una pel·lícula a casa meva?

—Només si és una pel·lícula de Disney —dic.

—*El rei lleó* et va bé?

—Això no es pregunta.

En Jake branda el cap i se'n va cap al seu cantó del cotxe.

—Puja, va. Que hem d'anar a veure una pel·lícula.

La casa d'en Jake és al barri de Wilshire —m'explica que la meva és a la zona del Nord de Montana, que segons ell és el barri car de la ciutat— i parem el cotxe davant d'una casa de maó clar envoltada de vegetació. Sembla gran, però ni de bon tros tant com la del meu pare, la de la Rachael o la de la Tiffani, ni cap de les altres cases que he vist fins ara. Aquest barri sembla més atapeït, com si els constructors anessin curts d'espai i decidissin amuntegar més les cases.

Però és una casa molt maca i quan en Jake em porta a dalt, a la seva habitació, admiro l'ambient acollidor que desprèn, amb moltes fotos emmarcades, trofeus, records sentimentals i altres objectes decoratius. A la casa del pare li falta aquesta calidesa.

En Jake s'adona que contemplo l'exposició.

—Ai, la meva mare està una mica sonada.

—No —dic—, és bonic.

Gemega, entra a la seva habitació i encén el llum. De moment, no s'ha sentit cap soroll i per això dedueixo que els seus pares dormen.

—Està molt desordenat, però és el que hi ha. Vaig a buscar la pel·li.

Entro a l'habitació i ell en surt i va a una altra que hi ha al fons del replà.

En un racó hi ha un llit, una pila de roba en un altre, i un gran televisor penjat a la paret. També veig una pilota de futbol sobre la calaixera i un casc a terra.

—En Tyler em va dir que jugaves —mussito quan en Jake torna amb un DVD a la mà.

—Sí, de *halfback*. Sembla que sóc bo corrent —diu, com si no li interessés gaire—. Au, plorem una mica pel Simba.

Posem la pel·lícula, amb el volum baix per no despertar ningú, i aviat estem tots dos estirats al seu llit. És gairebé la una i començo a badallar. Fins i tot en Jake sembla massa cansat per parar atenció a la mort del Mufasa.

—Saps una cosa? —murmura mentre juga amb el coixí—. No miro *El rei lleó* amb qualsevol noia.

M'assec, amb el cor adolorit per l'horrible escena que veig, i el faig callar amb un gest de la mà.

—Xsst, el Mufasa és mort, Jake. Una mica de respecte.

—Que Déu el beneeixi i que descansi en pau al paradís dels dibuixos animats —diu solemnement.

Acota el cap i després s'incorpora sobre els colzes amb un somriure maliciós a la cara.

No recordo quan hem apagat els llums, però de sobte m'adono de la foscor i que la tele li il·lumina la cara, ressaltant-ne les faccions i atraient la meva atenció cap als seus ulls.

—Un gran panegíric —dic.

—Gràcies. —S'incorpora una mica més i em mira amb interès.— A veure si ho he entès bé. Ets de Portland, que és una gran ciutat, o això diuen, on tens prohibit omplir tu sola el dipòsit de gasolina, i demanes amanides al Chick-fil-A, acabes a festes de fumetes i t'agraden les pel·lícules de Disney. Està bé.

—És força precís —faig, assentint.

—No te'n vagis a casa —em diu. Parlem amb la pel·lícula en marxa, però ara ja no la miro. Ara li miro els llavis quan parla, fixant-me en la manera com se li estiren quan somriu.— Queda't a dormir.

—Al meu pare li agafarà un atac si no hi vaig —murmuro, però no és mala idea.

Tots dos estem cansats i fer que en Jake m'acompanyi a casa no sembla gaire prudent. Encara s'adormiria al volant.

—Queda't —torna a dir, amb els ulls espurnejant amb tanta intensitat que se'm comença a posar la pell de gallina—. Tinc *El llibre de la selva* no sé on.

—M'agrada *El llibre de la selva* —xiuxiuejo, jugant amb els dits a la falda i amb el cap cot. Però quan el torno a aixecar, els llavis d'en Jake, que fa un moment em tenien tan fascinada, s'acosten als meus i se'm talla la respiració.

Passa un segon molt llarg abans que finalment em freguin la boca; sento una pressió al pit i esgarrifances per tot el cos; el seu alè càlid em fa pessigolles a la galta quan s'atura un moment, amb la cara al costat de la meva. És com si esperés que m'apartés o li tornés el petó. No m'ho he ni de pensar.

Els meus llavis troben els seus i no se'n separen. Les parpelles se'm tanquen i sento les seves mans movent-se per l'esquena. Hi ha un silenci agradable, només amb la veu baixa del Simba de banda sonora.

He fet petons a nois, però no en aquestes circumstàncies. He fet els petons jugant a girar l'ampolla, a veritat o penyora, o quan m'he trobat tancada amb un noi en un armari jugant a set minuts al paradís. Però això no és un joc, ni una penyora, ni una juguesca divertida. És de debò i està passant i no tinc ni idea del que faig i per què estic fent un petó a un noi de Califòrnia que vaig conèixer fa una setmana mentre miro *El rei lleó* al seu llit. Potser no sé què faig, però sé que m'agrada.

I just quan la seva boca se separa de la meva després d'un llarg minut, sento que murmura sobre els meus llavis:

—Em sembla que val més que no comentis res d'això a en Tyler. Em trencaria la cara.

Se m'obren els ulls per trobar la seva mirada tendra, i un petit somriure em juga als llavis.

—No pensava fer-ho.

12

I AIXÍ NOMÉS FA UNA SETMANA que ha començat el meu estiu i ja em desperto al costat de l'arxienemic del meu germanastre. Felicitats, Eden.

Obro els ulls i veig el sol entrant per les escletxes de les persianes; em giro de cara al noi que tinc al costat. En Jake també s'està despertant, i s'estira inflant els músculs i contraient-los d'una manera que fa que em desperti de cop.

—Bon dia —murmura.

Parla en veu baixa, tot asseient-se i mirant cap a la finestra amb els ulls empetitits. Va completament vestit i jo també.

—He dormit aquí? —balbucejo. És una pregunta estúpida tenint en compte que és evident. Això no hauria d'haver passat. No tan sols em vaig escapar sense dir res, sinó que no vaig tornar a casa. El pare em matarà.—Me n'he d'anar a casa —dic, ajustant-me els cabells recollits i saltant del llit—. Ara mateix.

—Però nena... —comença, però l'interromp un truc a la porta.

No sé quina hora és, però sé que no és mitjanit, així que no em sorprèn veure que entra una dona.

Ens mira, encreua els braços al pit, m'estudia de dalt a baix i després mira en Jake enfurismada.

—Sabia que ahir a la nit havies ficat una noia d'amagat a la teva habitació —diu despectivament—. Aquesta té nom?

—Mare —diu en Jake amenaçadorament, posant-se dret.

—No, Jake. —Branda el cap disgustada i assenyala la porta darrere d'ella.— Té cinc minuts per sortir d'aquí.

Sento que en Jake gemega mentre la seva mare marxa. Fins a aquest precís moment, pensava que en Jake era un bon noi. Tan bon noi que ahir a la nit li vaig fer un petó. Però ara, tot d'un plegat, l'actitud de la seva mare m'ha plantejat unes quantes preguntes. Se'm fa un nus a l'estómac.

—Portes noies a casa sovint? —murmuro. Busco les vambes al costat del llit i me les poso.

—No —diu en Jake, gairebé immediatament—. Ho diu de broma.

Miro per sobre la meva espatlla, arrufant les celles perquè quedi clar que estic desanimada, perquè tingui clar que no deixaré passar les paraules de la seva mare com si res. Potser no veu *El rei lleó* amb qualsevol noia, però ningú ha dit res d'*Al·ladí*.

—Me n'he d'anar —dic.

—D'acord —diu finalment, entenent que parlo seriosament. Si perdo més temps aquí, el pare denunciarà la meva desaparició.— Agafaré les claus.

Me'l miro una estona mentre avaluo quina decisió prendre. No sé decidir què és pitjor: que un noi m'acompanyi a casa o arribar a casa del pare en taxi. De qualsevol de les dues maneres, semblarà que he passat una nit escandalosa.

En Jake es posa una samarreta i agafa les claus de l'ampit de la finestra. No puc evitar pensar que és la seva rutina diària.

—Som-hi —diu—, anem.

Sortim al replà en silenci, però baixem l'escala ràpidament amb l'esperança d'evitar una altra topada amb la seva mare. Les coses com siguin: no la veig contenta. I no crec que el meu pare tampoc ho estigui.

—Quin dia és? —pregunto per dir alguna cosa quan ja som al cotxe d'en Jake.

—Diumenge —diu.

Però ara el seu to s'ha estovat, s'ha tornat taciturn d'una manera que em fa preguntar si no està enfadat, i té els ulls mig aclucats. Potser està desanimat per la interrupció de la seva mare o per la meva negativa a quedar-me amb ell tot el dia. Però he de tornar a casa i hi he de tornar com més aviat millor.

—D'acord —dic. Miro el carrer. Avui estic massa cansada per fer un esforç.

Quan arribem davant de casa del meu pare, en Jake s'ha relaxat una mica. Apaga el motor abans de mirar-me amb un petit somriure als llavis.

—Ho hauríem de repetir —diu—. Torna't a quedar

a casa el cap de setmana que ve. És l'aniversari dels meus pares o sigui que no hi seran.

—Sí, és clar, podem quedar —dic, tot i que amb vacil·lació. Ara mateix l'opinió que en tinc és una mica contradictòria.

—T'hi pots quedar tot el cap de setmana.

—No crec que el meu pare...

Em talla i em mira intensament.

—Pensa-t'ho. —Després em somriu.— Sort que ahir a la nit vaig passar per la festa, oi? D'això se'n diu ser al lloc que toca quan toca.

—Gràcies per treure'm d'allà —murmuro.

M'havia oblidat d'aquella festa horrible. A veure si en Tyler ha tornat a casa.

En Jake arronsa les espatlles i somriu encara més.

—Gràcies a tu. M'ho vaig passar molt bé.

—Sí —dic. Miro cap a la casa i decideixo que ja és hora d'entrar i trobar-me amb el pare.— Me n'hauria d'anar.

—Ja ens veurem —diu mentre obro la porta i baixo.

Mentre tanco, em pregunto si deu ser sincer.

Em poso la caputxa i envio una pregària ràpidament al cel i després em fico les mans a les butxaques. Espero que la caputxa dissimuli els cabells despentinats i el maquillatge empastifat. Sembla que hagi estat de festa a l'Strip de Las Vegas tota la nit. Encara que dubto que hi hagi gaire gent a Las Vegas que surti de festa vestida amb dessuadora i texans.

No sento allunyar-se en Jake, però sé que se n'ha anat quan arribo a la porta, una porta que em fa una por horrorosa travessar. I no em ve gens de gust, francament.

S'obre davant meu i em sobresalta; encara m'estic recuperant quan una mà forta em fa passar a dins. Massa masculina per ser l'Ella, massa musculosa per ser el pare. Això respon a la meva pregunta d'abans: en Tyler va arribar a casa.

—Mmm. —Em desempallego de la seva mà, apartant-me una mica mentre tanca la porta. Encara no he dit res i ja em mira indignat com si hagués calat foc a la seva habitació. És com si ni res ni ningú el complagués mai.

—Te'n fots, oi?—diu—. Et fots de mi.

El miro un moment. Sospiro. Jugo amb els cordons de la caputxa. El miro un moment més.

—Podria dir el mateix de tu —murmuro finalment. Ja n'estic tipa. Sempre que sóc amable, me n'acabo penedint. S'ha acabat.— Em vas portar a una festa amb tots els teus amics porretes i penjats. Estàs com un llum!

—Xsst —diu secament. Aixeca un dit, mira pel rebedor amb els ulls entretancats per assegurar-se que no m'ha sentit ningú.— Abaixa la veu.

—Perdona —dic, desbordant sarcasme—. No me'n recordava, que la teva mare no té ni idea de com n'arriba a ser de patètic el seu fill.

Una onada d'emocions fugisseres passen pels seus ulls d'una manera peculiar que no havia vist mai. Alguna cosa hi brilla, però no sé què és. Gairebé sembla dolgut, però no n'estic segura, perquè ja es tornen a empetitir.

—Dave! —crida, amb la veu ronca. Somriu.— L'Eden ha tornat.

—De debò? —L'única cosa que tinc ganes de fer és clavar-li un cop de puny a la cara.

El somriure als seus llavis s'omple de malícia, content de la victòria.

—Afronta les conseqüències.

—Les teves conseqüències —corregeixo—. Em vas forçar a anar a la festa.

—Jo, en canvi, recordo que hi vas venir voluntàriament.

—Em sorprèn fins i tot que recordis alguna cosa. Et vas comportar ahir a la nit? Ho dubto.

Em trec la caputxa i sospiro, serrant les dents quan sento passos que vénen de la cuina. Si el pare no em mata, estic segura que ho farà en Tyler.

—Bona sort —diu, rient per sota el nas mentre es repenja a la paret. Plega les mans al pit i observa divertit com s'acosta el pare.

—On t'havies ficat? —és el primer que pregunta el pare. L'únic que puc dir és que la seva expressió no és de gaire alegria.— Saps quina hora és? Són gairebé les dotze. Què has fet tota la nit? Almenys podies haver contestat el telèfon. Estava mort de preocupació, Eden.

—Ho sento, és que... —En aquest punt afronto la crisi definitiva: dir la veritat o escapolir-me amb mentides. Però no tinc prou valor per ser sincera i no tinc experiència per pensar en una bona excusa, així que cap de les dues alternatives sembla factible.

El pare m'escruta i arqueja les celles esperant que

respongui. Desesperada miro a una altra banda i acabo topant amb en Tyler. Encara somriu amb arrogància, encara observa, encara es diverteix veient com m'esforço per salvar-me de la ira del pare. Però estic massa aterrida per estar enfadada, i, com més el miro amb desesperació, més es fon la seva expressió maliciosa.

—Era a ca la Meghan —diu de sobte, amb els ulls en els meus i la cara tensa. Es dirigeix al meu pare.— Ja t'ho havia dit.

El pare sembla atordit un moment mentre pensa, però les celles se li arrufen encara més.

—No m'ho havies dit.

—Sí, estic segur que t'ho vaig dir ahir quan vaig arribar, perquè em va dir que t'ho digués. —En Tyler decanta el cap i fa una expressió perplexa, com si el pare patís amnèsia.— No te'n recordes?

—No.

En Tyler arronsa les espatlles.

—Doncs, potser me'n vaig oblidar —diu, i després em torna a mirar. Amb uns ulls més amables. Més comprensius.— Em sap greu, Eden. Culpa meva.

Hi ha un llarg silenci. El pare no entén res, en Tyler sembla tan fresc i jo encara intento comprendre què ha passat. Si ho he vist bé, en Tyler m'ha ajudat. M'ha ajudat a mi. Déu n'hi do.

Em costa de creure que algun dia el pugui arribar a entendre. És el que penso en aquest moment, és gairebé impossible d'entendre. Tan aviat sembla encantat amb la idea que m'hagin enxampat, com intervé per proporcionar-me una excusa. Per què? Em fa venir mal de cap, la manera com passa d'odiar-me a tractar-me amb normalitat. Sincerament, m'agradaria que es decidís d'una vegada. M'estalviaria el maldecap d'intentar entendre'l.

—La pròxima vegada estaria bé que no te n'anessis sense avisar —diu el pare. Sembla irritat, però quan em penso que se n'anirà, diu:— Una cosa: sortim tots a dinar a fora. Tots. Això vol dir tu també, Tyler. Vestiu-vos bé.

La idea d'un dinar «familiar» ja no em preocupa especialment. En canvi, la mirada intensa d'en Tyler sí. Així que, quan el pare se'n torna a la cuina, segurament per parlar amb l'Ella, aprofito l'ocasió per entendre què ha passat en els últims cinc minuts.

—Quines poques ganes que tenia d'esbroncar-te —murmura en Tyler, però no li faig cas.

—Per què ho has fet? —pregunto.

—Fer què?

—Mentir per mi. —Semblava molt satisfet de veure que me la carregaria, però la seva actitud ha canviat miraculosament i ha decidit intervenir i salvar-me la vida. I no sé pas per què.— No ho entenc.

Arronsa les espatlles, amb els ulls una altra vegada calmats. Els seus canvis d'humor em destaroten.

—Te'n devia una —diu—. Per portar-te a aquella festa anit. No ho vaig pensar bé. Em sap greu.

Es disculpa sincerament, cosa que em sorprèn, i per variar no em crida, cosa que encara em sorprèn més.

—Però per què m'hi vas convidar? —pregunto amb menyspreu—. De debò vas pensar que m'agradaria estar en aquell ambient?

—Em sap greu —repeteix, aquesta vegada en veu

més baixa. Estic a punt d'acceptar la seva disculpa, però llavors ho espatlla tot quan decideix murmurar:— Eres amb en Jake, doncs, oi?

Deu haver vist el cotxe.

—I a tu què t'importa? Tu tens la teva opinió d'ell i jo tinc la meva. No tinc ganes de tornar-ne a parlar, perquè no té res a veure amb tu.

—M'hauria de dutxar —diu, canviant de tema, tot i que ha estat ell el que l'ha tret. Torna a entretancar els ulls, però amb delicadesa.— Ja en parlarem més tard. Després d'aquest pal de dinar on hem d'anar.

—En parlarem més tard? —repeteixo.

Fins ara no hauria dit que en Tyler fos un conversador. I menys encara quan es tracta d'una conversa sobre el noi amb qui m'estava morrejant ahir a la nit.

—Sí —diu. Es gira i, tot pujant l'escala, llança una mirada enrere. Somriu.— I recorda el que ha dit el teu pare. Vesteix-te bé.

13

ARRIBEM AL RESTAURANT VINT MINUTS TARD. Els primers deu minuts són culpa de l'Ella, perquè s'ha canviat dues vegades de roba abans de decidir que estava bé. La segona meitat ha estat culpa d'en Tyler. Ens ha endarrerit perquè li han dit que no agafés el seu cotxe. El pare i l'Ella volien agafar el Lexus i el Range Rover, i han dit que no calia que en Tyler agafés un altre cotxe. Al capdavall, està castigat. Al final s'ha donat per vençut i s'ha dignat a pujar al cotxe de la seva mare. No he parat de pensar com pot ser que veure't obligat a anar amb un Range Rover es pugui considerar un càstig.

—Benvingut, senyor Munro —diu la refinada cambrera del refinat restaurant amb un accent refinat tot guiant-nos cap a una refinada taula amb coberteria refinada. Refinament, refinament, refinament. Fa cinc anys, a la mare i a mi, el pare ens hauria portat a una hamburgueseria greixosa.

Dóna les gràcies a la cambrera i ens asseiem. El pare,

l'Ella i en Chase a una banda de la taula; en Tyler i en Jamie a l'altra, amb mi al mig. El restaurant és gran, però hi ha poques taules, que estan extremament ben parades i separades. No hi ha res pitjor que ser en un restaurant on les taules són a dos pams les unes de les altres.

—Està bé això d'estar tots junts —comenta l'Ella quan acabem de demanar les begudes. Jo demano aigua i en Tyler intenta sense èxit demanar una cervesa.— Ho hauríem de fer cada diumenge.

El pare fa que sí amb el cap, mirant-la de reüll amb una expressió als ulls que em sona. Fa temps, mirava la meva mare d'aquesta manera.

—Totalment d'acord.

—Totalment en desacord —intervé en Tyler.

Somriu, acota el cap i encreua els braços al pit. Ni l'Ella ni el pare li fan cas. A hores d'ara ja deuen haver arribat a la conclusió que sempre dirà alguna cosa negativa de tot i no val la pena donar-hi importància. Començo a fer el mateix.

Arriben les begudes i demanem els plats. Acabo optant per la primera cosa que veig. Tot és massa sofisticat i sona massa estrany perquè sàpiga què és. Segurament he demanat uns testicles de balena.

—Quanta estona hem d'estar asseguts aquí? —pregunta en Tyler cinc minuts després, interrompent la conversa dels pares i mirant-los amb una cara inexpressiva. S'afluixa la corbata negra, es descorda el botó de dalt de la camisa blanca.— Tinc coses millors a fer.

—No estiguis de tan mal humor —murmura l'Ella,

i després s'escura el coll i posa una veu solemne—. T'has pres les medecines avui?

—Mare —exclama, i em mira ràpidament, abans de centrar els ulls en l'Ella—. Vaig a prendre la fresca. —Recolza les mans a la taula i es posa dret, empeny la cadira enrere i va cap a la porta.

—Deixa'l —diu l'Ella, sospirant, i posa la mà al braç del pare, que sembla a punt de sortir disparat darrere d'ell.

—Sempre dius el mateix —rondina. Al començament, entenia per què s'irritava tan fàcilment amb qualsevol cosa que digués en Tyler, però ara ja sembla evident que al pare no li cau bé. I punt.

L'Ella arrufa les celles momentàniament i després s'obliga a somriure amb els llavis i frega l'esquena al pare.

—Deixem-lo un moment en pau.

Tinc ganes de preguntar per la medicació que ha esmentat, però em mossego la llengua i no deixo que la curiositat em venci. Hi dono voltes en silenci, encara que no n'hagi de fer res. Podria ser un tractament per a la disfunció erèctil o alguna cosa igual d'íntima i personal, però, tenint en compte la manera com s'estan a sobre en Tyler i la Tiffani, ho dubto molt.

L'Ella decideix desviar el tema del seu fill gran i més rebel i centrar-se en l'altre, en Jamie.

—Jay, com va aquell projecte de biologia?

—Vaig fent —diu en Jamie. Arronsa les espatlles i es mira vergonyosament la falda.— Encara he d'acabar el diagrama de l'osmosi.

—Jo suportava la difusió, l'osmosi i el transport actiu —dic, esforçant-me per participar en l'anomenat dinar «familiar»—. Ja veuràs quan comencis biologia avançada. És molt pitjor.

El pare somriu encantat perquè m'esforço per participar, però després es dirigeix a en Jamie.

—Pots anar a buscar el teu germà? Ens portaran el menjar de seguida.

—Ja hi vaig jo —salto sense pensar, i em sorprenc a mi mateixa—. Aquí fa molta calor. També necessito prendre la fresca —menteixo, i me'n vaig tan de pressa com puc. Potser és que encara tinc curiositat.

Quan surto, miro per tot l'aparcament, però no hi ha ningú. Només un cotxe que entra i un que surt. És mitja tarda, així que el sol m'escalfa fort l'esquena, i he d'empetitir els ulls per protegir-me de la claror. Em centro en el Lexus i el Range Rover que estan aparcats un al costat de l'altre. A l'Ella li costava ficar el Ranger Rover a la plaça, que era massa petita, i al final l'ha aparcat en Tyler. Llavors distingeixo una persona asseguda al seient del conductor.

Sense plantejar-me res ni pensar què li diré, vaig cap allà, però amb cautela. En Tyler és la mena de persona que faria marxa enrere i t'atropellaria sense miraments, així que estic una mica nerviosa quan arribo al costat de la finestra i hi pico amb els artells.

Gira el cap de cop, alerta i amb les celles arrufades. Passa un moment molt llarg abans que decideixi abaixar el vidre.

—Què?

—Véns a dinar? —Em mossego el llavi i reculo un pas. Ho acabo de dir i ja m'adono que és inútil fins i tot preguntar-ho.

—A la merda, no penso tornar allà dins —murmura, i gira el cap.

Premo els llavis, decanto el cap. Imito la seva cara enfurida.

—No trobes que ets una mica melodramàtic? No n'hi ha per tant. Només t'ha fet una pregunta.

Obre molt els ulls, però les celles continuen arrufades.

—Ets estúpida? De debò... ho ets? No entens una puta merda, hòstia, Eden.

—Ja hi som —dic, fent cara de desesperació, i cada cop ho dic més alt i més agitada—, exagerant per qualsevol cosa. Intento entendre què diantre et passa, però em tractes com una merda cada vegada que et parlo, o sigui que deixem-ho estar. Me'n vaig a dinar perquè no sóc una cretina egocèntrica que fa rebequeries quan les coses no són com li agraden. —Després d'exposar el meu cas, em giro i començo a travessar l'aparcament.

Però sento que en Tyler em crida i, quan miro enrere, sembla més relaxat.

—Vine —diu, però no em bellugo. No hi ha cap motiu perquè hagi d'escoltar-lo.— Puja al cotxe i t'ho explico. I després podem tornar a dins.

Que en Tyler s'ofereixi a explicar-me la veritat per variar és massa bo per ignorar-ho. I si així faig que torni a dins, l'hauria d'escoltar. Sospiro i em giro, i torno al Range Rover i pujo al seient del costat del conductor sense abaixar la guàrdia.

—Vinga, què?

Amb la corbata penjant per sobre l'espatlla i una mà al volant, em mira un minut ben bo. Espero que parli, però en comptes d'això se li torcen els llavis en un somriure petulant.

—Vols que et sigui sincer? Molt bé. Sóc totalment sincer ara quan et dic que fotem el camp d'aquí.

Abans que pugui pair aquestes paraules, engega el cotxe i prem el peu al gas, i se sent un grinyol horrible quan sortim esperitats de l'aparcament. Ni tan sols mira abans de sortir al carrer, i apareixem com una exhalació, obligant els cotxes del voltant a frenar en sec.

—Que t'has tornat boig? —crido, agafant el cinturó i cordant-me'l tan de pressa com puc. En aquest moment, temo per la meva vida.

—Boig no —diu—. Només sincer.

—Torna'm al restaurant —exigeixo.

Asseguda de costat amb una mà a la part del davant i l'altra al cinturó, miro frenèticament ara en Tyler, ara la carretera: en Tyler per llançar-li mirades assassines i la carretera perquè no em refio de les seva manera de conduir.

—De debò vols tornar? —El cotxe va d'una banda a l'altra.— Mira'm als ulls i digue'm que vols tornar allà i menjar aquell menjar espantós i seure amb el teu pare una hora. Digue'm que ho vols sincerament.

Em mira i només gira el cap de tant en tant per mirar el carrer.

—No —reconec—. No ho vull. Però sé que ho he de fer o sigui que torna abans que ens matem. Tens permís per conduir aquest cotxe?

Entre les frenades i les accelerades brusques, troba la manera de respondre.

—I tu tens permís per estar tan estupenda?

Gesticulo amb exasperació, ja n'estic ben tipa.

—Ostres, no hi ha cap necessitat d'insultar-me.

—No era un insult, per l'amor de Déu —murmura, passant-se una mà pels cabells i frenant en sec abans que ens enclastem contra el Porsche de davant—. No tornarem. Anirem a casa perquè pugui prendre una cervesa i explicar-te que en Jake juga amb tu, d'acord?

—Gràcies, Tyler —dic àcidament—. Gràcies per complicar-me més la vida.

—Ahir a la nit te la vas complicar tu sola —argumenta, mentre es desespera amb el temps que tarda el semàfor a posar-se verd—. Jo et vaig portar a la festa, sí, però vas ser tu la que vas decidir no tornar a casa, o sigui que aquesta no me la carreguis.

Em rendeixo.

—Molt bé. Però més problemes, sí. La teva mare fliparà quan vegi que el seu cotxe no hi és. D'on has tret les claus?

Riu, quan el semàfor es posa verd i ell posa a prova la represa del motor.

—Tranquil·la, que hi caben tots al cotxe del teu pare. I encara les tenia de quan he aparcat el cotxe. I no em distreguis més, que intento conduir.

Premo els llavis, mirant la seva mandíbula tancada amb força quan es decideix finalment a parar atenció a la carretera.

—Intenta-ho amb més ganes.

Tardem vint minuts a arribar a casa, i em sorprèn que hi arribem sans i estalvis. En Tyler ha trucat a l'Ella pel camí per dir-li que «no teníem cap interès» a menjar amb ells i que ens en tornàvem a casa. Ha penjat abans que ella pogués contestar.

—Vine a la meva habitació —ordena quan baixem del cotxe aparcat de qualsevol manera i anem cap a la porta. Encara sort que porta les claus.— Agafo alguna cosa per beure i després parlarem d'aquell cabró que et fa tanta gràcia.

Vacil·lo darrere d'ell quan obre la porta.

—No vull parlar de res amb tu —dic.

No m'interessa el que pensa de les meves decisions i no sé per què es pensa que sí.

Només sospira com si tant se li'n donés.

—Puja i vés a la meva habitació. Vindré de seguida.

Se'n va cap a la cuina mentre jo pujo l'escala.

—Perquè et quedi clar, pujo a la meva habitació, no a la teva —dic, cridant mentre pujo.

—Aleshores vindré a la teva habitació de seguida —crida amablement, i jo brando el cap derrotada tot arribant a la meva porta. Per ser algú a qui tant se li'n dóna tot, pot ser molt persistent.

Em trec les sabates i ràpidament llanço la pila de roba bruta al lavabo i tanco la porta. Fora d'això, la meva habitació no està gaire desendreçada. En Tyler no nota res quan entra amb una ampolla de cervesa ben agafada a la mà.

—A veure, per on començo —mussita. S'atura per fer un glop i després aixeca una mà.— T'ho posaré fàcil: en Jake Maxwell és el fantasma de l'any.

—Que curiós —dic—, i jo que pensava en tu per a aquest títol.

En Tyler em mira gairebé ofès. S'escura el coll, brandant el cap.

—No, hi ha una gran diferència entre en Jake i jo. Les noies em volen; en Jake vol les noies. No m'hi esforço especialment per trobar més noies. Me les trobo a les festes o on sigui, potser flirtejo una mica, de vegades els faig un petó si estic trompa i la Tiffani no hi és. Res més. —Mira la meva expressió perplexa un moment mentre fa un altre llarg glop i després acaba amb un sospir.— En canvi, en Jake és un fantasma. Té les noies pendents durant setmanes, de vegades mesos, dorm amb elles, i després no els torna a parlar mai més. Ho fa amb tres noies alhora. —Riu, però és una rialla solemne.— Et garanteixo que, tan bon punt cedeixis, desapareixerà. Sempre ho fa. Et dirà allò de «perdona, però ja no sento el mateix», o «no puc tornar a parlar amb tu, perquè la meva mare és superestricta i diu que no vol que surti amb noies fins a la universitat».

El miro atentament. S'esforça una barbaritat perquè agafi por a en Jake, però de moment en Jake és el que m'ha tractat més bé.

—Per què m'ho expliques, això?

—Perquè sí —diu en Tyler.

—No és una bona raó.

Només somriu.

—Tampoc ho era la meva raó per marxar del restaurant.

Com era d'esperar, el pare i l'Ella treuen foc pels queixals quan tornen a casa. No sols han hagut de pagar per dos àpats malaguanyats, sinó que els «sap molt de greu» que hàgim esguerrat la celebració familiar, segons diuen tots dos. Recorden a en Tyler que està castigat i a mi m'envien a la meva habitació fins demà. I és una nit llarga.

Videoxatejo amb l'Amelia una estona i em posa al dia de les xafarderies de Portland. L'altre dia unes alumnes grans van enxampar la nostra professora de literatura anglesa, la senyora Montez, comprant condons a Freddy's. La senyora Montez té més de cinquanta anys, o sigui que aquesta informació em fa venir basques, però l'Amelia es passa cinc minuts rient. Però fora de la vida personal de la nostra professora, no hi ha grans novetats, així que acabem parlant de la universitat. L'Amelia està decidida a estudiar bioquímica a la Universitat Estatal d'Oregon, a Corvallis, que és a una hora al sud de Portland. Jo, per contra, no veig el moment de tocar el dos d'Oregon. Començo a parlar del programa de psicologia de la Universitat de Chicago, que em sembla boníssim, però el xat es desconnecta i em deixa a mitges. La connexió a internet s'ha tallat. Miro el portàtil uns minuts mentre intenta tornar a connectar, però només gira interminablement i inútilment. Aleshores sento que piquen a la paret, la que separa la meva habitació de la d'en Tyler. Són tres cops.

Amb una cella arquejada amb desconfiança, aparto el portàtil i vaig cap a la paret cautelosament. No sé si els cops són casuals o fets expressament, però, sigui com sigui, també pico. Pico una vegada i espero. Em responen tres cops.

No sé què pretén en Tyler, però dubto molt que estigui aprenent el codi Morse, així que m'imagino que només està decidit a irritar-me més del que ja estic.

—Vols parar? —crido amb una veu prou forta perquè em senti a través de la paret, però no prou perquè em senti el pare.

—He apagat internet —diu la veu sufocada d'en Tyler, i sona gairebé com si s'estigués aguantant el riure—. La teva conversa em feia venir mal de cap. «Ai, Amelia, oi que Chicago serà una passada? És la universitat que m'agrada més del món! És tan bona... M'encanta la psicologia i estudiar i fer els treballs!».

Miro enrabiada la porta del meu lavabo, encreuo les cames i repenjo l'esquena a la paret.

—Ni tan sols he dit aquestes coses. —Per expressar la meva indignació, dono un cop de colze a la paret.

I ell torna a picar, aquesta vegada amb cops seguits dels artells contra el guix durant quinze segons ben bons abans de parar.

—Ho podria fer tota la nit. He sentit a dir que a la universitat no hi ha qui dormi, o sigui que t'anirà bé com a pràctica. Et convertiré en una insomne en un tres i no res.

—No t'han dit mai que no hi ha qui t'aguanti? —Encreuo els braços i faig cara d'exasperació, però no sé per què se m'escapa un somriure. No sé per què, francament, però, quan torna a parlar, m'adono que les seves ganes de jugar em fan somriure. No és una cosa que senti sovint.

—Mmm, no em sona, no —diu. Tant de bo pogués

veure a través de la paret, veure-li la cara. Està somrient com jo? Està estirat a terra? Assegut? Dret? Quins ulls fa ara?— Per què no hi ha qui m'aguanti? Il·lumina'm, universitària.

Sembla que somrigui, però no en puc estar segura. Només aixeco el cap mirant al sostre i enganxo l'orella a la paret, per sentir millor la seva veu. No és habitual que sigui tan simpàtic.

—Per començar —dic—, has desconnectat internet i ara no pares de picar a la meva paret.

—Tècnicament, és la nostra paret. —Torna a picar. Una vegada.

—Sigui com sigui, és molt empipador. Para, per favor.

—No puc —diu. Es posa a picar a la paret amb els artells insistentment i sorollosament.

Llavors jo pico amb força, estrepitosament, i en Tyler acaba rient.

Després d'això, apago l'ordinador i em fico al llit. No puc evitar imaginar-me què deu fer en Tyler a l'altre cantó de la paret. També està estirat al llit fitant el sostre? Està enviant missatges als amics? Està buscant una bona pel·lícula per veure?

És més de mitjanit quan al final m'adormo, després de pensar massa en el que m'ha dit en Tyler d'en Jake, i recordar la manera com m'ha tractat la mare d'en Jake al matí. S'ha comportat com si jo fos una estadística, només una altra noia a l'habitació del seu fill. No se n'ha sorprès. I per això no puc fer més que preguntar-me si el que m'ha explicat en Tyler és veritat o no.

14

AL MATÍ ESTIC MASSA CANSADA fins i tot per esmorzar. Miro a terra, amb una cara que és la pura imatge de l'esgotament, i intento a poc a poc acabar-me la torrada que m'ha fet l'Ella.

—Que et trobes bé? —pregunta el pare.

S'allisa la camisa i s'ajusta l'espantosa corbata.

—Sí —dic. M'he despertat cada dos per tres perquè juraria que sentia cops.— Només estic cansada.

Rebo un cop de cap com a resposta.

—Tens plans per a aquesta setmana?

—No.

El pare sempre ha estat un conversador horrorós, dels que fan preguntes ximples i comentaris estúpids per omplir els silencis. La meitat del temps desitjaria que no em parlés i llestos.

—D'acord —diu—. Avui tornaré tard.

No em prenc la molèstia de contestar. Abaixo el cap i m'aixeco per deixar el plat al rentavaixella mentre ell surt al rebedor. Setmana dos de vuit i ja m'estic esforçant per sobreviure en aquesta casa. El pare és un pal. Aquesta família barrejada és un pal. L'estiu és un pal.

—Bon dia —diu una veu quan tot just tanco el rentavaixella.

Em giro i, tan bon punt veig en Tyler que s'acosta, faig cara de fàstic.

—Buf —faig.

—Figura que has de contestar «bon dia» —diu, i em dóna un cop amb l'espatlla quan passa.

Porta uns pantalons curts negres i una samarreta ampla de colors i no puc evitar mirar-li els braços i com se li inflen els músculs quan obre la nevera.

—Has aconseguit que no hagi dormit en tota la nit —dic amb els ulls empetitits.

Em mira per sobre l'espatlla, amb les celles arrufades.

—Què?

—Els cops.

Em mira una bona estona i pels ulls li passen diferents estats d'ànim, i després riu.

—Jo no he picat. No t'ha dit el teu pare que la casa està encantada? Hi ha dimonis pertot arreu.

—Au, calla —dic, fent una ganyota—. Que no podies dormir o què?

Es gira amb una ampolla d'aigua a la mà i tanca la porta de la nevera de cop.

—No ben bé. —Somriu i encreua els braços. Em fixo en el tatuatge una altra vegada.— Esperava que et despertessis i contestessis.

—Perdona —dic—. No estava d'humor per comunicar-me amb tu a través de la paret a les quatre de la matinada.

Té una vena inflada que li baixa pel braç esquerre, però intento no fixar-m'hi. A l'Amelia i a mi ens tornen boges els nois amb braços venosos i mans venoses i colls venosos. Les venes són atractives, no sé per què.

—Au. —A poc a poc, es mossega el llavi, i em mira amablement als ulls. Sé que tot és un joc, però de cop sembla seriós.— I aquesta nit què?

—Què?

—Em contestaràs si pico?

Aparto els ulls dels seus i gesticulo derrotada, abandono el joc estrany a què estem jugant.

—No, Tyler, no tinc ganes de picar. És una bestiesa.

—Merda —murmura. Arronsa les espatlles amples i desvia la seva atenció cap al rellotge.

Estic a punt d'anar-me'n a la meva habitació quan el soroll de la porta principal que s'obre m'atura. Potser el pare s'ha deixat alguna cosa o potser l'Ella surt a comprar menjar.

Però no és cap dels nostres pares. És en Dean. Reconec la seva veu amable quan sento que parla a la sala.

—Bon dia, senyora Munro.

Després ve a la cuina.

Ell també va vestit superinformal i té les claus del cotxe en una mà i el mòbil a l'altra. Em saluda amb un cop de cap.

—Estàs a punt? —pregunta a en Tyler.

—Tio, arribes vint minuts tard —rondina en Tyler.

Em sorprèn. No sembla dels que pateixen gaire per la puntualitat, però es veu que sí.

—Culpa meva —diu en Dean—. He hagut de parar a fer benzina.

Els ulls d'en Tyler em miren amb disgust. Riu amb sarcasme.

—M'has deixat sol amb aquesta penjada. Fotem el camp d'una vegada.

Hi ha un llarg silenci. En Dean i jo el mirem amb els ulls entretancats i, sota la pressió, es fa enrere ràpidament.

—Calma, penya. Només una mica de rivalitat entre germans, oi, Eden?

Pestanyejo.

—No som germans.

—I gràcies a Déu que no ho som.

Prefereixo ignorar els seus comentaris estúpids i vaig a obrir la porta del pati deixant entrar l'aire càlid a la casa. Darrere meu, en Tyler i en Dean diuen que se'n van al gimnàs. No em sorprèn. És evident que tots dos fan molt exercici. Em plantejo preguntar després a en Tyler a quin gimnàs va, perquè he pensat que podria apuntar-m'hi per a les sis setmanes que em queden, però decideixo conformar-me a sortir a córrer cada matí. Sincerament, dubto que a en Tyler li agradés que la seva suposada germana rival l'hi acompanyés.

Dimecres ja ha tornat tothom a la ciutat. La Rachael ha tornat del cap de setmana amb els avis, que assegura que ha estat tan traumàticament avorrit que ha estat a punt de calar foc a la casa; la Tiffani torna a ser a casa després de passar uns dies amb el seu pare, que ella afirma que és l'equivalent a viure amb l'Shrek, i la Meghan ja es troba bé una altra vegada després de vomitar tres dies seguits.

En lloc de quedar a la platja o per prendre un cafè o per comprar al passeig, ens posem al dia fent-nos la manicura.

—No us ho creureu, però el meu avi em va fer jugar al bingo amb ell —continua rondinant la Rachael. Fa un quart que s'esbrava amb nosaltres queixant-se de l'horrorós cap de setmana que ha passat.— Cada nit: «Rachael, és l'hora del bingo!». Doncs, saps què et dic, avi? Ni boja.

—El meu pare va treure àlbums de fotos que es remuntaven al 1801 —diu la Tiffani, esgarrifant-se.

Està asseguda en una cadira, amb les mans sobre la taula, on una esteticista li fa la manicura.

Primer ens han fet les ungles a la Rachael i a mi i ara els toca a la Tiffani i la Meghan. No puc parar de mirar-me les mans i admirar com em brillen les ungles. Després m'acomodo al meu lloc en una cadira d'un racó del saló de bellesa. Ho hauria de fer més sovint. No està tan malament.

Hem anat a Venice per fer-nos aquests tractaments de bellesa, perquè la Tiffani jura que aquest és el millor saló de manicura de la zona. No em fa res sortir de Santa Monica per venir aquí, perquè Venice Beach és una passada, si més no el que hi he vist en quatre minuts.

La Rachael camina amunt i avall, mirant-se les ungles cada dos per tres. No l'hi retrec.

—Prefereixo mil vegades els àlbums de fotos que el bingo.

—Jo prefereixo les dues coses a vomitar —comenta la Meghan, al costat de la Tiffani. Per sort, és una mica més tímida que la Rachael i la Tiffani, i així no sóc l'única que aporta poc a la conversa.— Tinc la panxa com si hagués begut àcid.

—Almenys et trobes bé a temps per al teu aniversari —diu la Tiffani. Estan assegudes l'una al costat de l'altra i tenen una esteticista cada una que els pinta les ungles. La Tiffani mira la Meghan de costat.— Faràs una festa?

A la Meghan se li arruguen els llavis i arronsa les espatlles.

—Ja sabeu com són els meus pares d'estrictes.

—Au, va, Meghan! —esclata la Rachael, aturant-se de cop i gesticulant amb les mans eufòricament—. Dissabte tindré la casa buida. Pots fer una festa a casa meva.

—Una altra festa? —murmuro, però per sort no em sent ningú.

Fa poc més d'una setmana que sóc aquí i ja he anat a dues d'aquestes festes desfasades on l'alcohol, les drogues i el sexe a dojo semblen l'obsessió general. No em tornen tan boja.

—N'estàs segura? —La Meghan la mira dubtosa i una mica culpable, i entenc per què. La Rachael s'arrisca que li destrossin la casa.

La Rachael fa cara d'exasperació.

—Per descomptat, Meg. Cap problema. Fem-ho.

—Diré a en Tyler que ho faci córrer —ofereix la Tiffani, i, quan esmenta el seu nom, alguna cosa se'm belluga a l'estómac. Què deu estar fent ara?

—Digue-li que no convidi la colla d'en Declan —diu la Rachael, i mira la Tiffani amb determinació—. No vull res il·legal a casa, perquè si el meu pare hi troba alguna cosa em mata.

—L'hi deixaré clar.

Recordo vagament en Declan com la persona que feia aquella festa horrorosa de fumetes el cap de setmana. Gràcies a Déu que la Rachael té el sentit comú de no convidar-los.

—Vosaltres podeu venir totes dissabte al matí i ajudar-me a preparar la casa —diu, i llavors xiscla d'excitació. L'esteticista se sobresalta.— Serà una passada.

A mi no m'ho sembla tant. No ho suporto. No suporto l'alcohol, no suporto els desconeguts borratxos, no suporto el soroll, no suporto en Tyler. Encara es torna més irritant quan ha begut, i seré jo la que l'haurà d'arrossegar fins a la casa del davant quan s'acabi la nit.

—Meghan, hauries de convidar el tio guapo de la platja —diu la Tiffani, de broma, però també sincerament—. I tu, Rach, ja sé que convidaràs en Trevor. —A la Rachael se li encenen les galtes i mira ràpidament les finestres. La Tiffani riu i em mira.— I jo tindré en Tyler, o sigui que només quedes tu, Eden. Haurem de trobar-te algú.

Per un segon em sento culpable de no ser una bona amiga i dir-li que en Tyler no està tan penjat d'ella, però els meus llavis tenen voluntat pròpia.

—Vindré amb en Jake —balbucejo.

—Què? —exclamen totes tres simultàniament.

La Tiffani fins i tot aparta les mans de la taula per poder-se girar i mirar-me, i sento tots els ulls a sobre de cop.

—En Jake? El nostre Jake?

—Ai, Déu meu, què ens hem perdut? —pregunta la Rachael, amb els ulls molt oberts i ansiosos i el llavi de baix, endins—. No es diu que aniràs amb algú a una festa i prou, entesos? Sempre hi ha alguna raó. Que t'agrada?

—Vam sortir dissabte a la nit —reconec, i ara tinc les galtes rosades i els ulls abaixats cap a terra. Tant de bo no hagués dit res.— I... i em vaig quedar a casa seva.

—Ostres —diu la Meghan. I bufa. Em mira pestanyejant abans d'intercanviar mirades amb la Tiffani i la Rachael.— Només ha tardat una setmana a tenir una noia nova?

—Meg —avisa la Rach, però ràpidament em mira als ulls—. Fins on vau arribar?

—Què?

—Sí, dona... —Mira la Tiffani dubtosa i la Tiff decideix acabar ella la frase.

—L'hi vas mamar? —diu sense manies.

Bufo, gairebé m'ennuego, i no sé com reaccionar.

—No —dic ràpidament, i després brando el cap—. Vam veure *El rei lleó*.

La Rachael decanta el cap.

—És una paraula en clau que vol dir...?

—No. Literalment: vam veure *El rei lleó*.

—Ah —diu, i després esclata a riure.

—Rachael, para de parlar —diu la Tiffani.

Es gira i posa les mans una altra vegada a la taula i deixa que l'esteticista, que està comprensiblement desorientada, continuï.

—Però que ningú li ha explicat la Base Maxwell? —diu la Meghan.

En aquest moment m'agradaria poder sortir corrent del saló i tornar a Santa Monica. Estic humiliada i molt fora de la meva zona de confort.

—La Base Maxwell? —repeteixo.

—En el seu cas, en comptes de tercera base, li diem Base Maxwell —explica la Meghan—. Perquè el nostre bon amic Jake Maxwell resulta que rep molt de sexe oral. És tradicional, i es veu que tu ets la següent. —Ella i la Tiffani riuen.

—Que bèsties que sou —diu la Rachael—. Eden, no les escoltis. No has de fer res.

—Nosaltres som bèsties? —La Tiffani sospira, i es posa la mà al pit amb incredulitat. Branda el cap i em torna a mirar.— Eden, la veritat és aquesta: l'especialitat de la Meghan és fer palles i la de la Rachael fer mamades. —Veig la cara que fan les dues esteticistes i com es miren.— Les trobaràs a les habitacions de convidats de totes les festes amb qualsevol noi. En el cas de la Rach, normalment és en Trevor. Jo sóc la fina.

—Ei! —La Rachael i la Meghan protesten, però no ho neguen exactament. Tanmateix, la Rachael no s'arronsa:— No sabia que enrotllar-se a l'emprovador de l'American Apparel es considerés fi.

—Allò no compta —argumenta la Tiffani, mossegant-se el llavi mentre l'esteticista acaba de fer-li la mà dreta—. Almenys jo tinc una relació estable.

Tota la conversa que em sento molt violenta, però em trobo mirant per sota les pestanyes per veure si la Rachael o la Meghan contesten. Totes dues es miren ràpidament i arruguen els llavis en dues ganyotes perfectes, però no diuen res.

Miro la Rachael amb les celles arquejades, interrogant-la en silenci, però només branda el cap, com si em digués que ara no és el moment.

I llavors s'escura el coll i decideix tirar una mica enrere en la conversa.

—Dissabte ens ho passarem bé, eh? —diu.

15

REBO UN MISSATGE URGENT de la Rachael a les tres i vint-i-set de la tarda d'aquell dissabte. Els seus pares acaben de marxar —quatre hores més tard del previst— i ara només tenim cinc hores per preparar la casa per a una festa d'institut desfasada. La Rachael vol que hi anem immediatament i a mi no em costa gaire.

—Vaig a ca la Rachael —dic al pare mentre em cordo les vambes a la porta de la sala—. Problemes amb nois —afegeixo—. Segurament demanarem menjar o sigui que no crec que vingui a sopar.

Posa la tele en silenci i em mira, com si s'estigués plantejant protestar.

—Recorda que aquesta nit portarem en Jamie i en Chase al partit dels Dodgers. Sortirem d'aquí a una hora, perquè és al nord de la ciutat. T'espavilaràs sola aquesta nit?

—Ah, sí. —Perfecte. No caldrà que menteixi per

anar a la casa del davant.— No tornaré abans que marxeu, o sigui que passeu-vos-ho bé. Adéu, Ella.

L'Ella somriu, amb el cap repenjat a l'espatlla del meu pare i la mà a la seva cuixa. Intento que em caigui bé, però no és tan fàcil.

—Diverteix-te amb les teves amigues.

Faig un cop de cap de comiat i tanco la porta quan surto. Travesso el carrer. Ja fa dues setmanes que sóc aquí i m'he acostumat al sol i conec el carrer, però encara no tinc clar què són per a mi les noies amb qui surto. La Rachael i la Meghan són amigues meves, ara? He passat tant de temps amb elles que em fa l'efecte que sí. En canvi la Tiffani encara no m'ha aclarit si som amigues o no. De vegades em sembla que sí i de vegades em sembla que em detesta.

Travesso la porta de casa de la Rachael a les tres trenta-un de la tarda i, com era d'esperar, sóc la primera. Està arrossegant l'aspirador pel terra de fusta, buscant un endoll, amb cara de desesperació i esgotament. I encara no hem començat.

—No he pogut començar a fer res fins que no han marxat —explica, amb l'aspirador seguint-la a tot arreu—. Haurien desconfiat si m'hagués posat a netejar sense més ni més.

—Tranquil·la, Rachael —dic a poc a poc, amb la meva veu més amable—. Calma't, encara tenim cinc hores.

—Cinc hores, Eden! —brama. Llança l'aspirador a terra i es posa les mans als cabells. Avui els porta ondulats i li queden la mar de bé.— Cinc hores per endreçar i netejar i desar els objectes i comprar alcohol i menjar i posar al dia el meu iTunes! Per què m'he ofert a fer això? —Em mira fixament, amb els ulls molt oberts i se m'escapa el riure.

—Rachael.

Em continua mirant.

—Què?

—Que t'ajudarem, dona! —Arquejo les celles, assentint per mirar de calmar-la. L'única cosa que l'hauria de preocupar és que els seus pares se n'assabentin.— La Tiffani i la Meghan arribaran de seguida, oi?

—Sí —diu sense alè.

Es posa una mà al pit, amb l'altra s'abaixa les ulleres de sol i es gira per endollar l'aspirador.

—Sí, senyora —insisteixo—. I t'ajudarem a endreçar i després anirem totes a comprar i, en acabat, t'ajudarem a triar la llista de reproducció. Tenim temps.

Sense contestar, engega l'aspirador i el passa amb energia pel terra. Decideixo no preguntar-li per les ulleres de sol o la seva estabilitat mental.

—Ja sóc aquí! —crida una veu des de darrere, per sobre el soroll. Em giro i veig la Tiffani, amb les mans plenes de galetes salades i salses. Em sento culpable per no haver portat res.— Porta ulleres de sol a dins de casa?

Bellugo el cap per expressar compassió.

—Està una mica estressada.

—Nosaltres ens encarreguem de la teca —diu la Tiff, un pèl exasperada davant l'aspiració frenètica de la Rachael—. Deixem-la fer.

La segueixo a la cuina. Deixa totes les galetes al taulell. No cal endreçar gaire, només uns quants plats i ganivets, que la Tiffani fica ràpidament al rentavaixella. Obro la porta de darrere i dono un cop d'ull a l'exterior. Prou en ordre.

—Quanta gent vindrà? —pregunto, després de tancar la porta.

—Uns quaranta —diu la Tiffani. Encara sento l'aspirador de la Rachael a l'altra punta de la casa.— Hem intentat no convidar massa gent. La colla d'en Declan Portwood no està convidada, i això elimina unes quinze persones que normalment es presenten a les festes.

—Són els que es droguen al pati de darrere, oi? —pregunto, per tenir les coses clares.

—Si fa no fa —diu en veu baixa, i després col·loca les galetes salades en fila, pulcrament alineades amb les salses.

—En Tyler no és de la colla?

Immediatament deixa el que està fent. Es tomba ràpidament cap a mi i és llavors que m'adono que no hauria d'haver dit res. És evident per la seva expressió que és un tema que no es pot tocar.

—No —diu, de manera poc convincent.

Sé perfectament que en Tyler és amic d'en Declan i tota la resta de porreros i esnifadors. I tant que ho sé, vaig anar a una festa amb ell.

—Sí que ho és —insisteixo.

—Què hòsties pretens demostrar? —m'etziba.

El seu rampell m'agafa per sorpresa. No volia provocar-la. Posar-me-la en contra és l'última cosa que vull.

—No res —murmuro.

Ens mirem un moment abans que ella desviï la mirada. És evident que li ha canviat l'humor i se li han empetitit els ulls. Continua col·locant galetes salades i salses mentre l'observo, sense saber què fer.

—No m'agrada parlar-ne —confessa al cap d'un moment de silenci tens—. Em fa vergonya que els altres sàpiguen el que he d'aguantar.

No li agrada parlar-ne perquè li fa passar vergonya? No hauria d'estar preocupada pel benestar d'en Tyler en comptes d'estar-ho per l'opinió que tenen els altres d'ella? Arrufo les celles.

—Crec que necessita ajuda.

I llavors em torna a mirar, aquesta vegada amb un somriure condescendent.

—Si t'he de ser sincera, Eden, no crec que a ell li importi gaire la teva opinió.

No sé què contestar. L'únic que puc pensar és que estic molt irritada i tinc ganes d'engegar-la. Sortosament, no m'he d'inventar res, perquè la Meghan entra a la cuina amb una cara de preocupació que li fa arrugues al front.

—Algú em pot dir per què la nostra amiga està passant l'aspirador per una taula de vidre amb les ulleres de sol posades? —és el primer que pregunta.

Ens passem dues hores deixant la casa de la Rachael a punt, cosa que com més hi penso més inútil ho trobo. Quan s'acabi la festa estarà feta un fàstic. Passem l'aspirador, amaguem els objectes de la Dawn que la Rachael diu que fa dècades que són de la família, freguem el terra, tanquem amb pany i clau l'habitació dels seus pares.

Els altres tres dormitoris —el de la Rachael i els dos de convidats— estan oberts a l'optimisme.

Un cop considerem que la casa està a punt per a la festa, anem a comprar subministraments: alcohol i condons. Esperem davant d'una botiga barata de licor al cotxe de la Rachael mentre la Tiffani hi entra, remenant els malucs i amb els morros per endavant. Al cap d'un quart, en surt amb un carro ple a vessar de tota mena de cervesa i begudes alcohòliques, inclosa la més letal de totes: tequila.

—Hi havia el noi indi —diu mentre l'ajudem a carregar les bosses al maleter—. Aquesta vegada m'ha demanat el telèfon. I li he donat el teu, Meg.

Fem una parada en una botiga de comestibles que es diu Ralph's i passem mitja hora recorrent els passadissos i agafant tota mena de refrescos i patates fregides. La Rachael es vol assegurar que hi hagi coses per picar tota la nit. I quan hem arrambat amb alcohol de tot tipus i la teca, i el cotxe està tan carregat que li costa posar-se en marxa, decidim que hem aconseguit tenir-ho tot a punt en el nostre període de cinc hores. De fet, només n'hem tardat tres. Encara tenim temps per a una visita ràpida al passeig i em compro un conjunt per a la nit amb l'ajuda de les meves tres amigues. La Tiffani tria el color, la Rachael decideix l'estil i la Meghan concreta els detalls. Torno a casa amb un vestit corall amb una obertura a l'escot, que és molt cenyit i molt curt, però segons elles és el que es porta.

—Espero que els teus pares no truquin als meus —murmura la Rachael quan tornem a ser a casa seva i descarreguem el cotxe. No cal que es preocupi per això. El pare i l'Ella estaran endrapant *nachos* mentre miren un pesat partit de futbol.

—Han anat al partit dels Dodgers —dic—. Tenim sort que els agradi el futbol.

La Rachael, la Tiffani i la Meghan em miren.

—Eden, saps que els Dodgers són un equip de beisbol, oi? —pregunta la Rachael lentament.

—És el mateix.

Branda el cap rient i assenyala el carrer amb el cap.

—Vés a vestir-te —diu—. Són gairebé les set. He dit a la gent que vingués a partir de les nou. El mateix et dic, Tiff. La Meg i jo acabarem de fer-ho tot.

Abans que ens separem, quedo d'acord amb la Tiffani que tornarem abans de les nou. És una norma que, si una amiga teva fa una festa, hi has d'arribar abans que ningú. La Meghan es queda a casa de la Rachael per vestir-se. Al capdavall, la festa es fa per ella.

Quan torno a casa meva, trenta segons després de sortir de la de la Rachael, pujo el vestit nou a la meva habitació. Però no tardo gaire a veure una figura taciturna al capdamunt de l'escala.

—Sembla que només hi som tu i jo —diu en Tyler quan arribo a dalt. És la primera vegada que el veig en dos dies. Desapareix sovint, i l'Ella ja no li pregunta on va. Potser abans ho feia, però sembla que ara ja ha desistit de demanar-li explicacions. El meu pare, en canvi, continua entestat a imposar normes que senzillament al cap d'en Tayler no existeixen.— Han anat al partit dels Dodgers. Els Àngels perdran, segur.

—Ja ho sé —dic—. Deixa'm passar, sisplau.

—I tant. —Sorprenentment, s'aparta per deixar-me passar. El miro amb les celles arrufades quan passo, i fins i tot dubto abans d'entrar a la meva habitació. Sembla cansat.— Què?

—Vindràs a casa de la Rachael aquesta nit, oi? —pregunto, tot i que ja sé que vindrà. Sembla ser un personatge fix de les festes.

—Sí —diu. Decanta el cap, amb els ulls lleugerament aclucats. No acabo de discernir de quina mena d'humor està ara. Pot passar del relaxament a la fúria i a l'inrevés en un minut.— Tu també hi seràs, oi?

—Sí.

—Bé —diu—. A quina hora hi anirem?

—Com vols dir «anirem»? —Gairebé ric amb sarcasme mentre obro la porta de la meva habitació, encara amb el vestit penjat del braç.— Penso travessar el carrer tota sola. No amb tu. Tu hi pots anar quan vulguis, Tyler.

—Calma —murmura.

Prem els llavis, branda el cap i se'n va a baix, i em deixa en pau perquè m'arregli. Ell pot perdre el temps. És un noi. Tarden deu minuts a empolainar-se: dutxar-se i posar-se una samarreta neta.

Així que mentre el sento que encén la tele a baix, vaig al lavabo i em fico a la dutxa per començar les pesades tasques de les dones amb xampús i ganivetes d'afaitar. No tardo gaire a eixugar-me els cabells després i aquest vespre em decideixo per les ondes soltes. No m'hi mato, més que res perquè en aquesta ciutat no hi ha ningú a qui vulgui impressionar, així que, quan m'he maquillat prou, em poso el vestit i unes sabates de taló i miro el rellotge: les vuit i quaranta-nou.

Surto de la meva habitació al mateix moment exacte que en Tyler de la seva. Sembla preparat per marxar. Porta una samarreta blanca sota una jaqueta de pell negra, i, malgrat la senzillesa de tot plegat, està extremament atractiu. Com més hi penso, més m'adono que sempre està bé, tant si porta botes com vambes o una samarreta o una camisa. També se sent una olor forta de colònia, que curiosament augmenta l'efecte perfectament conjuntat que projecta ara mateix. Em recorda la colònia que la Tiffani lloava el dia dels emprovadors de l'American Apparel. La Bentley.

I per això em rendeixo.

—Vaig cap allà. Véns?

Em repassa de dalt a baix a poc a poc i em fa ser superconscient de l'escot del vestit.

—Haig de fer una cosa ràpida —murmura.

—On?

—En un lloc —diu, i ho fa bruscament, com si no em volgués contestar—. Vés passant. Arribaré d'aquí a vint minuts.

—Però on vas? —insisteixo. Hi ha alguna cosa als seus ulls que em fa sentir incòmoda. Desconfiada, fins i tot. No em mira als ulls, i té els punys tancats, penjant als costats, i els llavis gairebé tremolosos.

—Hòstia, Eden.

Aixeca una mà en un gest de frustració i s'allunya de mi i entra a la seva habitació corrent. El segueixo a l'habitació en penombra amb les cortines tirades i cap llum encès, i m'esforço per veure'l en la foscor.

—Per què t'has enfadat? —pregunto, mentre ell es passa les mans pels cabells. No sé per què, però s'està posant molt tens.— Només t'he preguntat on anaves.

—He quedat amb algú, entesos? —gairebé crida amb el cos tot rígid i mirant-me als ulls—. He de recollir una cosa i tu no n'has de fer res.

El miro fixament, notant com els ulls se li belluguen de pressa idament, canviant de tonalitat i tornant-se més foscos. Fins i tot veig com se li mou el pit; gairebé li sento bategar el cor.

—Has quedat amb en Declan —afirmo. No és una pregunta. No cal que ho sigui, és evident.— Ell no ve a la festa i per això el vas a veure, oi?

Se li enfonsen les espatlles, se li tanquen les parpelles i bufa. Escolto la seva respiració mentre mou el cap. I quan torna a obrir els ulls, està lívid.

—Tu vés a la puta festa.

—No —dic, amb fermesa, sense cedir ni un centímetre. Ja és hora que algú faci alguna cosa per afrontar el problema en comptes d'ignorar-lo.— No et deixaré sortir per anar-lo a veure.

—Eden. —S'empassa la saliva; la força calmada amb què diu el meu nom només em posa més furiosa, i fa un pas cap a mi, ajupint-se una mica perquè estiguem a la mateixa alçada. Em perfora els ulls d'una manera gairebé aterridora.— No hi pots fer res.

—Tens raó —dic, amb una veu més dura, encara que una mica tremolosa. Té la cara tan a prop de la meva que sento com si em robés l'oxigen, i em costa trobar les paraules que vull dir. Però m'esforço per continuar, perquè ara no em puc fer enrere.— No hi puc fer res, perquè a tu tant se te'n fot. Tant se te'n fot que pateixi per si un dia tens una sobredosi o una mala reacció o acabes mort. Tant se te'n fot tenir disset anys i estar enganxat a la coca. Se te'n fot, oi? —No parla, només em mira, amb els ulls encara més empetitits.— Només t'importa anar d'enrotllat a les festes, impressionar gent amb aquesta imatge de cabró que intentes donar. És patètic.

Branda el cap.

—No és per això que ho faig.

—Doncs per què? És perquè vols que t'acceptin aquells amics llastimosos que tens...

—Perquè és una distracció! —etziba. Es posa una mà al front i sospira, mentre tanca fort els ulls. Hi ha un silenci llarg i intens.— És una puta distracció —murmura baixet. Torna a obrir els ulls, penetrants com mai, i el seu to àcid ha tornat quan em mira.— I ara mateix m'aniria la mar de bé una puta distracció.

La ràbia que em fa, la fúria, la irritació per tot el que m'ha dit, de cop s'ajunta no sé com a dintre meu. És com una pujada sobtada d'adrenalina i una bogeria que em corre per les venes i desencadena alguna cosa que no acabo d'entendre. Tot just ha acabat de parlar quan li agafo la cara amb les mans i sento l'escalfor de la seva pell. Aixafo els meus llavis contra els seus, aclaparada per la sensació, alhora que se'm tanquen les parpelles i un silenci eixordador ens consumeix. És una tortura com em retruny el cor al pit, però és euforitzant la sensació dels seus llavis sobre els meus. I llavors la realitat de la situació torna com una riuada, perquè només passaran uns segons abans que es torni a enrabiar amb mi, i a poc a poc me n'aparto.

Retrocedeixo un pas, atordida, mentre en Tyler em mira amb els ulls esbatanats. Estic esperant que exploti, que la seva veu ferma em pregunti si estic boja, a la qual cosa hauré de contestar que sí.

—No sé per què ho he fet —balbucejo a tall d'explicació, amb els mots escanyats a la gola i quequejant—. No... no sé què he fet. No... no... és... em sap greu. Només volia... et volia distreure... i...

M'interrompo quan els seus llavis es posen amb força sobre els meus. És tan fort que em fa trontollar una mica, empenyent-me enrere fins que l'esquena em xoca contra la paret de l'habitació. M'agafa la cara amb les mans, els polzes m'acaricien la pell, enreda els dits en els meus cabells. Els seus llavis són ràpids, ansiosos, enèrgics. I tanmateix tan increïbles... M'hi abandono immediatament, amb tot el cos tremolant sota el seu contacte. Sento la seva ira; sento la intensitat. No sé per què no me n'aparto. Sé que ho hauria de fer, sé que això no hauria de passar, però hi ha alguna cosa tan fascinant en tot plegat que no puc parar. Baixa la mà per l'esquena i m'estreny contra el seu cos un moment molt breu.

I llavors para.

Sense més ni més, separa els seus llavis dels meus, em deixa anar, fa un pas enrere. El moment s'acaba tan de pressa com ha començat.

—Merda —diu tan baixet i tan tendrament que resumeix perfectament el que ha passat. Perquè estic pensant exactament el mateix.

«Oh, merda».

16

ELS ULLS D'EN TYLER PERFOREN ELS MEUS. Els meus estan esbatanats, totalment perplexos, plens de sorpresa per mi mateixa, però càlids. Els d'en Tyler són diferents. Són un vast oceà de mil emocions i passen de pressa per tonalitats tan diferents que és impossible seguir-los. I llavors es dilaten amb l'emoció més obscura de totes: fúria. Ras i curt.

—Vaig a casa de la Rachael —murmura.

S'apuja la cremallera de la jaqueta, es passa la mà pels cabells i es gira d'esquena a mi. No tarda més d'uns segons a sortir de l'habitació sense ni mirar-me. Però tant me fa. Estic massa atordida perquè m'importi.

No hi ha una explicació lògica per al que acaba de passar, i en Tyler no sembla disposat a trobar-ne cap, tampoc. Em quedo el que sembla una eternitat allà, fins que el soroll de la porta de la casa petant em treu de l'entumiment.

El meu cap és un remolí i el pols encara em batega

fort mentre prenc consciència del que he fet: primer lentament, després abassegadorament. He fet un petó a en Tyler.

El meu germanastre. He fet un petó al meu germanastre. He fet un petó al noi que em posa furiosa, el que fa que em bulli la sang cada vegada que el veig. El noi que té nòvia. Una nòvia que resulta que és amiga meva.

Es pot saber què et passa, Eden?

Sento un gust de fel a la gola i em tapo la boca amb la mà. Tinc ganes de vomitar i em tremolen els llavis. Respiro fondo. Jo li he fet un petó, però ell m'ha correspost. I a sobre amb energia.

El meu cap torna de cop amb la Rachael i la Meghan i la festa que estan fent a la casa de davant. La festa on havia d'haver arribat fa un quart. Hi he d'anar i m'he de comportar amb normalitat.

Amb la normalitat d'una noia que no acaba de fer un petó al seu germanastre.

Bufo i em dic a mi mateixa que tot anirà bé. Almenys fins que s'acabi la nit. Però, tenint en compte que en Tyler també hi serà, dubto que en sigui capaç. Representa que he de parlar amb ell? Preguntar-li què diantre ha passat entre nosaltres? Ignorar-lo? No ho sé.

Torno trontollant a la meva habitació, em miro al mirall, agafo la bossa de mà i arreplego forces. Almenys en Tyler ha anat directament a ca la Rachael i s'ha saltat la seva trobada amb en Declan; si intento parlar amb ell no estarà sota la influència de les drogues.

Baixo, surto i tanco la porta amb clau. Encara tinc un pes al pit. Ja sento la feble vibració de la música a casa de la Rachael, i sé que es tornarà més forta a mesura que avanci la nit, arribi més gent i aquesta gent s'entrompi.

Estic travessant el carrer quan un cotxe ple de nois que no conec para. Però ells poden dir el mateix de mi, perquè un d'ells baixa del cotxe carregant una caixa de cerveses a les mans i em mira.

—Eden, oi?

—Sí —dic.

No paro de caminar; només alenteixo una mica el pas. No estic d'humor per fer-la petar.

—He sentit a parlar de tu —diu el noi, amb un petit somriure als llavis. Tanca la porta del cotxe, aguanta la cervesa amb un braç i m'ofereix la mà.— Ets la germana d'en Tyler, oi?

Gairebé vomito. El mot només em fa sentir fàstic per mi mateixa, repulsió per l'acte incestuós que acabo de cometre. Estic segura que és il·legal o immoral. Només puc respondre amb un ràpid murmuri.

—Germanastra.

Faig un cop de cap i me'n vaig. M'afanyo a arribar a la porta i l'empenyo, eixordada per la música, però almenys ofega els pensaments que em passen veloços pel cap.

—On t'havies ficat, Eden? —crida la Rachael des de la sala al rebedor. Branda la copa cap a mi. Vés a saber què beu. Quan se m'atansa, li ensumo l'alcohol a l'alè.— La gent ha començat a arribar i tu véns ara? La Meg t'estava buscant pertot arreu.

—Perdona —dic. No sé què més dir.— On és?

—Preparant begudes. —La Rachael belluga el cap al

ritme de la música amb un somriure cada vegada més gran. Sospito que ha començat a beure tan bon punt hem marxat la Tiffani i jo.— Vés a buscar-ne una!

Hi ha un nombre de gent agradable, unes quinze persones, espaiades i gràcies a Déu sòbries, de moment. La resta anirà arribant al llarg de la pròxima hora. I ara que tothom està relaxat i tranquil, és fàcil veure'ls clarament mentre travesso la casa cap a la cuina. És allà on trobo la Meghan. I, per desgràcia, la Tiffani. Gairebé torno a sentir el gust de fel.

—Ja era hora —diu la Meghan, amb els cabells foscos emmarcant-li la cara quan salta cap a mi. És evident que ella també fa més de vint minuts que beu. Mentre em fa una abraçada, la Tiffani em mira fent una ganyota. Jo no la miro.

—Té, apa! —Em posa un got a la mà, assentint amb entusiasme abans de tornar al taulell per agafar una beguda per a ella.

—Què és?

—No ho sé —diu.

Entren els nois del cotxe, cosa que desvia l'atenció de la Meghan de mi mentre els indica on han de posar l'alcohol, i de cua d'ull veig que la Tiffani em somriu.

Se separa del grupet que s'ha format, amb una copa de vi a la mà i més sofisticada que mai amb el vestit blanc que porta, que per la part de darrere arriba a terra.

—La Rachael i la Meghan han estat bevent com boges —diu, en un to lleuger, reprimint una rialla—. Estan la mar d'animades.

—Sí —dic. Tinc la veu fluixa. No la puc mirar als

ulls, però arreplego forces per preguntar:— Ha vingut en Tyler?

—Està provant d'empassar-se totes les cerveses seguides que pot —explica, però el seu to és disgustat quan mira l'espectacle per la finestra. Sentir-la parlar d'ell encara em fa sentir més culpable, fins al punt que em puc posar a plorar en qualsevol moment.— Estic esperant que se'n cansi i entri.

Els ulls se me'n van a la finestra i veig dos nois drets amb una pila de llaunes de cervesa al voltant. Un és en Tyler i l'altre és un noi que no havia vist mai, i miro un moment com en Tyler fa un forat a la llauna amb les claus del cotxe abans d'enganxar-hi els llavis i consumir-la tota sencera en uns nanosegons. I tots dos ho repeteixen. I ho repeteixen.

—Oh —dic. Torno a mirar la Tiffani, ignorant la culpa que es continua formant al meu cap. He fet un petó al seu nòvio. Aquestes paraules es repeteixen al meu cap, sense parar, com si encara no fos conscient del que he fet.— Això no pot ser bo, oi?

—No ho és —reconeix. I arronsa les espatlles. Arruga més el front fent un altre glop de vi; gairebé fa una ganyota. Trobo estrany que begui vi. És tan sofisticat com el vestit, i es combinen per crear una aura d'elegància amb què senzillament no puc competir. Sembla una dona comparada amb mi.— És un pesat. Per què és allà fora entrompant-se quan hauria de ser aquí amb mi?

Crec que sé per què en Tyler està al caire de destrossar-se el fetge i intoxicar-se amb alcohol. Si el seu cap està tan embullat com el meu, l'alcohol sí que deu ser l'única manera que té de distreure's. Jo també ho faria, però em preocupa massa acabar vomitant i per això només faig un somriure fals a la Tiffani i surto de la cuina amb la beguda de la Meg a la mà. No estic d'humor ni per beure, ni per xerrar, ni per ballar, o sigui que l'abandono a la primera oportunitat. En canvi, em concentro en la Rachael. Està massa contenta, massa animada i massa alegre. És com si l'alcohol li hagués anat de dret al reg sanguini, i per això m'adjudico el paper de cangur durant almenys una hora.

—Estic molt sòbria, Eden —diu llastimosament mentre l'aixeco de terra per enèsima vegada.

No s'aguanta dreta quan camina pel terra de fusta amb les sabates de plataforma, i cada pocs minuts trontolla i cau.

La torno a incorporar i faig una ganyota quan se'm treu de sobre.

—I tan sòbria que estàs.

—Ja me n'encarrego jo —diu algú amb una veu forta per darrere la meva espatlla i que amb una mà agafa el braç de la Rachael. La salva pels pèls de tornar a caure.

—Trevor! —crida literalment.

Se li llança al coll i gairebé es deslloriga omplint-li la cara de petons. Ell m'aixeca un dit polze per darrere l'abraçada i no puc fer res més que resar per ella. Aquesta nit la Rachael és un malson.

Rellevada dels meus deures d'àngel guardià, passejo el meu sobri jo per apartar-me una mica de la munió —ja hi deu ser tothom, i la casa està plena com un ou i l'ambient carregat—, però una figura gran se situa davant meu. És en Jake, amb els seus ulls estúpids, els seus cabells estúpids i el seu somriure estúpid.

—On t'havies ficat, forastera? —Riu, em passa un braç per les espatlles i fa un glop de cervesa. M'estira cap a un cantó.— Fa una setmana que et truco.

S'ha de reconèixer que he ignorat els seus missatges i trucades constants tota la setmana. En l'únic que podia pensar era en la Base Maxwell.

—Perdona, no he parat —menteixo. He passat la setmana llegint i fent exercici. I fent petons al meu germanastre.— Quan has arribat?

—Fa vint minuts! —Ha de cridar per fer-se sentir amb la música, i la seva veu és forta, clara i irritant. Riu, quan s'inclina cap a mi. El seu alè em fa pessigolles a la pell quan acosta la boca a la meva orella.

—Recorda que els meus pares són fora des de dijous —murmura. S'embarbussa una mica.— Pots venir a casa amb mi aquesta nit. I quedar-te a dormir.

A hores d'ara ja he sentit massa coses d'ell per saber que no tinc ganes d'embolicar-m'hi, que no vull ser una altra noia que afegeixi a la seva llista.

—No, gràcies —dic, somrient. Potser si sóc amable, no li importarà.— Visc a quatre passes. És més fàcil tornar a casa.

Sembla una mica contrariat quan dic això, però es recupera ràpidament.

—Bé, però almenys fes-me companyia —diu—. T'aniré a buscar una beguda.

—No vull beure res. —El meu to és més brusc que quan parlava amb la Tiffani. Ara mateix, estic massa distreta i massa confosa i massa enfadada per haver de fer l'esforç de ser simpàtica amb ningú.— Ho sento, Jake, però no em trobo gaire bé. Aquesta nit no estic d'humor. —És veritat en part i és l'única excusa que se m'acut perquè em deixi en pau.

—D'acord. —Fa un glop de cervesa, arronsa les espatlles i se'n va.

Tots els que m'envolten estan travessant lentament la frontera de l'alegria a la borratxera, i com més trontolla la gent, més gent hi ha que s'enrotlla. També em fixo que la Rachael i en Trevor no es veuen enlloc. M'hi jugaria el que fos que sé on són.

Així que, mentre ells són a dalt fent el que sigui que fan, m'autoimposo la tasca de vigilar la casa, ja que sembla que sóc l'única prou sòbria per fer-ho. Ofego els pensaments traient la noia desmaiada de la banyera. Em distrec netejant les begudes vessades. Em concentro a portar aigua al noi que vomita al pati de darrere. I tot això m'ajuda força a oblidar el que ha passat amb en Tyler.

Fins que el veig per primera vegada en tres hores.

Mentre recullo gots buits del peu de l'escala, passa pel meu costat trontollant. Està completament fora del món, intoxicat més enllà del que es pugui imaginar per l'alcohol que li corre per les venes. Cau de genolls i s'aguanta amb els palmells de la mà a terra. Es queda una bona estona mirant-se els dits i gronxant el cap endavant i endarrere.

M'hi acosto amb precaució. No sé què representa que he de fer. Així que començo pel més bàsic i dic el seu nom en veu baixa. Se m'escanya la veu a la gola quan ho faig, però em sent a través de l'alcohol que li emboira la ment. Els seus ulls es mouen per trobar els meus, i estan entelats i dilatats i cansats, i no paren de bellugar-se pertot arreu. I són foscos.

—Rei. —Sento la veu apaivagadora de la Tiffani al meu costat i ella es posa davant meu per agafar-lo per sota les aixelles i ajudar-lo a aixecar-se. Ell cau immediatament cap a l'esquerra i topa amb la cara contra la paret mentre ella s'esforça per subjectar-lo.

—Tyler —diu, però ell la ignora, massa absort en el seu món boirós per entendre res. Ella li agafa el braç i se'l passa per l'espatlla i el porta cap a l'escala, on l'asseu. I allà li bufeteja la cara.

—Desperta't —rondina—. Ets un malson.

No l'havia vist mai tan borratxo i sembla que la Tiffani tampoc. Sembla exasperada quan sospira, agafant-li la cara amb les mans, fent esforços per subjectar-li el cap. Ell amb prou feines pot mantenir els ulls oberts.

La Tiffani em mira per sobre l'espatlla, amb el front arrugat.

—L'Ella el matarà si el veu així —murmura, brandant el cap amoïnada. En Tyler intenta balbucejar alguna cosa, però no se l'entén.— Aquesta nit me l'emportaré a casa.

Li faig un cop de cap sec mentre en Tyler rellisca del graó a terra, amb el cos espaterrat.

—Per què està tan borratxo?

—No hi havia manera que parés de beure —explica

la Tiffani. Sembla estar força sòbria malgrat el vi que s'ha begut abans, i s'agenolla al seu costat i li agafa les espatlles intentant incorporar-lo a poc a poc.— En un moment determinat s'ha pres sis xarrups seguits. —Sembla gairebé indefensa amb el seu cos petit intentant col·locar-lo contra la paret mentre ell li estira la roba del vestit.— Normalment sap fins on pot arribar. Té els seus límits. Però em fa passar molta vergonya.

—Li aniré a buscar un got d'aigua —dic, i me'n vaig a la cuina tan de pressa com puc.

Tota l'estona que estic allà fent rajar l'aigua, no puc evitar pensar que ha decidit emborratxar-se. I només hi ha una raó perquè ho hagi fet: és pel que ha passat entre nosaltres. Jo ho he provocat.

Just quan tanco l'aixeta i em giro, ensopego amb en Dean.

—Està bé trobar una persona sòbria per variar —diu, mirant el got d'aigua que tinc a la mà.

El miro i després miro la cervesa que porta ell.

—És per a en Tyler —dic—. I tu què?

—Home, estic una mica animat —reconeix tímidament mentre es rasca el cap. Arronsa les espatlles.— En Tyler està fatal.

—Ho sé —dic en el mateix to brusc que he utilitzat tota la nit—. Que et diverteixis, Dean.

Passo pel seu costat, entre els altres cossos que hi ha a la cuina, entre les caixes buides de cerveses i torno al passadís.

La Tiffani ha aconseguit asseure's amb l'esquena repenjada a la paret i el cap d'en Tyler a la seva falda mentre l'aguanta encerclant-li el pit amb els braços. No sé si en Tyler dorm o s'ha mort. Li dono l'aigua a ella.

—Gràcies —diu, i està sincerament agraïda—. M'està fent quedar com una idiota, o sigui que me l'emporto. No vull que el vegi ningú més.

—Em sap greu que t'hagi esguerrat la nit —em disculpo, i no sé ben bé per què.

Segurament perquè és culpa meva que s'hagi entrompat.

—Sempre m'esguerra les festes. —Sospira quan ell aixeca la mà per tocar-li les celles i li aparta la mà suaument. Ell gemega.— Ets un cabronàs, Tyler, ho saps, oi?

—Tiffani?

Em mira, amb la cara tensa. Està emprenyada amb ell.

—Sí?

—Demà, quan es desperti —començo, i el miro quan la cara li cau a un costat, amb els ulls tancats però els llavis separats—, li pots dir que vull parlar amb ell?

17

DILLUNS. ÉS EL QUATRE DE JULIOL. Només la més gran celebració nacional de l'any, en què els focs artificials estan molt sol·licitats i la població de les ciutats sembla duplicar-se quan s'hi presenten milers de persones per celebrar-ho. No sé com es commemora el Dia de la Independència a Los Angeles, però a Portland normalment anem al Waterfront Blues Festival cada any per veure els focs artificials sobre el riu Willamette. Aquest matí, abans d'anar a treballar, el pare em diu que anirem a veure els focs a Culver City. Però dubto que pugui competir amb l'exhibició de Portland.

—Pots venir i veure la desfilada per Main Street amb nosaltres, si et de ve gust, Eden —proposa l'Ella quan entro en pijama a la cuina. En Chase i en Jamie ja estan asseguts a taula; en Chase mira fascinat el televisor del taulell mentre es fica cansalada a la boca i en Jamie se serveix un bol de cereals.

Sempre em sento estranya quan em quedo sola amb

l'Ella sense el pare, perquè fa tres setmanes aquestes persones eren unes desconegudes. I ara representa que he de considerar-les una segona família i m'hi he de sentir còmoda. Però no m'hi sento i l'únic que puc fer és fingir.

—D'acord —accepto—. En Tyler encara és a casa?

No l'he vist des de la festa de dissabte. Tan bon punt la Tiffani el va aconseguir ficar al cotxe de no sé qui per endur-se'l a casa, jo també me'n vaig anar. No valia la pena fer l'esforç de quedar-me si no hi havia res perquè valgués la pena quedar-me. Vaig tornar a casa, em vaig ficar al llit i em vaig adormir fins i tot abans que el pare i l'Ella tornessin. No sé si es van adonar de la festassa que se celebrava a la casa del davant, però si se'n van adonar no van fer cap comentari l'endemà. Només em van preguntar on era en Tyler, i els vaig haver de dir que havia passat la nit a ca la Tiffani. L'expressió de l'Ella es va torçar lleugerament.

—Sí —contesta ara, mentre deixa els plats a l'aigüera—. Finalment va tornar ahir a la nit. Em sembla que encara dorm.

No el vaig sentir arribar, i em sorprèn fins i tot que tornés. Es devia passar el dia a casa de la Tiffani intentant recuperar-se de la ressaca que sens dubte va patir. Potser avui podré parlar amb ell d'una vegada del que va passar dissabte. No puc continuar ignorant-ho. No és una cosa que es pugui oblidar.

—Vindrà a la desfilada amb nosaltres? —pregunto tan despreocupadament com puc, perquè no vull semblar massa preocupada per ell. No em puc ni imaginar com reaccionarien el pare i l'Ella si ho sabessin. O sigui que faig com si res i m'assec al costat d'en Chase.

—No ho crec —diu l'Ella. Treu el tap de l'aigüera i s'eixuga les mans amb un drap petit mentre es tomba cap a mi.— Em sembla que el deixaré dormir.

La desfilada és a dos quarts de deu del matí. No em pensava que comencés tan d'hora, però tinc vint minuts per canviar-me abans de sortir amb l'Ella i els meus dos germanastres, deixant l'altre a casa, dormint a l'habitació del costat de la meva. Intento no pensar-hi gaire.

En comptes d'això, em concentro a buscar una plaça d'aparcament per a l'Ella, però és gairebé impossible. Els carrers estan plens a vessar de cotxes i persones i parades que venen banderes americanes a totes les cantonades. Acabem aparcant a nou travessies de distància i caminant fins a Main Street. Està tot tallat al trànsit i les voreres plenes de públic amb banderes i cares pintades. Trobem un lloc per situar-nos tots quatre a prop del final del carrer, però tenim una bona visió quan finalment la desfilada arriba davant nostre. Hi ha cavalls i bandes de músics i cotxes de policia *vintage* i pòsters gegants i camions de bombers i artistes de carrer i carrosses, i quan s'acaba estic saturada de colors vermell, blau i blanc. Però és una bona manera de començar el dia i em dóna una visió de dues hores de com celebra Santa Monica la data. Però encara penso que Portland sap festejar millor el Quatre de Juliol i no puc evitar desitjar ser a casa amb la mare i l'Amelia, preparant-me per anar a la vora del riu a escoltar tocar una colla de bandes diferents.

El trànsit avança a pas de tortuga rere la desfilada, i per això l'Ella decideix que ens quedem al centre fins que s'obri la circulació. Matem el temps dinant en un petit cafè. En Chase arrossega la bandera i jo semblo una nena adoptada: l'Ella i els nois són rossos; jo sóc castanya fosca.

—El teu pare t'ha parlat dels focs artificials d'aquesta nit? —pregunta l'Ella quan hem demanat els entrepans, tot encreuant els braços sobre la taula i somrient.

—Sí —dic—. On és Culver City?

—A uns vint minuts amb cotxe. En aquesta ciutat no es fan focs artificials des del 1991 —diu, brandant el cap amb pena—, per això normalment anem a Marina del Rey, però aquest any no en fan. I ens han dit que els focs artificials de Culver City són extraordinaris. Aquesta nit hi anirà molta gent.

—En Tyler vindrà? —Ho acabo de dir i abaixo els ulls. Potser sóc massa descarada, així que dissimulo ràpidament.— Vull dir que hi anirem tots, oi?

—I tant. Et fa il·lusió, Chase? —Li somriu d'una manera càlida i cofoia. Quan en Chase assenteix amb entusiasme, m'adono que no l'he vist mai mirar en Tyler així, i de sobte em fa sentir molt neguitosa i una mica trista. És un noi conflictiu que fa impossible sentir-se'n orgullós. Tant de bo no fos així.

Quan acabo de picotejar l'entrepà passem per algunes botigues i tornem a casa a mitja tarda. En Tyler està despert. Ho sé perquè el sento moure's a la seva habitació; hi ha un ritme constant de passos. És com si caminés amunt i avall.

Decideixo començar d'hora a preparar-me per a la sortida de la nit, i em dutxo i m'estic una estona a l'habitació comparant roba i esperant que se m'eixuguin els cabells. Fins i tot poso música, i espero que en Tyler torni a picar a la paret i em digui que l'apagui, però només hi ha silenci a l'altre cantó.

Després de decidir eixugar-me els cabells amb l'assecador, m'agafa set i decideixo baixar. Primer endreço una mica, apago la música abans de sortir i baixo.

Per algun motiu, la casa està silenciosa i em pregunto si se n'han anat tots, però, quan arribo a baix, una cosa em crida l'atenció a la cuina. Són l'Ella i en Tyler. Però no estan preparant menjar o conversant. En absolut. Vaig silenciosament cap a l'arcada, observant de lluny, i espio per la cantonada.

El cap d'en Tyler està repenjat a l'espatlla de l'Ella. Ella l'abraça i té la barbeta sobre l'espatlla del seu fill i els ulls tancats. Però ell només respira feixugament, amb les espatlles enfonsades i els braços penjant als costats. Hi ha sospirs i llàgrimes, gairebé una barreja de tot, i no sé si és un o són tots dos que ploren. L'Ella només l'abraça. L'abraça com si la seva vida en depengués.

—Ja ho sé —murmura, amb la veu trencada—. És normal que et sentis així, Tyler. Hi tens tot el dret. De vegades tot plegat és insuportable.

És evident que alguna cosa no rutlla. Però no sé què. Espero que en Tyler digui alguna cosa, però no la diu.

L'únic que sento és la porta de la casa que s'obre a l'altra punta del passadís i la veu del meu pare.

—Endevineu qui ha sortit abans de la feina.

En Tyler s'aparta immediatament de l'Ella, aixeca el cap i va a l'altra punta de la cuina. Treu aire i es passa les dues mans pels cabells. Em fixo en els seus ulls inflats abans que obri la porta del pati de cop i surti.

L'Ella es posa una mà al pit tot mirant la figura del seu fill que s'allunya, amb els llavis tremolosos. Però s'ho manega per refer-se abans que el pare la pugui veure, i es posa en marxa i engega la cafetera.

—Us ho heu passat bé a la desfilada? —em pregunta el pare, i em poso més dreta.

M'escuro la gola i assenteixo mentre ell em passa pel costat afluixant-se la corbata. Somriu i entra a la cuina, on la seva dona el rep amb un gran somriure.

Em pregunto si ell sap que és fals.

—Anirem tots en un cotxe —diu el pare dues hores després quan estem tots a punt per anar a Culver City—. A darrere només hi ha tres seients o sigui que us haureu d'estrènyer una mica. Chase, si veiem la policia t'hauràs d'amagar a terra.

En Tyler encreua els braços al pit i fa cara d'exasperació tot repenjant-se a la paret del rebedor. Torna a ser el de sempre. Un somriure arrogant, els ulls desafiants. Encara m'encurioseix què passava abans i els interrogants m'estan consumint, però sé que no ho puc preguntar. No n'he de fer res.

—Per què no puc agafar el meu cotxe? —pregunta.

—Perquè estàs castigat i no agafaràs el teu cotxe, per això —respon el pare sense ni mirar-lo—. Tu i l'Eden tingueu els mòbils a prop perquè us puguem localitzar quan s'acabi la nit. Jamie, Chase, vosaltres us quedareu amb nosaltres.

—S'han acabat les normes de seguretat estúpides d'en Dave? —murmura en Tyler, amb un somriure de suficiència i els ulls empetitits. A hores d'ara l'expressió és gairebé permanent.

El pare no sembla alterat.

—Puja al cotxe, va.

En Tyler riu mentre anem tots cap al Range Rover i pugem, els quatre de darrere incòmodament aixafats. Ni tan sols estem en condicions de posar-nos els cinturons, i sec entre en Chase a l'esquerra i en Tyler a la dreta, i estem tan estrets que el meu cos està premut contra el d'en Tyler. Em miro els peus mentre ell mira per la finestra, i els pèls del braç se m'ericen amb l'escalfor de la seva pell sobre la meva. Em mossego el llavi per no dir res, però quan noto les seves sabates a mig trajecte no puc evitar parlar. Porta unes Converse blanques, com jo.

—No sabia que et posessis Converse —murmuro, prou fluix perquè el pare i l'Ella, que parlen de les seves coses, no em sentin.

Em mira de gairell i els seus ulls tendres troben els meus.

—Sí.

I això és l'únic que diem en tot el trajecte a Culver City. El trànsit és increïble, i ens passem quaranta minuts al cotxe fins que podem parar davant de l'institut. Es veu que el castell de focs artificials es fa aquí, i l'Ella tenia raó i ha vingut molta gent. Hem de pagar per entrar a l'aparcament, i després hem de donar més diners per assistir a l'acte en si. Encara bo que no ens han parat pel camí per portar sobrecàrrega.

—Si ha vingut algun dels vostres amics, els podeu anar a buscar —diu l'Ella, a en Tyler i a mi, mentre entrem a l'escola seguint els indicadors del camp de futbol—. Si no ens tornem a trobar, us trucarem quan s'acabi, d'acord?

—I comporteu-vos —afegeix el pare, però només mira en Tyler.

Perquè només és d'en Tyler que s'ha de preocupar, perquè en Tyler és imprevisible, perquè en Tyler és imprudent.

—Sí, sí, ens portarem bé —murmura, i es treu de sobre els nostres pares.

Accelera per allunyar-se'n i s'endinsa en el corrent de gent que ens precedeix fins que desapareix.

—Sé que la Meghan és aquí —dic al meu pare, però encara tinc els ulls concentrats al davant, buscant el clatell d'en Tyler—. A veure si la trobo.

—Vés amb compte —adverteix, però després em dóna el vistiplau amb un cop sec de cap.

M'allunyo d'ells, caminant a tota velocitat en direcció a en Tyler pels passadissos de l'Institut Culver City. Sento la música llunyana d'una banda i em fa sentir com si anés a un partit de futbol de l'institut. Què és una mica el que faig.

El castell de focs es farà al camp de futbol i quan arribo a la porta de darrere de l'escola i surto a fora amb la gent, ja hi ha milers de persones a les grades i al camp. Hi ha parades de menjar al voltant de la pista i el sol comença a pondre's en la llunyania. Com més va, més gent hi ha. És impossible que trobi la Meghan.

Al meu voltant hi ha famílies i parelles grans i grups d'universitaris que van amunt i avall, mentre que d'altres s'han instal·lat amb cadires i mantes al camp per poder veure l'espectacle còmodament. En canvi, jo estic sola i desitjant haver-me quedat amb el meu pare.

—No hauria dit mai que fossis de les que van soles —diu una veu darrere meu, forta sobre el soroll de la banda i les converses del voltant. És en Tyler, i em mira amb una lluïssor curiosa als ulls i un petit somriure als llavis.— Ara podem parlar.

—Ara? —repeteixo amb incredulitat.

De tots els llocs i tots els moments que podia haver triat, ha triat el mig de la celebració del Quatre de Juliol.

—No volia dir aquí —murmura, mirant per sobre meu el camp, la gent, les parades—. Vine.

Manté el cap cot quan es gira i torna en la direcció per on ha vingut mentre jo el segueixo, atabalada.

Ens estem allunyant del camp i tornem a l'edifici principal de l'escola, empenyent els que van en direcció contrària. Tinc el cor encongit quan entrem. No sé si estarà furiós amb mi o si estarà disposat a acceptar la meva disculpa, i la idea que pugui ser el primer em fa venir ganes de vomitar.

Estic tan nerviosa que gairebé el perdo quan trenca

per un passadís que té un rètol claríssim que diu «PROHIBIT EL PAS». Només hi ha uns quants passadissos oberts per permetre que la gent arribi al camp: la resta de l'escola està tancada. Però en Tyler no segueix les normes, i jo estic massa marejada per intentar discutir amb ell. Arribem de seguida al final del passadís per on ens hem ficat il·lícitament, i en Tyler s'atura.

El soroll de fora gairebé no se sent, i, tenint en compte que en aquests passadissos els llums no estan encesos, l'única cosa que il·lumina la cara d'en Tyler és el sol ponent que es filtra per les finestres. Des d'aquí veig el camp, però no és el camp el que m'interessa. És la persona que tinc al davant.

Mira la paret un moment abans de girar-se cap a mi, ara sense arrogància a l'expressió. I sortosament té la mirada amable. S'empassa la saliva.

—Què coi va passar dissabte?

—No ho sé —reconec, amb la veu una mica escanyada i un nus a l'estómac—. Em sap greu. Estaves... m'estaves fent empipar i no volia que compressis més drogues, i ho... ho vaig fer. No ho volia fer. Em sap greu, d'acord? És una cosa molt estranya i m'està fent posar malalta i hauríem de fer veure que no ha passat.

Em mira mentre es passa la llengua pel llavi inferior.

—Tant de bo pogués dir el mateix de mi.

—Què? —Ara que he deixat anar el que volia dir, em sento lleugerament més tranquil·la. Però dura poc: fins que em mira d'una manera completament diferent de com m'ha mirat mai. I tot el cos se'm torna a encendre, com va fer dissabte.

—Et vaig tornar el petó —afirma amb contundència—. No em penso disculpar per això.

—Per què?

Els seus ulls cremen un moment mirant-me mentre decideix si contestar o no. Són tendres i tranquils, però la seva veu és brusca.

—Perquè sabia perfectament què feia.

—Per què ho vas fer? —La meva veu és gairebé un xiuxiueig mentre el cor em salta endavant i endarrere dins del pit. Hi sento un dolor sord i el nus de l'estómac es fa més gran.

—Perquè em moria de ganes de fer-ho —etziba.

Es gira donant-me l'esquena i sospira tot repenjant-se amb una mà a la paret.

—Te'n mories de ganes? —repeteixo. Estic desorientada i confosa i cada vegada més marejada.— Què m'estàs dient?

—De debò vols la veritat? —Assenteixo encara que no em pugui veure, i ell acota més el cap i el mou mirant a terra.— Estic dient que m'atraus, entesos, Eden? —Ho diu i es gira, amb uns ulls que ja no són tendres i una tempesta va creixent en les seves fondàries.— I sé que no m'hauries d'atraure, perquè ets la meva puta germanastra, però no hi puc fer més. És una estupidesa i sé que no sents el mateix, perquè t'estàs disculpant pel que va passar dissabte. —Calla un segon per mirar a terra.— Tant de bo no haguessis dit que et sabia greu. Perquè si et disculpes vol dir que te'n penedeixes.

Estic muda d'estupefacció. En Tyler, el noi que m'ha

tractat com un drap brut des del dia que vaig arribar, se sent atret per mi? No té ni solta ni volta.

—Em pensava que no em podies ni veure —aconsegueixo contestar, perquè és l'única cosa que em passa pel cap.

—Hi ha molta gent que no puc veure —diu bruscament—, però tu no n'ets una. No suporto que em posis a cent. No, sí. M'agrada. Molt.

—Ei, para —dic. Reculo un pas, brandant el cap i aixecant una mà.— Ets el meu germanastre. No pots dir aquestes coses.

—Qui fa aquestes normes estúpides, eh? —Riu perversament, i es gira per mirar per la finestra abans de tornar-me a posar els ulls a sobre.— Fa tres setmanes ni tan sols sabia qui eres. No et veig com una germana, entesos? Ets una noia que he conegut. Per què coi hem de dur l'etiqueta de germans?

Ara sí que vomitaria. El cap em roda, els meus pensaments s'ofeguen en preguntes.

—Surts amb una noia —xiuxiuejo—. Surts amb la Tiffani.

—Però no la vull! —crida, i és evident que l'irrita que l'hagi esmentada. Es torna a passar la mà pels cabells i s'estira les puntes.— No vull estar amb la Tiffani, entesos? Que no ho entens? Només és una altra distracció.

—Què punyeta et passa amb les distraccions?

—Res —crida. Exhalant, prem els llavis i torna a abaixar la veu:— He dit el que necessitava dir, saps el que penso de tu, has deixat clar que penses diferent, plego. Que t'ho passis bé amb els putos focs. —Em passa pel costat, de pressa, gesticulant amb les dues mans i la vena del coll clarament definida.

—Espera —dic. Observo com s'atura al passadís en penombra. Però no es gira. Es queda quiet, amb les espatlles que se li belluguen sincronitzades amb la respiració.— No m'has donat l'oportunitat de dir-te que et trobo interessant.

18

EL SILENCI TENS QUE DURA UN MOMENT llarguíssim és interromput pel soroll dels focs artificials. El cel per fora de la finestra esclata en un llenç viu de colors i remolins. Decantem el cap per veure-ho i les llums es reflecteixen a la nostra pell. A la cara d'en Tyler resplendeix un taronja clar, que aviat s'esvaeix amb els colors que s'esgoten al cel. Ràpidament els substitueixen d'altres, però en Tyler ja s'ha apartat de la finestra. En comptes del color dels focs artificials, se centra en el color dels meus ulls.

—Interessant? —repeteix, en to sec—. És això tot el que pots dir?

El cel s'esquerda i peta i udola mentre la multitud ho celebra cridant, amb les cares aixecades il·luminades. Des d'aquí, des d'aquest passadís fora límits, es veu tot el camp.

—Ens estem perdent els focs —murmuro feblement.

Faig pena i en sóc conscient. Res apaivagarà el frenètic rebombori del meu cor.

—Tant se me'n donen els focs —etziba. La seva veu és greu, però s'aguditza quan la seva amarga hostilitat en contra meu creix.— T'estàs fotent de mi o què? Interessant?

No sé per què aquest mot l'ofèn tant. Interessant és bo, interessant vol dir diferent. No havia conegut mai ningú que atragués tant el meu interès com ell.

—Els teus murs —dic, amb la veu tremolosa. Em mossego l'interior de la galta i em rosego la boca intentant asserenar-me i recuperar la veu per formular frases coherents.— Els teus murs m'interessen.

—No sé de què parles —esclata, amb la nou pujant-li al coll.

Alguna cosa li ha canviat als ulls espurnejants. Sap perfectament de què parlo.

—No me n'havia adonat fins ara —dic en veu baixa. Amb un petit cop de cap, miro a terra i després a ell.— Tens murs aixecats i m'interessen.

—Saps què et dic? —diu en veu baixa i furiosa. Li sobresurt el llavi de baix quan tanca fort la mandíbula ben definida.— Tant se me'n dóna. Pensa el que vulguis de mi.

—Que pensi el que vulgui? —Empetiteixo els ulls i li aguanto la mirada; en canvi, a ell li costa sostenir la meva. No para de mirar erràticament als costats, al terra, al sostre. Però a mi mai.— Penso que em poses furiosa —dic—. Penso que ets un imbècil arrogant que no pot tractar mai senzillament bé a ningú, perquè no t'encaixa amb la representació que fas.

Es pessiga el pont del nas, amb els ulls tancats amb

força, alhora que respira fondo. Observo com li puja el pit amb l'aire que entra als seus maltractats pulmons. El tabac no li va gens bé.

—No saps de què parles.

—Deixa'm acabar —ordeno secament. L'ansietat ha desaparegut i ara sento una seguretat revifada per l'adrenalina.— També penso que ets un cretí. Tens l'ego massa gros per al teu cap i et penses que fas caure de cul fent de cabró. Però, francament, Tyler, el que fas és pena.

A en Tyler se li desmunta la cara, la seva expressió tensa es fon i els llavis li tremolen lleugerament.

—Veig que he quedat com un imbècil venint a dirte que m'agrades. No calia que em rebutgessis així.

—Creia que un idiota com tu ho podia entomar.

Es posa les mans a les butxaques dels texans i desvia la mirada cap a la finestra. Es queda un moment mirant el cel amb ulls tristos. Entre el soroll explosiu dels focs, sento que la seva respiració es fa més forta. Pestanyeja i em mira per sobre l'espatlla.

—I jo que em pensava que t'havies adonat que no era realment un idiota.

Tan bon punt li surt l'última síl·laba de la boca, el meu marc mental es transforma. És vulnerable i jo tinc raó. Els seus murs són una màscara. És tot una comèdia, un paper que intenta representar. Els comentaris crus i tota la lascívia amb la Tiffani i les addiccions: són falsos. Tot és fals. És molt més que això. Com avui a la cuina amb l'Ella. Aleshores no era un imbècil, i no era un imbècil quan feia broma amb en Jamie. De vegades la façana li cau. I de vegades jo hi sóc per veure-ho.

És la manera com de vegades se li estoven els ulls, oferint una visió real del que és en realitat a qui estigui disposat a veure-ho. I no sé per què no me n'havia adonat fins ara. És molt evident, molt. Les nostres discussions irrellevants i les converses patètiques i les mirades furioses constants semblen tan... tan inevitables, com si no poguéssim parar, com si ens agradés fer-nos la guitza. En certa manera. Ens hem ensenyat les dents des del dia que vaig arribar, maldant per intentar trobar les febleses de l'altre. La meva és la inseguretat, la d'en Tyler és la veritat.

I per sota de tot hi ha l'atracció.

En Tyler se sent atret per mi, i jo em sento atreta per en Tyler.

La constatació em provoca un salt al cor, la sang em corre freda quan alço els ulls per mirar-lo. És com si el veiés per primera vegada, i, ara que no el veig com un imbècil que va irrompre grollerament en una barbacoa, el puc estudiar sota una nova llum. Té uns ulls fascinants, la forma de la cara, perfecta, i els llavis, plens, formen un somriure maliciós. No és només això, hi ha tantes coses d'ell que em moro de ganes de descobrir... Més que res, vull descobrir la veritat. Necessito saber qui és realment, no qui vol que cregui que és. Fa comèdia, només és un actor interpretant un paper. Necessito saber què passa darrere l'escenari. Quan acaba la funció i cau el teló, qui queda?

En Tyler nota la meva mirada penetrant i sembla perplex.

—Em sembla —dic, inspirant fort— que jo també em sento atreta per tu.

Les meves paraules l'agafen per sorpresa. Gira el cos del tot a poc a poc per encarar-se'm i treu les mans de les butxaques. Una sorpresa sincera li domina l'expressió. Els seus ulls, molt oberts, es claven en els meus des d'un metre de distància, i es mossega el llavi de baix.

—Sí? —Arqueja una cella com si no acabés de decidir si li prenc el pèl o no.

Sincerament, tant de bo fos així.

No m'hauria de sentir atreta pel meu germanastre.

—Sí. —Gairebé fa mal reconèixer-ho. Però alhora tinc una sensació d'alleujament que em relaxa la pressió al pit. No el puc continuar mirant als ulls.— Em sap greu.

—Para de disculpar-te —exigeix en Tyler. S'acosta cautelosament, amb passos lents, i relaxa les mans. La samarreta grisa se li ajusta al cos, i em poso a analitzar cada detall de la seva roba mentre s'atansa: la samarreta grisa, els texans foscos i les vambes blanques com les meves.— No et penedeixis de res.

Quan aixeco els ulls de terra, on els seus peus han aparegut de sobte al costat dels meus, la respiració se m'escanya en veure'l tan a prop. Amb la cara enfosquida, em mira amb els ulls tendres i amables de nou. El cel es continua il·luminant amb tots els colors de l'arc de sant Martí. Aixeca la mà i fa lliscar les puntes dels dits per la meva pell. Delicadament, dibuixa una línia baixant pel canell abans de posar-me la mà a la cintura. M'agafa el cos suaument.

—Què passa? —xiuxiuejo.

Hi ha tant de silenci i tanta tensió que no puc parlar més fort i sento que em quedo sense respiració. Vull protestar, apartar-lo, perquè sé que això està malament. Però no ho faig, no ho faig; perquè m'agrada la sensació de la seva pell sobre la meva.

Fixo els ulls en un punt entre la seva espatlla i la finestra, però no enfoquen. Deu notar que estic rígida, perquè amb el polze comença a fregar-me el maluc en cercles. Respira lentament, i l'aroma de llenya cremada i menta em captiva i m'atrau i em venç completament. M'acosta els llavis al coll. Suaument, els posa sobre la meva pell i avança en una línia lenta cap a la boca. S'atura quan hi arriba.

—Deixa'm besar-te —murmura.

Respira sobre la meva galta, fregant-la lleument, expectant.

—Però som germanastres —xiuxiuejo, amb la gola seca. Em tremola la veu i no puc dominar l'ansietat que estremeix tots i cadascun dels centímetres del meu cos.

Sento que en Tyler s'empassa la saliva.

—No hi pensis —diu, un instant abans de besar-me.

I aquesta vegada encara és millor que la primera. Té els llavis tous i humits quan es tanquen sobre els meus. Els focs continuen esclatant. M'estreny més fort la cintura i m'atrau cap a ell. Tant se me'n dóna. M'agrada la sensació.

—Ei! —crida una veu forta des de no sé on del passadís, però no l'acabo de descodificar mentalment. I, francament, si ho fes, tant se me'n donaria.— Vosaltres, pareu.

Però ignorem els crits, massa absorts en la nostra equivocada abraçada per parar-hi atenció. Separo els llavis mentre en Tyler m'agafa el clatell amb una mà. Em sosté a prop d'ell alhora que abaixa una mica la mà. Domina el petó, controlant la velocitat i la intensitat. Però això tampoc m'importa. També m'agrada.

La veu del fons es fa més forta, com els passos que s'acosten.

—Sortiu d'aquí abans que us detingui a tots dos per entrada il·legal.

Però encara estic massa perduda en la sensació absorbent d'en Tyler. Sento l'escalfor de les seves mans sobre la pell quan passa d'un petó més ràpid i lleuger a un de més lent i més intens. M'aixeca la barbeta. El que és segur és que tant se me'n dóna i el que és seguríssim és que m'agrada.

—Prou, pareu —ordena la veu, cada cop més forta, i que de sobte se'm fa irritant i hostil. Obro els ulls de cop, i el cos se'm posa tens sota les mans d'en Tyler quan em trobo amb la mirada gèlida d'un agent de policia. Té els braços encreuats i una arruga marcada al front.— Pareu d'una vegada!

—Merda —rondina en Tyler en veu baixa tot separant-se finalment de mi. Passant-se una mà pels cabells, es gira lentament per encarar-se a l'intrús. Encreua els braços al pit, amb els punys tancats.— Que passa res?

—No podeu rondar per aquí —diu l'agent amb contundència, mirant-nos descaradament d'una manera força degradant. És com si hagués descobert ratolins a la cafeteria de l'escola.

—No podem? —repeteix en Tyler, però el seu to és desdenyós—. No té coses millors per fer? Com aturar les baralles de borratxos al camp? —Fa un cop de cap sec en direcció a les finestres, on s'està fent la traca final dels focs artificials. Aquests focs són més grossos. Més espectaculars, més acolorits. A baix, el camp de futbol encara està ple a vessar de públic i agents de policia. Aquesta mena de celebracions a gran escala sempre estan plenes de policies. A Portland passa el mateix.

—Prou de fer el gallet —etziba l'agent. Pren una postura desafiant, amb les cames separades i les mans als malucs.— Aquesta escola està tancada fora dels passadissos designats. Aquí no hi podeu ser i us estic donant la possibilitat de marxar pel vostre compte abans que us hi obligui.

—Obligar-nos? —repeteix en Tyler bruscament. Començo a caminar per anar-me'n, però paro per agafar-li la vora de la samarreta. No sembla que es vulgui moure. Està enfeinat mirant als ulls de l'home que té enfront.— Ens pot deixar sols un moment? Ens en anirem, però ens ha interromput.

—Tyler, vine, va —murmuro.

Em falta una mica l'aire, amb els petons i l'excitació. Vull tornar-ho a fer tot.

—Sí, m'he adonat que us interrompia —comenta l'agent, i es pren un moment per mirar-nos a tots dos amb cara de disgust. Se'm posen les galtes molt vermelles.— No et demano que raonis amb mi. Et demano que te'n vagis, i espero que ho facis. No em facis perdre el temps, fill.

—És un puto passadís —murmura en Tyler gesticulant de pura frustració—. No és que ens hàgim esmunyit dins de la Casa Blanca. Deixi'ns cinc minuts.

—No ets capaç d'entendre que no pot ser? —pregunta l'agent, brandant el cap amb incredulitat davant la persistència d'en Tyler—. El teu pare no et va ensenyar a obeir ordres?

No sé gaires coses d'en Tyler, però sé que la simple menció del seu pare és un detonant segur per encendre'l. I això és exactament el que passa.

—Vostè és un puto imbècil o què? —diu en Tyler amb fúria, en un to verinós de sobte, alhora que infla el pit i avança cap a l'agent.

Arribo a pensar que li clavarà un cop de puny, però per sort no ho fa.

—Ja n'hi ha prou —gruny l'agent. Mou una mà cap al cinturó i treu unes manilles. La calba incipient em permet veure totes les arrugues que té al front. I ara mateix en té moltes. Sembla molt emprenyat.— Us he demanat que marxeu, però tu et negues a complir ordres i la teva actitud és intolerable, així que t'arresto d'acord amb l'article 602.

A en Tyler li marxa el color de la cara en el mateix moment que jo obro la boca, i aleshores l'agent es tomba cap a mi.

—Tots dos.

19

—NO PODIES CALLAR, OI? —dic enrabiada a en Tyler.

Parlo en veu baixa per por d'embolicar encara més la troca, que és una cosa que ara mateix no em puc permetre. Em poso una mà al front i em frego les temples lentament.

—Aquell poli era un cretí —murmura en Tyler. Està espantosament contrariat, repenjat a la paret, amb els llavis premuts amb força en una ganyota que dubto que se li esborri aviat. Mira a fora de la cel·la de la concorreguda comissaria, observant tots els agents amb menyspreu.— Tots ho són.

—No seríem aquí si ens en haguéssim anat.

Estic preocupada i preparo mentalment una llista de possibles càstigs a què el pare em condemnarà. Castigada pel que queda d'estiu? Tornar a casa? Obligada a ferli la bugada?

Dono un cop d'ull a la cel·la. Hi ha una dona rabiosa en un racó, que sacseja el coll i pica de peus a terra com si això l'hagués d'ajudar a sortir. També hi ha un home musculós en silenci d'esquena a la paret i amb els braços enormes encreuats davant del pit. Intento no mirar-lo als ulls.

En Tyler i jo seiem a prop al banc, però sense tocar-nos.

Ell gemega baixet i acota el cap, es tira endavant i repenja els colzes als genolls.

—La meva mare ens traurà d'aquí —murmura. Em mira de gairell, però jo no n'estic gaire convençuda.

—Per què? Perquè és advocada? —dic amb sarcasme.

És impossible ser positiu en aquesta situació horrible, però, com més hi penso, més m'adono que l'Ella coneix la llei com el palmell de la mà. Per força. I quan coneixes la llei, en coneixes els buits legals.

—Perquè no és la primera vegada que ho fa —diu, i es torna a incorporar. Enllaça els dits i belluga els polzes, amb els ulls a la falda.— Sempre.

—No és la primera vegada —repeteixo. Faig cara de desesperació abans de centrar-me en l'altre cantó dels barrots. Hi ha taules plenes a vessar de papers i telèfons que sembla que no parin de sonar. També hi ha un agent de seguretat dret que ens observa des de lluny, amb la cara arrugada tensa, els ulls entretancats. Giro el cap per mirar en Tyler.— Quantes vegades t'han arrestat?

Fa un somriure arrogant.

—Una. Dues. Potser un parell més.

—Per què?

—Mmm. —Es rasca el cap mentre es passa la llengua pel llavi inferior. No puc evitar tornar a pensar en la seva boca.— Estupideses —reconeix finalment. Arronsa les espatlles i es posa dret, i s'estira. El miro, sense que m'importi gaire el que dirà.— Baralles —diu fent petar els artells—, vandalisme, desordre públic. —Riu mentre mira cautelosament per sobre l'espatlla.— I violació de domicili —acaba.

—Almenys no has mort ningú —dic alegrement, però no sé per què.

Fa una setmana hauria arrufat el nas fastiguejada amb el fet que ja l'haguessin arrestat abans, tant se val per què. Però ara l'enigma que és en Tyler Bruce m'ha captivat i, en tres dies, l'opinió que en tenia s'ha girat com un mitjó.

—Encara no —corregeix. Prem els llavis, traient-los una mica enfora mentre els seus ulls s'empetiteixen en el seu estat natural.— Tinc algunes idees. —La meva mirada luxuriosa es torna immediatament horroritzada. En Tyler m'imita abans de deixar anar una rialla seca.— Eden —diu, brandant el cap i fent petar la llengua.

—Encara no entenc el teu sentit de l'humor —em defenso, encreuant els braços al pit i sospirant amb força. Encara és un trencaclosques per a mi.— Ni tan sols sabia que en tinguessis.

Torna a somriure i em fa un cop de cap sec.

—Bona.

—Bruce, Munro —crida algú. Ens sobresalta a tots dos i en Tyler es gira ràpidament i troba els ulls crítics d'un agent de policia de Culver City a l'altra banda dels barrots.— Han vingut els vostres pares.

Els nostres companys de cel·la riuen.

—Ens mataran —dic en veu baixa, i se m'accelera la respiració. Intento empassar-me el nus que tinc a la gola alhora que miro de no perdre el cap.— Déu meu. Ens mataran.

—Calla —ordena en Tyler, amb una veu encara més baixa que la meva, i em mira amb severitat mentre em poso dreta—. Deixa'm parlar a mi.

Per sort, l'agent que ens ha arrestat —l'agent Sullivan— ja no hi és. Potser ha tornat al carrer, a veure si pot esguerrar la nit a més persones que celebren el Quatre de Juliol. Semblava molt obstinat, com si tingués un greuge molt endins que volgués fer pagar a qui fos. El segon agent és molt més jove i fa molta menys por. Es diu agent Greene, i obre la porta de barrots de la cel·la perquè sortim.

—Seguiu-me —ordena amb un sospir.

Camino darrere d'en Tyler per l'atrafegada comissaria mentre passen agents pel costat nostre sense cap mirament. L'agent Greene ens porta fora de la sala principal a una de més petita i, ves per on, hi ha el pare i l'Ella.

El pare té les mans als malucs i ens mira fixament amb menyspreu. Em fa por que no es desmaï. Sembla molt crispat. L'Ella està situada una mica davant d'ell, i per primera vegada la veig amb una expressió completament solemne. Prem els llavis amb fermesa, té les mans agafades al davant. Sempre que l'he vista enfadada amb en Tyler hi havia un indici de simpatia maternal en la seva expressió. Però ara no hi ha res. Té posada la cara d'advocada.

—Es pot saber a què jugueu vosaltres dos? —etziba el pare.

Se li posa la cara encara més vermella, però l'Ella se situa ràpidament al davant per tallar-lo abans que puguem contestar.

—Agent...? —Calla per mirar la placa de l'agent Greene.

—Greene —acaba ell.

—Agent Greene —diu. S'escura el coll i li dóna la mà.— Em pot explicar per què els han arrestat per violació de domicili? Per cert, sóc advocada. —Arqueja les celles esperant una resposta, i l'agent Greene es belluga nerviós, una mica sorprès, conscient que no la pot enganyar.

—Violació de domicili d'acord amb l'article 602 del Codi Penal —diu, sense deixar de mirar-la— a l'institut de Culver City. Només les zones especificades del campus estaven obertes al públic per a les celebracions d'aquesta nit i a ells els han trobat en un passadís d'una zona tancada.

—Ah, sí? —L'Ella gairebé riu de tan patètic que ho troba i em meravello veient com domina la situació. Normalment és callada, i només aixeca la veu a en Tyler.— S'equivoquen de passadís i els arresten?

—No sóc l'agent que els ha arrestat —informa en Greene—. L'agent Sullivan no té gaire paciència i el seu fill s'ha posat gallet quan els ha demanat que marxessin. Els ha donat diverses oportunitats per marxar.

En Tyler riu, però es reprimeix ràpidament i abaixa el cap abans que ningú li pugui cridar l'atenció. Tanmateix, l'Ella el mira amb ràbia.

—Era a l'institut aquesta nit —continua, tornant a fixar l'atenció en l'agent Greene— i recordo haver vist rètols de «PROHIBIT EL PAS». Però rètols de «PROHIBIT EL PAS» no són el mateix que rètols avisant que es comet una infracció si es passa i, per tant, cap dels dos estava degudament informat que cometien un delicte. No se'ls pot arrestar basant-se en la falta de paciència del seu col·lega.

Tota l'estona que l'Ella parla, el pare m'observa furiós. No el puc mirar als ulls i intento mirar qualsevol cosa menys a ell. A la dreta, en Tyler s'aguanta el riure tapant-se la boca amb la mà. Li clavaria un cop de peu a la canyella si no hi hagués un policia al costat nostre. S'acaba dominant, però tan bon punt aixeca el cap i els nostres ulls es troben es torna a posar a riure. Es mossega la mà i mira a terra.

—Què li sembla si ens estalviem la paperassa i per aquesta vegada ho deixem passar? —sento dir a l'agent Greene, i els ulls se me'n van cap a ell.

L'agent ofereix la mà a l'Ella.

—Una decisió respectable, agent —comenta l'Ella, i es donen la mà.

Veig que intercanvia una mirada amb el pare i que ell fa un cop de cap com si tinguessin telepatia.

—Vinga —diu el pare—. Vosaltres dos al cotxe. Ara mateix.

A en Tyler ja li ha passat el riure i arronsa les espatlles mirant-me quan el pare es posa entre nosaltres.

—Hi ha algú que està molt emprenyat —diu en veu molt baixa.

M'estira el braç abans de girar-se. Seguim de prop el pare fora de la comissaria. L'Ella no ve.

És fosc quan sortim a l'aparcament de la comissaria, i també comença a ser tard. Quan ens acostem en silenci al Range Rover, en Jamie ens mira a través de la finestra de vidres tenyits. Obro la porta i veig en Chase adormit a l'altre cantó.

—Què has fet aquesta vegada? —pregunta en Jamie, però s'adreça a en Tyler.

—Una cosa que no havia de fer —murmura en Tyler, i em mira amb un somriure còmplice.

Pujo i en Tyler puja darrere, i hem d'empènyer en Chase fins que està aixafat contra la porta de l'altre cantó. En Jamie només deixa anar un sospir enorme. Miro el pare, que agafa amb força el volant en silenci i estic a punt de preguntar-li si està bé quan l'Ella arriba al cotxe. Obre la porta del passatger, puja i la tanca de cop.

—Molt bé, mare —diu en Tyler. S'inclina endavant i li acaricia l'espatlla.— Els has destrossat.

Ella es treu la mà del seu fill de sobre ràpidament i amb prou feines el mira pel retrovisor abans de parlar.

—No em parlis, Tyler —avisa, amb una veu indignada—. Un d'aquests dies no apareixeré. Estic molt decebuda.

—Jo també estic decebut amb tu, Eden —intervé el pare amb hostilitat. Branda el cap i engega el motor, i surt de l'aparcament fent marxa enrere.— Es pot saber per què éreu a dins? Estic força segur que la celebració era a fora.

—No —salta en Tyler—. La celebració era a dins. —Baixa un dit dissimuladament per la meva cuixa, aturant-se al genoll. Em provoca una sensació estranya.

—Prou de gracietes —etziba l'Ella. Deu estar rabiosa, perquè no crida mai.— He hagut de fer-me responsable de vosaltres per treure-us d'allà quan us hi podria haver deixat perfectament tota la nit, entesos? O sigui que t'agrairia molt, Tyler, que per una vegada a la vida t'estiguessis quiet i callessis.

Això el fa estar en silenci tot el trajecte fins a Santa Monica, però no li impedeix passar-me el polze pel palmell de la mà o donar-me copets amb el genoll o mirar-me. Em sorprèn que no se n'adoni ningú. Jo me n'adono i intento ignorar-lo com puc, malgrat les esgarrifances que em provoca cada vegada que em toca.

És gairebé mitjanit quan arribem a l'avinguda Deidre. El pare està esgotat, però agafa a coll en Chase i el porta al llit sense despertar-lo. En Jamie també se'n va a la seva habitació.

—No sé ni què dir-te, Tyler —murmura l'Ella després de tancar la porta. Hi repenja la mà, però no es gira de cara a ell.— Estic... n'estic tipa. —Fa una veu adolorida, i sospira quan es gira i ve cap a nosaltres.— Eden, vés a la teva habitació. Dorm una mica.

Quan em fa un petit somriure, m'adono que, de fet, em demana intimitat. Assenteixo, mirant-los a tots dos abans d'anar cap a l'escala. El pare s'encreua amb mi pel camí i s'atura.

—Hauria de trucar a la teva mare —diu en veu baixa.

Se'm fa estrany sentir-lo esmentar-la. Fins i tot fora de lloc.

—No. —Faig una ganyota, faig morros. La mare ja

està prou estressada amb la feina; només li faltaria saber que m'han arrestat.— Només faràs que es preocupi.

—Em preocupa a mi, Eden! —està a punt de cridar, però abaixa la veu en un murmuri a mitja frase. Mira al voltant per assegurar-se que no ha molestat a ningú i després es posa una mà al front.— Es pot saber què et passa? Sé que has anat a festes. Tinc quaranta anys, no seixanta. Em sembla molt bé que et diverteixis. És estiu, només faltaria. El que em preocupa és l'impacte que tot això té en tu. Ja m'has mentit un munt de vegades i ara això? Es pot saber amb qui surts?

La sinceritat del pare m'agafa desprevinguda. Em pensava que no tenia ni idea del que feia ni d'on anava, però sembla que n'és més conscient del que jo creia.

—Doncs —dic—, amb la Rachael, la veïna. La Tiffani. Daixò... la Tiffani... Parkinson, crec que es diu Parkinson.

—La xicota d'en Tyler? —pregunta el pare, però no em deixa temps ni per assentir—. Surts amb tota aquella colla? En Dean Carter? Aquell tal Jake?

—I la Meghan —murmuro. No m'havia semblat un pare que es fixa en quines persones formen part de cada cercle d'amics.— Som tots amics.

—Bé —diu a poc a poc, fregant-se el clatell—, almenys són bons nanos. Mira, saps què?, vés-te'n al llit.

Es descorda el botó de dalt de la camisa, branda el cap derrotat i continua baixant.

No sé de què ha anat això, però no vull quedar-me i que torni a passar. Corro a la meva habitació. Em trec les vambes d'una revolada i em giro per tancar la porta, però hi ha en Tyler. Gairebé m'ennuego.

—Ei —xiuxiueja, i fa un pas dins de la meva habitació.

Observa al voltant com si fos la primera vegada que hi entrés.

—Hola. —Em mira als ulls i no sabria dir què pensa o què sent. L'ombra de la porta li enfosqueix la cara i no puc veure-li el color dels ulls ni les emocions que hi ha a dins.— Què ha dit la teva mare?

—Res —diu, en veu baixa—. Em sap greu haver-te arrossegat amb mi. Hauríem d'haver marxat quan el policia ens ho ha demanat.

—No passa res. —A hores d'ara, la ira s'ha fos. Al final no ens han denunciat, per tant, penso arxivar-ho com un malentès entre l'agent i nosaltres.

En Tyler obre la boca per parlar, però el so estrident d'un mòbil l'interromp. Sento la vibració als seus texans quan fica la mà a la butxaca. Se li arruguen els llavis en veure la pantalla.

—La Tiffani —murmura. Sembla que estigui a punt de rebutjar la trucada, però mou el cap i em llança una mirada de disculpa.— Perdona, però he de parlar amb ella. Si la ignoro s'enfadarà.

I així és com tot s'ensorra a dintre meu. Tot s'ofega. Sento una pressió molt forta al pit i se'm tensa d'una manera inimaginable mentre faig esforços per respirar. L'ansietat es torna a apoderar de mi. He estat tan captivada per ell aquestes últimes hores que havia oblidat del tot que té nòvia.

—Perdona —diu, fent una ganyota cap a la pantalla una vegada més abans de tornar a mirar-me. Estic paralitzada i tinc ganes de vomitar i sembla que se n'adoni, perquè fa un pas cap a mi, però després canvia d'opinió. Se sent un sospir enorme que ressona per l'habitació i veig que agafa més fort el mòbil.— De debò que em sap greu. L'he d'agafar —diu baixet. Abaixa els ulls a terra i a poc a poc es gira i marxa.

Estic completament aclaparada mentre ell despenja.

—Ei, com va això? —murmura, just abans que la porta es tanqui.

Però la seva veu no té cap energia.

La sento abatuda, com em sento jo.

20

—EDEN! —CRIDA EUFÒRICAMENT la veu de la meva millor amiga per telèfon l'endemà. El seu to és tan alt i tan agut que haig d'apartar-me el mòbil de l'orella un moment.— Ja era hora.

—Perdona. —Sospiro i segur que ressona per la línia.— És que no he parat.

—No m'agafes les trucades —em retreu l'Amelia. Hi ha un punt d'irritació a la seva veu, i no la culpo. Fa més d'una setmana que no parlo amb ella.— Com va anar el Quatre de Juliol?

Em mossego el llavi. Per parlar d'ahir és pel que li truco, però la seva pregunta m'ha deixat una mica muda.

—Bé —dic. I bufo unes quantes vegades.

—Només bé?

—Doncs... —dic. Em mossego més fort i les galtes se'm tornen rosades mentre miro fixament la vànova.— Ahir a la nit vaig anar amb cotxe patrulla per primera vegada.

Hi ha un llarg silenci, com si l'Amelia esperés que cridés «és broma». Però no ho crido.

—Què?

Començo a traçar cercles sobre la roba.

—Per violació de domicili.

—Estic parlant amb l'Eden de debò? —Se senten uns cops empipadors, que és ella picant amb els artells contra el mòbil.— Hola? Eden Munro, ets tu?

Faig una rialleta.

—No va ser culpa meva. El meu ger... —Callo perquè la paraula se m'escanya a la gola. No em surt, perquè si ho dic em recorda la realitat de la situació.— Vull dir en Tyler —em corregeixo lentament—, va ser culpa d'ell que ens arrestessin. No hauria passat res si no hagués obert la boca.

—És el germà gran, oi?

Les seves paraules em fan esgarrifar i tardo uns segons a refer-me i confirmar-ho.

—Vas anar al festival? —pregunto ràpidament. Se'm tanquen els dits sobre la vànova mentre espero que em respongui.

—És clar! —ho diu en un to que sembla que no entengui que l'hi pregunti. Sempre anem al Waterfront Blues Festival.— Se'm va fer estrany sense tu.

Arrugo el front mentre em passo la mà pels cabells.

—Amb qui hi vas anar?

—Amb els de sempre —diu, just abans d'enumerar alguns noms—. La Chloe, l'Eve, l'Annie, en Jason, l'Andrei... Tots els de sempre.

Sentir els noms dels meus amics de Portland em fa

venir una onada d'enyorament. Enyoro sortir amb ells, i encara és pitjor sentir què fan a l'estiu tots junts quan jo sóc lluny.

Però llavors em ve un altre pensament. Em recorda per què me'n vaig anar de Portland, per què vaig acceptar venir a passar vuit setmanes aquí. És perquè hi ha persones a Portland que no val la pena enyorar. Agafo aire.

—L'Alyssa i la Holy... —murmuro—. Hi eren?

—Sí. —Hi ha un silenci fins que l'Amelia exhala, i quan torna a parlar ho fa amb la veu baixa i tranquil·la.— No m'ho facis més difícil, Eden. Sou les tres millors amigues que tinc, però és com si hagués de donar suport als dos bàndols. És com si cometés un acte de traïció cada vegada que parlo amb una de vosaltres.

Intento ignorar el mal que em fa el pit ignorant-la a ella.

—I el castell de focs va ser maco? —El meu entusiasme sona fals, però intento somriure amb els llavis.

—Va ser bestial! —xiscla l'Amelia. Sempre ha estat hiperactiva i s'engresca amb qualsevol cosa.— I després van fer una foguera. Vam ser fora tota la nit, torrant núvols al foc, bevent cervesa i escoltant música. Ara estic mig adormida o sigui que no sé si m'explico. —Calla.— Espero que sí.

—Sí —confirmo, i repenjo més fort l'esquena a la paret. Intento que els pensaments no em divaguin.— Això de la foguera sembla divertit.

—Ho va ser! —Més xiscles, més respiracions feixugues.— En Landon Silverman em va acompanyar a casa.

Obro lleugerament els ulls. En Landon Silverman està com un tren.

—El d'últim curs?

—Sí —reconeix vergonyosament. Me la imagino posant-se vermella, pestanyejant com fa sempre que passa vergonya o té un atac de timidesa. Però la timidesa es desintegra tan ràpidament com ha arribat, i diu, tan fresca:— Vam arribar a la tercera base al seient de darrere de la seva furgoneta.

Gairebé m'ennuego. Si és broma, no fa gràcia.

—Em prens el pèl, oi?

—Tant de bo —murmura—. El seu paquet no era un gran paquet. I jo que tenia grans esperances. És una tragèdia.

—Sona fatal, Amelia —dic, reprimint una rialla.

Em recorda la Rachael. Tenen el mateix sentit de l'humor i aficions semblants quan es tracta de nois.

—I tu què? —pregunta, amb evident curiositat a la veu—. Ja t'has morrejat amb nois californians?

—Ahir em vaig enrotllar amb un noi... —Se'm torna a accelerar el pols, agafant velocitat i bategant ràpidament sota la meva pell. Respiro fondo.— Ahir a la nit.

L'Amelia esclata de pura excitació.

—Ostres, amb qui?

Tinc un moment de paràlisi mental. L'hi dic? Explico a la meva amiga, la meva millor amiga a qui ho explico tot, el que va passar amb en Tyler? Sento que ho hauria de fer perquè em pogués aconsellar, però no em surten les paraules de la boca. Aquesta complicació amb en Tyler sembla massa escandalosa, una cosa massa mal feta. I sé que l'Amelia pot percebre la meva aprensió i per això em decideixo.

—Un noi que es diu Jake. —Salvada.

—Està bo?

Arronso les espatlles mentre m'imagino la cara d'en Jake, analitzant les seves faccions i decantant el cap mentre em decideixo.

—Sí. És ros.

—Ros? —L'Amelia s'horroritza.— Et vas morrejar amb un paio ros?

—Para de dir això —ordeno, morta de riure.

És impossible tenir una conversa amb ella sense somriure.

Respira fondo abans de posar-se a cridar.

—Però és que t'has literalment morrejat amb un tio ros!

—Quina transgressió —comento.

—Que et comença a afectar l'aigua californiana? No suportes els rossos —afirma, com si jo no ho sabés. És a ella que li agraden els cabells rossos.— Vols que truqui a la teva mare?, perquè sincerament crec que necessites assistència mèdica. Què se n'ha fet del teu gran principi «els morenos són millors»?

Faig una ganyota de desesperació.

—Que encara estàs borratxa?

—No ho sé —diu—. És probable.

I li dic que dormi una mica abans d'acomiadar-me. Em promet que més tard passarà per casa a veure com està la meva mare i l'hi agraeixo. Segurament la mare se sent molt sola últimament.

Quan penjo decideixo anar a córrer per esbargir-me una mica. Els esdeveniments d'aquest cap de setmana amb en Tyler m'han deixat el cap fet un garbuix i sento una aclaparadora sensació de dubte. No sé què estic fent i no tinc ni idea d'on m'estic ficant. L'únic que sé és que no és senzill.

Em vesteixo i dic a l'Ella que surto, i començo a córrer per la ciutat per variar, en lloc d'anar a l'oest pel litoral. Fa un dia preciós i la ciutat està plena de gent, però no m'hi fixo gaire. Normalment m'agrada mirar la cara de les persones que passen; llegir matrícules; em fixo en botiguetes independents que semblen interessants. Però avui no. Avui tots els meus pensaments se'ls emporta en Tyler.

Així que, mentre el meu cap processa cent un pensaments fugissers alhora, aconsegueixo concloure alguns fets específics sobre ell: (1) en Tyler és un imbècil, d'això, no n'hi ha dubte; (2) és un imbècil que té greus problemes d'ira a més de possibles problemes de comportament; (3) només és un imbècil perquè vol ser un imbècil, perquè (4) certament amaga alguna cosa; (5) les seves aficions preferides són entrompar-se i col·locar-se; (6) té bons abdominals i m'agrada el color dels seus ulls; (7) de vegades pot ser molt simpàtic, com quan fa broma amb els seus germans; (8) de tant en tant em treu de polleguera, però no passa res, perquè (9) sap fer petons. I, per acabar, (10) em sento més atreta per ell del que m'agrada reconèixer.

Per sobre el soroll de la música sento el clàxon d'un cotxe, que em trenca el fil del pensament. Miro a l'esquerra i un vehicle s'atura. Paro i em trec un auricular.

Fins que no m'hi atanso una mica més no reconec el cotxe: és el d'en Dean, i no està sol.

Quan s'abaixa la finestra, en Tyler em fa un petit somriure i arqueja les celles. Prem els llavis.

—Sabia que eres tu.

—Què m'ha delatat? —pregunto, tot traient-me l'altre auricular. M'inclino i repenjo les mans a la porta del cotxe. La meva respiració és feixuga, no sé quanta estona fa que corro.

Els ulls d'en Tyler s'il·luminen un moment, riu dissimuladament i es mira la falda.

—Acabem de sortir del gimnàs —diu, però no és la resposta que esperava. Esperava una resposta a la meva pregunta.— Tornem cap a casa i tu sembla que estiguis a punt de morir, o sigui que, si vols, puja.

Miro cap a en Dean. Té les galtes vermelles de fer exercici i em fa un cop de cap.

—No em moro —protesto amb indignació, panteixant. M'ofèn que hagi dit una cosa així.— Puc córrer molt, entesos?

—Entesos —m'imita en Tyler, però el seu to és alegre. Torça el somriure i, de sobte, agafa la porta del cotxe i l'obre, obligant-me a apartar les mans i retrocedir. Baixa del vehicle i es posa dret al costat meu, a la vorera. M'aguanta la mirada un moment.— Tornaré amb tu corrent.

—Però a mi m'agrada córrer sola...

Es posa davant meu, fica la mà per la finestra del cotxe per recollir la seva bossa i em deixa amb la paraula a la boca.

—No et fa res, oi, Dean?

En Dean branda el cap.

—Dimecres hi tornem?

—Sí —accepta en Tyler—. Ens veiem, tio.

En Dean tanca la finestra, se'n va i em deixa sola sota el sol ardent amb en Tyler al costat. Veig la suor als seus bíceps i la manera com la samarreta se li enganxa al pit musculós, i no puc evitar empassar-me la saliva.

—Perquè ho sàpigues —diu, quan es posa a caminar, i el segueixo—, t'he reconegut pel cul.

Els meus llavis formen una «o» de sorpresa i automàticament miro el que porto posat. Potser avui era un mal dia per posar-me els pantalons curts de noi ajustats. De sobte em sento nua.

—Aix.

M'ignora i accelera el pas tot mirant-me de cua d'ull.

—Segurament puc caminar més de pressa del que corres tu —diu per provocar-me.

—Ho dubto molt —murmuro. Faig un glop d'aigua ràpid i em torno a posar l'auricular. Darrerament, d'ençà que en Jake em va portar al concert, he estat una mica obsessionada amb La Breve Vita.

—Què t'hi jugues que arribo jo abans a casa —diu en Tyler alegrement, amb els ulls entretancats, tot gronxant la bossa del gimnàs. El seu to és desafiant.— T'hi apuntes?

Ric per sota el nas.

—I tant que m'hi apunto.

Abans que pugui dir res més, faig trampa i em poso a córrer sense acabar de parlar, recuperada pel breu descans, i em sento en forma, sana i forta corrent pel ciment, amb el sol a la cara i la brisa que em refresca les cames. Em sento segura per primera vegada des de fa molt de temps. I és agradable.

—Tramposa —crida en Tyler, i em passa corrent pel costat, però només ric i accelero fins que agafo el seu ritme. I llavors la nostra absurda cursa s'oblida i ens posem a trotar a un ritme natural.

—El que és segur és que corres molt —diu, respirant fort mentre travessem una cruïlla, tot tornant a l'avinguda Deidre—. Fas curses de muntanya o què?

—No —dic, sense deixar de mirar endavant—. És que m'agrada córrer. És la millor manera de fer exercici.

—Personalment, prefereixo les peses —comenta. El miro i l'enxampo mirant-se els braços. És ridícul que de vegades sigui tan cregut, però m'hi començo a acostumar.— D'acord —diu, i aixeca una mà perquè ens aturem—. Em rendeixo. No sóc corredor. —Esbufega unes quantes vegades i posa una mà a la paret de maó d'un edifici mentre intenta recuperar l'alè.— Tu guanyes.

Em sento victoriosa. Faig un somriure enorme i l'estudio amb el cap una mica de costat.

—I tant que he guanyat.

—Ja t'ho dic, jo. —Riu i aixeca el cap, mirant-me als ulls. Cap dels dos vol ser el primer de desviar la mirada i per això no ho fem.— Aquesta nit sortirem —afirma. Em fa l'efecte que no m'hi podria oposar encara que volgués, i em quedo allà, amb els ulls dilatats per l'atracció mentre escolto com parla.— Deixa'm que et porti a algun lloc. Ja has estat al moll? A Pacific Park?

—No —reconec una mica tímidament. Com pot ser que faci tres setmanes que sóc aquí i no hagi posat els peus al moll? El més a prop que hi he estat és quan he anat a la platja. Però des de lluny sembla fabulós.

—Llavors anirem al moll —decideix.

Se'm fa un nus a la gola quan li veig un somriure misteriós, uns ulls maragda brillants i la història no explicada que amaguen.

I se m'acut precisament aleshores que tinc tota la raó.

Els nois morenos són molt millors.

21

VOLDRIA FINGIR QUE MIRO LA LASANYA de l'Ella. Però no puc. Miro per sobre el menjar, amb els ulls enganxats als del noi assegut enfront amb la barbeta repenjada a la mà. El noi que és literalment la personificació de la despreocupació en aquest moment. Em mossego el llavi mentre li repasso el coll, l'angle de la cara, els llavis, les celles arrufades, la lluentor dels ulls. De tant en tant, somriu quan ningú no mira.

—Així què, Eden? —diu el pare, alçant una mica la veu per cridar la meva atenció. Abaixo immediatament els ulls cap al plat i bellugo ansiosament la forquilla per agafar un altre tros de lasanya.— Aquesta nit estàs molt callada. —Fa un gest amb el cap i m'apunta amb el ganivet, alhora que fa petar la llengua.— En què penses?

—Doncs... pensava... pensava... —Quequejo com una nena de tres anys intentant construir una frase, o sigui que em fico el menjar a la boca i la tanco.

—Què tal la lasanya? —pregunta l'Ella a tothom,

amb els ulls expectants esperant una resposta positiva. M'alegro que hagi canviat de tema. Tots lloem el plat que li ha costat tant de fer. Fins i tot en Tyler es redreça una mica i li fa un petit somriure. Li ha preparat una lasanya especial, amb quatre formatges i vegetariana.

—És boníssima, mare —diu, i se li il·lumina càlidament la cara.

Els observo a tots dos i veig com se'ls estova l'expressió quan es miren, i em pregunto en què es basa la seva relació. La major part del temps l'Ella sembla decebuda amb el seu fill, però també hi ha moments breus en què semblen compartir una silenciosa intimitat.

—És tan bona que... —continua en Tyler acostant-se al plat i enforquillant-ne un bon tros. S'inclina sobre el plat mentre se'n posa molta a la boca, però la meitat li cau i aterra al plat. Avergonyit, riu i s'eixuga la salsa dels llavis amb el dit gros.— És tan bona que no en puc menjar més —diu després d'empassar-se-la.

El pare arqueja una cella des de l'altra punta de la taula.

—Aquest vespre estàs de bon humor, Tyler —diu.

En Tyler prem els llavis i encreua els braços sobre la taula, movent els ulls del meu pare a mi. Quan ens mirem, intenta dissimular un somriure. Però el veig.

—Doncs, sí. —S'escura el coll i es posa dret i porta el plat al rentavaixella. Quan es gira, la seva cara és inexpressiva.— Surto.

—A on? —L'Ella aixeca el cap immediatament i es gira per mirar-lo. Fins i tot en Jamie està atent per escoltar l'excusa d'en Tyler.— Estàs castigat.

—Però he quedat amb la Tiffani —diu, mentint descaradament, i és tan bo que fins i tot jo me'l crec d'entrada. Després me'n recordo.— No havies quedat amb la Meghan, Eden?

Estic a punt de dir que no, però llavors em mira amb severitat. Vol que menteixi.

—Sí —dic, i després miro el pare per veure si s'ho ha cregut. Ara mateix, crec que sí.

—T'hi puc acompanyar —continua en Tyler, amb la veu lleugerament tensa i mantenint els ulls fermament sobre els meus. Em fa un cop de cap ínfim mentre espera que li segueixi la veta.

—Gràcies —balbucejo.

Si intento dir alguna cosa més llarga, segur que m'embarbussaré. Així que somric com una bleda i deixo la forquilla al plat quan l'Ella s'aixeca per desparar taula.

Però en Tyler no té cap problema a mirar-me amb un somriure maliciós, com si els nostres pares no fossin a la mateixa habitació. O això o és que tant se li'n dóna que el vegin.

—Deu minuts?

Si sabessin que no estem parlant de si em portarà a ca la Meghan...

—D'acord, deu minuts.

—T'esperaré al cotxe. —Em pica l'ullet abans de sortir de la cuina amb els seus texans negres i la samarreta blanca. Miro com se'n va i es frega el clatell mentre camina, amb el cos alt ben dret, i m'encanta la manera com tira el cap endavant.

Uns segons després em disculpo amb l'Ella per no

poder-la ajudar a rentar els plats i abandono el sopar familiar. Pujo corrent a l'habitació per pentinar-me, rentar-me les dents, ruixar-me amb perfum, posar-me un jersei... Totes les coses necessàries que ha de fer una noia abans d'anar a un parc d'atraccions en un moll amb el seu germà.

Quan han passat els deu minuts, torno a baix i surto cap al cotxe blanc i negre aparcat al carrer, perquè senzillament no hi ha prou lloc per a tres cotxes a l'entrada.

En Tyler abaixa el vidre quan m'acosto a la porta de l'acompanyant i s'inclina cap a aquesta banda per mirar-me amb les ulleres de sol posades.

—T'obriria la porta, però el teu pare potser trauria conclusions —em diu.

Miro enrere. El pare és a la finestra de la sala, intentant amagar-se rere les persianes, i fracassant. Aixeco una mà per saludar-lo i el seu cos desapareix ràpidament.

—Sí —dic, mentre obro la porta i pujo—. Crec que es preguntaria d'on et surt de sobte la bona educació.

—Ei! —protesta, alçant les mans a la defensiva mentre jo tanco la finestra. Quan em cordo el cinturó i em giro per mirar-lo, noto que s'ha posat una camisa vermella de franel·la sobre la samarreta blanca. Torno a empassar-me la saliva.— Et demostraré que sóc un cavaller.

—Ah, sí? —dic, amb escepticisme.

—Sí —confirma. Engega, juga una mica amb l'aire condicionat i abaixa la visera para-sol. Em mira de cua d'ull.— D'acord, no ho sóc. És que he sentit a dir que això és el que s'ha de fer. Baixar sempre del cotxe i obrir la porta. Oi?

Somric.

—Una cosa així.

Fa un gest amb el cap, arronsa les espatlles, prem el gas a fons i sortim disparats al carrer. Ja no em sorprèn. M'he acostumat a la seva pèssima manera de conduir.

No parlo fins que no ens acostem al litoral.

—Per què li has mentit a la teva mare? Per què no li has dit que anàvem al moll?

L'enxampo fent una ganyota de frustració mentre riu despectivament.

—Vinga, Eden, que hem de dissimular una mica. No deus voler que sospitin.

—I la Tiffani? —Per molt que me la vulgui treure del cap, no puc. Em sento molt culpable sempre que sóc amb en Tyler. Com si el fet de ser germanastres no fos prou problemàtic, a sobre surto d'amagat amb el nòvio de la meva amiga.

—Està controlat. Es pensa que he sortit amb els nois. —Ho diu amb tanta tranquil·litat que em torno a preguntar si realment la Tiffani li agrada ni que sigui una mica.

El moll està molt concorregut quan hi arribem, amb l'aparcament ple de cotxes i famílies que passegen i grups d'amics i parelles que caminen per la passarel·la agafades de la mà. Em fa sentir una mica d'enveja, i és temptador estirar la mà i enllaçar els dits amb els d'en Tyler. Però no sóc prou valenta per fer-ho i menys encara en públic.

—Entesos —diu en Tyler, escurant-se la veu amb

una tos seca abans de fer un cop de cap en direcció al parc d'atraccions a la nostra esquerra—. Això és Pacific Park. I te l'ensenyaré, perquè quan era petit m'encantava i vull ser jo qui te'l presenti. —Ho diu amb tant d'entusiasme que no puc evitar mirar-lo amb un somriure i una sensació de calidesa a les galtes.

Baixem per la passarel·la, escoltant el so suau del mar i sentint l'escalfor del sol del vespre a la cara. De tant en tant, comentem coses senzilles de l'entorn per reconèixer la presència l'un de l'altre. Intentem endevinar per què la muntanya russa és groga; comentem els camions de menjar; parlem de la posició dels bancs. Per què un està de cara al mar i l'altre de cara a la ciutat?

—Aquell paio d'allà em feia una por horrorosa —reconeix quan arribem a l'entrada. Sobre l'enorme rètol de «PACIFIC PARK» hi ha un pop morat gegant. Anguniós, en Tyler es fica les mans a les butxaques i travessa ràpidament les portes.— Em sembla que encara me'n fa —diu.

—Aaaah. —Assenteixo posant-me al seu costat i obrint molt els ulls, jugant una mica.— Ja no ets tan imbècil, eh?

—Dona —diu, amb la veu més aguda—, un imbècil et diria que té debilitat pel cotó de sucre? —Es treu les mans de les butxaques i fa un gest cap al carro ambulant que serveix una àmplia varietat de llaminadures: des de crispetes a gelat, brètzels i, és clar, cotó de sucre. En Tyler en compra i fa un gran somriure.

Quan me'l dóna prenc nota de l'expressió amable amb què es gira per agafar el seu.

—Segur que era abans que t'agradava molt aquest lloc? —pregunto amb complicitat.

Aixeca ràpidament les celles. Prem els llavis, arrenca un tros de cotó de sucre i se'l fica a la boca.

—Hem de pujar a les muntanyes russes —murmura, mentre se li dissol el sucre a la llengua. No contesta a la meva pregunta. El meu somriure es fa més gran.

El segueixo entre la gent fins que parem en un banc sota la muntanya russa groga que dóna la volta a la sínia. Menjo el sucre de cotó tot mirant com la sínia gira i gira.

—Eden —diu en Tyler, i la força tranquil·la de la seva veu fa que li miri els ulls. La seva expressió vacil·la.— Jo no explicaria això a ningú. Penso que serà més fàcil si, daixò... si ho mantenim en secret de moment. Digue'm que pots guardar un secret, per favor.

—Puc —confirmo, però la realitat de tot plegat em fa venir basques. No vull fer coses d'amagat, inventar excuses i mentir. Però sé que de moment és necessari.— I sé que tu en saps molt, de guardar secrets perquè és evident que en tens uns quants.

Fa un somriure maliciós mentre devora el que li queda de cotó de sucre. S'aixeca, llença el pal en una paperera i després assenyala l'atracció.

—És hora de pujar.

Em desespera que no contesti mai les preguntes, però el seu silenci és més clar que les paraules. No contesta mai perquè sap que tinc raó, perquè sap que el tinc apamat encara que no li agradi.

I així passem el vespre de dimarts junts esperant a la cua d'atraccions infantils, però passant-ho la mar de bé amb la muntanya russa, la sínia, la caiguda lliure, la West Coaster, la Pacific Wheel, la Pacific Plunge... Les recordaré totes, perquè recordaré aquest vespre. Recordaré la rialla histèrica d'en Tyler quan em pensava que el meu cinturó de seguretat de la caiguda lliure estava trencat i se m'ha abocat a sobre per col·locar-me'l, tots dos furgant matusserament amb les mans; recordaré els seus comentaris sarcàstics a la muntanya russa quan hi havia gent que bramava a plens pulmons amb el més petit canvi de rumb; recordaré la manera com ha dit que el mar estava preciós des de dalt de la sínia, però quan m'he tombat he vist que no mirava el mar. Em mirava a mi.

És tard quan marxem del parc; els senyals brillen en el cel enfosquit i la riuada de gent s'ha començat a aprimar quan tornem al cotxe. Quan hi arribem hi ha un parell de persones fent fotos a prop del vehicle a l'aparcament mig buit, i toquen el dos ràpidament avergonyides que les hàgim enxampat.

—Passa sovint —diu en Tyler quan pugem al cotxe. Pica sobre el volant, seguint amb el dit el logo d'Audi.— No sé per què. Això és Los Angeles. Hi ha Lamborginis i coses així pertot arreu a Beverly Hills.

Em mossego la llengua per no dir res, però no em puc aguantar gaire.

—Com és que tens un cotxe així?

Calla un moment i passa els dits pel volant, com si intentés trobar una bona manera de respondre.

—Perquè vaig cobrar aviat el meu fons fiduciari. I quan, de sobte, tens tots aquests diners, no et pots comportar racionalment, oi? Sóc un adolescent, era evident que me'ls poliria tots en un supercotxe. —Riu i no sé si és sincer o es riu de si mateix per haver fet una cosa així.

—Per què el vas cobrar abans? —insisteixo, més que res per curiositat. Li miro la boca i estudio la manera com es mouen els seus llavis quan parla, la manera com es belluga la mandíbula.

—Perquè es veu que els diners et poden fer sentir millor —murmura secament. Sospira fort i deixa la mà quieta al volant.— És un gran fons —reconeix—. La meva mare és advocada i el meu pare... —Se li fon la veu un moment fins que s'empassa la saliva i continua. Em mira. Jo ho faig interrogant, però de fet em sento una mica culpable per haver-me ficat en les seves coses. No n'he de fer res de per què va cobrar el fons fiduciari abans d'hora.— El meu pare tenia la seva pròpia empresa —diu—. Enginyeria estructural. Per tota la costa oest.

Oregon és a la costa oest i em pregunto si n'he sentit a parlar.

—Com es deia?

—Grayson's —contesta en Tyler rígidament, amb la mandíbula tensa i alguna cosa estranya als ulls. Desvia la mirada un moment.— Perquè érem els Grayson.

En sentir això, em tombo cap a ell i encreuo les cames. Sé que estic a punt de fer-li tocar un tema sensible, però m'interessa saber què hi ha darrere d'una persona, els fonaments sobre els quals s'ha construït. Sobretot en Tyler.

—Abans del divorci?

—Abans del divorci —repeteix, arronsant les espatlles. S'enfonsa més al seient, gesticula amb una mà i després la deixa sobre el cap un moment estirant-se les puntes dels cabells.— Abans em deia Tyler Grayson. La mare no va voler que conservéssim el seu cognom.

No sé què dir. Potser és que he estat tan centrada en els seus llavis que l'única cosa que puc pensar sobre això és el que em feien sentir sobre els meus. Se'm fa un nus a la gola, però el faig baixar per força.

El meu silenci li deu dir tot el que necessita saber, perquè a poc a poc s'incorpora. Baixa la mà al meu genoll i em ve una esgarrifança. Es llepa els llavis, a poc a poc, provocativament, i d'una manera que fa que ho visqui com una tortura.

—Et puc tornar a fer un petó? —murmura, sense trencar el contacte amb els ulls, tranquils mentre espera resposta. Té els llavis separats.

Però, tal com ell no em contesta, jo tampoc. M'aixeco una mica i, intentant no desllorigar-me la cama, passo per sobre el seu cos i me li assec al damunt, en l'espai limitat, el cor bategant amb força al pit i l'esquena clavada al volant. No és ideal, però és prou.

Sense vacil·lar, m'agafa la cara amb les mans i, amb força i suavitat alhora, em captura els llavis. És com ahir de cap i de nou però millor, els seus llavis es mouen amb una sensació d'urgència. Torna a dominar el petó amb seguretat, fent coses que jo ni tan sols sabia que fossin possibles. I, com més em besa, més incapaç em sento de resistir-me a l'eufòria.

Els seus llavis deixen els meus i van cap al meu coll i jo li passo les mans pels cabells. La suavitat em fa pessigolles a les puntes dels dits quan em petoneja el coll, lentament però amb fermesa, i li agafo la mandíbula i l'obligo a apujar el cap. El cor em batega amb força quan acosto els llavis a la seva orella.

—No cal que m'ho preguntis —xiuxiuejo agosaradament.

22

QUAN EN TYLER I JO VAM TORNAR A CASA a la mateixa hora exactament ahir a la nit, vam salvar el nostre error de principiants dient que m'havia vingut a buscar per acompanyar-me a casa. L'Ella s'ho va creure. Va preguntar a en Tyler si s'ho havia passat bé amb la Tiffani. Ell va dir que sí. Em va preguntar si m'ho havia passat bé amb la Meghan. Li vaig dir que sí.

I aleshores en Tyler i jo vam intercanviar una mirada de complicitat, un secret no verbalitzat i captiu entre els nostres ulls, un secret que només nosaltres sabíem i enteníem.

Avui el pare va més tard a treballar i per això encara és a casa quan torno de córrer. Estic esgotada. En comptes de fer una ruta nova al voltant de la ciutat com pensava fer, he acabat corrent pel litoral des de Santa Monica a Venice. Ha estat refrescant sentir les onades de l'oceà Pacífic en lloc de música per variar. Gairebé relaxant, malgrat el mal que em feien els pulmons.

—A quina hora te'n vas? —pregunto al pare quan entro a la cuina després de dutxar-me i vestir-me. Porto els cabells recollits en un monyo despentinat dalt de tot del cap.

El pare amb prou feines em mira mentre guarda una pila de papers en un maletí. Es frega les temples i agafa les claus del cotxe del taulell.

—Ara mateix. Tinc una reunió important amb els proveïdors i no la puc ca... esguerrar. —Es posa vermell mentre passa pel meu costat amb el maletí en una mà i les claus a l'altra.

—Em podries deixar al passeig, pel camí? —Em ve de gust un cafè ben calent, però el cafè que fa la màquina del pare i l'Ella no em fa el pes. Tinc les cames tan adolorides de la correguda que no em veig amb cor de caminar fins al carrer Tres. En Tyler no m'hi pot portar perquè és al gimnàs amb en Dean, i l'Ella ja ha sortit amb en Jamie i en Chase per anar a veure celebritats. Es veu que avui en Ben Affleck corre per aquí.

El pare dissimula un gemec.

—Va, vine.

Corro a dalt a posar-me les vambes i a agafar diners i torno a baixar corrent on el meu pare espera impacient picant a terra amb el peu al costat de la porta. Passo pel seu costat. Tanca i em segueix cap al Lexus, amb una cara que és la personificació de l'estrès i el malestar. Si parlo amb ell, encara es posarà a plorar o sigui que decideixo estar callada tot el curt trajecte. Però el silenci només dura deu minuts.

—I què? —El pare s'escura el coll.— Estàs passant un bon estiu?

—Sí, està bé. —Deu ser l'eufemisme de l'any. L'estiu no està bé. L'estiu és com un somni lúcid del qual no em voldria despertar. Tot el que ha passat aquestes últimes setmanes és tan nou i tan estrany, i alhora tan emocionant i tan normal.— Aquí em va bé —murmuro, i assenyalo la vorera de Santa Monica Boulevard.

Para i baixo. Abans que pugui tancar la porta, el pare s'inclina per mirar-me i em fa un petit somriure.

—Vés amb compte —diu—. Los Angeles no és tan segur com Portland.

—De fet —dic, acotant-me per mirar-lo als ulls—, ara l'índex de violacions a Portland és superior a la mitjana dels Estats Units. Que vagi bé la reunió.

El deixo bastant sorprès i tanco la porta a poc a poc. No miro enrere. Amb la bossa de color torrat penjada de l'espatlla, agafant la corretja amb la mà, vaig al Refinery, la petita cafeteria on em van portar la Rachael i la Meghan a començaments d'estiu, la que tenia un ambient naturalista i uns batuts de caramel fantàstics. Està tranquil quan hi entro. Hi ha només mitja dotzena de persones, cada una amb la seva tassa, llegint, amb portàtils, alguns parlant.

La noia del taulell em mira i em fa un somriure de benvinguda. Vaig cap a ella i em miro el menú de la paret de darrere. Està escrit amb guix, cosa que fa que encara m'agradi més.

—Què prendràs?

—Un cafè amb llet descremada, molt calent i amb caramel. —Busco la cartera a la bossa i deixo cinc dòlars al taulell. Em sento culpable d'afegir el caramel al cafè, però l'Amelia s'ha passat mesos convencent-me que està bé que em prengui la meva beguda preferida de tant en tant.

—Molt bé —diu la noia traient el meu canvi de la caixa enregistradora—. Te'l portaré a la taula.

Agafo els diners i vaig a una tauleta al costat de la paret. Deixo la bossa i em poso còmoda. És molt relaxant seure aquí, badar i mirar la gent. M'encanta observar la gent. Sempre em pregunto quina deu ser la història de la seva vida. On van néixer? Quants germans tenen? Quin és el seu gelat preferit?

I sobretot em pregunto si el seu estiu és tan complicat com el meu.

—Té —diu la noia al cap d'uns minuts, i deixa la tassa davant meu—. Que vagi de gust.

Li dono les gràcies i espero que torni a ser darrere el taulell. Aleshores agafo la tassa i faig un glop molt llarg. Està molt calent. Em crema una mica la gola, però m'és igual. És boníssim.

Em poso més còmoda, remeno dins de la bossa i trec els auriculars i el mòbil i m'endinso en el so de La Breve Vita. Tanco els ulls, bellugo el cap al ritme de la música i respiro. M'alegro molt d'haver anat al concert. M'encanten. Les seves lletres tenen missatge i cada cançó explica una història sobre els nostres errors passats i sobre els futurs. En moltes cançons la tornada és en italià.

Estic totalment absorta en la música quan sento que una cosa es belluga davant meu. Obro de cop els ulls i gairebé em salta el cor del pit quan veig una cara molt a prop. Faig un bot a la cadira i els auriculars em cauen sobre la taula.

—Hola —diu.

—Ostres, m'has espantat —esbufego, i em poso una mà al pit i intento respirar amb normalitat.

Només és en Dean. Sembla que acabi d'intentar córrer una marató i s'hagi desmaiat abans d'arribar a la meta. Té les galtes vermelles, la cara suada, els cabells despentinats.

—Perdona —es disculpa amb un somriure de penediment—. Anava a agafar un cafè i t'he vist aquí asseguda.

Abaixo els ulls i veig que té una tassa termos a la mà. Torno a mirar-lo a la cara.

—Acabes de sortir del gimnàs?

—Tant es nota? —S'eixuga el front amb el revés de la mà i riu.

Brando el cap i faig un altre glop de cafè amb llet.

—No. —A mig beure, em ve un pensament al cap i ràpidament empasso per poder preguntar.— En Tyler ha vingut amb tu?

Escruto la petita cafeteria, buscant un parell d'ulls verds i una mata de cabells foscos, però en Dean diu que no.

—No, ha anat a Malibú perquè li enceressin el cotxe.

Deixo de buscar de cop.

—Ah —dic. Decebuda miro el meu cafè amb llet i passo el dit per la vora de la tassa.— No em sorprèn.

—I què escoltaves? —pregunta en Dean. S'aboca per sobre la taula per tocar el meu mòbil i quan apareix La Breve Vita a la pantalla, se li il·lumina la cara.— No fotis!

Arronso les espatlles vergonyosament.

—Són boníssims.

—Quina cançó t'agrada més?

—Oh, Dean, que difícil —gemego. Decanto el cap i repenjo la galta a la mà mentre passo les cançons del grup dels tres àlbums que tenen fins que arribo a una conclusió.— Diria que *Holding Back*.

En Dean es tira enrere i plega els braços al pit. Prem els llavis fort i branda el cap.

—És increïble.

—Què?

Es queda quiet. Em mira amb els seus ulls marrons un moment llarg i els llavis se li obren a poc a poc en un petit somriure.

—També és la meva preferida.

Li somric alhora que intento no fer-ho mossegant-me el llavi.

—És una cançó increïble.

—Ja ho pots ben dir —diu. El somriure que té a la cara es fa més gran i em mira, com si en tingués prou de contemplar com em bec el cafè amb llet. Està assegut davant meu.— Et convido al cafè —diu, finalment. Es treu la cartera de la butxaca dels texans. Busca a dins i en treu un bitllet arrugat de cinc dòlars que deixa sobre la taula.— Cinc dòlars per pagar les despeses. Els teus cinc dòlars.

Separo els llavis mentre agafo el bitllet arrugat, el subjecto entre el dit gros i l'índex i el miro atentament. A la part de darrere, sobre el Lincoln Memorial, hi ha alguna cosa escrita en negre. Enfoco i veig que diu «DINERS DE GASOLINA DE L'EDEN». Obro encara més la boca per mirar en Dean.

—L'has guardat? —pregunto—. I ho vas escriure?

—Per recordar que te l'havia de tornar.

—Però no vull que me'l tornis.

—Pitjor per a tu —diu.

Amb un somriure tímid, m'agafa la mà i em tanca els dits sobre el bitllet.

Només moc el cap amb una rialla i em guardo el bitllet a la bossa. Torno a beure uns quants glops seguits de cafè amb llet, i ell es pren el seu cafè.

En Dean bufa com si el seu cafè estigués massa calent.

—On vas ara? —pregunta.

—Segurament a casa. —Quan el torno a mirar, ha arquejat una cella amb curiositat.— Em refereixo a la d'aquí, a Santa Monica —aclareixo—. No a Portland.

—Ja m'ho pensava —diu, mentre s'aixeca. Agafa el cafè i se l'acosta als llavis, fent un glop cautelosament abans d'assenyalar-me la finestra.— Vols que t'hi acompanyi?

He descobert que no tenir cotxe en una ciutat nova té els seus avantatges. No cal que demanis que et portin, perquè fas pena a la gent i s'hi ofereixen.

—Si no et va malament —contesto.

Encara no tinc carnet de conduir, de fet.

—No em va malament —diu—. Som-hi.

Faig un últim glop de cafè amb llet abans de guardar els auriculars a la bossa i penjar-me-la. En Dean ja és a la porta i l'aguanta oberta perquè surti. El matí resplendent s'ha espatllat una mica. Miro el cel ennuvolat una mica sorpresa.

—On ha anat el sol?

En Dean arronsa les espatlles i mira el trànsit.

—Al contrari del que creu la gent, al Golden State plou. —M'estira quan veu un forat al trànsit i travessem corrent a l'altre cantó del bulevard. Veig que ha aparcat el cotxe en una plaça petita i no entenc com s'ho ha fet per maniobrar i entaforar-l'hi.— No passa sovint, però de vegades hi ha tempestes d'estiu que duren tot el dia fins i tot. Arriben sense més ni més i són superfortes.

Quan obre el cotxe, obro la meva porta i pujo.

—La pluja no m'espanta. A Portland és omnipresent vuit mesos l'any.

—Això deu ser pesat.

De camí a casa, parlem de coses ximples com la pluja, la neu i les cafeteries i els sabors del xarop. A mi m'agrada el de caramel; a en Dean li agrada el de canyella. Però em desinflo una mica quan arribem a casa i no hi ha el cotxe d'en Tyler aparcat a l'entrada. No l'he vist des de primera hora del matí i ja el començo a enyorar, per patètic i desesperat que sembli.

—Moltes gràcies per acompanyar-me... una altra

vegada —dic gairebé amb timidesa. Em poso vermella quan diu que no té importància i aleshores tinc una idea brillant. És tan bona que somric, ric i gairebé faig petar la llengua. Fico la mà a la bossa i busco el bitllet de cinc dòlars, el meu bitllet atrotinat de cinc dòlars, el que porta el gargot d'en Dean sobre el monument a Abraham Lincoln. I finalment el deixo a la guantera.— Per a la gasolina —dic.

En Dean es posa a riure i branda el cap.

—Fins a la pròxima vegada —diu.

Em diu adéu, baixo i entro a casa.

El cotxe d'en Tyler no és a casa, però el Range Rover sí, i això vol dir que l'Ella hi és. La casa està en silenci quan travesso el rebedor. Miro la sala i l'Ella està asseguda al sofà de pell amb una pila d'àlbums de fotos al costat.

—Heu trobat en Ben Affleck? —pregunto entrant a l'habitació.

Els ulls blaus de l'Ella s'aixequen per mirar-me mentre tanca l'àlbum que té a la falda.

—Doncs, mira, hi havia molta gent, que vol dir que hi havia molts cotxes, i he dit als nens que no pensava pagar el pàrquing. Els he deixat a casa dels seus amics.

Ric i després assenyalo amb el cap la pila d'àlbums.

—Què mires?

—Oh, res —diu ràpidament—. Fotos antigues. No hi havia ningú i he pensat que... he pensat que baixaria els àlbums de les golfes i els miraria mentre éreu tots fora. Als nens no els agrada que miri les fotos de quan eren petits. —Se li escapa el riure i acaricia la tapa gastada del que estava mirant.

—Els puc veure? —M'assec al sofà i empenyo els àlbums per tenir lloc per seure, m'acosto a l'Ella i doblego les cames sota el cos.

L'Ella sembla nerviosa quan obre a poc a poc l'àlbum una altra vegada i el mou perquè es repengi la meitat en un genoll seu i l'altra meitat en un de meu.

—Aquesta és de quan va néixer en Chase —explica.

Hi ha una sèrie de fotos d'un nounat embolicat amb una manta blava en un bressol de plàstic d'hospital. A totes, en Chase plora i té les galtes gairebé morades. L'Ella passa la pàgina i m'ensenya més fotos d'hospital, però aquesta vegada en Chase és en braços d'una dona de mitjana edat que no conec, i després, a la foto següent, el té un home de la mateixa edat.

—Els avis dels nens —informa l'Ella, una mica tibada. Passem més fotos i m'adono que hi ha espais buits amb contorns descolorits, com si hi hagués hagut fotos, i aleshores l'Ella es para en una pàgina i riu.— Bufa, quins cabells més llargs.

En Chase sembla que tingui unes setmanes, té els ulls molt oberts i alerta, i una versió més jove de l'Ella el sosté davant de la càmera, amb els cabells rossos llargs emmarcant-li la cara i un somriure immens, com si li haguessin fet la foto mentre estava rient. Sembla tan jove, tan feliç i tan despreocupada... És com si, en aquell moment, la seva vida no pogués ser més perfecta. Al seu costat hi ha un nen petit, enganxat als seus pantalons de xandall, amb els llavis premuts. Sé que és en Jamie pels cabells rossos i deu tenir uns tres anys en aquestes fotos.

—Estan una mica buits —es disculpa, i deixa l'àlbum per agafar-ne un altre—. Aquest és en Tyler.

El meu interès augmenta encara més quan diu això. M'acomodo millor i em mossego el llavi i miro l'àlbum negre que l'Ella obre per la primera pàgina. Buida. Gira unes pàgines més. Buides. I finalment, al cap de sis pàgines, trobem les dues primeres fotos. Hi ha un nadó insignificant en una incubadora, petit, fràgil i rosat.

—Va ser prematur de quatre setmanes —explica l'Ella—. Havia de néixer al juliol, però va néixer al juny.

—No ho sabia. —Passem més pàgines buides fins que hi ha una foto de l'Ella al llit en una habitació en penombra amb en Tyler arraulit a sobre. Ella encara sembla més jove, una adolescent, potser només un any més gran que jo. Porta els cabells llargs recollits en una cua i té els ulls inflats de cansament. Sembla esgotada, però no faig cap comentari.

A l'última pàgina de l'àlbum, en Tyler ja no és un nadó diminut. Té uns quants anys més i s'està dret, vestit amb un esmòquing petit. Somriu a la càmera i jo li somric, els cabells foscos i els ulls verds ara tan familiars. No ha canviat gens.

—Aquesta la van fer el dia del meu casament —diu l'Ella en veu baixa.

Se'm fa una mica estrany sentir-li dir això, tenint en compte que sóc la filla del seu nou marit, però igualment m'interessa.

—Quan et vas casar?

—Quan tenia vint-i-un anys. En Tyler em va acompanyar a l'altar. No em parlo amb els meus pares. Només tenia quatre anys, però li va encantar. —I llavors tanca l'àlbum i el deixa a un costat.

—Ja està? —pregunto amb incredulitat—. Només vuit fotos.

—Abans estava ple —reconeix. Sembla trista, però em mira de gairell i em fa un petit somriure com per dir-me que està bé.— En Tyler en va cremar moltes.

Se m'ajunten les celles.

—Les va cremar?

—Va fer un foc al jardí —explica amb una arronsada d'espatlles—. Hi havia moltes fotos que no volia guardar. L'hi vaig deixar fer perquè vaig pensar que el podia ajudar a sentir-se millor.

Abans que pugui insistir en el tema, s'escura la veu i agafa un altre àlbum. Deu ser d'en Jamie, però encara no l'ha obert per la primera pàgina quan sentim que s'obre i es tanca la porta de la casa.

—Ella? —crida una veu.

Em sembla que totes dues ens esperàvem que fos en Tyler, però la veu és femenina i la reconec.

—Aquí, Tiffani! —crida l'Ella, confirmant el que penso. No sé què deu haver vingut a fer.

La Tiffani tarda pocs segons a arribar a la sala. Quan obre la porta, mou el cap.

—Ah, hola, Eden.

—Hola. —No sé com mirar-la als ulls, com si jo fos traficant de droga i ella un agent federal.

—En Tyler hi és?

L'Ella em dóna l'àlbum de fotos i s'aixeca, allisant-se la roba, i s'acosta a la Tiffani.

—Doncs, no l'he vist en tot el matí —diu—. Has provat de trucar-li? Potser encara és al gimnàs.

—Des d'ahir a la nit que li truco —diu la Tiffani, bruscament—. No agafa les meves trucades. I parlant d'ahir a la nit, on era?

L'Ella arrufa les celles.

—Que no era amb tu?

És en aquest moment exacte que se m'atura el cor i se'm glaça la sang. Se'm separen els llavis mirant-les a totes dues, i l'única cosa que em passa pel cap és això: l'hem ben espifiada. No sé com en Tyler es va pensar que les nostres excuses d'ahir a la nit no es girarien en contra nostre i no sé per què vaig seguir-li la veta.

I, just quan em penso que cauré morta, torno a sentir la porta. Aquesta vegada és la persona que esperàvem. El sento abans de veure'l.

—Què hi fas, aquí? —murmura amb la seva veu greu, caminant pel passadís.

La Tiffani es gira a la porta de la sala per mirar-lo, amb una expressió freda.

—On eres ahir a la nit?

—Ja t'ho vaig dir —diu. Puc veure-li la meitat de la cara per sobre l'espatlla de la Tiffani, i veig que s'empassa la saliva ràpidament.— Era amb els nois.

—Tyler —salta l'Ella, avançant-se. Veig que en Tyler renega mentalment.— Ens vas dir que eres amb la Tiffani. On vas anar ahir a la nit?

—Ostres —diu—. Quina importància té?

L'Ella es gira per mirar-me. Encara m'estic aguantant la respiració i temo que m'estic posant blava.

—Eden, on va anar?

Tots em miren. La mirada de l'Ella és severa, l'expressió de la Tiffani és lívida i els ulls oberts d'en Tyler em supliquen que no fiqui la pota, demanant-me que m'inventi alguna cosa.

—Doncs, em va deixar a ca la Meghan i llavors va decidir fer una altra cosa —menteixo, resant perquè el meu procés de pensament sigui lògic—. Se'n va anar a veure els nois.

—Ho veieu? —murmura en Tyler, i agafa la Tiffani pel colze i fa un pas cap a ella, però ella se'l treu de sobre.

—A mi no em parlis —diu rabiosa, li posa una mà al pit i l'empeny dins de la sala—. Eden, vine amb mi. Hem de parlar amb la Rachael i la Meghan. Ara mateix.

L'expressió dels seus ulls m'avisa que no protesti, així que no ho faig. Empenyo els àlbums de fotos cap a un cantó i em poso dreta. M'agafa el canell quan sóc al seu costat i m'estira fora de la sala cap al rebedor. Ensopega expressament amb en Tyler mentre sortim.

Sé que està furiós per la mirada que ens fa, amb els punys tancats, mentre travessem la porta. No tinc ni temps d'agafar les sabates i travesso la gespa descalça perquè la Tiffani no em deixa cap més alternativa que pujar al seu cotxe.

I tan bon punt puja al cotxe i tanca la porta, esclata en plors. És un sanglot desesperat i s'amaga la cara amb les mans i plora sobre el volant. Li puja i li baixa el pit a un ritme erràtic mentre s'esforça per respirar.

—No estàs bé? —pregunto, però llavors em faig una ganyota de desesperació a mi mateixa. És clar que no està bé. Em giro cap a ella i li acaricio l'esquena per tranquil·litzar-la. No sembla fer cap efecte.— Què passa?

Hi ha uns quants sanglots llargs més abans que aixequi el cap i s'eixugui els ulls amb els dits grossos. Encara respira amb dificultat quan engega el cotxe i es corda el cinturó.

—És que no t'ho creuràs —somica, i el rímel li regalima galtes avall—. La Rach i la Meg vénen a casa meva. Necessito... necessito desfogar-me.

Conduïm en silenci cap a casa seva, i m'alegro que visqui al mateix barri. No crec que pogués suportar sentir-la plorar més de deu minuts. Però aquests deu minuts, sigui com sigui, els passo amb l'estómac fet un nus. Estic segura que la raó dels seus plors és en Tyler.

Quan arribem, els cotxes de la Rachael i la Meghan ja estan aparcats davant de l'entrada de casa de la Tiffani, i elles surten de seguida dels vehicles i vénen corrent cap a nosaltres.

—Oh, Tiff! Què ha passat? —La Rachael és la primera que arriba i li fa una forta abraçada.— Recorda que és el meu veí i que em puc esmunyir a casa seva en plena nit i tallar-li els ous, si vols.

Ara sí que sé que és culpa d'en Tyler, i em pregunto si potser només està disgustada perquè la va deixar plantada per sortir amb els seus amics. Però això sembla massa poca cosa per a tants sanglots. Ha de ser una cosa més grossa.

—Quantes vegades no t'hem avisat? —pregunta la Meghan agafant la mà de la Tiffani i guiant-la cap a la porta—. Tiff, saps que no és la primera vegada.

—Les altres vegades eren rumors —gemega la Tiffani, deixant anar un sanglot brutal—. Aquesta vegada hi ha proves!

—Proves de què? —pregunto mentre entrem a la casa.

Encara no m'ha explicat ningú per què plora la Tiffani.

—Ostres, Eden, escolta i calla, sisplau —murmura la Rachael, i em mira amb indignació, i després mira la Tiffani amb una ganyota de comprensió.

Continua sense respondre la meva pregunta i de seguida estem pujant la impressionant escala cap a l'habitació de la Tiffani, on es deixa caure al llit.

—Comença pel començament —diu amb afecte la Meghan mentre la Tiffani inspira i exhala repetidament. Estem totes assegudes al matalàs, com si ella fos la reina i nosaltres les criades. En certa manera, és la realitat.

—Ja us ho he dit —etziba la Tiffani, encara agitada—. Estava recollint les cartes aquest matí quan ha passat l'Austin Cameron amb cotxe i ha parat. M'ha preguntat si m'ho havia passat bé amb en Tyler i no parava de picar-me l'ullet com el puto pervertit que és. Li he preguntat de què anava i ha dit que ens va veure ahir a la nit al moll. Jo no vaig anar al moll.

Si abans em pensava que no respirava, ara segur que

no. Se m'obre la boca mirant-la. M'adono que en Tyler no és la raó que la fa plorar.

Sóc jo.

—Li has dit a l'Austin que no eres tu? —pregunta la Rachael. Dóna copets al genoll de la Tiffani com si això l'hagués de consolar.

—És clar que l'hi he dit —murmura la Tiffani entre més sanglots i tornant a plorar—. Ha dit que havia vist en Tyler «enrotllant-se» al cotxe al puto aparcament. Es va pensar que era jo, perquè és normal que s'ho pensés... sóc la nòvia d'en Tyler.

—No ho hauries de ser —murmura la Meghan—. No et mereix.

La Tiffani tanca fort els ulls un moment abans de respirar fondo.

—He preguntat a l'Austin si estava segur que era el cotxe d'en Tyler i m'ha dit que n'estava convençut, que el reconeixeria a qualsevol lloc. Ha dit que era la seva matrícula. Així que, és clar, li he preguntat si recordava haver vist alguna cosa que identifiqués la noia, però m'ha dit que només eren siluetes. —Un gruny sobtat se li escapa de la gola i pica amb els punys el coixí que té més a la vora.— Per què ha de tenir els vidres tenyits, en Tyler? Em pensava que eren il·legals, i ara començo a entendre per què. Faciliten que els infidels siguin infidels!

«Ai, Déu meu», penso. «Això és culpa meva».

—Em va dir que sortiria amb els amics, però a la seva mare li va dir que estava amb mi. És un puto mentider! —Més cops de puny i estrebades mentre destrueix tot el que té a l'abast. No em puc ni imaginar com reaccionaria si sabés que era jo.— I s'estava enrotllant amb una puta! Quin fàstic. Crec que vomitaré i tot. Quina merda! —Es posa les mans a la panxa i acota el cap.

—Has de trencar amb ell, Tiffani —diu la Rachael, en un to una mica condescendent, com si parlés amb una criatura que està experimentant el seu primer enamorament de parvulari.

—Però és que no puc! —somica la Tiffani, i els cabells li cauen sobre els ulls i vinga llàgrimes una altra vegada. Apuja la vànova per eixugar-se les galtes i la roba no tarda gaire a estar xopa.— El necessito.

—Potser l'Austin ho va mal interpretar? —intervinc forçant els mots a sortir de la meva boca. Tinc la gola totalment seca, però intento amb totes les meves forces que no em tremoli ni que se m'esquerdi la veu. «Fes com si baixessis de l'hort», em dic. «Fes-te la ingènua».

—A veure —diu la Rachael, girant el coll per mirar-me amb una expressió disgustada—. Sé que és família teva, Eden, però fes el favor de no defensar-lo.

—No el defenso —intento protestar.

Em sento com una cuca i la veritat és que no defenso en Tyler, em defenso a mi mateixa.

Ens passem vint minuts escoltant com la Tiffani rondina i es desfoga i renega fins que es calma una mica. Tota l'estona callo per por de dir alguna cosa que em delati. La Rachael proposa diferents mètodes de venjança mentre que la Meghan s'ofereix a sortir a comprar gelats, però la Tiffani diu que no.

—Si m'engreixo encara em voldrà enganyar més.

Aquest comentari no em fa gaire gràcia. Que potser vol dir que les noies més grasses no són atractives? Que els nois no van darrere les noies que tenen una mica de carn sota la pell? No ho sé. Però m'emprenya.

Al final diu que vol dormir, així que la deixem tranquil·la i marxem. Necessita estar sola, i jo estic encantada de sortir d'aquí d'una vegada. La Rachael s'ofereix a acompanyar-me a casa i m'estalvia haver de travessar el barri descalça.

—Truca'ns si passa res —diu la Meghan des de la porta. La Tiffani encara està estirada al llit, girant-se de tant en tant.— Ens has de mantenir informades.

—Ho faré —diu, amb un sanglot—. Puc parlar un moment amb l'Eden?

La Rachael i la Meghan em miren i estic a punt de suplicar-los que no em deixin sola amb ella. Però, abans que tingui temps de demanar clemència, la Rachael contesta:

—És clar, t'espero al cotxe, Eden.

Elles se'n van i l'habitació es queda en silenci. La Tiffani amaga la cara a la vànova. Quan parla, els seus mots surten sufocats.

—El que diem en aquesta habitació es queda en aquesta habitació. Ni se t'acudeixi explicar a en Tyler res del que hem dit.

—No ho faré —dic en un esgarip. Els ulls se me'n van cap al replà, miren anhelants l'escala.— Espero que estiguis més bé.

—No estic bé —diu—. Però una cosa, Eden.

—Sí.

S'incorpora una mica, encreua les cames i em mira des de l'altra punta de l'habitació amb els ulls inflats. Prem els llavis, tensa la mandíbula i ajunta les celles. Alguna cosa brilla als seus ulls blaus, alguna cosa nova que no havia vist mai, una expressió tan retorçada i esmolada que m'espanta una mica.

—Ahir a la nit no vas anar a ca la Meghan. Jo hi era.

23

EN TYLER ÉS AL REBEDOR QUAN TORNO A CASA. Té els braços encreuats, la mandíbula tancada amb força, els ulls furiosos. Sembla que estigui a punt d'entrar al ring disposat a deixar el seu contrincant amb dany cerebral. El problema és que no sé qui és l'enemic.

—Què t'ha dit? —etziba amb menyspreu. Se m'acosta amb els braços penjant i els punys tancats.— Què li has dit?

Miro cap a la sala. L'Ella no hi és i els àlbums de fotos tampoc.

—On és la teva mare?

—Ha anat a recollir en Chase —diu ràpidament i amb hostilitat—. Em pots explicar què ha passat?

Respiro fondo, amb els ulls posats en les seves faccions endurides, intentant trobar sentit a tot plegat. Estic morta de por.

—Algú ens va veure ahir a la nit —dic, i em puja la fel a la boca una altra vegada—. L'Austin Cameron... Ho ha explicat a la Tiffani.

Obre molt els ulls, els té espantats fins que es tornen freds una altra vegada.

—Que te'n fots? —gruny. És com si li baixés l'adrenalina pels braços, i es pica el palmell d'una mà amb el puny de l'altra, fent un soroll sec amb els artells contra la seva pell.— El mataré, aquell fill de...

—No saben que era jo —el tallo ràpidament, amb una veu baixa i aspra, i jugo nerviosament amb els dits sense parar. Abaixo els ulls cap a terra i sento una pressió al pit.— Està destrossada, Tyler.

No està només trista; també està furiosa. Em fa l'efecte que sospita de nosaltres. Sap que tant en Tyler com jo vam mentir sobre on érem ahir a la nit, i, malgrat el meu horrible intent d'explicar-me, ha deixat clar que pensa esbrinar què li amago. Vist en perspectiva, em podria haver inventat alguna cosa millor. Però estava atabalada i he balbucejat dient que havia mentit perquè el pare i l'Ella només em deixen sortir de casa si saben que vaig a algun lloc segur. Convincent? Per a la Tiffani, no. No crec que sigui capaç de tornar-la a veure.

Hi ha un moment de silenci. En Tyler relaxa els punys i deixa anar un sospir. Entreveig com es frega el clatell abans de tornar-se a passar la mà pels cabells.

—Ho arreglaré —diu en veu baixa. Els seus mots em fan tornar-lo a mirar als ulls.— Ara està enfadada. Ho sé, però la compensaré. Li diré que em vaig equivocar, li compraré un regal maco, se n'oblidarà i tot tornarà a la normalitat. I llavors ja decidirem la resta.

El miro amb incredulitat. Amb els llavis premuts, serro les dents i el miro amb indignació.

—Tot no tornarà a la normalitat —dic lacònicament, escopint cada mot—. Res no és normal, Tyler! Això no pot continuar.

—El què no pot continuar?

—Això. —Gesticulo desesperada i l'assenyalo a ell i a mi. No hauria d'haver permès que això arribés tan lluny. Ara estic massa embolicada. Tres sessions de petoneig. Massa embolicada.— Tens nòvia, Tyler. No vull enganyar a ningú.

—No ho faràs —diu amb fermesa, però llavors somriu, fa unes passes cap a mi i m'agafa el colze. M'acosta a ell i l'escalfor de la seva pell em provoca una onada d'esgarrifances. Aixeco els ulls per trobar els seus, que es tanquen quan s'inclina per fer-me un petó. Immediatament, m'aparto. Es queda quiet amb les mans enlaire i els ulls s'obren a poc a poc per mirar-me furiosos.

Però només pestanyejo intentant imaginar què li passa pel cap en aquest moment. És evident que no hi toca.

—De debò? —pregunto, després d'una llarga pausa—. Ara no és el moment. Encara que em garantissis que ella no se n'assabentarà, que se n'assabentarà, tampoc ho faria. —Faig un pas enrere i gesticulo. Tinc un nus a la gola.— No ho penso fer.

—Va. —Ha esborrat el somriure dels llavis, però l'arrogància continua als ulls. Fastiguejada, em giro i me'n vaig cap a l'escala, mentre ell diu:— Ho arreglarem.

—Com, Tyler? —exigeixo tot girant-me de cop, agafant-me a la barana i mirant-lo des de dalt—. Només tenim dues alternatives.

—Només dues?

—Dues —confirmo. Miro els seus ulls ardents i m'imagino la Tiffani amb el rímel corregut, els sanglots sufocats i els coixins xops de llàgrimes. A ell tant se li'n dóna.— Has de trencar amb ella.

—No —protesta, amb un cop de cap convençut—. No puc.

—Per què no? —pregunto.

D'entrada em fa l'efecte que ignorarà la meva pregunta. Tarda una mica a contestar.

—Perquè és més complicat del que et penses, entesos? La Tiffani... Mira, no hi insisteixis. —Calla i em mira d'una manera que em diu que val més que no el desafiï, així que, malgrat la frustració que sento, arrufo les celles i espero que continuï.— Quina és l'altra alternativa?

—Ignorem el que sigui que hi ha entre nosaltres. —Només dir-ho fa mal, però sé que és veritat. Si vol continuar amb la Tiffani, haurem de comportar-nos com germanastres i res més. Ni flirtejos discrets, ni petons robats, ni comentaris sexuals. Perquè, si vol això, no pot estar amb la Tiffani. Perquè fer les dues coses és allò tan mal vist que se'n diu enganyar.

—Així que, bàsicament —comença, tot encreuant els braços al pit—, puc estar amb tu si trenco amb la Tiffani? És tu o ella, oi? —L'expressió presumptuosa ja fa estona que ha desaparegut. Ara em mira amb una ira dolguda, els ulls entretancats, la barbeta aixecada. Però no crec que estigui enfadat amb mi. Crec que està enfadat amb la situació. Com jo.

—Per què et fas el sorprès? Aquest ultimàtum es veia

a venir —observo secament—. Ja et podies pensar que arribaríem a aquest punt.

Tanca amb força la mandíbula, tira el cap enrere i es passa totes dues mans pels cabells. Murmura alguna cosa baixet abans de girar-se i anar-se'n a la cuina. Jo me'n vaig a la meva habitació i tanco la porta de cop, prou fort perquè ho senti.

No passen gaires segons abans que comenci a dubtar de tot i a torturar-me a mi mateixa amb preguntes. La pregunta més important de totes és aquesta: Per què m'atrau en Tyler, si es pot saber?

No se m'acut cap resposta acceptable. Tot plegat està malament. M'atrau el meu germanastre, això per començar, i la possibilitat que algú se n'assabenti em posa malalta. Ens jutjarien i ens mirarien malament, ens proscriurien de la societat. Però no és sols la complicació del parentiu el que em té desconcertada. És el fet que tingui tants defectes, que hauria de detestar-lo, però no aconsegueixo fer-ho. Si més no, ara. Per què em fascina tant un noi a qui no sembla que li importi res? L'hauria de detestar per ser un imbècil arrogant i egoista. Però no el puc menysprear, per molts comentaris fora de lloc que faci, per molts porros que fumi i per molt alcohol que consumeixi en una hora, perquè ara estic totalment convençuda que no ho fa senzillament per la imatge o per formar part del grup de nois. Hi ha alguna cosa més, alguna cosa intrigant sobre qui hi ha realment rere el noi conflictiu que intenta projectar. Estic interessada, captivada i me n'estic enamorant.

Tant de bo no fos així.

L'Ella i en Chase arriben al cap de poc. Ella fica el nas a la meva habitació per saber si he tornat, i em diu que la casa està massa silenciosa i que la fa sentir incòmoda. Fingeixo que em fa gràcia i ric fins que se'n va a l'habitació del costat a veure què fa el seu fill més gran i tristament cèlebre. No recordo haver-lo sentit entrar a la seva habitació, però sé que ha tingut la mateixa idea que jo perquè li sento la veu a través de la paret.

Discuteixen una estona fins que l'Ella se'n cansa i el torna a deixar sol. Em pregunto si és un cicle repetitiu per a ella. Intenta arribar a ell, ell li crida, ella es rendeix. Una vegada darrere l'altra. Sembla que formi part de la rutina diària.

L'Ella torna més tard per cridar-me perquè baixi a sopar. No tinc ganes de baixar, però no em deixa alternativa i la segueixo a la cuina. El pare i en Chase estan asseguts als seus llocs de sempre i em miren quan vaig cap a la taula. I en Tyler també hi és, és clar.

—Tens gana? —pregunta el pare, amb la corbata afluixada i estirant l'esquena.

—No —dic, i m'obligo a mantenir el contacte ocular amb ell. Sento la mirada letal d'en Tyler foradant-me la pell des de l'altre cantó de la taula.— Com ha anat la reunió?

El pare arronsa les espatlles.

—Ha anat bé.

—Dave —diu l'Ella, tot posant costelles a la brasa a taula i provocant una vomitera fingida d'en Tyler; després va al costat del pare i li posa les mans a les espatlles—. M'has dit que havia anat molt bé.

La mira aixecant el cap mentre ella li frega els polzes al clatell i els llavis se li tiben en un somriure. Se sostenen la mirada. Abans somreia així a la meva mare, quan eren feliços junts. Aquests petits gestos es van acabar molt abans del divorci.

—Mmm... —diu, i els seus ulls es tornen a posar en els meus—. La reunió ha anat espectacularment bé.

—Me n'alegro —dic.

Se sent un grinyol sobtat i és la cadira d'en Tyler que s'aparta de la taula. Ell s'aixeca, branda el cap mirant el menjar i arruga la cara amb desdeny.

—No em puc estar aquí. Me'n torno a dalt.

El somriure de l'Ella es fon en un nanosegon, encara amb la mà sobre l'espatlla del pare.

—Però el teu menjar estarà de se...

—Tinc feina per fer —interromp, i surt al passadís sense mirar enrere—. Me l'escalfaré després.

L'Ella sospira i va a la cuina a tancar el gas.

—Bé, dos nanos menys —murmura.

En Chase sembla content amb la idea que hi hagi menys gent a taula, perquè somriu.

—Em tocaran més costelles! —crida.

El sopar és una mica estrany amb només nosaltres quatre. En Chase i jo parlem de coses sense importància mentre el pare i l'Ella es resumeixen el que han fet durant el dia. Quan no miren, passo un parell de costelles meves a en Chase.

I el sopar va passant relativament en pau fins que

sona el telèfon. No hi donem importància fins que torna el pare corrent a la cuina. Llança el telèfon sense fil al taulell i agafa les claus.

—Era la Grace —explica ràpidament, amb els ulls posats en l'Ella, que s'aixeca, alerta—. En Jamie ha caigut sobre el canell. Diu que se'l pot haver trencat. Val més que hi anem.

L'Ella fa una ganyota de dolor i es posa una mà fluixa al front.

—Una altra vegada no!

—No passarà res —diu el pare amb fermesa—. Anem a buscar-lo.

L'Ella corre a la cuina per comprovar que està tot tancat, perquè només faltaria que es calés foc a la casa mentre ella no hi fos, i després s'atura a l'arcada del passadís. Es tomba per mirar-me.

—Us podeu quedar a casa, tu i en Tyler, per vigilar en Chase?

Assenteixo ràpidament i em poso dreta.

—Vés-hi.

Em fa un somriure d'agraïment abans de sortir de casa i pujar al cotxe amb el pare. Quan el soroll del motor s'apaga, l'únic soroll que sento és en Chase que suca la salsa de barbacoa del plat.

Mentre acaba de menjar començo a desparar taula.

—Eren bones, eh, les costelles?

—Eren brutals —corregeix. Deixa l'últim os al plat i somriu.— Mmm.

Mig rient agafo el seu plat i l'afegeixo a la pila abans de ficar-los tots amb compte al rentavaixella. Estic a punt de llençar els ossos a la trituradora, però m'adono a temps del meu error i els llenço a les escombraries.

—En Jamie es trenca el canell sovint o què?

—No —diu en Chase. De sobte és al meu costat i m'obre el rentavaixella i comença a col·locar la coberteria.— En Tyler.

—Apa —exclamo, i després somric—. I jo que em pensava que era indestructible.

Amb l'ajut d'en Chase, endrecem la cuina en deu minuts, i després ell se'n va a la sala a veure la tele una estona i jo vaig a tancar la porta de fora. Ara que en Tyler i jo estem pràcticament sols a la casa, decideixo que és un moment perfecte per tornar a intentar parlar amb ell. No sé si està enfadat amb mi o amb ell mateix, però, sigui com sigui, està molt furiós i prefereixo que estigui de més bon humor.

Està assegut a la vora del llit quan obro la porta de la seva habitació. Té el cap cot i les mans entrellaçades al davant, i l'habitació està en silenci.

—Ens toca vigilar en Chase —dic en veu baixa, perquè sàpiga que hi sóc—. Es veu que en Jamie es podria haver trencat el canell.

Immediatament se li obren els ulls per trobar els meus, i, de sobte, es posa dret. Sembla molt esverat.

—Què ha passat? On és? Qui?

Em deixa una mica parada la seva reacció i les seves preguntes em desconcerten.

—Què?

S'escura el coll.

—Volia dir com s'ho ha fet?

—Crec que ha caigut —dic. Sembla que s'hagi de desmaiar. Decideixo alleugerir l'ambient dient:— M'han dit que tu també te'l vas trencar, capsigrany. —Moc amunt i avall les celles juganerament. Però em surt el tret per la culata.

Se li dilaten els ulls amb una barreja de ràbia i sorpresa davant de la meva broma.

—Qui t'ho ha dit?

—Doncs... en Chase. —Em sorprèn la seva indignació, i el miro als ulls per entendre per què s'ha enfadat tant. No ho entenc.— Què passa?

Abaixa els ulls cap a terra i després em torna a mirar. Fa un pas cap a mi.

—Què més t'ha dit aquell nano?

—Res —xiuxiuejo mirant-lo als ulls.

Un altre pas.

—N'estàs segura?

—Para de fer l'imbècil. —M'ignora, no reacciona i els seus ulls furiosos em repassen el cos.— N'estic segura —afegeixo ràpidament.

—Saps què et dic? Que no puc estar per això —etziba. Brandant el cap i deixant de mirar-me, s'aparta de mi i es fica al seu lavabo.— No puc estar per tu i no puc estar per la Tiffani. No puc estar per les teves preguntes estúpides i no puc estar per les queixes de la Tiffani. Ara no puc estar per res. —Com si s'hagués quedat sense respiració, exhala ràpidament i s'agafa a la pica mirant l'aixeta.

—No sé per què et poses així —dic acostant-m'hi per darrere. Obro més la porta per poder entrar al petit lavabo.

—Vigila amb la fotuda porta —murmura—. Té el pany trencat.

Sembla que estigui a punt d'arrencar la pica de la paret, així que li poso una mà afectuosament al braç per calmar-lo. Però només s'esgarrifa i s'aparta de mi.

—Necessito una ratlla —diu en veu baixa i furiosa, amb els ulls que se li'n van cap a l'armariet. Obre la porta de mirall i agafa un feix de bitllets del prestatge de dalt. Em fixo en el reguitzell de flascons de pastilles i de píndoles amb recepta que omplen de qualsevol manera els prestatges. Però ara mateix no és el que em preocupa.

En Tyler tanca de cop la porta de l'armariet i es gira, però em poso davant seu ràpidament i topo amb el seu pit, obstruint la sortida.

—Ni se t'acudeixi —aviso amb les dents serrades.

—Eden —diu en Tyler, inclinant-se cap a mi amb els llavis humits planant sobre la meva galta i el seu alè fresc sobre la meva pell—. Necessito... una... ratlla... ara... mateix.

Miro els bitllets que té ben agafats a la mà i faig un pas enrere. Fixo els ulls en els seus.

—Perquè la coca ho arreglarà tot, oi?

—Eden —torna a dir amb una veu ronca—. Surt del mig abans que m'emprenyi de debò. Haig de veure en Declan.

—No t'ho permetré —etzibo. Ara estic furiosa. És clar que ha de recórrer a les drogues. És tan típic d'ell i alhora tan patètic... Què deu pensar? No vull afrontar una cosa o sigui que l'arreglo destrossant-me la vida? Les drogues li serveixen per ajornar les coses.

En Tyler pica amb el palmell la paret, al costat de la meva orella.

—No n'has de fotre res!

Però el que no sap és que jo decideixo si se'n va o no, perquè sense voler m'ha dit com aturar-lo. Mentre prem els llavis i em mira furiós, busco la vora de la porta amb la mà fins que la trobo. I abans que en Tyler sigui conscient del que faig, la tanco girant-me i posant tot el meu pes a sobre fins que sento que salta el pany.

La fotuda porta, com ha dit en Tyler, acaba d'esdevenir la meva millor amiga.

24

HI HA UN SILENCI TENS AL PETIT LAVABO. El cor em batega fort i ràpidament. Sota la llum fluorescent, puc veure clarament el ventall d'emocions que passen pels ulls verdosos d'en Tyler. Hi ha un xic de sorpresa amagada rere la indignació.

—Que te'n fots? —Mira per l'habitació com buscant una finestra que no ha existit mai, com si mirant les quatre parets prou temps pogués aparèixer una sortida de sobte. Però hi ha exactament el que hi ha: quatre parets i una porta tancada.

—No —dic, impressionada amb mi mateixa per haver pres una decisió tan ràpida i haver-la encertada. La bona decisió era impedir que en Tyler marxés. Ni tan sols m'importa haver-me vist arrossegada també a aquesta claustrofòbica complicació amb ell i que hàgim d'estar tancats hores aquí. Potser l'única manera d'obrir aquesta porta és desmuntar les frontisses, o esbotzar-la, i potser haurem d'esperar fins demà, quan pugui venir un operari a rescatar-nos, i potser tant se me'n dóna.

En Tyler, en canvi, està preocupat. L'únic en què pensa és a sortir, i la porta tancada és l'única cosa que l'hi impedeix. Passa pel meu costat, fregant-me amb l'espatlla per treure'm del mig. Agafa el mànec de la porta amb els seus dits llargs i el sacseja vigorosament, instant el pany a destruir-se tot sol, però els seus esforços no serveixen per a res.

—Deixa-ho córrer —dic, tot mirant com se li tensen les venes dels braços quan estira el mànec abans d'acceptar definitivament que aquesta nit no podrà anar a veure en Declan Portwood.

Posa les dues mans al clatell abans d'estirar-se mirant el sostre i de fer algunes respiracions lentes per calmar-se. M'agrada com sospira, com se li tanquen les parpelles un moment quan les espatlles i el pit li pugen i baixen, enfonsant-se quan l'oxigen surt del seu cos. I quan s'ha recuperat una mica, abaixa el cap i es gira per mirar-me amb una expressió indignada i dolguda.

—Perdona si m'importes —dic. Espera una explicació i potser una disculpa de veritat, però no tindrà cap de les dues coses.— Hauràs de buscar una altra manera de distreure't. Una alternativa. Una que no et mati.

Torna a mirar per l'habitació, encara esperant descobrir una sortida, però només troba el seu reflex al mirall de l'armariet. No es pot mirar gaire estona el foc a les fondàries dels seus ulls i aviat torna a mirar cap a terra.

—Tu començaves a ser la meva distracció —murmura, però la seva veu ja no és hostil com ho era fa uns minuts—. Però es veu que no et puc tenir.

No sé com contestar. Em pugen mots a la gola, però per algun motiu no puc parlar. Respiro fondo, i, quan finalment formulo una resposta, el meu to és afectuós i baix, com si ens poguessin sentir, encara que no sigui així.

—Per què sóc una distracció?

En Tyler em mira. Em mira amb aprensió, amb el cap decantat, com si hagués de recordar quina és la resposta. Però finalment separa els llavis per parlar.

—Perquè fas les coses una mica més fàcils —murmura amb compte—. Perquè em puc centrar en tu i oblidar una mica tota la resta.

Observo com se li belluguen els llavis quan els mots llisquen lentament. Em paralitzen, el meu cos està glaçat al costat de la dutxa, i sóc conscient de la realitat de la situació.

—Doncs, no paris —dic, amb un lleuger tremolor a la veu.

Faig un pas cautelós cap a ell sense estar gaire segura d'on vull anar amb això. Em sembla bé i prou.

Encara em mira fixament, amb els ulls enganxats als meus, però pestanyeja de pressa i respira feixugament i sé que vol una cosa i només una cosa. Li toco la cara i té la pell ardent com el foc dels seus ulls.

—Concentra't en mi —xiuxiuejo.

—Doncs distreu-me —ordena.

Aixeca la mà i delicadament m'agafa els dits i els aparta de la seva cara. Té la mà freda, en contrast amb l'escalfor de la seva cara, i m'esgarrifo. Dos contraris absoluts. Com ell i jo.

—Podem parlar —dic. L'ambient ha canviat de tens a calmat, de sorollós a silenciós, i gairebé xiuxiuejo per por de trencar la reconfortant quietud.— No hem parlat mai.

—D'acord. Parlem —diu. Passa pel meu costat, repenja l'esquena a la mampara de la dutxa i llisca fins a terra. Estira les cames i sospira, amb el cap acotat i els ulls tancats. No sé en què deu pensar. En mi?

—Podem parlar de la Tiffani? —pregunto amb molta precaució, capbussant-me en el complicat tema tan suaument com puc—. Aquesta vegada amb calma.

El simple esment del seu nom crea tensió i obliga en Tyler a mirar-me, com si intentés entendre com pot ser que l'hagi tret a la conversa. Veig un estrany espurneig als seus ulls, però desvia la mirada.

—Molt bé —diu, amb les dents serrades.

Salto per sobre les seves cames i m'assec sobre les rajoles fredes, amb l'esquena repenjada a la mampara, doblego els genolls i els envolto amb els braços.

—Per què no vols trencar amb ella? Ni tan sols t'agrada. Tu mateix ho has dit.

En Tyler gira el cap per mirar-me: els llavis, les mans que abracen els genolls. I després s'emmiralla en els meus ulls altre cop. No sé si s'està plantejant donar-me una resposta sincera o només guanya temps per inventar-se una mentida.

—No puc trencar amb ella.

—Però per què? —La seva resposta només fa que

irritar-me més. Si no és que l'amenaça amb una navalla, no veig per quin motiu no pot posar fi a una relació inútil que és evident que tant se li'n dóna.

En Tyler branda el cap i es posa la mà a la cara, es frega els ulls amb el dit gros i l'índex abans de gemegar fort.

—La Tiffani en sap molt, de fer-se la bona. Però no ho és. Tan bon punt fas alguna cosa que no li agrada, es torna com una psicòpata. Sap massa coses de mi. No m'hi puc arriscar. Almenys de moment.

—Una psicòpata? —Aixeco el cap i el miro, perplexa.— Què sap?

—És... —Se li fon la veu, i sembla incòmode, gairebé sembla que pateixi. Posa les mans planes a les rajoles de terra.— A veure, per exemple: al gener, va sentir a dir que havia estat sortint amb una noia a l'hora de dinar cada dimarts, que no era veritat, i es va tornar boja. M'havia estat matant per un treball de literatura dues setmanes seguides, perquè necessitava apujar nota, i ella va dir al meu professor que l'havia escrit ella. Em van abaixar la nota i em van expulsar per fer trampes, que era mentida. El mateix dia va fer servir l'adreça de correu de la seva mare per escriure a la meva, dient que estava preocupada per mi perquè fumava porros al soterrani de l'escola. Aquesta part era veritat, i la Tiffani era l'única que ho sabia. La meva mare es va passar un mes sense dirigir-me la paraula. Hauria deixat la Tiffani llavors, però em va deixar clar que no ho podia fer de cap manera. I no ho he fet. Trencar amb ella no és una possibilitat. Em pot fer tota mena de coses, perquè té la paella pel mànec.

—Què més sap, Tyler? —pregunto després d'un silenci breu.

Estic intentant pair el que ha dit, intentant trobar-hi un sentit. Intento imaginar-me la Tiffani fent aquestes coses, i al començament no puc, però després recordo la mirada d'aquest matí als seus ulls quan m'ha dit que sabia que estava mentint. M'ha fet una por horrorosa. En certa manera em crec en Tyler. La Tiffani té el potencial per fer aquestes coses.

En Tyler no em mira a la cara.

—Recordes el primer dia d'estiu?

El sobtat canvi de tema, del caràcter controlador de la Tiffani al començament de l'estiu, m'agafa desprevinguda.

—Sí. El pare estava insuportable i la barbacoa era un pal i tu vas entrar amb mala educació.

—Sí, això. —Estic esperant que rigui. No riu. De fet, sembla més incòmode del que ja semblava.— Estava superemprenyat.

—Per què? —Recordo haver sentit que discutia amb l'Ella aquella nit, però no recordo que parlessin de per què estava tan emprenyat. Semblava furiós quan va sortir de casa.

Hi ha un altre silenci.

—Estava enfadat amb la Tiffani —reconeix finalment. Ara ja no em mira. Té els ulls posats al terra de rajola.— Fa temps que penso fer una cosa i ella se'n va assabentar aquella nit —explica, però la seva veu és tranquil·la i una mica ronca, i m'adono que no em dirà què és això que vol fer. Sé que és alguna cosa de la qual no pot estar orgullós.— Va dir que no ho diria a ningú si em quedava amb ella fins a la graduació. Per això m'estava enrotllant amb ella aquell dia al començament de l'estiu. Te'n recordes? A l'American Apparel i tota la pesca... —Es posa vermell de pura vergonya d'haver de parlar d'això, però tant me fa. M'alegro que sigui sincer amb mi.— Si està contenta i no trenco amb ella, no ho dirà a ningú, perquè ella és així, Eden. Li agrada fer xantatge a la gent perquè faci el que ella vol i així poder semblar la millor i estar per sobre de tothom. —Sospira i branda el cap.— Em va explicar que quan era petita l'assetjaven a l'escola i suposo que quan va venir a la nostra, després del divorci i de venir a viure aquí amb la seva mare, tenia clar que no permetria que ningú la tornés a trepitjar. Vol ser millor que ningú, la més fabulosa. Tenir-me al costat l'ajuda a inflar el seu ego. Per això estic atrapat en aquest embolic. —Quan deixa de parlar, gemega.— No ho suporto.

—Buf—dic. No em surt res més ara mateix. En Tyler tenia raó des del començament. No vol estar amb ella, i no ho diu senzillament per fer-me sentir millor. Està realment atrapat en una situació complicada i no puc fer més que pensar que encara l'he empitjorada.— No sé què dir.

—No trencaré amb ella —diu afectuosament, tornant a mirar-me. Sembla trist. Em fa pena perquè sincerament no sé quin consell donar-li.— Almenys de moment. Ara no m'hi puc arriscar.

—Aleshores què farem? —Sento el terra fred, però miro d'ignorar-ho i centro la meva atenció en la persona que tinc al davant i m'esforço per entendre-la.

En Tyler em mira amb severitat.

—No vull que ningú sospiti —diu.

—Que no sospiti què?

—Això, nosaltres —diu amb fermesa. Amb un altre sospir, desplega els braços i es passa una mà pels cabells i s'estira les puntes, i m'adono que és un gest que em sona. Però és una cosa que fa inconscientment, un senyal de ràbia o de malestar, una cosa que potser el consola una mica, un moment fugaç.— Ens hem de comportar amb normalitat fins que ho solucionem. Per això tampoc vull trencar amb ella. La gent es preguntaria per què. De moment, ella ha de formar part del meu món, perquè la Tiffani és la meva normalitat.

—Però no em sembla bé fer-li això —dic en veu baixa.

M'imagino la seva cara plena de llàgrimes d'aquest matí quan sanglotava desconsoladament agafada a la vànova, desfent-se de la pena que sentia. L'hi hem infligit nosaltres, i, encara que sembli que fa molt, només han passat unes hores. Potser encara està trasbalsada i ara mateix en Tyler i jo ens movem sobre una línia perillosa que no s'hauria de travessar. Potser en Tyler es troba atrapat en una relació amb la Tiffani i no sap com sortir-se'n i ella el pot haver forçat a aquesta situació, però això no ens dóna dret a enganyar.

—Eden —diu en Tyler. Quan el miro, té el cap una mica de costat i em mira atentament.— Parla d'una altra cosa. Parla'm de Portland.

Arrufo les celles i encreuo les cames, amb les mans enllaçades a la falda.

—Vols que et parli de Portland?

—Vull que em parlis de tu —diu. Ara té els ulls ardents, lluents i vibrants, enganxats als meus i reticents a trencar la nostra mirada compartida.— Explica'm alguna cosa que no sàpiga ningú.

Hi ha sinceritat als seus ulls, dins del foc que encara crema, i sé que puc confiar-hi per explicar-li els meus secrets, per parlar-li de Portland i de les persones d'allà. Tardo un minut a decidir-me. Només l'Amelia coneix el meu secret i no sé si vull compartir-lo amb dues persones en comptes d'una, però llavors en Tyler em fa un cop de cap encoratjador, com si mirés de convence'm perquè saltés a l'abisme amb ell, i cedeixo.

Respiro fondo unes quantes vegades, arreplegant el valor per parlar. La veritat és que no vull reconèixer el que passa.

—M'encanta Portland. És una gran ciutat per viure —dic amb un somriure una mica trist, com si recordés els vells temps, com dirien els meus avis—. Tenia tres amigues molt íntimes. L'Amelia, l'Alyssa i la Holly.

—Tenies?

—Tenia —confirmo. En Tyler em mira amb molt d'interès, pendent de tots els meus moviments, de totes les meves paraules.— Quan els meus pares es van divorciar jo tenia tretze anys i m'ho vaig prendre molt malament. Plorava fins que m'adormia, perquè la meva mare plorava i el meu pare no hi era i no sabia com fer que ella se sentís millor i era horrible. De debò que era horrible. —Callo un moment; em costa treure fora les paraules següents, però al final em surten i continuo.—

Estava tan trasbalsada que vaig començar a menjar molt i em vaig engreixar durant el primer any d'institut. L'Alyssa i la Holly no paraven de burxar-me per això.

Veig que en Tyler em mira el cos de dalt a baix i això encara em fa sentir més insegura que abans. Intento respirar amb calma.

—No estàs grassa —afirma amb contundència, com si l'irrités que ni tan sols ho insinués.

—Això és perquè corro, Tyler.

Em continua mirant, com si volgués endevinar què penso, de la mateixa manera que jo intento sempre entendre'l. Canvia el cos de posició lliscant per terra, gairebé cautelosament, i després se situa directament davant meu. El meu cos està atrapat entre les seves cames i em posa les mans als genolls, un contacte que em fa estremir.

—Continua.

El desig de fer-li un petó m'ha trencat el fil del pensament, o sigui que em poso una mà a la galta i em forço a continuar.

—Em van fer la vida impossible —reconec, perquè és veritat. L'Alyssa i la Holly em van tractar molt malament durant un any, no paraven de fer comentaris dissimulats sobre el meu pes en qualsevol conversa, i van ser la causa de l'espiral descendent de la meva salut mental.— Dues de les meves millors amigues em deien que estava grassa cada dia i per això vaig començar a córrer. Ja no ens parlem, però encara malparlen de mi dissimuladament. És difícil, perquè l'Amelia... l'Amelia encara és amiga seva. I sempre em va fer costat.

—Eden —diu en Tyler, una altra vegada amb fermesa, com si l'única manera de tenir la meva atenció fos utilitzar la força del meu nom—. Per això dius sempre que no tens gana, oi?

Se'm separen els llavis i el miro, gairebé avergonyida que s'hagi fixat tant en mi. Ni tan sols el pare se n'ha adonat. Però, és clar, ell sempre ha estat egoista.

—T'hi has fixat?

—Me n'he adonat ara. —Em mira les cames mentre baixa els dits des dels meus genolls fins a les cuixes, fregant suaument la pell.— Perquè ho sàpigues, no estic gens d'acord amb aquelles noies. Em sap greu que et fessin això.

Amb el cap encara abaixat cap a les meves cuixes mentre continua dibuixant amb els dits, em mira amb uns ulls increïblement potents i sucumbeixo a la seva força i a la sensació de la seva pell sobre la meva.

I deu notar que se'm relaxen els músculs i m'enfonso amb un sospir d'alleujament, i deu notar la manera com tot el meu cos es queda fluix sota el seu tacte, i deu tenir els mateixos pensaments que tinc jo, perquè m'agafa les cuixes, s'inclina endavant i posa els llavis sobre els meus.

No sé per què, però m'encanta cada vegada que ell domina totalment la situació. És com si fes tota la feina mentre jo gaudeixo de l'emoció i l'adrenalina. Començo a acostumar-me a la sensació dels seus llavis sobre els meus. Els meus braços tenen voluntat pròpia i es pengen lànguidament del seu coll mentre somric sobre els seus llavis enmig del petó. M'agrada que això comenci a ser tan natural.

No passa gaire temps abans que les mans que m'agafen les cuixes s'afluixin i vagin cap a una altra banda, un lloc nou i perillós. El petó s'alenteix quan la seva atenció es trasllada dels meus llavis a les seves mans. Planen sobre la vora de la meva samarreta un moment, fregant la roba com si esperessin que protestés, però no vull que pari. Li agafo més fort el coll i premo més fort els llavis en els seus.

En Tyler copsa el missatge. M'agafa la cintura per sota la samarreta amb una mà i amb l'altra puja fins als sostenidors, deixant el rastre del seu tacte sobre el meu cos. No sé com s'ho fa, però fica la mà per sota la blonda i m'agafa el pit, tot en un moviment àgil. Separa els llavis dels meus, enretirant-se una mica per mirar-me als ulls, abans de tornar a abaixar-se per plantar una filera de petons sota l'orella. Encara m'està tocant: amb un dit m'acaricia un pit fent cercles suaus. Té la pell freda i, en canvi, estranyament sensacional. Aviat l'altra mà s'afegeix a la primera i, de sobte, em sento molt cohibida. Miro al sostre amb els ulls mig tancats, la cara decantada, mentre en Tyler em fa petons al coll i m'agafa els pits. No he estat mai gaire afortunada en aquest camp, sobretot en comparació amb la Tiffani i, de sobte, em torno paranoica pensant que en Tyler es posarà a riure d'un moment a l'altre, però no ho fa.

Sento que em puja un gemec per la gola i faig el possible per reprimir-lo, perquè ja estic prou avergonyida, però aleshores en Tyler sospira en el meu coll i el seu alè em fa pessigolles a la pell. Li agafo la cara i acosto els seus llavis als meus una altra vegada, però abans que es tornin a enganxar, els nostres ulls es troben un moment. Aguantem la respiració mentre ens mirem, còmodes en la nostra abraçada i incapaços de reprimir els petits somriures que juguen en els nostres llavis.

No ens hauríem d'estar morrejant al terra del seu lavabo i les seves mans no haurien de tocar-me i a mi no m'hauria d'agradar tant. Que sigui tan escandalós encara ho fa més emocionant.

I fa que valgui més la pena.

25

EN TYLER I JO VAM SORTIR del nostre confinament al seu lavabo dues hores més tard. Els nostres pares van tornar a casa amb un fill amb un canell trencat i es van trobar un altre fill esperant ansiosament la seva tornada, preguntant-se per què l'havien deixat sol. Poc sabien que en Tyler i jo havíem estat a casa tota l'estona, vigilant en Chase de lluny. Sentia que l'Ella estava furiosa, segurament pensant que havia abandonat les meves funcions de cangur i havia tornat a desaparèixer, però, quan ens van començar a cridar, van descobrir que érem a l'habitació de dalt, sobre els seus caps. Vam haver de guanyar la llibertat amb mentides.

—No sé com ha pogut passar —vaig dir. Estava mentint com una desesperada.

—Jo tampoc —va afegir en Tyler.

—He pujat a buscar-lo i he caigut contra la porta —vaig dir. Una altra mentida. Al meu costat, en Tyler es tapava la boca amb la mà per sufocar una rialla.

El pare va dir que trucaria a un operari del barri, el senyor Forde, perquè vingués de seguida. Però sembla que al senyor Forde no el preocupava la reputació relacionada amb un bon servei al client, perquè va trigar quaranta minuts a aparèixer a l'altre costat de la porta. Va costar trenta dòlars i molts cops i molt de trepant obrir el pany, i que finalment sortíssim avergonyits en Tyler i jo.

No vam tornar a parlar entre nosaltres en tota la nit. I no va ser perquè no volgués parlar amb ell, sinó perquè es va passar gairebé una hora al telèfon amb la Tiffani, amb una veu tensa per l'esforç de fer servir un to suau i suplicant, intentant disculpar-se pel seu «error accidental» que «va passar sense més ni més», i que «no volia que passés de cap manera». Ho vaig sentir tot a través de les parets de paper de fumar que separen les nostres habitacions. Li va dir mentida rere mentida, amuntegant-les una sobre l'altra fins que va construir una tapadora, assegurant que una noia de secundària d'Inglewood volia veure el seu cotxe quan ell anava a trobar-se amb els nois, i que no sabia com la noia de quinze anys havia acabat a la seva falda. Una mica agafat pels pèls, però la Tiffani el va creure. El seu penediment va ser tan forçat i tan fals que gairebé tenia ganes de tirar la paret a terra i preguntar-li a què jugava. Però no ho vaig fer, perquè vaig recordar que la noia d'Inglewood, de fet, era jo.

I així, ahir a la nit vaig dormir amb el cap dividit en dos. Una meitat s'ofegava en la culpa, però l'altra flotava, imprudentment enamorada de la idea d'en Tyler i els secrets amagats en les fondàries del seu ésser.

Perquè, no sé com, he aconseguit ser un d'aquests secrets.

—I és per això que els nois anglesos són millors que aquests americans tan totxos —anuncia la Rachael, finalment, després de cinc minuts de xerrar comparant les dues nacionalitats. Segons ella, els anglesos són millors, perquè tenen accents macos i fan servir paraules maques i són maquíssims, i fins aquí arriba la seva argumentació.

La Meghan dóna la seva opinió. Ella assegura que els francesos són millors, perquè et fan petons a dalt de la Torre Eiffel i et diuen «*je t'aime*» a cau d'orella tot bevent una ampolla de vi.

Totes dues fantasies de nòvio europeu són bastant estereotipades, però ric i miro cap a la vorera. Acabem de sortir del Refinery, i el meu cafè amb llet per emportar-se m'escalfa la mà mentre camino una mica darrere de les meves dues companyes, amb la mirada posada a les línies del terra.

—Eden —diu la Rachael, girant-se com si li anés la vida—. Tu desempates: anglesos o francesos?

Ella i la Meghan em miren amb una expressió intensa, com si estigués a punt d'anunciar qui ha estat elegit president.

Arronso les espatlles.

—Francesos —dic.

La Rachael fa una ganyota de disgust i es gira caminant ràpidament sobre els talons per fer més comèdia. La Meghan somriu i em diu que he escollit bé, i llavors correm entre els vianants per enxampar la Rachael, que en aquesta estona sembla que ja ho ha superat.

—Hem quedat amb la Tiff a Broadway —recorda quan arribem al passeig i girem la cantonada del carrer Tres.

Avui sembla que faci cent quaranta graus, de manera que no és estrany que hi hagi gent al carrer, empenyent-se els uns als altres per anar a fer la compra següent. No sé on és Broadway, però la Rachael i la Meghan sens dubte que sí, així que em quedo enrere i les segueixo en direcció sud pel carrer Tres. Cada vegada que vinc em fixo en botigues que no havia vist la vegada anterior, com el Rip Curl, una empresa australiana que ven equip per a esports aquàtics, i la Johnnie's New York Pizzeria, que té un aire italià encantador i em recorda en Dean.

La Rachael s'atura davant d'un H&M, s'apuja les ulleres de sol al cap i mira els aparadors, on hi ha un maniquí amb roba florejada.

—Que maca la brusa —comenta.

Es torna a abaixar les ulleres i camina, aquesta vegada amb la Meghan i jo corrent darrere d'ella. Tinc la impressió que la posició d'alfa passa sempre a la Rachael quan la Tiffani no hi és per fer el paper, però avui el traspàs no dura gaire. Ens trobarem amb la Tiffani d'un moment a l'altre.

Arribem al final del passeig i entrem a Broadway, on el carrer conflueix amb Santa Monica Place, el centre comercial de luxe ple de botigues de dissenyadors, on les noies m'han portat un parell de vegades. Passem per

Nodstrom i ens aturem a la cantonada de Broadway i el Dos. La Meghan repenja el cos als aparadors de la botiga i acluca els ulls per protegir-se del sol, i la Rachael plega els braços i pica de peus sobre el ciment mentre observa el trànsit. L'observo sense saber segur què mira, però de seguida es fa evident.

S'ha posat més dreta, ha deixat caure els braços al costat, amb una expressió estranya. Segueixo la seva mirada i els meus ulls es posen en el cotxe blanc que acaba de parar a la vorera de davant, amb les finestres abaixades i el motor encara engegat abans d'aturar-se del tot. És el d'en Tyler. Se'm tensa la mandíbula. Sento tanta tensió ara mateix que se'm fa gairebé insuportable ser a prop d'ell, sobretot sota la mirada vigilant de les nostres amigues.

—Per què somriu? —pregunta la Meghan, tot posant-se entre la Rachael i jo, i toquejant-se els cabells amb els dits.

—Perquè està sonada —contesta la Rachael sense manies.

Com més miro el cotxe, més em tremola la barbeta, i com més em tremola la barbeta, més em desespera la situació. La Tiffani està asseguda al seient de l'acompanyant. Sabia que hi seria. El primer que ha decidit dirme en Tyler aquest matí quan m'he despertat és que se n'anava a veure-la, o sigui que no em sorprèn que sigui amb ell.

Nosaltres tres observem un moment mentre ells dos xerren en la intimitat del vehicle, en Tyler amb les celles arrufades i la Tiffani girada per mirar-lo, i gesticulant alhora que parla. Tant de bo sabés què diu. En Tyler somriu, però no li mira els ulls, i ella se li atansa per fer-li un petó.

—Està sonada! —crida la Rachael, i el seu rampell crida l'atenció de les persones que ens envolten, però no sembla que se n'adoni i gesticula amb frustració. Em sorprèn que no llanci el cafè contra el cotxe.— Està com un llum!

Jo penso el mateix d'en Tyler. Encara que no ho digui en veu alta.

Està passant alguna cosa dins meu, com si haguessin encès un interruptor, i de sobte m'envaeix una onada de fúria. Intento convence'm que no és gelosia, que no estic gelosa. Però n'estic. Tanco la mà sobre el got i gairebé l'aixafo. Premo tan fort que la tapa de plàstic surt disparada i el vapor que en surt dibuixa formes delicades. Immediatament m'acosto el got als llavis i bec mentre observo l'escena de l'altra vorera.

Finalment, en Tyler se separa de la Tiffani. Ella riu com una preadolescent enamorada, com si tornés a estar boja per ell. Això em posa malalta. La Tiffani l'hauria d'odiar. No haurien d'arreglar les coses i no haurien de continuar junts, però és evident que ho estan. Quan la Tiffani baixa del vehicle, ve corrent entre els cotxes, amb un gran somriure.

Encara estic bevent el meu cafè amb llet, sense abaixar el got de la cara, fent veure que estic massa distreta per dir res. Però quan la Tiffani arriba al costat nostre, veig que el cotxe d'en Tyler continua a l'altra vorera. Sembla que també m'ha vist. A través del parabrisa, m'observa, em mira fixament, fins que finalment somriu. És en part un somriure de disculpa, en part sincer, com si s'alegrés de veure'm. Li somric sense voler, però la Tiffani arriba on som i interromp de cop el nostre breu moment.

La Rachael deixa anar un gemec horroritzat i llença el cafè en una paperera, com si volgués demostrar la seva indignació pel bon humor de la Tiffani.

—Es pot saber què et passa?

Els meus ulls van cap a la Tiffani. Darrere seu, el cotxe d'en Tyler baixa rabent per Broadway, deixant enrere un reguitzell d'admiradors bocabadats i un núvol de fum. En canvi, i desgraciadament, la Tiffani continua aquí. D'alguna manera el seu somriure es fa encara més gran, i per això continuo fent veure que bec cafè amb llet innocentment. Però d'innocent res. De fet, sóc la persona més culpable d'aquí i el meu cafè s'acaba al cap de vint segons.

—Què? —La Tiffani pestanyeja amb els seus ulls grossos, com si estigués desconcertada.

—Això! —La Rachael assenyala la direcció per on se n'ha anat en Tyler.— Com és possible que el perdonis així com així!

El somriure de la Tiffani es transforma en uns morrets i pestanyeja i aixeca els ulls. Quin contrast amb com estava ahir, quan va plorar cinc-cents cubells de llàgrimes i semblava immensament desgraciada.

—S'ha explicat, Rachael.

—De debò que et creus les seves ridícules excuses?

—No són ridícules.

Hi ha un moment de silenci mentre la Rachael fa tots els possibles per reprimir-se, i la Meghan aprofita l'oportunitat per parlar.

—Quan t'has comprat aquesta bossa, Tiffani? —pregunta amb desconfiança—. És nova, oi?

Totes quatre posem els ulls sobre la bossa que penja del braç de la Tiffani. És una bossa Louis Vuitton marró amb el monograma de la marca, la pell lluent sota el sol. La Tiffani fa un somriure avergonyit.

—Doncs... —diu lentament, i després es mossega el llavi inferior—. Me l'ha regalada en Tyler.

—Ja m'ho imaginava —murmura la Meghan, i les celles se li ajunten i belluga el cap disgustada—. Almenys ara sabem que només cal una bossa de mil dòlars per obtenir el perdó de la Tiffani Parkinson.

La Tiffani riu. Jo no. Mossego la vora del got per no dir el que no hauria de dir, amb les dents clavades amb tanta força al poliestirè que gairebé el forado.

—Podia haver donat aquests diners a una associació benèfica —comenta la Rachael amb les celles arrufades, i estic d'acord amb el seu comentari. Estic força segura que els sense sostre es beneficiarien més d'aquests diners que la Tiffani de la seva bossa de pell.— Tots sabem que l'hauries acabat perdonant tard o d'hora.

—I tu podries haver parat d'enrotllar-te amb en Trevor fa sis mesos —contraataca la Tiffani—. Tots sabíem que te n'acabaries enamorant.

La Meghan deixa anar una forta rialla burleta, però de seguida es tapa la boca amb la mà. Es posa vermella però continua rient. Per sobre el got, miro la Rachael, que ha separat els llavis formant una «o». Fa veure que està atabalada un moment, com si patís una commoció i hagués oblidat com formular frases. Em penso que està enfadada, però només sospira.

—Molt bé —rondina—. Pots perdonar en Tyler.

—Gràcies per donar-me el vistiplau —diu la Tiffani amb sarcasme—. Podem entrar d'una vegada al centre comercial? Em moro per prendre un batut Johnny Rockets!

En aquest moment estic força cofoia de mi mateixa per haver-me mossegat la llengua, per haver-me quedat enrere i fet veure que bec el cafè amb llet més bo que he begut en la vida. Mentre tornem enrere per Broadway i passem per davant de Nordstrom i Nike, llenço el got rosegat a una paperera.

—Afanya't, Eden —crida la Meghan quan entrem al centre comercial, i s'atura per donar-me temps a arribar, cosa que no tinc ganes de fer.

El problema de Santa Monica Place és que es va construir únicament per als rics. Ho he constatat cada vegada que hi hem estat, perquè no costa gaire veient els clients encantats de fer ostentació de la seva riquesa. Des de l'home amb corbata que mira l'aparador d'Hugo Boss fins a la dona amb un vestit sofisticat i talons que es mira un rellotge a l'aparador de Michael Kors, és obvi que tenen diners i ganes de gastar-los. En Tyler també és així.

Santa Monica Place és un centre comercial a l'aire lliure, amb quatre carrers que porten a un centre ovalat, amb botigues glamuroses tot al voltant. És tan complet, únic i modern que em fa sentir una mica fora de lloc, però segueixo les noies igualment. Pugem l'escala fins al tercer i últim pis, que té una zona per dinar a l'aire lliure, i anem de dret al Johnny Rockets. Aquesta és una altra cadena de menjar ràpid que a Oregon no tenim, perquè Oregon és un fàstic i sembla privat de tot menys de la pluja. De pluja, no en falta mai a Oregon.

Quan arribem a la zona de menjar, la Tiffani es compra una cosa anomenada Super Sundae, la Meghan i la Rachael opten per un Perfect Brownie Sundae i jo senzillament em compro una aigua.

—Els nois estan venint —diu la Tiffani sense aixecar el cap del mòbil. S'escriu amb algú, segurament un dels nois, mentre menja cullerades de gelat, sense deixar de mirar mai l'aparell que té a la mà.— Finalment han decidit que es farà dissabte.

—Què es farà dissabte? —se m'escapa, com sempre vençuda per la curiositat, i després m'adono que és el primer que dic des que he decidit que els francesos eren millors que els anglesos.

La Tiffani separa els ulls del mòbil i s'empassa el gelat que s'ha ficat a la boca. Em mira un moment llarg abans de girar el cap en direcció a la Rachael i la Meghan.

—Que se'n fot?

—La festa anual a la platja —diu la Rachael lentament, amb els ulls fixos en mi i la cullera planant sobre el brownie, dibuixant un cercle—. La festa més gran i més bèstia de l'estiu.

—Ah —dic.

Ràpidament destapo l'ampolla d'aigua i bec.

—Demanen permís i tanquen la meitat de la platja —explica, encara que jo no estigui tan interessada en els detalls precisos i tampoc sàpiga qui és que fa aquestes coses—. Representa que només és per a més grans de vint-i-un anys, però ja t'ho pots imaginar... —Juga amb els cabells i fa morros.— Tothom passa. No hi ha exactament una porta a la platja on un guàrdia de seguretat et demani el carnet.

—Guàrdies de seguretat?

—Hi ha moltes baralles —diu la Tiffani—. I evidentment allà no es pot beure perquè és un lloc públic i tal. Si no vols que et detinguin, és clar, que hi ha molta gent que ho vol.

—O sigui que t'has d'entrompar abans d'anar-hi —interromp la Rachael, sense perdre el fil—. Però tampoc hi pots anar amb una merda descomunal: cridaries l'atenció i t'acabarien fent fora per ser menor d'edat.

La Tiffani deixa el mòbil a la taula i s'acosta més el got i fa unes cullerades més de gelat. Em somriu amb una mirada peculiar.

—No crec que hàgim de patir perquè l'Eden s'entrompi.

Premo els llavis i entretanco els ulls, una mica ofesa, mentre ella i la Rachael dissimulen una rialleta.

—Què vols dir amb això?

El somriure de la Tiffani es torna maliciós, alhora que intercanvia mirades amb la Rachael. S'acosta la cullera als llavis.

—No ets gaire...

—No sóc gaire què, Tiffani? —Em mossego l'interior de les galtes mentre cinc milions de paraules em passen pel cap totes alhora. Gaire enrotllada? Popular? Sociable? Maca? Ras i curt, no gaire com elles?

—Imprudent —diu, i s'entafora més gelat a la boca.

Imprudent? No sóc imprudent? Gairebé imito una de les rialles burletes de la Meghan, però aconsegueixo reprimir la que em puja per la gola. «Oh, Tiffani», penso, «t'asseguro que en sóc molt, d'imprudent». Si ho sabés...

La Tiffani s'empassa la saliva i em mira, notant el meu silenci.

—On eres dimarts a la nit?

—Dimarts? —La meva veu és alguna cosa entre un xiuxiueig i un esgarip. Dimarts a la nit era al moll amb en Tyler. No era amb la Meghan i ella ho sap.

—Sí, dimarts. —Pestanyeja esperant una resposta. No sé per què m'ho torna a preguntar. És com si em volgués enxampar desprevinguda, com si esperés que se m'escapés la veritat sense voler davant de totes.

La Rachael també em mira, intensificant la pressió de la pregunta de la Tiffani. Em suen les mans. La Meghan torna a riure maliciosament i em començo a preguntar si en Johnny Rockets no ha esquitxat el seu brownie amb uns quants grams d'herba. No para de fer rialletes.

La Tiffani sospira.

—On vas anar realment?

—Ostres! —gairebé crida la Rachael, posant-se dreta com un coet i abocant-se sobre la taula—. No fotis que vas estar amb en Jake!

La Tiffani la mira.

—És el que pensava jo.

Se m'enfonsen les espatlles amb alleujament. Gràcies a Déu que es pensa que aquest és el meu secret. No he parat de patir pensant que la Tiffani es podia imaginar que era jo la de dimarts al cotxe amb en Tyler, però no sospita res.

—Potser —dic, amb un petit somriure.

Miro a una altra banda. Prefereixo que es pensin que surto d'amagat amb en Jake que no amb en Tyler.

En sentir això, la Rachael gairebé salta per sobre la taula. Té la boca oberta i branda el cap ràpidament, com si no pogués creure el que sent. No la culpo, jo tampoc m'ho creuria.

—Vas arribar al final? Eden, explica'ns-ho!

La Meghan es posa a riure com una boja i totes la mirem, perplexes. Es mossega el llavi per ofegar les rialles, però acaba tancant fort els ulls i murmurant una disculpa. Fins ara, no m'havia adonat que no ha parat d'escriure missatges.

—Meg, es pot saber de què rius? —pregunta la Tiffani, una mica picada.

—Perdoneu —diu la Meghan rient una altra vegada sense poder-se controlar—. És en Jared. Em fa morir de riure.

—Qui coi és aquest Jared? —pregunta la Rachael.

—El noi de Pasadena! El de la platja —diu. Somriu a la Tiffani i després afegeix:— Ell i els seus amics vindran dissabte.

—Ostres, tu i l'Eden sou ridícules! —La Rachael

encreua els braços i fa una ganyota d'exasperació.— Totes dues parleu amb nois i no penseu a explicar-nos-ho?

—Tu no ens vas parlar d'en Trevor —diu la Tiffani amb un somriure maliciós—. Ens en vam assabentar perquè la Meg us va enxampar a la festa d'en Jason l'any passat.

—No t'hi fiquis —rondina, però se li escapa el riure.

Els nois apareixen al cap de cinc minuts. Estic agraïda perquè fa estona que la Meghan ens explica el que troba tan divertit d'en Jared i es comença a repetir.

Hi ha en Tyler, en Dean i en Jake, i veig que en Dean s'ha situat entre els altres dos. Encara no entenc com és que en Tyler i en Jake són amics i, en canvi, s'odien. No sé com són capaços de comportar-se civilitzadament. Tots tres vénen a la taula i s'asseuen. Em fixo que en Tyler s'asseu al costat de la Tiffani, però no massa a prop. No em mira mai als ulls.

—Hem decidit —comença en Jake, quan s'han acabat les salutacions— que anirem a casa d'en Dean abans de la festa de dissabte.

—Una festa abans de la festa —diu en Dean. Somriu i ens mira a tots sis, com si volgués avaluar si estem disposats a passar-nos-ho bé o no.— Nosaltres posarem l'alcohol.

—Vosaltres només us heu de posar maques —acaba en Jake.

Fa una ganyota i arronsa les espatlles, es tira enrere a la cadira i encreua els braços al pit.

La Rachael li llança la cullera per sobre la taula i ell l'esquiva pels pèls.

—Burro —murmura ella, i ell li fa un somriure retorçat.

—Saps que ho dic de broma, Rachael, nena —diu innocentment.

La mira fent un gest amb el cap com si la desafiés a una batalla de rap o una cosa així.

—A mi no em diguis així!

Mentre es fan la guitza, jo no dic res. Bàsicament em fa massa vergonya que les noies es pensin que em vaig enrotllar amb en Jake fa dos dies, però alhora intento comportar-me amb naturalitat amb en Tyler. Anar intercanviant mirades sovint seria sospitós, però evitar-les també pot plantejar preguntes. És el meu germanastre, al capdavall. Seria estrany que no ens féssim gens de cas. Així que, de tant en tant, el miro, esperant cada vegada que aixequi el cap al mateix moment, però no sé per què no ho aconsegueixo mai. Està massa concentrat mirant la taula mentre la Tiffani li acaricia el braç amb els dits, i ell sembla paralitzat. Però fa la sensació que ella no se n'adona. Li agafa la barbeta per fer-li un petó als llavis, però ell gira el cap i ella acaba fent-li un petó a la galta. Després d'això, en Tyler mira a terra i no torna a aixecar el cap.

Giro el cos lleugerament cap a la Meghan, però torna a estar absorta amb el mòbil, rient amb els missatges d'en Jared. Miro tot el grup amb indignació. Per una cosa o altra tots m'empipen, menys en Dean. El miro i és a l'altre cantó de la taula, tan fora de lloc com jo.

—Que pesats —articula sense veu. Somriu i penso en el bitllet de cinc dòlars que va escriure i somric, però aleshores la veu de la Rachael em distreu.

—Eden, tu i en Jake potser que aneu a fer un volt —diu en un to intencionat, amb els ulls grossos i comprensius. Em fa un cop de cap i després mira en Jake.— Aneu, parelleta.

En Jake alça les celles, perplex, com si volgués preguntar què passa, però es reprimeix. Es posa dret i mira cap a mi abans de fer un cop de cap en direcció a l'escala mecànica.

—Eden?

La Rachael em somriu, en Dean està mirant al cel i en Tyler finalment ha aixecat el cap, interessat. La Tiffani li dibuixa cercles al coll amb el dit, però ell no sembla notar-ho i em mira a mi furiós.

En Jake encara espera, així que em poso dreta ràpidament.

—No tardarem —els dic, i dono la volta a la taula per anar al seu costat. No espero que contesti ningú i en Jake i jo ens en anem. Travessem la zona de restaurants i la terrassa.

En Jake es fica les mans a les butxaques dels texans mentre baixem per l'escala mecànica al segon pis del centre comercial. Es repenja a la barana.

—Què hi ha, doncs?

—No gaire cosa —dic. No tinc gaires ganes de parlar amb ell, sobretot després d'ignorar els seus missatges de les últimes setmanes. Tenia l'esperança que es rendís. Així no ens trobaríem en la incòmoda situació que ens trobem ara.— Fa temps que no parlem.

—Què m'has de dir.

—He estat ocupada.

—M'ho imaginava —diu.

Hi ha tensió a l'ambient quan baixem de l'escala i ens repengem a la barana de vidre que encercla tot el recinte. Veiem les persones del pis de sota que entren i surten de les botigues. En Jake està repenjat amb els braços plegats sobre la barana, i jo passo els dits lentament pel metall.

—Saps que he de tornar a casa el mes vinent, oi? —Miro de cua d'ull, però no giro el cap. Ell tampoc em mira. Sé que no és això exactament el que tenia pensat la Rachael quan ens ha aviat, però m'ha donat l'oportunitat perfecta per deixar-li les coses clares.

—Sí, ho sé —diu.

—Bé —dic, tot i que la meva veu és una mica insegura, perquè em preocupa que interpreti malament les meves paraules—. Per això crec que seria millor que fóssim amics i prou.

En Jake continua sense mirar-me, però arronsa les espatlles i observa un grup de noies del pis de sota. Semblen de la seva edat i em pregunto si les coneix.

—El que tu vulguis, Eden —murmura—. Tampoc havia de ser res seriós. Només una mica de diversió. No sé si m'entens.

Parpellejo i faig un pas enrere.

—Ah.

—Què? —Ara sí que em mira. Es posa dret i empetiteix els ulls blaus, actuant com si no acabés de dir el que acaba de dir.— Em pensava que ho sabies.

—Ho sabia —dic, secament, adonant-me de sobte que en Tyler tenia tota la raó quan em va avisar que en

Jake era un fantasma. Només una mica de diversió, a això és al que juga en Jake. Res seriós, perquè ser seriós no és enrotllat.— Però no m'ho havia cregut fins ara.

No sé ni per què m'enfado per això. De fet, hauria d'estar encantada de treure'm de sobre en Jake, contentíssima que no s'hagi ofès. No crec que mai m'hagi vist sortint amb ell. Em van agradar els petons i m'ho vaig passar bé aquella nit, però això és el més lluny que en Jake i jo arribarem. Som amics i prou. Menys els beneficis a què creu que té dret.

Sospiro i em frego les temples.

—D'acord, el que sigui, està bé. Em vas convidar al Chick-fil-A, o sigui que gràcies.

—Bé —diu rient, però sembla una mica nerviós.

En Jake té un punt que sembla un bon noi, però ara té una mirada que em fa pensar si no és una persona completament diferent quan les coses no surten com ell vol.

No sé què dir-li i sembla que ell tampoc té res més a dir, així que em giro i torno cap a l'escala mecànica. Em segueix. Tornem a la terrassa, on són tots els altres. La Tiffani s'ha assegut a la falda d'en Tyler. És evident que es pren seriosament allò de «perdonar i oblidar». Però noto que en Tyler no correspon el seu entusiasme. Ella li està molt a sobre, però ell té les mans a les butxaques i fa de mal dir com se sent.

La Rachael em mira fent-me gestos amb la cara quan ens acostem, però faig veure que no me n'adono i agafo l'ampolla d'aigua de la taula. Finalment la Tiffani es desenganxa d'en Tyler i mantenim una conversa tots set per variar, sobre la festa de dissabte i quin alcohol comprarem i qui creiem que hi haurà a la platja. Jo només faig cops de cap tota l'estona, acceptant tot el que diu la Rachael i esperant que no m'exigeixin més.

Després que la Rachael i jo tornem a casa a l'avinguda Deidre, picotejo l'hamburguesa amb formatge que l'Ella ha fet per sopar, surto a córrer i després caic rendida al llit. Un dia sencer anant de botigues senzillament és massa per a mi, així que la combinació de l'esgotament per l'acumulació d'un excés de socialització amb l'exercici és suficient perquè m'adormi molt abans de mitjanit.

No sé en què pensava abans d'endormiscar-me, però estic força segura que tenia a veure amb en Tyler. Sé que era l'únic en què pensava mentre corria. No em podia treure del cap tots els esdeveniments del dia. Era la manera com havia arribat al centre comercial amb la Tiffani i la bossa de regal que li havia costat una morterada, haver-lo vist fent-li petons com si no me n'hagués fet a mi la nit abans. Era la manera com m'havia somrigut després, la manera com se li arrugaven els ulls, la manera com ho mantenia tot en secret, ens mantenia a nosaltres en secret. Era en això en el que no podia parar de pensar.

De sobte, em desperto a la meva habitació a les fosques, la casa en silenci. Miro la paret amb els ulls entretancats i darrere meu sento que la porta grinyola, i m'adono que això és el que m'ha despertat. Gemego sota la vànova.

—Estàs desperta? —xiuxiueja una veu des de l'altra punta de l'habitació.

És en Tyler i se m'obren els ulls de cop. Torno a sentir el grinyol de la porta, que es tanca.

«Ara estic desperta, sí», penso. No em moc ni un centímetre. Miro l'avorrida paret i sento el so apagat dels passos d'en Tyler, fregant la catifa.

—Sí —murmuro—. Quina hora és?

—Les tres —diu en Tyler, encara en veu baixa perquè no vol fer soroll. El sento respirar darrere meu i que el matalàs es belluga. La vànova s'aixeca quan ell es fica al llit amb mi.— Puc dormir amb tu?

Encara estic mig adormida i les parpelles em pesen, però em surt un petit somriure cansat. Com que no contesto immediatament, en Tyler es posa a balbucejar.

—No vull dir que ens enrotllem, només dormir, eh, només descansar —diu ràpidament, i el seu alè em fa pessigolles al coll, però el seu cos encara no em toca.

—Sé què volies dir —dic.

Hi ha un llarg silenci. L'única cosa que sento és la nostra respiració, completament desincronitzada. Sempre que inspiro, ell exhala, i comença a sonar com un ritme fins que la seva respiració s'alenteix. Aleshores és quan sento la seva pell càlida i nua contra la meva esquena, el pit fort i, en canvi, acollidor, els dits llargs que em toquen el braç. La sensació m'estremeix.

—Em sap greu allò de la Tiffani —em xiuxiueja passant l'altra mà pels meus cabells.

—Suposo.

—Deixa'm temps per solucionar-ho —gairebé suplica, amb una veu plena d'alguna cosa que no acabo d'entendre, i més baix afegeix—: Estic intentant solucionar-ho tot.

Encara miro cap a la paret.

—Com què?

—Eden —diu—, per si no te n'havies adonat, estic molt fotut. —Aparta el cos del meu i es gira d'esquena a mi. Finalment aparto els ulls de la paret i em giro cap a ell.

Ara miro la seva esquena, amb els ulls posats en el tatuatge de l'espatlla. Aixeco la mà i toco el dibuix amb el dit.

—Jo no ho diria així. Més aviat perdut.

—Perdut?

—Sí —dic. La meva veu amb prou feines se sent.—Crec que estàs perdut.

—Per què ho creus?

Dibuixo una línia des del tatuatge fins a la part baixa de la columna i torno a pujar cap a l'espatlla, atansant més el cos al seu, anhelant l'escalfor de la seva pell. L'agafo amb un braç i tanco els ulls.

—Perquè no tens ni idea de què fas ni on vas —xiuxiuejo un moment abans de tornar-me a adormir.

I a les set del matí ja no hi és.

26

—QUINA EMOCIÓ! —XISCLA LA RACHAEL dins del vestidor a primera hora del vespre de dissabte. Sento com passa penjadors abans de tornar a l'habitació amb els sostenidors sense tirants i un munt de bruses a la mà.— A veure, quina?

Em repenjo amb els colzes sobre el llit i vaig examinant les peces de roba que va aixecant una per una i que després penja a la porta de l'habitació.

—El top blanc arrapat.

La Rachael se'l mira abans de decidir que tinc raó.

—Tens raó!

Sense esperar més agafa la resta de roba i la deixa en una pila en un racó de l'habitació i es posa el top blanc arrapat. Queda bé amb la faldilla maxi vermell cirera que s'ha passat vint minuts observant.

—Estàs segura que així estic bé?

L'observo amb les celles arrufades i després miro el que porto jo: una faldilla de patinadora color menta i un *bustier* blanc, que, les coses com siguin, fa que sembli que tinc més pit. M'he posat un grapat de braçalets al canell, però encara em sento massa informal.

—És una festa de platja —diu la Rachael lentament, com si jo fos una nena petita que encara no entén ben bé les paraules. S'ajup per agafar unes sandàlies de color torrat, massa concentrada en el seu calçat per mirar-me.— Estàs molt guapa. Aquest *bustier* m'agrada molt.

—Només ho dius perquè és teu —comento, però somric.

Potser sí que estic guapa per una vegada a la vida i potser m'agrada la sensació de satisfacció que provoca. Em fa sentir com si formés part del grup.

La Rachael fa una ganyota i després s'aixeca, col·locant-se davant del mirall de cos sencer per comprovar si està maca. Li dic que està espectacular, però fa un gest avergonyit i se li posen les galtes vermelles, i ja no diem res més de la roba que portem.

—Serem les últimes d'arribar a casa d'en Dean —diu al cap d'una estona, quan ha acabat d'aplicar-se la tercera capa de lluentor de llavis. Fa morros davant del mirall.— Estàs a punt?

—Rachael —dic, tot seient—. Fa mitja hora que estic a punt.

—És veritat —mussita. Rient agafa la bossa de mà de color torrat del tocador i salta cap al llit. Estira una mà i m'agafa el canell. M'estira perquè em posi dreta i obre molt els ulls.— No te n'oblidis —diu amb severitat—, beu tot el que puguis a casa d'en Dean, perquè un cop a la platja, s'ha acabat. No hi haurà més alcohol. —Treu el llavi inferior desolada només de pensar que l'alcohol pot tenir una limitació de temps.

—Entesos —dic. Em deixa anar i es gira per sortir mentre jo em poso les vambes. Agafo el jersei gris del llit i me'l poso per sobre les espatlles. La festa és a la platja i vull estar preparada per a la brisa marina. Em faig una última mirada al mirall tot passant i em dono per acceptable.— Som-hi.

Baixem a la cuina, on la Dawn està enfeinada guardant queviures als armaris. Para quan ens veu entrar i fa petar la llengua, disgustada.

La veu de la Rachael es torna exageradament afectuosa alhora que es cargola els cabells amb el dit índex.

—Mare, que ens pots acompanyar a casa d'en Dean? —pregunta.

—Rachael, saps que no vull que vagis a aquesta festa —diu la Dawn, desant una llauna de pinya a l'armari amb expressió poc tranquil·la. Tanca la porta de l'armari i es gira per mirar-nos, amb els braços encreuats.— Ni tan sols teniu l'edat.

—Però, mare —la Rachael esbufega horroritzada—, hi va tothom! Vols que sigui una desgraciada? Això és el que vols per mi? Que sigui una desgraciada?

Tinc ganes de riure davant de les habilitats interpretatives de la Rachael mentre la Dawn mira la seva filla amb les celles arquejades, com si intentés decidir si ha de ser una mare enrotllada o una mare pesada. Finalment es decideix per la mare enrotllada, perquè deixa anar un sospir de derrota.

—No begueu gaire —diu en veu baixa, i crec que

cedirà a la petició de la Rachael d'acompanyar-nos—. També va per tu, Eden. Els teus pares saben que beus?

—Els meus pares estan divorciats —dic, secament.

La Rachael riu sorollosament, però la Dawn sembla atabalada. Per sort no continua amb el tema perquè, si ho fes, hauria de dir-li que sí, que és clar que el pare i l'Ella saben que vaig a una festa a consumir tant d'alcohol com pugui. De fet, es pensen que he anat al cine.

—Espereu-me al cotxe —diu la Dawn. S'eixuga les mans amb els pantalons i després es posa una mà al front, per calmar el mal de cap que sembla que li hem provocat.— Vaig a buscar les claus.

La Rachael em dirigeix un somriure triomfal i després sortim al passadís i som fora de la casa abans que la seva mare canviï de parer. Esperem a l'entrada, al costat de l'Honda Civic, una bona estona. La Rachael aprofita l'espera per comprovar el maquillatge al retrovisor de la dreta, mentre jo miro la casa de davant. El cotxe d'en Tyler està aparcat al carrer. Em pregunto si encara és a casa, preparant-se per a aquesta nit i ruixant-se amb aquella estúpida colònia Bentley que a la Tiffani li agrada tant. La idea em fa serrar les dents, o sigui que aparto els ulls de la casa i em miro jo mateixa al reflex del vidre del cotxe. La Rachael m'ha maquillat molt bé, tan bé que em costa de creure que sigui jo la que hi veig.

—Allò del divorci és una manera bestial d'evitar preguntes —diu la Rachael encantada, traient el cap per sobre el cotxe.

—Em sembla que ho faré servir més sovint —dic.

Sentim el cop de la porta principal que es tanca i la

Dawn ve a contracor cap al vehicle. L'obre i pugem, jo a darrere i la Rachael al costat del conductor. Fins que la Dawn no fa marxa enrere per sortir no em poso nerviosa i em sento una mica atordida. No ho hauria d'estar. He estat en unes quantes festes aquest estiu, perquè sembla que és l'única afició que té aquesta colla, però aquesta vegada estic especialment aprensiva. Potser és perquè això és una celebració de la comunitat, no una festa qualsevol en una casa, o potser és perquè sé que no tenim l'edat i tot i així hi anem, gosant barrejar-nos amb els adults. Però potser és això: que jo hi seré, en Tyler hi serà i la Tiffani hi serà.

Només tardem cinc minuts a arribar a casa d'en Dean i fins que no som al davant no m'adono que no hi havia estat mai. Ni tan sols sabia que visqués al mateix barri que la Rachael i jo. El cotxe d'en Dean està aparcat al davant i torno a pensar en els diners de la gasolina.

La Dawn frena bruscament a la vorera i es gira de cara a la Rachael. Té una expressió severa, amb el front arrugat de preocupació.

—No t'emborratxis, sisplau —diu amb afecte—. Recorda que et falten quatre anys per fer els vint-i-un i que hauries d'estar agraïda que t'hi deixi anar. Sigues responsable.

La Rachael deixar anar un sospir teatral i mira la casa amb anhel.

—Ho sé, mare.

La Dawn gira el coll per mirar-me, amb un petit somriure als llavis.

—Tu també, Eden, vés amb compte.

—Gràcies —dic, però el meu to sona gairebé sarcàstic i per un segon em fa patir que no es pensi que sóc una descarada.

A la fi la Rachael obre la porta i baixa, així que jo la segueixo i m'acomiado de la seva mare abans de pujar cap a la casa. Sort que no porto talons; tot és molt més fàcil sense.

—La meva mare em fa passar una vergonya... —es disculpa la Rachael, i sembla realment humiliada. Sincerament, no trobo que la Dawn hagi fet res de l'altre món. La meva mare hauria fet el mateix.— Cada vegada que surto he de sentir el mateix. Qualsevol diria que em vol fer sentir culpable.

Ric quan s'esgarrifa, i em mira amb indignació i després em treu la llengua. L'empenyo a un costat i corro cap al porxo, amb les mans que em tremolen lleugerament dels nervis. Sento música que ressona a dins, i veus i rialles.

Miro la Rachael interrogativament quan arriba al meu costat.

—Truco?

—Que si truques? —repeteix, amb incredulitat—. Per l'amor de Déu, Eden, no. Entra. —Sense esperar que faci més preguntes tan evidents, i sembla que estúpides, em passa pel costat, obre la porta i entra al rebedor amb un somriure enlluernador a la cara.

La segueixo dintre de la casa i immediatament som a la sala, amb la cuina al davant separada per una arcada. La música em perfora les orelles quan tanco la porta i escruto l'habitació per veure qui ha arribat ja. Sembla que tothom. La Rachael té raó. Som les últimes d'arribar, i els nostres amics paren tots de fer el que fan al voltant de l'illa de la cuina per mirar-nos. Sembla que estan prenent xarrups.

—Ja era hora! —crida en Jake mentre en Dean fa la volta per darrere d'ells per venir-nos a rebre.

La Meghan té dues copes d'alcohol, una a cada mà, i va alternant. Ens fa un somriure entre glop i glop. En Jake és amb dos nois que no conec i em pregunto què fan aquí.

En Dean s'atansa a nosaltres amb una cervesa a la mà i un somriure.

—Vinga, noies, que aneu endarrerides!

—No pateixis que us enxamparem —diu la Rachael, somrient i clavant-me un cop de colze a les costelles—. Podem beure de pressa.

Tinc ganes de dir alguna cosa. Si la Rachael ha après alguna cosa de com sóc, hauria de saber que no sóc gens bona bevedora. L'alcohol té gust de claveguera i sóc com qui diu incapaç de beure de pressa, literalment seria l'equivalent a una tortura autoinfligida. La meitat de les vegades el gust és tan amarg i tan fort que no em baixa pel coll sense fer-me venir ganes de vomitar.

—Sí, podem beure superàpid —dic, en canvi.

En Dean em mira amb una cella arquejada, com si sabés que és mentida.

—Estàvem a punt de jugar a la ruleta del xarrup. —Assenyala la cuina, on tots semblen estar enraonant molt absorts, i el seguim a on han muntat una ruleta. Tots els gots fan angúnia de veure, a cada un hi ha una barreja diferent de la del got del costat, i no em puc ni imaginar la quantitat d'alcohols que han fet servir per omplir-los.

—Eden, em sembla que no us coneixeu, oi que no? —pregunta en Dean, tot destapant una ampolla de Twisted Tea, que després em dóna, i li agraeixo que no m'hagi donat una cosa més forta. Fa un cop de cap en direcció als dos desconeguts que estan amb en Jake.

Tots dos aixequen el cap, deixen penjat el que estaven dient i em fan un somriure. Un és altíssim, més alt que en Tyler, i l'altre és més aviat baix. L'alt té una expressió endurida, com si estigués emprenyat amb tothom i ens pogués tombar a tots a puntades de peu, i el baixet porta una gorra sobre una tofa de cabells castanys.

—Aquest és en Jackson —diu en Dean assenyalant amb la cervesa el noi de la gorra, i després fa un cop de cap en direcció a l'altre—. I aquest en TJ.

—...'va? —diu en TJ, però de seguida es gira per continuar la conversa amb en Jake que hem interromput.

—Són de l'equip —continua explicant en Dean—. En Jackson és un *wide receiver* i en TJ un *cornerback*, el defensor lateral. Sabies que jugo a futbol? Sóc *linebacker. Middle linebacker*, un rerelínia, de fet. T'agrada el futbol?

Crec que és la vegada que he sentit parlar més en Dean, una colla de frases balbucejades i amb prou feines unides.

—Dean —dic a poc a poc. No és la resposta que esperava.— Quant fa que beus?

Amb una ganyota avergonyida, aixeca tres dits.

—Tres hores? —pregunto, i ell assenteix—. Realment us preneu això de la festa a la platja molt seriosament.

Amb un petit somriure li poso la mà a l'espatlla i després vaig al centre de la cuina a buscar una palleta, la fico dins de la meva beguda i en faig un bon glop. La música continua forta i les veus encara són més fortes, malgrat que només siguem nou.

Llavors m'adono que hi ha dues persones que encara no he vist. Encara no he vist en Tyler i la Tiffani. Miro a la cuina una vegada més per assegurar-me que no hi siguin i no els hagi vist, però no hi són. D'entrada penso que, al capdavall, doncs, la Rachael i jo no som els últims d'arribar, però aleshores una cosa em crida l'atenció.

Per la finestra de la cuina es veu que hi ha dues figures a fora i, naturalment, són en Tyler i la Tiffani. Els miro a través del vidre, tots dos ignorants dels meus ulls observadors, i aviat la cara se'm torça de fàstic. En Tyler fuma mentre la Tiffani l'abraça com si li anés la vida. Potser l'hi va.

Faig un glop llarg de la meva beguda, deixo l'ampolla al taulell i surto. Ningú no em veu sortir per la porta de la cuina al pati, però en Tyler i la Tiffani sí. Tots dos callen quan tanco la porta i em giro de cara a ells. La Tiffani té els llavis premuts, irritada perquè he interromput el seu bonic idil·li. Tant de bo hi hagués la Meghan per fer una de les seves rialles burletes.

—Pots tornar a dins? —diu, i ni tan sols intenta ser educada. El seu to és agre, la seva actitud amarga.—I deixar-nos en pau?

—Frena —murmura en Tyler, i crec que la Tiffani es queda tan parada com jo de veure que em defensa. El mira indignada i després em mira a mi.

Ignorant la seva cara contorçada, gairebé tan arrugada com la meva canyeta, miro amb disgust el porro que en Tyler té a la mà.

—Què fas?

—Tranquil·la —diu, tot acostant-se'l als llavis. Se'l posa entre les dents i murmura:— només és un cigarret.

—Això és l'únic que fumaràs aquesta nit, oi? —El miro amb duresa.— Només cigarrets.

En els pocs segons que tarda a fer una xuclada, aspirar el fum als pulmons i tornar-lo a treure, em mira amb despreocupació.

—Si el que penses fer és interrogar-me, germaneta, ja pots tornar a dins.

La Tiffani riu, però amb prou feines me n'adono, perquè tinc els ulls fixos sobre en Tyler, i tota la resta és una mica borrosa a través del fum. Feia setmanes que no em parlava en un to tan condescendent. Res no li donava dret a fer-ho llavors i res no li dóna dret a fer-ho ara. Tinc ganes de bufetejar-lo, però llavors m'adono que se li endureixen els ulls abans de desviar la mirada i fer una altra xuclada. De cop entenc que està actuant, però l'única cosa que fa sempre és actuar. La façana ha tornat, l'estúpid paper de cabró que li proporciona la sensació de control de si mateix i una sensació de poder sobre la resta de nosaltres. «És clar», penso, «la Tiffani és aquí». No es pot permetre que ella sàpiga la veritat, que està perdut. Totalment i absolutament perdut.

—Estem a punt de jugar a la ruleta de xarrups —dic, tota tibada, fent veure que no he sentit el que acaba de dir—. Si us hi voleu afegir, val més que entreu.

—Jo vull jugar! —anuncia la Tiffani. Se separa d'en Tyler i em passa pel costat, trontollant una mica i amb els ulls plens d'excitació. La miro un moment de cua d'ull, preguntant-me quines prioritats té a la vida. De moment m'imagino que bosses de Louis Vuitton i xarrups de tequila amb el meu germanastre.

Els meus ulls tornen a en Tyler, que ara fa un glop de cervesa entre xuclades de cigarret.

—Véns? —pregunto amb el cap decantat.

—Evidentment —diu en el mateix to pedant, i, en sentir-lo, brando el cap i torno a dins amb la resta dels assistents a la prefesta.

Tots estan reunits en rotllana al voltant de l'illa, assetjant la ruleta com voltors. En Jake té les boles de la ruleta a la mà, les llança enlaire i les torna a atrapar, cosa que trobo admirable tenint en compte que està força entonat. Deixa de fer jocs malabars i assenyala la Tiffani i a mi amb el dit i ens indica que ens hi acostem.

Em situo entre la Rachael i en Dean, després d'agafar la meva beguda del taulell. En Dean em passa un braç per l'espatlla i beu cervesa amb l'altra mà. Es gronxa massa violentament, fins al punt que em fa mal al coll, i llavors en Jake inicia la partida, llançant les boles a la roda. En TJ i en Jackson piquen amb els punys sobre el taulell i juraria que els gotets gairebé volen, però en Jake agafa la seva beguda i se l'empassa.

—Quina merda és aquesta? —etziba fastiguejat uns

segons després amb la cara arrugada pel mal gust del líquid marronós.

En TJ udola de riure i ajunta les manasses.

—Aigua enfangada del pati!

En Jake prem els llavis i engega una mirada assassina a en TJ. Després l'empeny cap al costat i va a la pica, on escup ràpidament tot el que pot. Mentre en Jake està a punt de vomitar, en Tyler entra finalment, amb les mans a les butxaques i l'expressió inescrutable. S'afegeix a la partida: el joc horrible, el joc del desconegut. Encara estic més preocupada que fa un minut. Qui sap quines altres bromes cruels han posat els nois a la roda?

—Em moro de ganes d'anar a la platja! —crida en Dean a la meva orella, tan fort que em separo ràpidament d'ell—. Quines ganes, no puc més!

—Ens hem d'entrompar a base de bé —xiuxiueja la Rachael a la meva altra orella. És llavors que m'adono que m'he situat entre el borratxo i l'aspirant a borratxa.— Fins i tot la Meghan ens ha avançat!

És cert. No sé quant de temps fa que ha arribat tothom, però tots estan traspassant la frontera entre el que es pot considerar estar entonat i anar borratxo. O fa hores que beuen o han begut molt de pressa. Segurament una combinació de totes dues coses. Com ha dit en Dean, la Rachael i jo anem endarrerides i ens hem d'afanyar. Miro al voltant del cercle dels meus amics —els meus amics més en TJ i en Jackson— i tots somriuen i criden mirant la ruleta i sembla que s'ho estiguin passant d'allò més bé. Menys en Tyler. Veig que està darrere la Tiffani, a un pas o dos de distància, com si li fes por tocar-la. I em mira a mi. Només a mi.

Tot plegat només fa que estressar-me. Que en Tyler encara no sàpiga com afrontar les nostres circumstàncies, i el somriure de la Tiffani, un somriure immens que transmet un sentit d'autoritat quan mira tots els que l'envolten, un per un. Em vull oblidar una estona de tots dos. No vull pensar tant en la situació en què em trobo amb en Tyler, perquè l'únic que faré és espatllar-me la nit, i no vull intentar esbrinar què pensa la Tiffani, perquè l'única cosa que em ve immediatament al cap és que creu que no sóc imprudent.

Tanco la mà fort sobre l'ampolla i forço ràpidament el somriure més gran que sóc capaç de fer. Miro la Rachael. Ja veurà la Tiffani si sóc imprudent o no.

—Vinga, doncs, entrompem-nos.

—Sé on guarden les coses bones els pares d'en Dean —em diu a cau d'orella.

M'agafa el canell, m'arrenca del costat d'en Dean i ens escapolim de la partida. Ens aturem a l'arcada que separa la cuina de la sala uns segons, i, quan tots estan distrets amb un altre xarrup d'aigua enfangada que s'acaba d'empassar la Meghan, la Rachael aixeca el polze i ens esmunyim dins d'una sala on la música sona més sufocada i l'ambient és més fred.

—Hi són? —pregunto.

—Qui?

—Els seus pares.

La Rachael somriu i assenyala el sostre.

—A dalt.

Hi ha una altra porta i ella l'obre i entrem en una habitació fosca i freda. Fins que no m'empeny per un esglaó i topo amb la mà amb un cotxe no m'adono que som al garatge.

—On és el llum? —murmura la Rachael palpant la paret, buscant l'interruptor, i quan el troba l'encén.

Sóc al costat d'un BMW negre i ràpidament retrocedeixo, amb compte de no tocar res, i després miro al voltant. Hi ha piles de capses de cartró a tot arreu, però les parets estan plenes de marxandatge vermell i blanc relacionat amb el futbol. Hi ha jerseis de futbol en marcs de vidre, banderes i banderoles enormes que van de dalt de tot de la paret a terra, un petit prestatge amb cascs daurats en vitrines i un parell de pilotes i, en acabat, una sèrie de fotos emmarcades.

—El seu pare és un fan total dels 49ers —mussita la Rachael ballant cap als prestatges de la paret del fons, que està ple d'ampolles d'alcohol. L'observo un segon mentre n'agafa un parell i les estudia, fent cops de cap d'aprovació.— Ja t'havia dit que sabia on guardaven les coses bones!

La Rachael encara examina les ampolles, i, mentrestant, jo dono la volta al cotxe i vaig a mirar les fotos de la paret. Se'm dibuixa un somriure als llavis quan reconec en Dean, amb la jaqueta dels San Francisco 49ers i una gorra vermella, uns anys més jove que ara. Hi ha un home al seu costat, vestit com en Dean per al partit, i amb una mà sobre l'espatlla d'en Dean i un frankfurt a l'altra. Deu ser el seu pare, i són davant de l'entrada del Levi's Stadium. Hi ha moltes fotos com aquesta, d'en Dean i el seu pare. És com si, cada vegada que han anat a veure un partit dels 49ers, haguessin documentat el moment.

Destaca una foto. En comptes d'haver-hi dues persones, n'hi ha quatre. En Dean i el seu pare són en la seva posa permanent, però al costat d'en Dean hi ha un nen, i tots dos deuen tenir dotze anys. L'amic d'en Dean té els cabells foscos i els ulls verds.

—Ens beurem aquest tequila i ens el beurem tot sol, com unes camioneres, sense sal ni llima —afirma la Rachael solemnement, amb la barbeta aixecada i l'ampolla de Cazadores a la mà, tot girant-se.

Miro l'ampolla amb escepticisme abans d'empassarme la saliva i assenyalo la foto.

—És en Tyler?

Primer obre molt els ulls i després els mig acluca inclinant-se per mirar la fotografia de prop.

—Ostres, tu, sembla un fetus!

El torno a mirar, el Tyler de la foto. La jaqueta que porta és com la d'en Dean, però l'expressió no. En Dean somriu espontàniament, en Tyler està emmurriat. De fet, ni tan sols mira a la càmera. Mira cap al costat, amb els ulls densos i l'actitud molt lluny del que esperaries d'un nen en un partit dels 49ers. Fins i tot el seu cos està lleugerament girat a un costat, malgrat que té el braç d'en Dean a les espatlles. Potser en Tyler no suporta els 49ers. Potser és un fan dels Chargers.

A l'altra banda, hi ha un home al costat del pare d'en Dean. Té els cabells negres, dóna l'esquena a la càmera i assenyala el nom que hi ha escrit a la jaqueta vermella que porta. Està personalitzada. Diu «GRAYSON».

Se'm regira alguna cosa a l'estómac. M'aparto de la foto, ajunto les celles i separo els llavis. El pare d'en Tyler. És la primera vegada que el veig, si més no una part. Tinc unes ganes boges de veure-li la cara.

Miro la Rachael.

—Aquest és el seu pare?

—El d'en Dean? —Mira forçant els ulls mentre va destapant el tequila.— Sí.

—No —dic—. El pare d'en Tyler. És aquest?

Ara la Rachael mira de debò. Primer a mi i després a la fotografia una altra vegada.

—Sí —torna a dir arronsant les espatlles—. Com més gran es fa en Tyler més idèntics els trobo. Almenys que jo recordi. Ara el seu pare deu estar supervell i amb barba. Els deixen afaitar a la presó?

—No ho sé —dic, però la meva atenció ha tornat a la foto. Té un no sé què d'inquietant. En Dean i el seu pare semblen tan feliços, tan il·lusionats de ser al partit dels 49ers, i se somriuen orgullosos. En canvi, al seu costat, hi ha el contrari. En Tyler i el seu pare estan situats un a cada punta de la fotografia, i en Tyler sembla inert, amb els ulls opacs i les espatlles caigudes. Em fa preguntar-me sobre les circumstàncies del moment i per què no estava content i emocionat com en Dean per anar al partit.

—Què passa amb en Tyler i el seu pare? Només sé que passa alguna cosa.

La Rachael branda el cap i es posa un dit davant dels llavis com si es volgués fer callar a ella mateixa.

—No ho sé. Al grup tenim aquesta norma tàcita. No parlem del pare d'en Tyler si no és per desitjar-li la mort, i no parlem de les MTS davant de la Meghan perquè la por més gran que té és agafar una infecció per clamídia.

Ignoro aquesta norma tàcita i continuo insistint.

—I si va ser adoptat?

—Adoptat? —La Rachael rumia un moment aquesta possibilitat tot tornant a mirar la foto. Branda el cap.— No. No hi ha dubte que és fill del seu pare. S'assemblen massa perquè no ho sigui. Au, va —diu—. Ens hem d'afanyar! Que ens estem quedant enrere.

Arrufo les celles i deixo de mirar la fotografia. La Rachael branda l'ampolla a la mà.

—D'acord, d'acord, estic preparada.

Se li dibuixa un gran somriure als llavis i respira fondo.

—Serà com si ens cremessin per dins, però ens entromparà en un tres i no res, o sigui que posem-hi ovaris i cap a dins.

—Ostres —dic, però tanco els punys i tanco fort els ulls per preparar-me mentalment. L'última vegada que vaig beure tequila vaig anar de pet a l'aigüera. I me l'havia pres amb sal i llima.— Estic preparada.

La Rachael em fa un cop de cap abans d'acostar-se l'ampolla als llavis i fer un bon glop. Immediatament es doblega i es tapa la boca amb la mà, estirant el braç per passar-me l'ampolla.

—Ai, mare meva —esbufega, amb la cara arrugada i brandant el cap, com si es volgués treure el gust.

Gairebé m'arronso. Quin sentit té infligir-me la tortura del tequila? Miro dubtant l'ampolla mentre la Rachael s'escanya al costat del cotxe, gesticulant amb les mans davant de la boca, i em fa qüestionar el que estic fent. Però llavors recordo el que va dir la Tiffani dissabte al centre comercial, que no calia preocupar-se perquè m'emborratxés, que no era imprudent.

Agafo més fort l'ampolla de Cazadores i me la poso als llavis, tiro el cap enrere i m'omplo la boca amb tot el tequila que puc. I, de sobte, tinc un incendi a la boca, una amargor que crema. El tequila sembla pixats i té gust de benzina.

Gairebé em cau l'ampolla de la pressa que tinc per fer un glop de te fred, que de sobte té gust d'aigua en comparació, així que continuo bevent. I bec i bec fins que m'he acabat tot el que quedava a l'ampolla. Caic contra la paret, exhausta i desalenada i em quedo allà respirant amb dificultat uns quants segons.

—Un altre —diu la Rachael. Agafa l'ampolla de tequila i me l'arrenca de la mà, repetint la seqüència de cap enrere-glop-mort.

Aconsegueixo seguir el cicle, i ens passem l'ampolla l'una a l'altra fins que arribem a la quarta ronda i senzillament no puc més. A l'instant mateix que el tequila em toca la llengua l'escupo tot, incapaç d'empassar-me'l. Cau sobre un costat del BMW i llisca per la porta del conductor. Miro la Rachael espantada.

—Eden! —crida, però es trenca de riure immediatament després i no pot parar durant tres minuts.

Estic horroritzada. En Dean m'odiarà, els seus pares em demandaran, i acabaré en un correccional per danys a la propietat.

—Per què hi ha un cotxe aquí? —crido exasperada, i sento que se m'encenen les galtes.

—És un garatge!

—Em pensava que era un soterrani! —crido entre atacs de riure, i noto que no m'aguanto dreta i que el cos se'm gronxa contra la paret i l'única cosa que puc pensar és «Que bèstia que és el tequila».

Sé que la Rachael no aguanta gens, però no m'havia imaginat que jo fos tan intolerant a l'alcohol com ella. Saltar-me el sopar tampoc deu haver estat una gran idea, i ara aquesta estúpida cantarella del tequila comença a tenir sentit: Un tequila, dos tequiles, tres tequiles, a terra.

Quan miro a baix, a terra és exactament on ha anat a parar la Rachael. Està estesa sobre el ciment, rient i sense ni intentar posar-se dreta. Està contenta allà estirada com una foca morta.

—Hem de continuar! —dic, agafant-la pel braç i intentant estirar-la amb totes les meves forces, però l'únic que aconsegueixo és perdre l'equilibri i caure a sobre d'ella, i segurament esclafar-li la columna.

—Sí, sí! Continuem! —crida la Rachael sense parar de riure mentre jo rodolo per no aixafar-la.

—Ara què toca, Rachael, nena? —Faig una rialla burleta. Tot sembla tan còmic, tan divertit, tan imprudent. No puc fer-hi més. Estic estirada de panxa enlaire al costat de la Rachael, mirant el sostre blanc del garatge, i aleshores se m'acut que les parets estan totes pintades.

—Que maco que és aquest garatge!

La Rachael encara riu, tan fort que ja no fa ni soroll. Té els llavis separats i els ulls tancats i l'única cosa que sento és la seva respiració escanyada.

—Però què ens passa?

Em poso de genolls i la miro, em mossego els llavis. Quinze minuts de glops de tequila i totes dues portem una mona impressionant. És espectacular.

—Hem de continuar! Beure tant com puguem, recordes?

La Rachael assenteix amb entusiasme i intenta posar-se dreta, agafant-se al retrovisor lateral del BMV per no perdre l'equilibri. Si estigués sòbria patiria per si fa malbé el cotxe, però no n'estic, i per això no em pot importar menys.

—Jägermeister! —crida. Agafa l'ampolla fosca de la col·lecció dels prestatges i em mira. Somrient, aixeca l'ampolla i brinda.— Per la intoxicació alcohòlica!

Quinze minuts més i dos glops mortals després, m'estic preguntant per què he estat prou estúpida per beure tant en tan poc temps. És la mena de cosa contra la qual t'adverteixen pares i mestres, la mena de cosa que et diuen que et pot matar. Però res d'això serveix. Ningú es preocupa de les conseqüències, perquè en el moment entre prendre la beguda i que et faci efecte, sembla la millor idea del món. Això explica per què la Rachael és al capó del cotxe, fent servir l'ampolla de Cazadores de micròfon mentre alterna entre cantar l'himne nacional i anar-se despullant alhora que intenta enfilar-se al sostre del cotxe.

—Eden, entrompar-se amb tu és divertidíssim —anuncia amb una reverència després de fer una interpretació lleugerament distorsionada de l'himne. Està dreta, amb la faldilla maxi i els sostenidors; el top arrapat ha anat a parar a terra.

La música apagada de dins de la casa es fa més forta de sobte, i, quan aparto la mirada de l'actuació de la Rachael un segon, veig que és perquè la porta està oberta. Hi ha en Dean al llindar amb els braços plegats. Tant la Rachael com jo parem de riure i ens quedem quietes, amb ganyotes avergonyides a la cara.

—Rachael —diu en Dean, a poc a poc—, baixa del cotxe, sisplau.

La Rachael es mossega el llavi per no riure i s'asseu i intenta baixar lliscant pel parabrisa, però de seguida cau de costat i va a parar a terra amb un cop sord. L'ampolla de Cazadores es trenca en mil bocins. Faig l'honor de riure en nom seu mentre ella gemega i alhora se li escapa el riure.

—Ostres, Rachael —murmura en Dean—. Vigila amb els vidres. —Sembla totalment sobri ara en comparació amb nosaltres dues. Entra al garatge i s'ajup per aixecar la Rachael, amb una ganyota de disgust, i, quan la té dreta, busca el seu top per terra.— Estem a punt per marxar —diu, però veig que està enfadat amb nosaltres. Mentre encara estic rient en un racó, posa el top a la Rachael i la mira amb severitat.— Quant heu begut?

La Rachael no contesta, només em mira i em fa un gest perquè m'hi acosti. Deixo amb dificultat l'ampolla de Jägermeister a terra i dono la volta al cotxe, sense mirar mai en Dean. Sospira i ens porta al rebost i després a la sala, on en Jake aguanta la porta del carrer oberta.

—Es pot saber què fèieu? —pregunta en Jake.

La Rachael i jo ens mirem i riem una altra vegada, perquè no sabem per què, però no podem parar.

En Dean apaga la música i crida per dir als seus pares que ens en anem mentre jo segueixo la Rachael a una furgoneta petita que hi ha a fora. Sento vagament que la Meghan m'explica que al cosí més gran d'en Dean no li fa res fer de xofer malgrat que no hi hagi prou seients per a tots. Ens amunteguem (literalment, la Rachael acaba asseguda a la meva falda) i en Dean i en Jake pugen darrere i aviat som nou aixafats dins del vehicle. Estic massa trompa perquè m'amoïni que en Tyler i la Tiffani estiguin al seient de darrere, ella a la falda d'ell i amb les mans penjades del seu coll. Ella riu amb la música eixordadora que sona, però en Tyler no li fa cas. Té el cap girat i mira per la finestra i, per algun motiu, quan el miro dissimuladament, em sembla el més sobri de tots. Nota immediatament la meva mirada i els seus ulls es mouen per trobar els meus.

Em sento als núvols i per això l'únic que puc fer és un somriure ximplet. El cap no se m'aguanta del tot dret, i ell se n'adona, perquè empetiteix els ulls en una mirada de disgust o de preocupació. No ho sabria dir, i no tinc gaire temps per decidir-ho, perquè torna a mirar per la finestra.

I, així, la resta de nosaltres passem el trajecte explicant bestieses i vinga riure, i riure, i em fa sentir millor saber que tothom està igual d'entonat que la Rachael i jo. De fet, nosaltres no estem entonades. Estem borratxes, i s'hi està la mar de bé.

27

LA FESTA A LA PLATJA és un muntatge important. Mitja platja, la de la dreta del moll, està destinada a la celebració, amb carrers tallats i guàrdies de seguretat patrullant la zona. Quan sortim a empentes de la furgoneta a l'aparcament del moll, estic consumida pel soroll de la música i les veus, i l'ambient és electritzant. Miro la platja i veig que hi ha un escenari al bell mig de la sorra, amb uns altaveus negres enormes, i a sobre hi ha un DJ entretenint els assistents.

—Si per culpa d'algun de vosaltres no ens deixen entrar, jo mateix el trauré d'aquí a puntades de peu —amenaça en Jake. Ens fita a tots, amb una mirada d'advertència.— Si no és una noia. Si és una noia, tindrà tractament de silenci.

I amb això anem cap a la sorra, amb els caps una mica abaixats quan passem per davant dels guàrdies de seguretat. Em pregunto si dec semblar tan borratxa com em sento. Espero que no. Si no, no tardaran ni cinc minuts a fer-me fora, però per sort arribem a la sorra i ens barregem amb la gentada. Esperava que ens quedéssim junts tots nou com a grup, però no. Els nois ens diuen adéu i se'n van en una direcció, i em sorprèn que en Tyler se'n vagi sense la Tiffani.

—Ens hem de banyar despullades! —proposa la Rachael, amb una veu prou forta per fer-se sentir. Crida l'atenció d'alguns homes del voltant, que li fan cops de cap d'encoratjament.

—No ens banyarem despullades ni boges —observa la Tiffani. Engega una mirada letal als homes i em porta més enmig de la gent, i estic tan borratxa que gairebé em torço un turmell intentant caminar.

Se'm fica sorra a les Converse i és la sensació més incòmoda del món, així que em trec les vambes i m'ajupo a recollir-les i les porto agafades pels cordons. Bellugo el cap al ritme de la música i la gent que ens envolta m'empeny d'un cantó a l'altre. És obvi que tots són més grans i majors d'edat, però tant se me'n dóna.

—Hi ha en Jared i els seus amics! —crida la Meghan per sobre del xivarri, i es gira amb una expressió de pànic. Es toca els cabells.— Com estic?

—Com si volguessis guerra! —crida la Rachael, i és veritat.

—Fantàstic —diu la Meg, i ens envia un petó i se'n va entre la gent.

No crec que torni aviat amb nosaltres.

Ara brando les sabates enlaire i rebo mirades furioses de la gent del costat, més que res perquè no paro de donar-los cops a la cara, però em sento massa lliure i massa als núvols per disculpar-me. Miraculosament, em poso a ballar: a ballar com una boja, però a ballar, que no és habitual en mi. El DJ de l'escenari posa música house i tothom aixeca la mà i a mi em roda el cap i fins i tot el mar comença a decantar-se.

M'ho estic passant bé, saltant sobre la sorra i brandant les vambes, quan la Tiffani ens agafa a la Rachael i a mi pel braç i ens obliga a atansar-nos a ella. No sembla que s'ho passi tan bé com nosaltres, i no sabria dir si és perquè no ha begut tant o és perquè pensa que la festa és un pal.

—Vaig a veure si trobo en Tyler —diu fort, i quan retrocedeix em sembla que està emprenyada.

—Noooo! —protesta la Rachael—. Queda't amb nosaltres!

—Després del que va passar l'any passat l'he de vigilar —diu.

La miro aclucant una mica els ulls, amb els cordons encara enroscats als dits, i em bufo alguns cabells que em cauen a la cara. El sol del vespre és abrusador.

—Què va passar l'any passat?

La Tiffani només em mira de costat amb una expressió empipada i disgustada.

—Eden, para amb aquestes coses, sisplau. —M'agafa les sabates, fa una ganyota en veure la lletra escrita als costat, i després sospira i me les torna.— Sembles estúpida, mira de comportar-te una mica. Au, divertiu-vos, vosaltres dues.

La Rachael em mira fent una arronsada embriagada mentre la Tiffani s'obre pas entre la gent a empentes. Li falta la respiració i a mi també.

—Què va passar l'any passat? —torno a preguntar quan recupero l'alè. Veig la cara de la Rachael borrosa, així que empetiteixo els ulls per veure-la millor, però no em serveix de gaire. Sento com si el cos se'm gronxés d'un costat a l'altre, com el mar.

—En Tyler es va prendre alguna cosa fotuda —diu en veu baixa, amb la boca enganxada a la meva orella, amb compte que no la senti ningú, encara que tothom té massa feina fent el bèstia per sentir-nos—, i es va desmaiar i ens pensàvem que s'havia mort, però llavors va tenir com un atac i tots vam dir «Hosti, tu, si no s'ha mort» i sí. El vam portar a casa de la Tiffani i ella va plorar tota la nit perquè ell l'havia fet quedar malament davant de tothom. Es va tancar al lavabo i no volia sortir, així que els altres ens vam quedar per estar segurs que a ell no li passava res i al final es va posar bé. Vam passar una por brutal i ara la Tiffani està paranoica i té por que torni a fer una cosa així. —Torna a estar sense alè quan para d'enraonar. Fa una inspiració teatral d'aire i després exhala.

Sé del cert que si estigués sòbria em preocuparia i segurament aniria a buscar en Tyler jo també, però estic massa borratxa per fer una cosa així. També podria estar enfadada amb la Tiffani per estar més preocupada per la seva reputació que per la vida d'en Tyler, però només faig una ganyota i em torno a gronxar i la Rachael al final fa el mateix.

El que té estar borratxa és que no sols perds els sentits, sinó també la noció del temps. Sembla que la Rachael i jo només tardem deu minuts a arribar a l'escenari, però quan miro el cel i veig que s'està fent fosc m'adono que deu haver passat molt més temps. Estic suant i, quan miro a la dreta, veig que estic sola. La Rachael ha desaparegut.

—Oh —dic.

Se m'escapa el riure i em giro i em poso a ballar allunyant-me de la gent, perquè ara em sento una mica claustrofòbica. La gent em mira amb expressions estranyes. És molt evident que sóc uns quants anys massa jove per ser aquí.

Lluny de l'escenari, la gent forma grups a la sorra, uns xerrant i altres esforçant-se per lligar. Aquí no hi ha tanta gent, així que paro i aprofito per respirar una mica. Ja no sento tanta energia, i la pujada provocada per l'alcohol que he begut es comença a gastar amb la nit que cau, però encara estic més que entonada i encara m'ho estic passant molt bé. Dos nois es comencen a barallar i els guàrdies de seguretat s'acosten cridant per separar-los i s'acaben enduent els dos brètols fora de la festa.

Crec que és llavors que entenc que estic sola. Sola i encara lleugerament borratxa. En aquell segon, una fiblada de pànic em travessa el cos i instantàniament busco el mòbil a la butxaca del jersei. Només hi ha un problema. No hi és.

Busco a l'altra butxaca, i després als sostenidors, i en acabat a les vambes. Ni mòbil ni diners. Tot ha desaparegut. No sé si m'ha caigut tot de les butxaques i ara està enterrat dos metres sota la sorra o si m'ho han robat. Sigui com sigui, no tinc manera de telefonar a ningú.

Com en totes les altres coses, si estigués sòbria seria prou llesta per veure que no és la fi del món, que la casa només és a quaranta-cinc minuts caminant. Però no estic sòbria i per això és la fi del món.

Se m'omplen els ulls de llàgrimes i intento aturar-les, però em tremolen els llavis i aviat em llisquen les llàgrimes per les galtes. Em poso el jersei i miro la sorra. Em fa por que la gent s'adoni que ploro com la bleda de setze anys que sóc. Sóc massa jove per ser aquí borratxa, sola i víctima d'un robatori.

—Merda, Eden —murmura una veu, i la calidesa i la familiaritat que hi reconec fan que pari de plorar. Aixeco els ulls entelats per les llàgrimes i veig que en Tyler s'atansa.

—La Tiffani et busca —dic, tirant els mocs amunt. M'estiro les mànigues del jersei sobre les mans i m'eixugo els ulls, amb compte, per no empastifar-me encara més amb el rímel.— La teva nòvia.

—Es pot saber per què punyeta plores? —Ignora les meves paraules, es posa davant meu i abaixa el cap, mirant-me. El maragda dels seus ulls em recorda les algues.

—Se n'han anat totes —dic. Els ulls em comencen a coure i se m'estan inflant. Giro el cap a la dreta.— La Tiffani, la Meghan, la Rachael... He perdut el mòbil.

En Tyler m'agafa pel braç i em subjecta, però també em mira de dalt a baix.

—Estàs molt borratxa?

—Estàs borratxo tu?

—Ja no. —Prem els llavis i rumia. Em desfà els cordons de les vambes que tinc enroscats als dits i les deixa caure a terra.— Posa-te-les. Hi ha deixalles pertot arreu.

Quan aparto els ulls d'ell i miro a baix, m'adono que té raó. La platja està plena d'embolcalls de menjar i llaunes de refresc i encenedors. «He estat ballant sobre aquesta porqueria», penso. Ràpidament, em poso les sabates i la sorra que hi ha dins em torna a fer la guitza. Però ara que en Tyler és aquí em sento segura, i li somric malgrat el meu maquillatge empastifat.

—El teu pare et matarà —murmura, però no exactament a mi. Sospira i es rasca el cap, intentant decidir què fer.

No pretenc complicar-li més la vida, però em sento descansada i a punt per tornar-me a divertir, així que em giro i me'n vaig. Em paro tres metres enllà i em giro per mirar-lo amb un somriure entremaliat. Em mira i espera amb una expressió preocupada als ulls. La gent no para de passar per l'espai que ens separa, però quan es buida em tiro a terra i rodolo tornant cap a ell. No me'n surto gaire. Acabo de costat, amb les cames entortolligades, i l'espatlla probablement desllorigada. Sento riure la gent.

—Aixeca't de terra —ordena en Tyler. Sento que m'agafa i m'estira per posar-me dreta.— Què t'acabo de dir de les deixalles?

—M'eeeencaaaanta la platja —dic, arrossegant les paraules. Em pesa el cap i caic cap a l'esquerra, però en Tyler m'aguanta ràpidament i em manté dreta agafant-me per les espatlles.— L'estiu que ve tornaré només per venir a aquesta festa!

—L'estiu que ve tornaràs? —Em mira amb una expressió solemne i amb urgència a la veu, i en aquell segon fugaç és com si l'alcohol s'evaporés de les meves venes.

—No ho sé —dic—. Depèn de si el meu pare vol que torni o no.

—Espero que sí —murmura en Tyler, amb les mans encara sobre el meu cos, encara subjectant-me—. Jo ho vull.

El meu moment breu de sobrietat no dura i torno a gronxar-me entre els seus braços, i no ho faig expressament. Amb prou feines entenc el que diu. El gronxament evoluciona en un intent de ballar, però sóc vagament conscient que semblo una idiota acabada.

—Estàs cridant l'atenció —em diu en Tyler furiosament a cau d'orella i m'agafa més fort, tan fort que em restringeix el moviment, que és exactament el que intenta—. Aconseguiràs que ens facin fora.

—Però si tinc vint-i-un anys! —crido, rient de la meva gràcia. Em retorço per alliberar-me de la seva agafada i encara em fa riure més.

—Ai, senyor —gemega en Tyler baixet, amb la cara girada, mirant la sorra, la mandíbula tensa, els ulls tancats. Respira fondo, em deixa anar el cos, camina al meu voltant i, amb un moviment ràpid, es doblega i se'm carrega a l'esquena.— A veure si et passa la mona, hosti —murmura, i es posa a caminar.

Li envolto el coll amb els braços i segurament el dec estar escanyant. Les seves mans fortes m'agafen les cuixes, amb les cames li encerclo la cintura i ell camina tan tranquil·lament que la idea que no peso gens em dóna un moment de satisfacció. Repenjo el cap a la seva espatlla i bufo sobre el seu coll mentre ell camina per la platja.

—Troy-James —crida en Tyler, i el nom desconegut em fa aixecar el cap, encuriosida, alhora que ell s'atura.

Hi ha un grupet de persones, tres, dretes davant nostre i totes es giren en sentir la veu d'en Tyler. Hi ha dues noies i... en TJ. El noi de casa d'en Dean, el noi que era *cornerback*. Troy-James. Mentalment encaixo les peces òbvies i em sento excepcionalment llesta.

—Què passa? —diu en Troy-James o TJ.

Ja no té l'expressió dura d'abans i ara sembla que s'estigui divertint. És comprensible, perquè té dues noies més grans que ell al costat. Totes dues em somriuen amb simpatia.

—Necessito el teu pis —diu en Tyler sense embuts—. Encara vius a l'avinguda Ocean, oi?

—Tio. —En TJ pestanyeja un moment i després intercanvia una mirada amb les noies que sembla haver encisat.— Quins plans tens?

En Tyler arronsa les espatlles mirant-me en un moviment que em fa xocar contra el seu cos.

—A veure si li passa la mona —diu en Tyler—. El seu pare la matarà si torna a casa així.

—Tio, que jo també tenia plans —murmura en TJ amb veu tensa. Fa una ganyota i ens mira amb els ulls entretancats.

—A casa meva no hi ha ningú —diu una de les noies, i, en sentir això, en TJ fica la mà a la butxaca dels pantalons curts i llança les claus del pis a en Tyler. Així... de... fàcil.

—Després deixa-les sota l'estoreta —diu.

En Tyler aconsegueix dir «gràcies» abans que en TJ i les noies marxin. El sento sospirar una altra vegada i m'agafa més fort les cames i es torna a posar a caminar, caminar i caminar fins que m'adono que estem sortint de la festa.

—Per què anem al seu pis? —balbucejo sobre la seva samarreta, perquè ara ja no puc mantenir el cap aixecat—. Com és que té un pis?

—Perquè aquí estàs fent el numeret —diu, rient, i m'agradaria veure quina cara fa, per poder mirar-lo als ulls i imaginar què li passa pel cap. Però encara estic massa pet per a això.— I els seus pares són... milionaris. Li van comprar un pis aquí quan va fer setze anys. Qui fa una cosa així?

—Els milionaris —contesto.

Torna a riure.

No em fa res marxar de la festa. Aquí ja he perdut el mòbil i els diners i les meves amigues, i ara que em comença a passar l'efecte de l'alcohol i el sol es comença a pondre, només vull anar a casa. Però evidentment ara mateix anar a casa no és una possibilitat. El pare es pensa que he anat al cinema, a veure una història d'amor mediocre, quan de fet em treuen a collibè d'una festa perquè abans he begut molt d'alcohol. Estic contenta que m'hagi vingut a rescatar en Tyler. Si en Jake o en Dean o fins i tot la Meghan haguessin intentat treure'm de la festa, m'hi hauria resistit.

—Em pots deixar a terra —murmuro, després de deu minuts d'en Tyler caminant amb mi a l'esquena. Pateixo per ell.

—Perquè t'atropelli un cotxe? No, senyora —diu secament, i s'atura a la vorera. Mira en totes dues direccions i llavors travessa. Encara sento la música de l'escenari.

—Et perdràs la resta de la festa —dic, però no em contesta.

Em porta a una filera de pisos, apartaments i hotels de l'avinguda Ocean, els edificis per davant d'on he passat corrent moltes vegades, els que tenen vistes al mar. Alentim el pas al costat d'un edifici de quatre pisos i en Tyler em puja per l'escala a poc a poc i s'atura davant de l'entrada. Em deixa a terra amb compte. Sento les cames com si fossin de goma quan intento aguantar-me dreta.

—Com et trobes? —pregunta sense mirar-me, enfeinat posant la clau al pany.

—Avergonyida —reconec.

A poc a poc m'està passant l'efecte de l'última beguda, ara fa gairebé tres hores, i començo a ser conscient del meu comportament absurd. Recordo vagament haver escopit sobre el cotxe d'en Dean.

En Tyler obre la porta i busca el meu braç per guiarme dins de la porteria de la finca, que és brillant i té el terra polit.

—Ens ha passat a tots —diu, per consolar-me.

—Com a tu l'any passat? —El meu to sona gairebé desdenyós, però no és la meva intenció. Només sento curiositat. Sempre curiositat.

En Tyler para de caminar, s'atura bruscament enmig del vestíbul. Estira el coll per mirar enrere, cap a mi, amb una expressió immediatament endurida i els ulls entretancats. Em mossego el llavi inferior i espero que esclati, que es posi agressiu, però no ho fa. Només branda el cap i m'estira cap a l'ascensor.

—206 —diu baixet quan pitja el botó del segon pis, i amb prou feines em mira en els segons que tardem a arribar-hi. Encara em té agafat el canell.

El pis 206 és a la part de davant de la finca. Miro l'estora sota els meus peus i la trobo més interessant del que és realment; n'estudio l'estampat. Normalment ni m'hi fixaria, però sembla que el tequila és creatiu i gaudeix de l'art de les estores. No paro fins que no m'estiren dins del pis.

I, ostres, quina meravella de pis.

La sala està il·luminada per la llum de la posta de sol que es filtra per les finestres que van del sostre al terra al voltant de l'habitació. Tot té un to ataronjat i està preciós. És la mena de posta de sol que només es veu a les fotos, i la majoria de les vegades han passat pel Photoshop. Però aquí dalt, en aquest pis amb finestrals immensos que donen a la platja, es copsa l'essència de la bellesa autèntica. La contemplo una estona.

—Té —diu en Tyler baixet per darrere, cridant la meva atenció. Separo els ulls de les finestres i el miro. Té un got d'aigua, que em posa a la mà.— Beu-te-la. Tota.

Se m'escapa un somriure mentre aixeco el got i faig un glop, que és quan m'adono que estic molt deshidratada. La sento fresca i suavitzant a la gola, i me l'acabo tota en pocs segons.

—Seu —ordena en Tyler.

M'agafa el got buit de la mà i assenyala el sofà de darrere meu. Com que no em moc immediatament, em posa la mà a l'espatlla i m'hi empeny.

—És tan bonic... —dic, quan estic asseguda al sofà. M'estiro i em poso còmoda, ben arrepapada als coixins, amb els ulls a les finestres. Si escolto amb atenció, puc sentir el retruny llunyà de la música.— Oi que sí?

—I tant —diu en Tyler uns passos enrere.

Giro el cos per mirar-lo, encreuo les cames i l'observo en silenci mentre omple el got a l'aixeta. Me'l porta, amb les mans molles, i se les eixuga als texans després de passar-me el got.

El silenci de l'habitació contrasta amb el soroll de la festa del carrer, però hi ha un no sé què de relaxant en la llunyania de la música i la brillantor del sol que s'enfonsa en l'horitzó. En Tyler s'asseu a la vora del sofà, a uns centímetres de mi, i mentre bec la segona ronda d'aigua només em mira.

—Has de dormir la mona —diu. Encara em mira amb disgust, i se'm fa estrany que els papers s'hagin invertit. Normalment, sóc jo la que el miro així.— Vine. —M'agafa el got de la mà, me'l treu i el deixa a la tauleta. Em torna a agafar la mà. M'estremeixo, però no sembla que se n'adoni. Delicadament, m'estira perquè em posi dreta, agafant-me amb l'altra mà per la cintura per impedir que perdi l'equilibri.— Bé?

—Bé —confirmo.

Es gira, però no em deixa anar la mà, només tanca els dits sobre els meus i em guia a través de la cuina cap al passadís. Ens parem davant de la porta del fons; en Tyler l'obre i és una habitació petita. M'hi fa entrar.

Em trec les sabates i les aparto, gairebé inconscientment, i vaig cap al llit immens que ocupa pràcticament tot l'espai, però en Tyler em passa la mà per sota els genolls i m'aixeca de terra i m'alça en braços.

Tinc la seva cara a pocs centímetres de la meva o sigui que l'únic que puc fer és mirar-lo. No puc fer res més. Els seus ulls són tan bonics, tan intrigants, que és impossible no trobar-t'hi submergida. Ell ni tan sols em mira, però sento el cor que li batega al pit i la manera com s'accelera. I llavors, gairebé tan ràpidament com m'ha alçat, em deixa sobre el llit amb delicadesa i aparta els llençols.

—T'aniré a buscar l'aigua —murmura, gairebé tímidament, i es mossega els llavis, es gira i surt de l'habitació.

Miro al voltant mentre no hi és. Hi ha un mirall a la paret de la dreta i tan bon punt veig el meu reflex borrós, sospiro. Estic espantosa. Els cabells, que m'he passat més d'una hora allisant, han recuperat el seu ondulat natural i tinc unes grenyes horroroses. El mateix es pot dir del maquillatge, que la Rachael s'ha esforçat tant perquè quedés bé. Una de les pestanyes postisses que m'ha posat ha desaparegut. Ràpidament agafo l'altra, me l'arrenco i l'enganxo a la tauleta de nit.

—Té —diu en Tyler, i em sobresalto. Ha tornat a omplir el got d'aigua fins a dalt i el deixa a la calaixera, al costat de la pestanya que m'acabo d'arrencar.— Aigua i dormir: és l'única manera que et passi la mona i de minimitzar la ressaca al màxim. —Riu una mica i fa la volta al llit per anar a la finestra a córrer les cortines.

—T'hauries d'aplicar el teu consell alguna vegada —comento, però ho dic de broma. Encara em sento una mica marejada.— La pròxima vegada que t'entrompis, cantaré: «aigua i dormir, aigua i dormir».

Quan es gira de la finestra, està reprimint un somriure. Em fa un cop de cap.

—Au, a dormir, Eden.

Ric i em rendeixo. Perquè té raó. Necessito dormir una mica. M'agafo als llençols, llisco cap avall i em poso còmoda, picant el coixí i enfonsant-hi el cap. Estic a punt de tancar els ulls quan m'adono que en Tyler encara és a la porta, com si no sabés què fer, si ha de sortir de l'habitació o quedar-s'hi.

Aixeco una mica el cap per poder-lo veure bé. Ja no ric.

—Tornaràs a la festa?

—No ho sé —diu baixet. Mira la catifa i arronsa les espatlles, però no em torna a mirar.— És que segur que la Tiffani m'està buscant.

—Oh.

—Et deixaré dormir —diu, mirant-me a poc a poc als ulls. I llavors torna a somriure, i és un altre d'aquells somriures que adoro. Un somriure de debò. Sincer. Afectuós i encoratjador.

Torno a enfonsar el cap al coixí, em giro de costat i tanco els ulls fort mentre surt de l'habitació. Quan s'imposa el silenci, tota jo anhela que torni i es quedi. Vull que s'estiri al meu costat, com l'altre dia quan es va ficar al meu llit enmig de la nit. Només vull saber que és aquí amb mi. Vull sentir la seva escalfor i el seu contacte. Només necessito això. És l'únic que enyoro.

Crec que és el moment en què m'adono que n'estic enamorada.

Em desperto al cap d'unes hores. De sobte l'escalfor de l'habitació és insuportable, i estic suada, amb la cara vermella. Immediatament busco l'aigua a la tauleta en la foscor i m'incorporo. Ara està tèbia, però me la bec tota igualment.

—Com et trobes?

Paro de beure de seguida, gairebé em tiro l'aigua per sobre, i giro els ulls ràpidament cap al racó de l'habitació del costat de la finestra. És fosc, però puc distingit la silueta d'en Tyler, per no parlar de la lluentor dels seus ulls. Com més l'enfoco, més clar el veig. Aviat li puc veure tota la cara.

—Millor —dic. És veritat. L'habitació ja no dóna voltes i els meus pensaments tornen a ser lògics. Ara el meu únic problema és que tinc massa calor i una set que em moro.— Quina hora és?

—Les tres —diu en Tyler. Mira cap a la finestra i riu tan baixet que gairebé no se sent. Veig que les cortines tornen a estar obertes, i, des de la meva posició al llit, l'únic que veig és el cel fosc i la lluna. Encara se sent un ressò sord de música a la platja.— La festa encara va a tota marxa.

El miro i se m'ajunten les celles de confusió.

—Que no hi has tornat?

—No —murmura. La veu se li torna encara més baixa que abans, gairebé a punt de ser un xiuxiueig.— Em feia por que no vomitessis. A més, segurament era millor que no m'hi acostés.

Es mossega el llavi inferior i, de sobte, sembla trist, incòmode. Tampoc és que abans semblés superfeliç, però en aquest moment a la seva expressió hi ha canviat alguna cosa que el fa semblar vulnerable. Sembla esgotat, desinflat.

—Què passa? —pregunto, amb el got ben agafat a les mans. El sento tebi.

—Res —diu.

Es tira endavant, repenja els colzes als genolls i enllaça les mans, sense mirar res en particular.

—Et passa alguna cosa. —Faig un altre glop d'aigua, però no deixo de mirar-lo en cap moment. Em fa por perdre'm alguna cosa, com un llampec d'emoció als ulls o una sensació de greuge, però de moment es manté distant amb molta eficàcia.— Què passa, Tyler? —torno a preguntar.

Aixeca el cap i em mira de gairell. Amb un sospir immens, enfonsa les espatlles.

—És que...

—És que què?

—Per aquesta època, l'any passat... —diu lentament, però llavors se li estronca la veu i torna a girar el cap.

—Vas perdre la consciència —acabo. Em mira ràpidament i sembla perplex.— La Rachael m'ho ha explicat. Vas perdre la consciència per culpa de les drogues.

—Beu més aigua —murmura molt baix, i es posa dret. Té la cara a les fosques, tapada per una ombra.

Faig el que m'ordena i m'acabo el que queda d'aigua, i deixo el got a la tauleta de nit. Aparto els llençols i salto del llit. Vaig cap a ell sentint les cames entumides.

—Per què ho vas fer?

Sense més ni més, gesticula amb desesperació i ràpidament retrocedeixo, amb por d'haver-lo fet enfadar.

—Per què em tornes a preguntar per això?

—Perquè vull saber la veritat.

—Ja et vaig explicar la puta veritat —etziba. Té les galtes vermelles de la fúria que li puja per dins. En Tyler no suporta la veritat. En Tyler amaga la veritat.— Faig el que faig per distreure'm.

—De què? —Gairebé crido, perquè vull descobrir la veritat que amaga, perquè estic fins al capdamunt de no saber absolutament res d'ell.— Això és el que vull saber, Tyler. Vull saber per què necessites totes aquestes absurdes distraccions.

Les persones com en Tyler tenen una raó. Ningú no es comporta com es comporta ell només per distreure's. Ningú. Necessito saber què és el que el fa comportar com ho fa i què li fa dir les coses que diu.

—Les distraccions fan les coses més fàcils —diu, finalment, rabiós. Té els ulls brillants i les celles tan arrufades que li apareixen arrugues al front.

—Què es fa més fàcil?

Serra les dents i tanca els punys als costats del cos, les

venes se li tensen sota la pell amb la pressió. Gairebé puc veure com li giren els engranatges al cap durant un moment molt llarg. La seva veu és tranquil·la però amenaçadora quan torna a parlar.

—Para, Eden.

—Parar què? —Faig un pas cap a ell i intento mirar-lo amb calma, esforçant-me per no recular com he fet abans. Aquesta vegada estic decidida a treure-li la veritat, i, per moltes mirades furioses que m'engegui, no m'arronsaré.

—Para d'intentar entendre'm. —Diu cada mot a poc a poc, amb tanta fermesa, que sento cada síl·laba com si li llisqués per la llengua. Com que és més alt que jo, em mira des de dalt a la cara amb una expressió intensa als ulls i de sobte em recorda la fotografia del garatge d'en Dean. La fotografia d'ell abans del partit dels 49ers. Aquella amb el seu pare a l'altre extrem.

—Tyler —dic. Penso en ell com un trencaclosques amb un milió de peces que s'han d'anar encaixant a poc a poc per obtenir la imatge completa. Només cal una peça de veritat cada vegada.— 49ers o Chargers?

—Quina pregunta més estúpida —replica, molt nerviós. Arruga la cara mirant amunt com si no es pogués creure que hagi canviat de tema tan fàcilment. És gairebé com si pensés: «És possible que hagi passat de ser una pesada a una fanàtica del futbol?».— 49ers —diu.

Se'm separen els llavis mirant-lo amb la cara inexpressiva. Per dins, el cap no para de donar voltes mentre intento entendre la resposta. És inconsistent amb la fotografia del garatge.

—He vist una foto a cal Dean —dic, tocant el tema amb compte—, de tu, d'ell i el teu pare abans d'un partit dels 49ers. Si ets fan de l'equip, com és que sembla com si no tinguessis ganes d'entrar?

Ell només em mira i pestanyeja unes quantes vegades.

—En Dean em va dir que la trauria d'allà.

—Contesta la pregunta —exigeixo. M'estic impacientant, i, de sobte, tot em sembla molt peculiar. Estic feta un sac de nervis a mesura que em començo a imaginar com va anar.— Què va passar aquell dia?

Aleshores en Tyler s'allunya de mi. Allarga la mà per agafar el meu got de la tauleta de nit i l'estreny amb tanta força que se li tornen blancs els artells de la pressió que fa. Em fa l'efecte que el got es trencarà sota la seva mà, però no. Se'n va a la finestra i es queda allà, amb el so apagat de la música de fons i la seva respiració forta.

Ara el moll està il·luminat i els llums brillen rere les palmeres que voregen l'avinguda, amb la sínia que gira i gira. No sé per què. És de nit. En Tyler abaixa el cap.

—Es pot saber què et passa, Eden? —pregunta baixet, però em dóna l'esquena i mira per la finestra cap a la calçada de baix—. No m'hauries de voler entendre. Ningú ho vol.

L'ambient ha canviat i percebo el seu estat d'ànim en la quietud del moment. Té les espatlles enfonsades i segueix la vora del got amb el dit. No vull tornar a enraonar. Vull silenci per poder-lo estudiar, totes les seves faccions i els seus defectes. Vull tornar a mirar la seva cara i vull que em miri i vull somriure i que ell em correspongui. Vull veure com tanca fort la mandíbula mentre pensa; vull que confiï prou en mi per explicar-me què pensa. Vull veure a través d'ell, entendre'l, acceptar-lo.

El vull.

—Tyler —xiuxiuejo. Intento atraure els seus ulls cap als meus amb la pura força del seu nom, però no es gira. Només em fa una mirada ràpida per sobre l'espatlla.— Confia en mi. Sisplau.

Encara mira la catifa, però ara branda el cap, a poc a poc, com si li fes mal rendir-se. Amb els ulls tancats fort, exhala.

—No m'obliguis a dir-t'ho.

Em situo davant d'ell amb molt de compte i em colloco entre ell i la finestra. Tampoc importa; ja no mira la nit que avança sense nosaltres. M'empasso el nus que tinc a la gola i li poso una mà delicadament al pit.

—Sisplau —mussito.

Obre els ulls a poc a poc; és un turment. Espero que el maragda que tenen a dins em miri, i, quan finalment els seus ulls troben els meus, se'm talla la respiració. Estan tan dilatats i tan apagats i tan adolorits, i no l'havia vist mai posseït per tanta emoció. L'he vist furiós i l'he vist sàdic i l'he vist vulnerable, però això va més enllà de la vulnerabilitat. Hi veig indefensió.

—El meu pare és un desgraciat —diu molt baix, gairebé sense moure els llavis—. Vaig dir a tothom que era a la presó per robatori de cotxes. Però no és veritat. —Se li tensa la mandíbula i gira la cara cap al costat. Veig com físicament arreplega el coratge per continuar, amb els narius tremolosos, i no es gira en cap moment. I llavors gosa pronunciar les paraules que no se m'havien passat mai pel cap.— És a la presó per maltractament infantil.

Se'm refreda la sang i una esgarrifança em recorre l'espinada. Les paraules són doloroses de sentir. Són paraules que no haurien d'anar mai juntes, perquè el maltractament infantil no hauria d'existir, no hauria de ser una cosa, no hauria de ser real. Em puja la fel a la gola i se'm separen els llavis, tinc la boca oberta d'incredulitat mentre en Tyler tanca els ulls de nou. Ara sí que entenc que li costés tant dir el que ha dit.

—Tu? —xiuxiuejo.

Assenteix.

De cop, cada petit detall que he recollit fins ara té sentit, i és tan aclaparador que em sento paralitzada, incapaç de moure'm. Només puc pensar. Ara entenc per què semblava infeliç en aquella foto del garatge d'en Dean. És clar que era infeliç. Ara entenc per què s'ha trencat els canells diverses vegades. És clar que es va enfadar quan vaig treure el tema. Ara entenc per què faltaven tantes fotos de l'àlbum familiar. És clar que se'n va desfer. Ara entenc per què necessita distraccions. És clar. És clar, és clar, és clar.

Ara és tot molt evident.

Deixo anar l'aire i m'obligo a parlar.

—En Jamie i en Chase?

—Només jo —diu.

—Tyler, jo... —Alguna cosa se m'està esquinçant a dins de pensar que en Tyler va haver de passar per una cosa tan horrible i tan cruel. Se m'esquerda la veu i haig de callar un moment per refer-me. Encara tinc la mà posada al seu pit i sento com li batega el cor, lent i fort.— Em sap molt de greu.

—He aconseguit que fos un secret —murmura, tot retrocedint, i la devastació ha desaparegut dels seus ulls. Ara l'ocupa una ràbia bombollejant que s'alimenta de la pena que té a dins.— No ho sap ningú. Ni la Tiffani, ni en Dean, ningú.

—Per què no els ho has explicat?

—Perquè no vull que em compadeixin —crida secament, però sento la tensió a la seva veu. Amb una arronsada d'espatlles, es gira i va a l'altre cantó del llit i s'agafa al cantell de la tauleta.— La compassió és per als figaflors. Jo no vull semblar dèbil. Es va acabar ser dèbil. —Se sent un espetec quan pica la superfície de la tauleta amb el puny i es gira, lívid.— Això és el que era llavors. Dèbil.

Tot comença a prendre sentit. Em giro per mirar per la finestra, al cel blau fosc de fora. La sínia continua girant, la gent continua de festa a la sorra. El torno a mirar.

—No eres dèbil. Eres un nen.

Mou el cap amb insistència i torna a travessar la petita habitació amb les mans tancades una altra vegada. Repenja l'esquena a la paret i es deixa lliscar fins a terra. Sembla completament derrotat. De nou ha passat de la ira a la vulnerabilitat. Fixa els ulls en un punt de la paret d'enfront i se li estova la veu.

—És que durant un temps no ho entenia realment —diu en veu baixa—. No vaig entendre mai què feia malament.

Sé que vol que l'escolti, que calli i l'escolti, així que reprimeixo les preguntes i m'assec davant d'ell. M'assec davant d'ell i encreuo les cames i només escolto el que diu, mirant-li els llavis tota l'estona mentre parla.

—Els meus pares... —comença, però parla molt a poc a poc, com si es pensés com ha de formular cada cosa sobre la marxa—. Eren uns adolescents quan em van tenir, i per això m'imagino que no tenien ni idea del que feien. Tots dos es van obsessionar una mica amb la seva professió. El pare tenia la seva estúpida empresa, aquella que et vaig comentar.

—Grayson's.

—Grayson's —repeteix. S'escura la veu, es tira endavant i plega els braços al voltant dels genolls.— Al començament va ser fabulós. L'empresa va anar pujant durant uns anys, però quan jo tenia, no ho sé, vuit anys, alguna cosa es va torçar. El pare tenia molt mal geni. Va venir una nit a casa i la mare encara era al despatx treballant i ell estava emprenyadíssim i m'ho va fer pagar a mi. Ho vaig deixar passar. Em pensava que era una cosa aïllada. Però llavors els seus empleats el van començar a deixar i es va estressar molt i m'ho va tornar a fer pagar. Va començar a passar més sovint. Va passar d'una vegada a la setmana a cada nit. Em deia que no podia fer res del que volia fer, perquè m'havia de concentrar en l'escola. Em deia que havia d'entrar en una universitat d'elit perquè no acabés engegant en orris la meva carrera com havia fet ell. Però la veritat era que jo no volia ser ric ni anar a cap universitat d'elit, però em passava totes les nits tancat a la meva habitació intentant estudiar perquè no s'enfadés més amb mi. Pensava que ho estava intentant. Que amb això n'hi havia prou. Però res. Cada nit, continuava pujant i m'estomacava. —Calla un moment llarg, i quan torna a parlar la seva veu s'ha reduït a poca cosa més que un xiuxiueig.— Cada nit del món. Quatre anys.

—Ho sento —murmuro una vegada més. És veritat. Ningú no es mereix que el tractin així, i menys que ho faci un pare, la persona que representa que t'ha d'estimar i protegir. Estic enrabiada.

En Tyler només arronsa les espatlles.

—La mare treballava tant que no en tenia ni idea. Ara se'n dóna la culpa. Intenta castigar-me, però no se'n surt, perquè no es manté ferma. Crec que li fa una por horrorosa ser estricta, saps? Però no és culpa seva. De vegades sí que se n'adonava. Deia coses com «però, Tyler, què t'has fet a la cara una altra vegada?». Li deia que tenia morats a la cara perquè havia jugat a futbol a classe d'educació física o que m'havia trencat el canell perquè havia caigut per l'escala. Quan en realitat m'havia trencat el canell tres vegades perquè el pare es divertia comprovant fins a on me'l podia doblegar.

—Per què no ho vas explicar a ningú? —pregunto en un xiuxiueig. El silenci és tan fràgil que em fa molta por trencar-lo.— El meu pare ho sap?

—Perquè li tenia una por espantosa —reconeix en Tyler, en un to aspre, la veu freda. Quan aixeca les mans i se les torna a passar pels cabells, noto que se li enfosqueixen els ulls i li surt el mal geni.— No ho podia explicar. L'únic que no ho sap és en Chase. Era massa petit. La mare no el volia espantar. Ara tota la resta de la família odia el pare.

—Quan es va aturar?

—Quan jo tenia dotze anys —diu, i alhora s'aixeca de terra. Encara té la mandíbula tensa quan parla.— Una nit en Jamie va pujar i va veure que el pare m'apallissava. Va trucar a la policia, a la seva edat. Aquella nit van arrestar el pare. No va anar a judici, perquè es va declarar culpable, així que no se'n va fer publicitat. Vaig poder mantenir-ho en secret. Puc fingir que tot va bé. —Se li escapa un sospir dels llavis i s'allunya de mi una altra vegada i camina amunt i avall per l'habitació.— L'odio tant... L'odio molt, molt. Al cap d'un any o així vaig començar a creure que hi havia d'haver una raó perquè passés allò. Em pensava que m'ho mereixia per ser una merda. Encara ho penso. No ho puc deixar enrere, perquè és impossible d'oblidar, cosa que sona patètica, però és la veritat. Hauria de prendre antidepressius, però no me'ls prenc, perquè prefereixo beure i col·locar-me i totes dues coses no poden ser. I saps què, Eden? Tens raó. Estic perdut. Estic totalment perdut en aquest caos.

Des de la meva posició a terra, poso les mans planes a la catifa i m'aixeco. Un cop dreta intento analitzar les emocions que li circulen rabents pels ulls. Hi ha de tot alhora i passa d'una emoció a una altra tan de pressa que amb prou feines les distingeixo.

Sento que inspira amb força abans de posar-se a cridar.

—Depenc de les distraccions! M'ho fan més suportable, perquè les hores que estic borratxo, col·locat o totes dues coses, m'oblido que el meu pare m'odia!

I, llavors, gairebé tan ràpidament com l'onada de ràbia que l'inunda, entra l'adrenalina. Para de caminar i agafa el got de la tauleta i el llança a l'altra punta de l'habitació.

Retrocedeixo un pas, sobresaltada quan el got s'esmicola contra la paret. Se sent un soroll horrible que em perfora per dins un segon. Els bocins de vidre cauen a terra i en Tyler es queda allà, mirant, respirant. Satisfet, es deixa caure al llit.

—L'odio —etziba.

Té els ulls una altra vegada a la finestra i m'hi acosto per intentar consolar-lo. Les seves faccions poden estar endurides i la seva expressió pot ser retorçada, però sé que està sincerament angoixat. L'hi sento a la veu i l'hi veig als ulls.

És fosc ara i la música de la platja es comença a apagar i la festa s'acaba. La lluna flota sobre el mar i hi ha una lluentor suau que il·lumina el pis. La cara d'en Tyler està il·luminada i lentament m'atanso al llit, on s'ha esfondrat. Busca els meus ulls quan em poso davant d'ell.

Tremolo. No perquè aquí faci fred, sinó perquè tinc els nervis a flor de pell. En Tyler encara m'aguanta la mirada i sembla ansiós i em pregunto si espera que el bombardegi amb més preguntes, però no és la meva intenció. La meva intenció és millor.

Nerviosa, li agafo la cara i li sostinc la barbeta amb les dues mans, forçant-lo a aguantar-me la mirada mentre m'assec a la seva falda. No es belluga, no fa res, no respira. No crec que jo respiri gaire tampoc. Moc els llavis cap als seus, però els retinc abans d'arribar-hi, i ens quedem així un moment, ell i jo i prou. És reconfortant i alhora absolutament aterridor i sé que espera que jo m'hi acosti del tot, i sé que ho vull fer, però espero. Espero fins que sento el seu alè a la galta.

—Gràcies per la confiança —xiuxiuejo amb compte, i aleshores li faig un petó.

En la foscor i el silenci, alguna cosa s'encén. No sé què és, no ho sé identificar, però ho sento. Sento com se m'accelera el pols i el cor em fa mal al pit, i sento com se'm posa la pell de gallina per tot el cos, els pèls dels braços se m'ericen i sento els llavis d'en Tyler sobre els meus. Tous i humits i ansiosos, com sempre. Sento que canalitza el seu dolor, la seva ira... Sento com ho canalitza en desig. És aquell desig d'alguna cosa que tots dos volem però que no podem tenir.

Té gust de cervesa i de tabac, però d'alguna manera em captiva. És tan familiar, perquè és ben bé ell, el seu gust permanent. Em besa a poc a poc i em fica les mans per sota la faldilla, agafant-me fort el cul mentre s'asseu. Encara sóc a la seva falda i premo el pit fort contra el seu alhora que l'acaricio amb els dits, sense deixar-li d'agafar la cara. Sento que se li tensen els músculs dels braços quan m'aixeca de la seva falda i em deixa al llit al seu costat. Sento el cos com si fos de gel, congelat al seu costat mentre ell plana sobre meu, pujant les mans per les meves cuixes per sota la faldilla. Durant un segon em preocupa haver patit una paràlisi, però encara puc moure els llavis, encara poden besar, o sigui que no. Només és ansietat i la por del desconegut.

Però, per molt nerviosa i angoixada que em comenci a sentir, em nego a separar els meus llavis dels d'en Tyler. De sobte, intensifica el petó, accelerant el ritme, i mentre els meus llavis estan enganxats als seus li deixo anar la cara i em trec el jersei. El trec de sota meu i el llanço a un costat. Quan torno a posar les mans sobre en Tyler, ell es busca la vora de la samarreta. Em sento els braços entumits quan l'ajudo matusserament, intentant inútilment treure-li la samarreta sense trencar el petó. S'adona dels meus esforços i riu sobre els meus llavis. És una rialla sincera, la mena de rialla que et fa somriure, una rialla que et fa sentir còmoda. S'aparta, s'agenolla i es treu la samarreta ràpidament i la llança per sobre l'espatlla. Em poso vermella mirant-li el pit i els abdominals i els plecs que tot just intueixo, amagats per la cintura del pantaló. I no sé si estic somiant, perquè de cop penso que en Tyler hauria d'estar desfilant en una passarel·la i no en aquest llit amb mi.

Posa el cos sobre el meu i em fa petons al coll, amb una mà a la meva cintura i l'altra pujant per sota la faldilla una altra vegada. Em besa a poc a poc mentre jo enredo els dits amb els seus cabells, cargolant-los. Tinc els ulls tancats i repenjo la barbeta al seu front intentant controlar la respiració, perquè no havia estat tan excitada i tan nerviosa en tota la meva vida. L'escalfor del seu pit contrasta amb els meus tremolors quan les puntes dels seus dits freguen la blonda de les meves calces. La panxa em fa un sotrac de pura expectativa i per un moment em fa l'efecte que vomitaré.

Ell té tanta experiència i s'ho coneix tot de dalt a baix, i jo no en tinc gens i encara he de descobrir per què als nois els tornen tan bojos els pits. Em passen mil pensaments fugaços, com ara què he de fer amb les mans. On les poso? Espero que ell faci alguna cosa o prenc la iniciativa? Espera que gemegui? Gemego? No em sé imaginar gemegant. Hauria d'estar fent alguna cosa ara mateix, com descordar-li els texans o fer-li petons al coll? Qui va ser la primera persona que va tenir relacions sexuals, si es pot saber? John F. Kennedy era un faldiller, i si l'estimat expresident del país va ser capaç de seduir noies a tort i a dret, estic força segura que el sexe no pot ser tan dolent. Aquelles noies no s'haurien llançat al llit del president si el sexe fos tan horrorós. Durant un segon em pregunto per què estic pensant en el nostre president assassinat. M'hi jugo el que sigui que ni Lee Harvey Osvald, en cas que fos viu, no devia pensar en JFK mentre feia l'amor amb la seva dona. I això que ell el va matar.

«Para, Eden».

Els llavis d'en Tyler deixen petons al llarg de l'espatlla, mentre les seves mans exploren el meu cos. Em frega la galta i sento el seu afecte a través de les puntes dels dits i en la manera com deixa un rastre càlid sobre la meva pell. No vull que s'acabi, encara que estigui sense alè i li agafi els cabells amb força. No ho faig expressament, però acabo estirant-li les puntes i arquejant l'esquena.

Per sort, en Tyler em guia tot el camí sense tornar a dir res en tota la nit. Fins i tot quan dubto en un cert punt, morta de preocupació pel que pensarà quan em vegi el cos, para, esperant fins que m'empasso els nervis abans de continuar. I fins i tot quan m'està descordant els sostenidors i fins i tot quan s'aixeca per treure's els texans i fins i tot quan busca dins de la cartera, no diu ni una sola paraula, però m'agrada així. M'agrada el silenci eixordador de tota l'experiència mentre avanço a empentes i rodolons amb la persona que m'ha fet tornar boja.

Això és el que ho fa millor.

Que sigui amb en Tyler.

Ni en Jake ni l'Scotty Atxum, el noi de la classe d'àlgebra, sinó en Tyler. El noi dels secrets i les febleses, el noi que m'ha tingut prou confiança per reconèixer-ho tot amb mi. El respecto per això. Li ha costat molt explicar-me la veritat i ara encara el vull més. No vull que això s'acabi. En Tyler i jo... No hauríem d'estar junts i no hauríem de fer el que estem fent, perquè la realitat és la que és, per molt que desitgem que sigui una altra. M'atrau tot ell i no hauria de sentir que estic fent res mal fet. No, no està mal fet. Quina relació sanguínia tenim? No en tenim cap.

Però sé que si algú s'assabentés de la veritat sobre en Tyler i jo, ens mirarien malament. No em puc ni imaginar com ens ho faríem per explicar-ho als nostres pares. Com dius a una parella casada que els seus fills surten? Com es fa funcionar això?

No hi ha marxa enrere a partir d'ara. No hi ha manera de canviar els gemecs d'en Tyler a la meva orella, ni d'esborrar el fet que li clavo les ungles a l'esquena, sense oblidar la manera com es gronxen alhora els nostres malucs.

Perquè en Tyler em pot haver explicat els seus secrets, però ara en té un de nou.

28

QUAN EM DESPERTO MÉS TARD AL MATÍ i miro al meu voltant, no em sento especialment diferent. Representa que has de ser una persona diferent; representa que has de veure les coses des d'una perspectiva diferent. Però em sento exactament igual que ahir a la nit, exceptuant que tinc mal de cap. No sento el cos terriblement adolorit ni tinc ganes de plorar, però tampoc és que salti d'alegria precisament. Sembla un matí més, un nou dia.

Tinc la gola seca, com si hagués caminat pel desert una setmana sencera i encara no hagués trobat cap doll d'aigua, i tinc la veu rasposa quan m'incorporo i crido en Tyler. Aquesta és una altra cosa que em pensava que seria diferent després de perdre la virginitat. Em pensava que et despertaves al costat de la persona que et tenia tan encisada.

Tinc un moment de pànic. Potser en Tyler se n'ha anat. Potser m'ha abandonat aquí, se n'ha anat abans que em despertés, s'ha penedit del que va passar i ha fugit. Al pis hi ha massa silenci. No hauria d'estar tan silenciós. En Tyler hauria de ser al meu costat, com a les pel·lícules, que et despertes i el teu estimat et fa un petó al front i juga amb els teus cabells o et diu a cau d'orella que t'estima, o el que sigui.

Miro per l'habitació i veig que les cortines de la finestra tornen a estar tirades. No sé si ja és el matí o encara és de nit i si han passat dos dies, perquè a l'habitació no hi entra llum.

Arrugo les faccions, m'embolico amb el llençol i em giro cap al mirall de la dreta. Estic totalment despullada. Estiro el llençol per tapar-me el pit i miro el meu reflex, horroritzada.

On punyeta s'ha ficat en Tyler?

Aleshores s'obre la porta de l'habitació, fregant durament la suau moqueta. En Tyler l'obre del tot amb el colze i entra, amb la cara una mica pàl·lida. Em trec un pes de sobre només de veure'l. Va del tot vestit i em mira als ulls amb un petit somriure.

—Ara et venia a despertar —diu, amb una veu afectuosa.

El to de maragda dels seus ulls és verd clar, i sé que és perquè està tranquil. Això és el que més he notat al llarg de les setmanes que fa que sóc aquí. Els ulls d'en Tyler i la manera com reflecteixen el seu estat d'ànim. Apagats i clars: vulnerable. Normal: pedant insuportable. Foscos i vibrants: furiós fins al punt que podria matar algú.

—Em pensava que te n'havies anat —reconec, conscient que estava exagerant.

Sé que en Tyler no em deixaria, perquè sé que no em tractaria així. Espero que no.

Em mira un moment, consternat.

—No sóc tan malparit. —Se li aixequen les comissures dels llavis en un somriure i mira cap a una altra banda, gairebé tímidament, com si li hagués ferit l'ego i hagués perdut la seguretat en si mateix.— No t'has de preocupar per això.

Detecto el color menta brillant de la meva faldilla a les seves mans i quan veu que estic mirant la meva roba, és com si recordés per què ha entrat a l'habitació.

—Té —diu, i deixa amb compte la roba als peus del llit.

Es queda quiet sense saber què fer. No em pot sostenir la mirada; només pot mirar alternativament a mi, la meva roba i la finestra i el terra i tot el que se li posa al davant. Se li envermelleixen les galtes.

—Que estàs bé?

A la fi em mira als ulls i tota la cara se li torna de color rosa. Es frega el clatell i gira el coll.

—Perdona —murmura, però noto el nerviosisme en el seu to—. És que... és que no estic acostumat a... a això. —Calla un segon.— Vols que parlem de... d'ahir a la nit?

Encara estic embolicada amb el llençol, però ara somric. Crec que és la primera vegada que he vist en Tyler realment ansiós i fora de la seva zona de confort. Normalment controla tant les situacions i està tan segur de si mateix, i mira'l ara, balbucejant i incapaç de mirar-me a la cara. Però després penso en les seves paraules i se m'esborra el somriure immediatament.

—Que ho vaig fer malament? —goso preguntar.

—No, no —diu ràpidament. S'anima, almenys prou per riure una mica.— El que volia dir era més aviat... I ara què?

Ens mirem un moment. Ell es mossega el llavi, aguantant la respiració mentre espera que contesti. Però què puc dir? No ho sé. Només sé que ara la nostra complicada situació sembla més real i més intensa.

—No n'estic segura —reconec—. Tu què creus que hem de fer?

—No n'estic segur. —Sospira i es fica les mans a les butxaques, però és evident que rumia alguna cosa perquè la seva cara és la viva imatge de la concentració.— Contesta'm una cosa: te'n penedeixes?

—No —dic immediatament. Com em puc penedir d'una cosa que desitjava tant?— I tu?

—Saps que no —murmura, i després fa un altre d'aquells somriures sincers, un d'aquells que no crec que em cansin mai. Torna a agafar la meva roba i dóna la volta al llit, es para al meu costat i me la deixa a la falda, sobre el llençol. Encara somriu.— Ho solucionarem. Algun dia. Però ara mateix, vesteix-te, perquè hauríem de marxar. En Troy-James acaba de trucar i ve cap aquí.

Premo els llavis una mica avergonyida i abraçant la vànova sobre el meu cos, però no em moc.

—Que pots... que pots sortir un moment?

—Et comportes com si no t'hagués vist despullada —diu, però ho diu de broma—. Afanya't —m'apressa, i surt de l'habitació.

Un cop ha marxat agafo la faldilla i me la poso per sota el llençol, encara massa avergonyida per sortir del llit despullada. Em poso els sostenidors, i el *bustier* i llavors poso els peus a terra. Encara tinc la sensació que l'habitació roda una mica. Em poso el jersei i me'l tanco bé. Em toco el front i respiro unes quantes vegades. Em trobo bé fins que em poso dreta del tot: llavors sento com si tingués verí a la sang i m'estigués matant per dins.

Quan vaig a la cuina, en Tyler és al costat de la brossa, abocant vidres trencats a dins. Miro el taulell de la sala, on el sol entra pels immensos finestrals i projecta llum per sobre de tot, i prenc nota del fet que tot està endreçat fins al punt que el pis sembla immaculat, com si no hi haguéssim estat. Deu haver escombrat els vidres del got que va trencar ahir a la nit, mentre jo encara dormia. Amb un sospir, desa els estris en un armari i es gira, fregant-se les mans.

—He demanat un taxi —diu. Mira el rellotge i després assenyala la porta amb el cap.— Sé que és estrany, però no puc demanar a ningú que ens porti sense que es facin preguntes sobre què estàvem fent. No podem despertar sospites, oi? El taxista no ens coneixerà. Hauria d'arribar de seguida.

Li faig un petit cop de cap.

—On són les meves vambes? —Amb la moqueta tinc els peus calents, però no recordo on van acabar les meves Converse. Les busco per la sala amb la mirada.

—No ho sé —diu en Tyler, i també busca amb els ulls per la sala—. Però ens en hauríem d'anar.

—Però les meves vambes... —intento protestar, amoïnada per haver-les perdut. Són les meves vambes preferides, les que tenen les meves lletres preferides escrites als costats. Les que em poso per anar a escola, per anar a comprar menjar per a la mare, per anar a les festes a la platja quan estic trompa i vull fer petons al meu germanastre.

—Te'n compraré unes altres, però anem —insta en Tyler, impacientant-se una mica. Arrufa les celles i va cap a la porta, l'obre i es queda esperant al replà que em decideixi a sortir. Quan surto, tanca la porta i deixa la clau sota l'estora.

El terra de rajola és fred sota els meus peus i m'afanyo cap a l'ascensor abans fins i tot que en Tyler tingui temps de girar-se, però quan ho fa somriu venint cap a mi. Puja a l'ascensor just abans que la porta es tanqui.

Em mira amb intensitat mentre l'ascensor es posa en marxa, amb una expressió severa, però s'esforça per dissimular un somriure.

—Crec que no hauríem de parlar d'aquesta nit als nostre pares.

—No crec que hàgim de parlar d'aquesta nit amb ningú —corregeixo, però encara que parlem de broma, em poso tensa. M'agradaria sospirar sense parar. Això és el que és, un sospir enorme, perquè no tinc ni idea del que fem.

En Tyler deu notar la preocupació als meus ulls, perquè m'agafa la mà amb afecte, de la mateixa manera que va fer ahir a la nit quan em cuidava. Miro les nostres mans un moment, absorbint la imatge quan estan entrellaçades. M'agrada. Quan el miro, només somriu i estreny els seus dits més fort sobre els meus.

Tinc el pensament persistent al cap que potser no en podrem parlar mai amb ningú, i sempre ens estarem dient en veu baixa: «Xsst, que és un secret». Guardar-ho en secret és difícil, però explicar-ho ho és més. No té bona solució.

Quan s'obre la porta de l'ascensor, en Tyler em guia pel vestíbul cap a la porta principal, i a través de la porta de vidre veiem un taxi aparcat al davant. Em fa angúnia sortir descalça al carrer, però em sobreposo ràpidament i baixo els graons amb en Tyler i pujo al vehicle. Una dona de mitjana edat ens saluda amb un somriure ressacós.

Tardem ben bé vint minuts a arribar a casa, que és sorprenent tenint en compte que és diumenge al matí i la circulació és mínima. Penso que la taxista s'aprofita que som joves i dóna per fet que som ingenus i no en sabem més. Fa almenys cinc girs equivocats exclamant coses com «ai, no, que no és per aquí». Mentre condueix, la miro indignada des del seient de darrere per la manera com intenta allargar la carrera expressament i prolonga el temps que he de seure en silenci donant voltes al que ha passat aquesta nit. Em fa venir ganes de vomitar, però en Tyler només arronsa les espatlles quan li assenyalo el taxímetre amb les celles arrufades. No es pren la molèstia de discutir amb la taxista, li dóna un bitllet de vint dòlars i em treu del taxi, que surt disparat tan bon punt tanco la porta.

—On els vas dir que anaves ahir a la nit? —pregunta en Tyler mentre ens quedem un moment fora de la casa, sense saber què explicarem.

Estic feta un fàstic i he perdut les sabates i segurament faig pudor d'alcohol.

—Al cinema —dic.

En Tyler sospira i branda el cap mirant-me.

—Al cinema? Que original.

—Quina excusa vas donar tu? —replico.

—No els en vaig donar cap. Vaig marxar sense que se n'adonessin.

—Ja —dic—, quina sorpresa.

Riu, però encara sembla una mica amoïnat quan mira la casa. No tenim més remei que entrar, haurem d'entrar tard o d'hora. Tant de bo pogués no fer-ho, no veure el pare ni l'Ella, amagar-me amb en Tyler mentre m'explica més coses de la seva vida. Això sí que seria perfecte.

L'Ella és a la casa quan entrem. Té uns papers a la mà i els llegeix, amb un dit posat als llavis. En Jamie està assegut a la butaca amb el canell trencat sobre un coixí. Ens mira a tots dos amb un somriure de disgust i crec que és la primera vegada que el veig empipat.

—Dave, han arribat —crida l'Ella sense ni mirar-nos.

Tenia l'esperança que no ens veiés al llindar, però és cert el que diuen dels pares. Tenen ulls al clatell i en tenen quatre.

En Tyler em mira de gairell, amb la cara tensa. Està més acostumat a enfrontar-se als nostres pares que jo, i, francament, espero que enraoni per mi. Si intento explicar-me, només quequejaré i se m'escaparà alguna cosa que no vull dir, com quan la Tiffani em va sentir dir a l'Ella que havia estat amb la Meghan i se'm va girar en contra.

El pare entra sorollosament a la sala poc després amb pantalons de xandall i samarreta. No estic acostumada a veure'l sense camisa i corbata. Sembla menys intimidant, com si fos el meu avi.

—Quina explicació teniu? —borda, i immediatament deixa clar que té una emprenyada de ca l'ample.

—La pel·lícula era molt bona? —intento, però la mirada que em llança en Tyler diu: «No cal que t'hi escarrassis».

Em podia haver imaginat que el pare s'enfilaria per les parets quan veiés que no havia tornat a casa. Les pel·lícules no duren fins a les deu del matí.

—Vosaltres dos vau anar a aquella festa de la platja, oi?

L'Ella ha aixecat els ulls dels papers i els ha deixat a la falda mentre en Jamie continua observant en Tyler i jo maldo per sortir de la piscina dels taurons. Ell té una espurna d'hilaritat als ulls, com si això fos un entreteniment. Per la meva banda, no ho és.

Ni en Tyler ni jo contestem. Això els diu exactament el que volien saber: sí, vam mentir, i sí, vam anar a la festa de la platja tot i no tenir l'edat. En la meva defensa, aquestes coses no es fan a Portland. Com podia deixar-me perdre l'oportunitat? Amb l'esperança d'escapar del nostre destí, intento apel·lar a la faceta comprensiva del pare. I ploro.

—La colla m'hi va portar després del cine —dic ofegant-me entre els meus sanglots exagerats. Tinc la veu ronca, però no és falsa. Encara em moro de set.— No sabia ni què era!

En Tyler em mira amb una expressió neutral. Em defenso només a mi mateixa i es veu que no troba que ho faci gaire bé. Sospira i deixa de mirar-me per dirigir-se al pare.

—Hi vaig anar perquè volia —diu, amb sinceritat—. Què fareu? Castigar-me cinc anys més?

El pare ens mira a en Tyler i a mi, amb els ulls entretancats, com si no pogués decidir quin problema afrontar primer: el meu plor fals o l'actitud d'en Tyler. No es decideix per cap dels dos.

—Què heu fet tota la nit? —interroga mentre l'Ella observa, i la seva mirada em fa pensar en el que va dir en Tyler ahir a la nit, que era cauta a l'hora d'exercir de mare i castigar-lo. El pare no sembla tenir cap problema quan es tracta de discutir.

—Ens hem quedat tots a casa d'en Dean —diu descaradament en Tyler, però de fet només és una lleugera distorsió de la veritat. Sí que ens hem quedat a casa d'algú, però no a la d'en Dean, i en Tyler i jo no estàvem precisament dormint.— Calma't una mica. És estiu...

—Ah —talla el pare amb sarcasme—. Disculpeu-me. No me'n recordava que era estiu i que això vol dir que podeu fer el que us doni la gana. No sabeu el greu que em sap.

Sento que en Jamie s'aguanta el riure i tinc ganes de dir-li que se'n vagi a pastar fang, però sé que al pare no li faria cap gràcia. A més, en Jamie em cau bé. En el sentit que «està bé com a germanastre», vull dir.

—No és la primera vegada que no véns a dormir a casa, Eden —murmura el pare disgustat.

Els ulls se me'n van ràpidament cap a ell i en faig sortir un parell de llàgrimes més. Sembla que tingui els cabells més grisos que fa un mes, quan em va venir a buscar a l'aeroport, i com més se li fixa la ganyota de disgust a la cara més vell se'l veu. La mare sembla que en tingui vint-i-un en comparació.

—Només he dormit a casa d'un amic —dic, somicant molt més patèticament del que pretenia. La primera vegada que no vaig dormir a casa va ser el dia que em vaig adormir a casa d'en Jake després de fer-me petons amb ell durant *El rei lleó*. La segona vegada va ser ahir a la nit, quan estava massa captivada amb el contacte amb en Tyler, massa encisada amb la seva veu, massa enamorada del seu ésser.

—No es tracta d'això!

—Doncs, de què es tracta?

El pare em mira furiós mentre intenta formular una resposta decent. No se li acut res i fixa la seva atenció sobre en Tyler.

—Ets impossible, o sigui que no diré res. Puja a dalt. Surt del meu davant.

Mira en Jamie per sobre l'espatlla amb una mena de ganyota als llavis, i en Jamie copsa el missatge i s'aixeca.

—Per mi bé —diu en Tyler amb un somriure arrogant, però se li esborra de seguida quan em mira. Els llavis se li torcen en un somriure sincer, un somriure ple de tranquil·litat, com si intentés dir-me que no em preocupi perquè tot anirà bé. Quan en Jamie s'acosta, en Tyler li passa el braç per les espatlles i el treu de la sala empenyent-lo afectuosament.— Com va el canell, nano? —murmura.

En aquell moment, m'agradaria ser com en Tyler. Tant de bo pogués posar una façana i fer veure que tot és una broma. Tant de bo em renyessin tant que les escridassades formessin part de la rutina diària. Tant de bo no fos davant del pare, sotmesa a un interrogatori i a expressions de decepció mentre em cauen aquestes estúpides llàgrimes per sobre el maquillatge empastifat.

El pare, ara ho veig, no té una sola fibra de comprensió en tot el seu ésser. M'ho hauria d'haver imaginat. Quan la mare estava angoixada, tant se li'n donava. Cada vegada que ella plorava per culpa d'ell, encara se li'n donava menys. No ha estat mai empàtic.

Paro de fer veure que ploro i el miro intensament.

—Què?

L'Ella encara és a la sala. Es mossega els llavis sense deixar d'observar, sense bellugar-se de la seva posició al sofà, en silenci. No sé si me n'hauria d'alegrar o no perquè encara no he descobert si és de la mena que s'afegeix a l'escridassada o de la mena que et defensa.

—Eden —comença el pare a poc a poc, tot fregant-se les temples—. No et vaig convidar a venir perquè m'enganyessis i fessis coses d'amagat.

—Aleshores per què punyeta em vas convidar? —exploto, gesticulant amb exasperació—. Em volies portar a comprar sostenidors? Volies que féssim fogueres i mengéssim núvols de sucre? Què, pare? Què esperaves?

No sóc capaç de mesurar el meu odi. Al llarg de les sis setmanes que he viscut aquí no ha fet el més petit esforç per arreglar les coses amb mi, per disculpar-se per abandonar-nos a la mare i a mi sense cap explicació, per deixar-nos i esperar tres anys per tornar-me a veure. I ara vol tornar a la meva vida? Ara vol fer-me de pare?

—Crec que ens hauríem de calmar una mica. El que és important és que l'Eden sigui aquí —diu l'Ella en un to una mica brusc.

He arribat a la conclusió que no sols és la mena de mare que no li fa res que desapareguis, sinó que és de la mena que et defensa quan ho fas.

—Això mateix —insisteixo, intentant parlar amb més calma—. Sóc a casa i sóc viva, i en Tyler també, però, si serveix d'alguna cosa, em sap greu. Em sap greu no haver vingut a dormir.

El pare no accepta la meva disculpa. Em mira d'una manera que no havia pensat mai que un pare podia mirar la seva filla, com si no em pogués suportar. En aquell moment precís, l'odio.

—Per què em mires d'aquesta manera? —pregunto—. Quin problema tens amb mi, pare?

—No tinc cap problema —diu.

Mira l'Ella com si necessités reforços per discutir amb una noia de setze anys, però ella només el mira amb els ulls esbatanats.

—És per això que t'has passat tres anys sense parlar amb mi? Perquè no tens cap problema amb mi? —No sé d'on em surten les paraules. En algun racó de la meva ment, aquests pensaments s'han anat acumulant des que se'n va anar. Ara que estic rabiosa amb ell se m'escapen tots alhora, i no els puc aturar. Veig com les galtes del pare s'encenen sentint-me.— És per això que te'n vas anar? Perquè no tenies cap problema?

—Ja n'hi ha prou! —brama, perquè no pot afrontar la veritat. No pot afrontar que és penós com a pare, perquè no es planteja mai que es pot equivocar. Era per això que ell i la mare no paraven de discutir. Ell no tenia mai la culpa de res. Tot era culpa de la mare.

—Ni tan sols has intentat fer un esforç amb mi. —Fins i tot m'atanso una mica més a ell. Tinc la barbeta aixecada, perquè estic decidida a deixar-li clar el que penso.— Ni tan sols m'has dit encara que et sap greu. Això és el primer que m'hauries d'haver dit quan vaig baixar de l'avió.

El pare fa un gest de derrota.

—D'acord, Eden, em sap greu. Em sap greu no haver estat amb tu —murmura, però no és gens sincer—. Ja està. Estàs contenta ara?

—Ara quin sentit té, pare? —Arronso les espatlles.— Fas tres anys tard.

Vull veure'l dolgut. Vull que les meves paraules li facin efecte, i vull que s'ofegui en la culpa. Però no sembla gens angoixat. Sembla emprenyat quan entretanca els seus ulls penetrants per mirar-me, amb una expressió burleta.

—Ets pastada a ta mare. Ho saps, oi?

L'Ella sembla consternada.

—Gràcies a Déu —dic—, no m'agradaria gens ser com tu.

Ara que he deixat les coses clares, decideixo que és el moment de sortir enrabiada abans que intenti continuar discutint amb mi. Sap que estic enfadada amb ell i haurà de disculpar-se molt perquè em plantegi perdonar-lo.

Amb els ulls freds, el pare mira l'Ella, i jo em giro i vaig cap a la porta.

—Per l'amor de Déu, Dave! Vés amb ella! Sé que ha estat fora tota la nit, però et penses que arreglaràs res amb la teva filla comportant-te d'aquesta manera arrogant i prepotent? —sento que diu l'Ella en veu baixa.

—Ei, no me'n donis a mi la culpa. Va ser idea teva que vingués aquí. Ostres, els adolescents són un malson... A veure si quan ella torna a casa i en Tyler se'n va a Nova York podem començar a viure amb normalitat.

M'aturo a la porta i m'empasso la saliva dolorosament. Ho he sentit bé? El pare només em va convidar perquè l'Ella li va dir que ho fes? No m'hauria de sorprendre, no m'hauria de fer mal, però me'n fa. Em giro i els miro a tots dos.

—No em voleu aquí?

Em miren, consternats. L'Ella es posa dreta.

—Eden, no ho hauries d'haver sentit, això. És clar que el teu pare...

Però no suporto sentir les seves excuses.

—I per què se'n va a Nova York, en Tyler?

L'Ella llança una mirada fulminant al pare, però després em mira amb un somriure tens.

—No té importància.

Sé que sí que en té, d'importància, però estic cansada de fer preguntes i no rebre mai respostes clares. Noto que m'estic posant vermella i em fa l'efecte que m'esclatarà el cor. La mare tenia raó amb el pare. És un cabronàs.

Fico les mans a les butxaques del jersei —cosa que em recorda una altra vegada que m'han robat— i me'n vaig feta una fúria a la meva habitació. Encara em roda el cap, més ara que mai, i l'únic que vull és beure aigua i dutxar-me i en Tyler. Dues d'aquestes coses les puc tenir.

Uf.

M'he d'aclarir una mica el cap, sortir d'aquesta casa i prendre l'aire. Necessito córrer. Ja em dutxaré quan torni. Parlaré amb en Tyler després. Primer necessito pensar amb claredat.

Domino les ganes aclaparadores de vomitar quan em trec la faldilla d'ahir a la nit i em poso l'equip de córrer, omplo l'ampolla d'aigua a la cuina i surto per la porta del pati per evitar el pare.

I començo a córrer amb un ritme constant, més en direcció nord que oest. No vull tornar a la platja. Vull agafar una ruta nova; vull acabar en un lloc diferent i nou. I així em trobo a Pacific Palisades, amb el sol que em cau a sobre, els peus picant sobre el ciment i el cap esbargint-se lentament.

Penso que el que va passar ahir a la nit va fer les coses encara més complicades del que ja ho eren. Ara en Tyler i jo trepitgem un vidre molt fi, controlant el que diem i maldant perquè ni una ànima ens enxampi fent-nos un somriure de complicitat. Si ens enxampen, estem acabats.

Tinc un bon embolic al cap. En un món perfecte, en Tyler i jo no estaríem emparentats per un certificat de matrimoni. En un món perfecte, en Tyler i jo no ens hauríem d'escapolir i fer mal a altres perquè ens hem enamorat. En un món perfecte, podria presumir d'ell amb l'Amelia. Però aquest món no és perfecte. Ni de bon tros.

Al cap de quaranta minuts torno a ser a casa. Encara tinc una mica de mal de cap i em falta l'aire, m'aturo de cop a la gespa.

El cotxe de la Tiffani està aparcat a l'entrada. No hi hauria de ser. És diumenge al matí i els diumenges ells dos no queden mai.

M'obligo a entrar, però em sento els ossos rígids i no sé si és per la correguda o perquè sé que alguna cosa no rutlla. Gairebé tinc ganes de girar cua i córrer mil quilòmetres més en direcció contrària, però entro a contracor i pujo l'escala dissimuladament. Quan passo veig que el pare i l'Ella enraonen a la sala, suposo que valorant maneres de desfer-se dels seus dos fills conflictius.

Acabo d'arribar al replà quan la Tiffani surt de la meva habitació amb en Tyler al darrere. Ell li agafa el braç i intenta retenir-la, però ella se'n desfà.

—Ah, mira-la —diu amb mala bava, amb una veu que desprèn verí—. Arribes a temps.

En Tyler té els ulls molt oberts quan em mira des de darrere d'ella, mou el cap i es passa la mà pels cabells.

—A temps per a què? —goso preguntar, si bé per

l'expressió furiosa de la cara de la Tiffani no crec que tingui ganes de saber-ho. En Tyler sembla preocupat i no m'estranya. Jo també començo a estar-ho.

Els ulls de la Tiffani són gèlids i no l'havia vist mai tan... desagradable. Ara mateix, si això fos una pel·lícula, no hi ha dubte que ella seria la dolenta.

—Necessito parlar amb tots dos, perquè, per si no ho sabíeu, estic emprenyada com una mona. —Tanca un puny.— Estic a així de fotre't un cop de puny, Tyler.

—Ara què he fet? —La mira amb una expressió perplexa, però això no el priva de retrocedir un pas, per si de cas.

—Que què has fet? De debò que ho preguntes? —Té la boca oberta, però després fa una respiració profunda.— Al pati. Ara.

Em passa pel costat i m'empeny contra la paret. Arrugo la cara i la miro furiosa mentre baixa l'escala. Es pot saber què li passa? Miro en Tyler. Es posa les mans a la cara.

—Merda —articula.

La Tiffani es para al peu de l'escala i ens mira rabiosa a tots dos. Assenyala amb el cap la sala, on hi ha els nostres pares.

—Puc parlar amb vosaltres a fora o puc parlar aquí mateix —diu a poc a poc, amb la veu continguda—, i, creieu-me, em sembla que preferireu que parli a fora.

«Ho sap», penso. «Ho sap, quina merda».

El mateix pensament deu passar pel cap d'en Tyler, perquè em llança una mirada aterrida i s'empassa la saliva. No puc pensar en un moment pitjor per afrontar el tema.

Tinc mal de cap, estic suada, estic cansada, i sembla que m'hagi escapat de rehabilitació. Així de malament estic.

No hi ha cap possibilitat que pugui fugir-ne. No sé si és massa tard per córrer aquells mil quilòmetres. En Tyler m'empeny perquè baixi l'escala i literalment noto la seva reticència a través del contacte. Té els braços rígids i els punys tancats. No sé com, tots dos arribem a la cuina i després al pati.

—Què —diu la Tiffani.

En Tyler arrufa les celles.

—Què....

—Que aquest matí m'he despertat amb un missatge d'en TJ —afirma. Ens mira alternativament, així que maldo per semblar despreocupada. Com si no hagués dormit amb el seu xicot, vaja.— I saps què? —continua—. Començo a estar molt tipa que els altres em diguin coses de nosaltres dos quan la meitat de les vegades, Tyler, jo no hi era.

—De què parles? —pregunta en Tyler, i tant la Tiffani com jo el mirem.

Sap perfectament de què parla. Ho sap.

—No comencis, Tyler. No —etziba la Tiffani, amb una veu cada vegada més forta. Està fora de si i m'imagino que les possibilitats que continuem sent amigues després d'això són molt minses.— Feia broma de nosaltres dos ahir a la nit, perquè la seva habitació estava feta un fàstic i tots dos sabem que no vaig ser jo.

—Mira —comença en Tyler, fent un pas cap a ella—. Nena, no vaig estar amb cap noia. Només m'he descuidat d'endreçar-la després...

—Que callis! —crida ella, i en Tyler calla. Crec que la Tiffani ha traspassat el punt en què li tolerava les mentides. Tanca fort els ulls un segon, respira fondo, i després em mira, amb un somriure als llavis.— Què, Eden? No volies les teves vambes?

Tot s'atura. El meu cor deixa de bategar un moment, se m'entumeixen les extremitats, se'm glaça la sang. Intento balbucejar alguna cosa, però els mots se'm fonen a la gola. La veu se'm torna baixa i ronca.

—Com ho...

—Perquè —diu furiosament— en TJ m'ha preguntat si m'ho havia passat bé i després m'ha dit que m'havia deixat les Converse. M'ha preguntat què volia dir el que hi havia escrit. —Ara sí que se m'atura el cor del tot.— Et recordo perfectament amb les vambes penjant tota la nit. Les que portaven lletres de cançons escrites, oi? Per cert, no les recuperaràs. Li he dit que no les volia i que les llencés a les escombraries.

—Però en Tyler és el meu...

—Germanastre? Sí, ho sé. —Està tan fora de si que gairebé li salten les llàgrimes. S'eixuga els ulls ràpidament amb el revés de la mà, es recupera una mica i s'ajusta la cintura del xandall.— Fa mitja hora que debato amb mi mateixa. M'he dit: «No pot ser, són parents». Però he vist *Fora d'ona*, sabeu? Quan la Cher s'enamora del seu germanastre. No sóc estúpida.

És això. Això és el que se sent quan t'enxampen.

I és una sensació horrorosa.

Ni en Tyler ni jo sabem què dir. No crec que cap dels dos estigués preparat per al que passaria si mai passava això, si se sabia la veritat. Sembla el dia del judici final. Em sento tan petita, tan insignificant, davant de la Tiffani. No puc ni mirar en Tyler. Estic marejada, com si hagués de vomitar en qualsevol moment, i m'esforço per retenir-ho quan veig la barbacoa del costat de la piscina.

Tant de bo pogués rebobinar l'estiu, tornar a la meva primera nit en aquesta ciutat amb els veïns omplint el pati i la barbacoa espetarregant i el pare fent acudits penosos. Vull fer-ho tot de cap i de nou, però aquesta vegada no em vull enamorar del meu germanastre. Aquesta vegada no vull ser al mig del desastre en què em trobo ara.

—No et vas enrotllar amb en Jake, oi que no, Eden? —Ara la Tiffani plora. Llàgrimes de ràbia: les de la pitjor mena.

—No —dic en veu baixa.

—Eres tu, aquella nit al moll —diu, i sento que em moro per dins. Tot s'està fent miques i la culpa em consumeix. Mai havia volgut ser de les que enganyen i és exactament en el que m'he convertit.— Ets una mentidera.

—Sí —dic, amb la veu esquerdada. També estic a punt de plorar. No vull ser aquí. Vull ser a Portland, amb la meva mare i l'Amelia. Vull dormir fins a migdia i vull veure reposicions de les meves sèries preferides. No vull això.— Sóc una mentidera. Sóc una mala persona. Sóc una mala amiga.

Sense més ni més en Tyler es posa davant meu i s'escura el coll. Fa estona que no parla i no em puc imaginar què està a punt de dir.

—Saps què, Tiffani? —diu, i ella el mira sorpresa i dolguda—. No vull estar amb tu. He perdut tres anys perquè m'has fet xantatge perquè em quedés amb tu. Fes el que vulguis. Explica a tothom tot el que saps de mi, perquè que no ho facis no compensa l'esforç que faig per aguantar-te. —La seva veu es fa més forta amb cada mot. Veig com entoma el cop la Tiffani.— S'ha acabat. Demanda'm. Denuncia'm a la policia. Tant me fa. Ja en tinc prou.

Això sí que no m'ho esperava. La setmana passada en Tyler assegurava que era pràcticament impossible trencar amb ella. Tenia el poder de destrossar-li la vida si ho feia. Però ara... És com si tant li fes, com si només volgués treure-se-la de sobre. Potser mantenir una relació amb ella és pitjor que complicar-se més la vida.

—És tot culpa teva! —crida la Tiffani adreçant-se a mi. Té la veu tan tensa que inconscientment faig un pas més a prop d'en Tyler, cosa que segurament no hi ajuda gens.— Ni tan sols m'importa el fet que pràcticament sigueu germans, que m'hauria d'importar, perquè fa fàstic, però no, l'únic que m'importa és que ho has destrossat tot.

Encara em sento pitjor que abans. Li he pres el nòvio. Sense voler, però ho he fet. Brandant el cap, em torno a atansar a ella. Per molts comentaris maliciosos que hagi fet, em sento espantosament culpable.

—Tiffani, no pretenia...

En Tyler aixeca una mà per fer-me callar.

—S'ha acabat, nena —diu amb intenció. Fa un gest d'indiferència, cruel, i assenyala la tanca del jardí. S'està comportant amb molta duresa i em sento molt malament, tant per les coses que he fet jo com per la Tiffani. Si no volgués matar-me, l'abraçaria, com faria l'amiga que representa que sóc. No volia fer mal a ningú.

Desesperada i plorant encara més, es posa les mans als cabells.

—Però no pots trencar! —crida.

Ell riu. Es riu d'ella. Crec que no ha assumit el fet que la Tiffani sap el nostre secret i té tots els motius per esbombar-lo.

—Perquè no hi seré per fer-te quedar bé? Perquè ja no em podràs controlar?

—Perquè estic embarassada, Tyler!

Tan bon punt ho diu, l'ambient s'espesseix tant que és gairebé sufocant. En Tyler es desinfla completament i se li'n va el color de la cara. Torno a mirar la Tiffani. Ara plora, i és la mena de plor que sembla que faci mal, la mena que fa que et quedis sense respiració. Ara sí que crec que vomitaré.

En Tyler sembla haver perdut la capacitat de parlar i només li surt un xiuxiueig que sembla una respiració.

—Què?

La Tiffani comença a apartar-se de nosaltres, amb les galtes molles de llàgrimes i el cor trencat. No ho suporto. Em sento com si m'haguessin donat un cop de puny i m'haguessin deixat sense coneixement perquè ho veig tot borrós i llunyà.

Sento que s'obren les portes del pati, però estic massa esgotada per mirar enrere. Sento la veu de l'Ella.

—Què són aquests crits?

En Tyler no diu res. Crec que està en estat de xoc. Mira la Tiffani, amb els llavis una mica separats, els ulls un mar d'emocions diferents. A la fi em giro a mirar cap a la casa, i l'Ella i el pare ens observen. Sé el que estan pensant. No entenen per què en Tyler sembla que hagi tingut un infart i per què la Tiffani plora desconsoladament i se'n va cap a la porta del jardí.

Quan hi arriba l'obre, es para sanglotant i mira l'Ella als ulls.

—Hauries de saber que està enganxat a la coca! —crida—. I que també ha començat a traficar!

—Puta! —diu en Tyler rabiós, sortint de la seva paràlisi, quan ella travessa la porta del jardí i la tanca de cop.

Les paraules de la Tiffani em ressonen al cap tan fort que em fan mal. Era això amb el que l'ha collat tot l'estiu. Era del que parlava en Tyler quan vam estar tancats al lavabo. És el que ella devia descobrir al començament de les vacances, quan l'hi va retreure i el va fer enfadar tant que va irrompre a la barbacoa d'un humor horrible. És per això que intenta no cridar l'atenció de la policia. Perquè per això podria anar a la presó.

Si hi ha alguna manera d'empitjorar més el dia, és aquesta. Són massa coses per afrontar alhora quan la veritat surt a la llum: la veritat sobre en Tyler i les drogues, la veritat sobre la Tiffani, i, la pitjor de totes, la veritat sobre en Tyler i jo.

—Tyler —diu l'Ella fort però a poc a poc—. Digue'm que no ho he sentit bé, sisplau. —Quan surt té les mans posades al pit, el pare a prop.— Digue'm que no és veritat, sisplau, sisplau.

Continc la respiració mentre miro en Tyler, esperant per veure si ho negarà. Torna a estar quiet, com si estigués sobrepassat per tot plegat i hagués acabat paralitzat. Segur que ara mateix li passen un milió de pensaments per la ment.

Abaixa el cap, mira l'herba.

—Tant de bo no ho fos —murmura.

L'Ella es tapa la boca amb la mà, sufocant un crit horroritzat, i se li omplen els ulls de llàgrimes. Avui tot es torça. Amaga el cap al pit del pare i sorprenentment ell l'abraça i no diu res. M'esperava que es posés a discutir. Però, encara que calli per consolar-la, no el priva de llançar mirades fulminants.

Quan en Tyler aixeca el cap, li veig de nou aquella expressió adolorida als ulls, la mateixa d'ahir a la nit. Gairebé regalima culpa.

—Mare —diu, amb la veu escanyada—, no ploris. No sóc un addicte ni res d'això. Només... m'ajuda.

A través de les llàgrimes i de la samarreta del pare, l'Ella murmura alguna cosa, però és tan apagada que no entenc què diu. En Tyler tampoc.

—Mare, respira fondo —diu, i camina cap a ella amb precaució. Encara que el meu pare la té ben abraçada, en Tyler li posa la mà a l'espatlla, però ella se'l treu de sobre i aixeca el cap.

—Vés-te'n —mussita.

En Tyler ajunta les celles.

—Què?

—Que te'n vagis d'aquesta casa.

Crec que és en aquest punt que tots ens quedem

paralitzats. Estem atònits. Les celles del pare encara s'alcen més, com si no es pogués creure que l'Ella estigui fent fora realment el seu fill de casa, i en Tyler està mut, movent els llavis però sense parlar. Ara sí que tinc ganes de plorar. No el poden fer fora. És l'últim que necessita, sobretot després de la bomba de la Tiffani.

—Ho dius de debò? —La veu d'en Tyler és molt baixa, molt fluixa.

L'Ella no diu res, només se separa del pare i s'eixuga els ulls, s'empassa les llàgrimes. Sembla destrossada.

—Tyler, t'ho demano —diu amb calma, però immediatament esclata altre cop a plorar—. Vés-te'n. No puc més.

En Tyler i jo ens mirem esmaperduts i el pare torna a abraçar l'Ella. Cap de nosaltres esperava que passés tot això. És diumenge. Els diumenges representa que són avorrits. No hauria de veure com fan fora de casa en Tyler.

Decantant el cap per mirar a terra, es fica les mans a les butxaques dels texans i passa pel costat dels nostres pares. Camina amb un pas derrotat, amb les espatlles enfonsades i els passos lents. Com si ara ja ho fes instintivament, em moc i vaig darrere d'ell. Ignoro els ulls del pare que em segueixen, perquè he traspassat el punt en què m'importa la seva opinió.

En Tyler ja ha pujat corrent l'escala quan l'atrapo, i en Jamie i en Chase són al replà, amb els ulls molt oberts i encuriosits. No sé pas si ho han sentit tot, des d'en Tyler enganxat a la coca fins a expulsat de casa. S'aparten ràpidament quan en Tyler i jo passem pel seu costat i ens fiquem a la seva habitació. Tanca la porta de cop darrere nostre.

Em quedo al costat del llit i miro com entra al vestidor i treu un bossa de lona blau marí del prestatge. La jaqueta d'esport d'en Dean cau amb la bossa a terra i en Tyler l'aparta d'un cop de peu. Es passa uns minuts anant d'un cantó a l'altre, traient samarretes i texans i ficant-los a la bossa sense dir ni ase ni bèstia. Se li veu tot l'estrès.

—On aniràs? —pregunto, trencant el silenci. No em puc imaginar no tenir-lo a la casa i sentir com discuteix per la cansalada de l'esmorzar al matí. No em puc imaginar que l'habitació del costat de la meva estigui buida. No em puc imaginar no veure'l somriure quan ens creuem a l'escala.

Aixeca el cap tot penjant-se la bossa de l'espatlla, però els nostres ulls no es troben gaire estona abans que els aparti.

—No en tinc ni idea —diu en veu baixa, girant-se d'esquena a mi per anar al lavabo. El segueixo.— A casa d'en Dean. Potser. No ho sé. No puc pensar amb claredat.

M'aturo a la porta del lavabo. Em couen els ulls, però no m'impedeix mantenir-los fixos sobre en Tyler. Respiro fondo.

—Has començat a traficar?

Immediatament deixa de moure's i es queda quiet, i l'únic soroll que fa és l'aire que deixa anar a poc a poc. Abaixa el cap i mira les rajoles del terra.

—Només últimament.

M'envaeix la decepció. Abans ja em semblava greu, però ara que sé que està tan involucrat en el món de la delinqüència, encara estic més preocupada.

—Per què?

Branda el cap com si no sabés la resposta, i encara em dóna l'esquena. Tant de bo li pogués veure la cara, sobretot els ulls, per poder saber si li sap greu el que ha fet.

—És fàcil... deixar-se portar per tot plegat. La Tiffani està tan enfadada... Segur que em denunciarà; com si ho veiés.

—No crec que ella... —No em veig amb cor de dir-ho, perquè encara em costa de pair. L'única cosa que puc pensar és això: encara sort que l'Ella no ho sap, perquè estic segura que si ho sabés tindria un atac de nervis.

—Jo tampoc —murmura, i quan està obrint la porta de l'armariet del lavabo, es gira i s'aboca sobre el vàter. Posa una mà a la paret per aguantar-se i li vénen basques. Deu ser el xoc de tot plegat. Jo em sento igual.— Quina merda.

—No sé què dir, Tyler. —Sincerament no ho sé. Com li puc dir que tot s'arreglarà quan sembla que no s'hagi d'arreglar res? Li acaricio l'esquena per consolar-lo, però només em fa sentir estúpida. La seva exnòvia està prenyada i jo li frego l'esquena mentre ell està a punt de vomitar per l'impacte de la notícia.— I nosaltres què?

—Què?

—Nosaltres —repeteixo—. Què farem nosaltres? I tu i la Tiffani?

Torna a tenir basques, però no vomita, només treu aire. Es posa dret i em mira finalment als ulls. Sembla penedit.

—No ho sé. Primer m'he de pensar tot això.

—Jo tampoc ho sé —dic, però em cau l'ànima als peus només de dir-ho. Què passarà ara? En Tyler i la Tiffani han quedat lligats. Què significa això per a mi? Apartada mentre ells dos decideixen com enfocar la situació en què es troben?

En Tyler passa pel meu costat i treu, de l'armariet, les coses que necessitarà i les fica a la bossa. Tanca la cremallera. Veig que ha deixat uns flascons al prestatge de dalt i sé exactament què hi ha a dins.

Assenyalo amb el cap els antidepressius.

—Endú-te'ls, sisplau. No estaràs tan baix de moral tota l'estona.

En Tyler segueix la meva mirada i s'ho planteja un moment. Sé el que debat interiorment: antidepressius o alcohol i drogues. Em torna a mirar, veu la meva expressió suplicant i agafa els tres flascons blancs i els fica a la bossa. Només puc esperar que els utilitzi. Potser es trobarà millor.

Ens mirem una estona abans que se'n vagi. Encara està molt pàl·lid, com si s'hagués passat setmanes vomitant i no s'hagués recuperat. Quan els seus ulls apagats s'emmirallen en els meus, s'inclina i m'abraça, fort. És la primera vegada que m'abraça. Sí que li he fet molts petons —fins i tot hem dormit junts—, però no hem estat mai drets i abraçats. No hem compartit mai un moment així, en què jo amago la cara al seu pit i la seva barbeta es repenja al meu cap, i només desitjo que sigui la primera vegada de moltes, perquè m'agrada la manera com el meu cos s'acobla perfectament al seu.

I, malgrat que estic ressacosa i suada de la correguda, em posa els llavis freds al front.

—Ho solucionaré —murmura.

S'aparta i en aquell moment sembla aterrit. No té ni idea del que fa i, per molt que intenti fer-se el fort davant meu, és evident que s'esforça per no desmuntar-se. No m'estranya; no m'estranya gens.

Mou el cap, passa pel meu costat i surt de l'habitació. Només el puc mirar. Estic tan baldada... Sento un formigueig interminable i només puc mirar com surt al replà sense mirar enrere.

—Espero que sí —són les últimes paraules que dic abans que se'n vagi.

29

PASSEN DOS DIES.

Dos dies en què no he sabut res d'en Tyler ni he parlat amb ell, dos dies que l'Ella s'ha passat plorant pels racons de la casa, dos dies en què tot sembla fora de lloc. De vegades sento que l'Ella pregunta al pare on creu que deu ser en Tyler en aquest moment. El pare sempre diu que no n'està segur. De vegades l'Ella fins i tot diu que treure'l de casa és el pitjor que ha fet perquè ara no el pot vigilar. Creu que ara encara té més raons per col-locar-se. Intento pensar que en això s'equivoca. Tinc prou confiança per esperar que tot això sigui el senyal d'alarma que necessitava en Tyler. Una possibilitat de posar ordre en la seva vida. En canvi, en Jamie i en Chase no són tan comprensius. Ahir a la nit en Jamie va discutir amb la seva mare. Li va fer crits per haver fet fora en Tyler, li va dir que era injusta i massa estricta. Aquest matí, en Chase ha dit que trobava que la casa estava molt avorrida. Ha dit que volia que en Tyler el tragués a fer un volt amb l'Audi, que és una cosa que fan de tant en tant. A en Chase li encanten els cotxes. Però avui el seu germà no hi és per portar-lo a voltar pel barri jugant a accelerar.

Es fa estrany no veure el cotxe d'en Tyler aparcat en diagonal a la vorera. Me l'imagino davant de casa d'en Dean, d'aquella manera horrorosa que l'aparca, i em fa pensar, en aquell segon, de passar a fer-hi una visita. Que hagin fet fora de casa en Tyler no vol dir que no el pugui veure. Només és a cinc minuts de casa. Potser demanaré a la Rachael que m'hi acompanyi.

Travesso corrent la gespa i el carrer, i vaig cap a l'escarabat vermell que m'espera a l'entrada de casa de la Rachael, amb el motor engegat. La Rachael s'està arreglant el pentinat quan pujo al seient del costat.

—Deus ser la pitjor persona del món quan es tracta de gestionar el temps —deixa anar, però somriu. Tanca el mirall del para-sol i es corda el cinturó.

—Perdona —dic posant-me una mà al pit fingint horror—. Perdona, perdona. No hauria de fer tres minuts tard. Crema'm a la foguera, oh, santificada.

La Rachael riu i em pega al braç, fent una ganyota exageradíssima d'exasperació, com fa sovint l'Amelia. En aquest moment m'enyoro.

—Què? —diu—. Què expliques de dissabte?

Mentre condueix, la miro. Estic consumida de preocupació i a sobre em moro de por que la Tiffani ja hagi començat a escampar el nostre secret com un incendi forestal. «La Rachael ho sap», penso. «I la Meghan, i en Jake, i en Dean. Tots ho saben».

Em mira de cua d'ull, amb un somriure entremaliat.

—Va —diu—. Explica-m'ho! Vas anar a casa amb en Jake?

Potser no ho sap, o potser ho sap i intenta enxampar-me, per poder aturar el cotxe i cridar «mentidera».

No he vist la Rachael des de dissabte. Després d'una ressaca de tres dies, ha passat per casa i ha exigit que anéssim a prendre un cafè per posar-nos al dia, perquè fa «dos anys» que no em veu. Ara desitjaria haver-me fet la malalta.

Acabo responent a la seva pregunta amb un «no» ràpid i no la miro. Repenjo el colze a la finestra i faig veure que trobo molt interessant i bonic el barri, però, després d'un temps vivint aquí, el trobo conegut i normal i avorrit.

—I tu què? —La miro ràpidament, des de darrere les ulleres de sol.

S'atabala i es tira endavant agafant fort el volant i reprimint un somriure.

—Vaig anar a casa d'en Trevor.

—Només t'hi vas quedar a dormir? —Arquejo les celles.

—Dona, això i alguns fets no comentables. —Se li escapa el riure, però de seguida sospira. Arronsa les espatlles.— Ara l'únic que vull és que em demani per sortir un dia.

Em sento malament per ella. Tot l'estiu que només la sento parlar d'en Trevor, i encara que, segons la Tiffani, només és el seu «amic de les festes», és evident que la Rachael vol alguna cosa més.

—Els tios són imbècils —dic, perquè començo a pensar-ho.

Posem per cas en Trevor. Sí, quan va torrat és maco, però en el fons segurament només va calent. Segon exemple: en Jake. El fantasma. Reconec que hi vaig caure de quatre grapes a començaments d'estiu, quan em pensava que realment tenia ganes de coneixe'm, però al final l'únic que volia era un altre nom per afegir a la llista. Exemple final: en Tyler. És un imbècil per la manera com tracta la gent i és un imbècil per deixar prenyada la Tiffani.

Aquesta és una cosa que m'ha anat enrabiant més i més a mesura que passava el temps. No hauria dit mai que fos tan deixat, que pogués cometre un error tan gran. La realitat de tot plegat comença a infiltrar-se i fa mal. En Tyler serà pare. És massa jove i massa irresponsable, i sé que és impossible que sigui capaç d'afrontar-ho.

La Rachael deixa en Trevor com un drap brut tot el camí fins a Santa Monica Boulevard. Està molt bo, però és un cretí. Pot ser encantador, però és un cretí. La Rachael cau bé als pares d'en Trevor, però ell és un cretí. Quan aparquem el cotxe i arribem al Refinery, sento que en sé tantes coses que li podria robar la identitat.

—Estic tan emprenyada —rondina la Rachael, parant finalment de remugar. Però s'anima quan demana el seu cappuccino i jo el meu cafè amb llet, i ens asseiem a una taula de fusta al costat de la finestra de cara al bulevard.— Ai, que no me'n recordava! —Posa la bossa sobre la taula i busca a dins fins que treu no tan sols vint dòlars, sinó també el meu mòbil.— Te'l devies deixar a casa meva, abans que anéssim a casa d'en Dean. L'he trobat a sota el llit quan sortia per venir a buscar-te.

La miro.

—No fotis! Em pensava que me l'havien robat a la platja! Vaig plorar i tot!

Es trenca de riure i deixa el bitllet i el mòbil davant meu, però quan intento encendre'l està sense bateria. Sospiro just quan el cambrer ens deixa els cafès al davant, cosa que il·lumina immediatament el meu dia.

—Escolta, tot el matí que espero per dir-te això. Comencem per les grans notícies! Et pots creure que en Tyler i la Tiffani han trencat? —explota la Rachael després de fer un glop de cafè, mirant-me amb els ulls esbatanats—. Fa anys que li dic que el tio és un merda... perdona, sé que és el teu germà i sé que representa que és amic meu, però què vols que et digui, l'ha tractada com un drap brut. —Belluga les mans mentre parla, frenèticament i amb rapidesa, com si fos una periodista anunciant una notícia d'última hora. En certa manera, ho és.

—Ha parlat amb tu, la Tiffani? —Li poso els ulls a sobre, preguntant-me si la Tiffani l'hi ha explicat tot; la versió que m'inclou a mi. Intento ignorar que la Rachael pren posició a favor de la Tiffani. És veritat que en Tyler no ha tractat gaire bé la Tiffani, però se'l pot culpar per això? Ella el controlava i ell no volia estar amb ella.

—Va venir a casa ahir a la nit —diu la Rachael, i

escolto mentre aproximo la tassa als llavis, bevent a poc a poc el cafè amb llet—. Ell va trencar amb ella. Quina bogeria! Crec que em va dir que va ser diumenge al matí.

—Sí, diumenge. Jo hi era. —Miro cap a la finestra, observant el constant flux de persones i cotxes.

Els ulls de la Rachael s'obren de bat a bat una altra vegada, totalment concentrada en el drama.

—Et pots creure que la va tornar a enganyar?

Immediatament els ulls se me'n van cap a ella i lentament abaixo la tassa. L'agafo fort amb les mans. El cor em batega fort al pit.

—Et va dir qui era la noia?

—No —diu, i m'inunda una immensa sensació d'alleujament—. Ho saps?

—No —menteixo. Torno a mirar a fora, esperant que no em vegi la culpa als ulls ni percebi com em tremola la veu.— Una altra noia de fora, crec.

—No em puc creure que hagi estat ell el que trenqués quan hauria d'haver estat al contrari. —Prem els llavis i branda una mica el cap.— Es veu que es va emprenyar tant que va explicar a la seva mare que pren coca.

Arrufo les celles. No és l'únic que li va dir.

—Sí, el van fer fora de casa.

—Ja ho sé —diu la Rachael—, i és per això que no entenc que el deixi viure a casa seva. —S'atansa la tassa als llavis i fa un glop llarg.

—Què has dit?

Em mira.

—Què?

—Viu a casa de la Tiffani? Em va dir que aniria a casa d'en Dean. —Aquesta nova informació em fa molt mal. Entenc que la situació en què es troba en Tyler ara és complicada, però no m'esperava que es tornés a llançar als braços de la Tiffani tan fàcilment. El cor encara em batega més de pressa.

—Doncs, no, a casa d'en Dean ja et dic jo que no hi és —diu la Rachael, amb una cella aixecada. Arronsa les espatlles.— No ho sé. A mi també em va semblar estrany. Però ja saps com és la Tiffani. És molt possessiva amb ell, no m'estranya que l'hagi perdonat. No pot suportar la idea que el tingui una altra. Diu que segur que tornaran a estar junts, però és una estupidesa, perquè li és infidel contínuament; per què carai ha de voler tornar amb ell? —Infla les galtes quan para de xerrotejar.— Està una mica sonada. No sap deixar-lo anar.

—Està embarassada, Rachael —dic en veu baixa, i se m'escapa tan de pressa que m'agafa pànic. No era jo la que havia de dir-ho. Potser la Tiffani ho volia dir a la Rachael i la Meghan personalment.

La Rachael obre la boca i juro que gairebé cau enrere a la cadira; el cafè de la meva tassa salta per fora quan deixa la seva amb un cop sobre la taula. Immediatament s'inclina cap a mi, amb els ulls pestanyejant ràpidament de l'impacte.

—Què?

—L'hi va dir diumenge —xiuxiuejo, marejada de nou només de pensar-hi—. Just després que ell trenqués amb ella. —Com més hi penso, més sentit té. És normal que s'estigui a casa d'ella. És el que passa quan les parelles es troben amb una criatura a les mans. Deixen enrere el passat i es mantenen units.— Ella l'ha de perdonar i ell ha de tornar amb ella.

—Quina bogeria! —xiuxiueja gairebé cridant la Rachael a la meva orella abans d'apartar-se. Intenta pair la notícia, encara pestanyejant ràpidament i mirant per la finestra. Fa cara d'absoluta perplexitat. Em torna a mirar.— Un moment —diu—. Dissabte a la nit, a casa d'en Dean, va beure.

No contesto. Només penso en les seves paraules un segon, intentant recordar tot el que va passar a casa d'en Dean abans que m'entrompés al garatge. La Rachael té raó. La Tiffani estava més que disposada a participar en la ruleta de xarrups, cosa que no hauria hagut de fer si estava prenyada. Estava entonada quan vaig parlar amb ella al pati.

—Un moment —torna a dir la Rachael, aixecant un dit i arquejant una cella—. Dius que l'hi va dir després que ell trenqués amb ella.

—Sí. Cinc segons després, potser.

La Rachael deixa anar molt d'aire.

—No podria ser que... —diu.

Els meus pensaments se sincronitzen de sobte amb els seus, i el que insinua em fa l'efecte d'un cop de puny a l'estómac.

La Tiffani ho fa veure.

—Mare meva.

—No és tan estrany —diu la Rachael, posant-se un dit amb l'ungla pintada als llavis. És com si acabés de resoldre un cas d'assassinat.— Dius a un noi que estàs prenyada perquè s'hagi de quedar amb tu.

—Realment creus que la Tiffani faria una cosa així?

—M'agradaria creure que no —diu en veu baixa, agafant el cafè—, però crec que no s'aturaria davant de res per continuar amb en Tyler. Fa el que sigui per mantenir la seva reputació. Ja t'ho he dit que estava sonada.

O, com diu en Tyler, és una psicòpata. Però no crec que tingui un trastorn mental, només problemes greus. Ha de tenir problemes si està disposada a intentar una cosa així.

No em puc ni imaginar la Tiffani caient tan baix, però la Rachael té raó. Aquest estiu he vist que la relació d'en Tyler i la Tiffani és un desastre dels grossos. Faci el que faci en Tyler, ella no pot suportar no estar amb ell, perquè no pot suportar perdre el control. És clar que ho vol recuperar tot. I com obligues un noi a tornar amb tu? Fent veure que estàs embarassada.

—Sé com podem esbrinar si menteix o no! —diu la Rachael amb entusiasme, i jo miro de posar-me de cara a ella. Arrugo el front amb preocupació. No sé què li passa pel cap a la Rachael, però segurament és una cosa absurda.— Saps que divendres hi anirem tots, oi?

—No hi estic convidada —dic, i immediatament em giro i poso els ulls a la botiga de la vorera de davant. Ni tan sols sabia que la Tiffani hagués convidat a tothom, així que és evident que no compta amb mi. I no m'estranya.

—Sí, dona —diu la Rachael, i fa un cop de cap assenyalant el meu mòbil, que he deixat sobre la taula—. Fa dos dies que no el tens. Et deu haver enviat un missatge. És una nit de pel·lícules.

Serro fort les dents perquè no se m'escapi res sense voler. La Rachael no ho entén. Sé que no estaré convidada. La Tiffani m'odia. Però no ho puc dir a la Rachael, naturalment, perquè em preguntaria per què, i aquesta és una pregunta que no tinc ganes de contestar. Què li diria? «La Tiffani m'odia perquè me'n vaig anar al llit amb en Tyler, que, perquè ho tinguis clar, en cas que te n'hagis oblidat, és el meu germanastre. Dos secrets en un! Doncs això, Rachael, que sóc una mala amiga i una mala persona. Sí, mira tu!».

—O sigui que divendres —continua, tot posant-se dreta—, hem d'esbrinar si menteix o no. I sé exactament com fer-ho.

Un cop a casa i amb el mòbil carregat, trobo vint-i-nou trucades perdudes del pare de dissabte a la nit, i tres de la mare dels últims dies. També hi ha alguns missatges de l'Amelia, dient-me que en Landon Silverman no para d'enviar-li missatges des del seu rotllo al darrere de la seva furgoneta de fa unes setmanes, i que ella se'l treu de sobre perquè «ja no és el seu tipus». Fa dos mesos bavejava per ell pels passadissos.

Però de la Tiffani no hi ha cap missatge.

No és sorprenent.

Tampoc hi ha res d'en Tyler.

És sorprenent.

No li he fet res, per tant no pot estar enfadat amb mi. Sé que té un embolic al cap, però això no li dóna dret a ignorar-me, a deixar-me de banda mentre pensa com solucionar les coses. Encara m'importa. Encara vull saber com li va. Però sobretot intento que el seu silenci no m'afecti. Potser només necessita temps.

Avui que el pare, l'Ella i els nois han anat a veure uns amics a l'altra punta de la ciutat, tinc la casa per a mi sola. Així que, mentre feinejo per la cuina, decideixo telefonar a la mare per veure com està. En tots els meus setze anys de vida, no ha passat mai vint-i-quatre hores sense veure'm. Ara d'alguna manera ha sobreviscut a tot un estiu.

Tamborino amb els dits sobre el taulell mentre escolto el to monòton, però no l'agafa, així que provo el mòbil. L'agafa al tercer truc.

—Ei, mira, la meva filla preferida és viva!

La seva veu m'omple d'una calidesa que no es pot substituir amb res, la mena de calidesa que et fa somriure per molt mal dia que tinguis. Començo a apreciar-ho més.

—Mare —dic, somrient, per descomptat—, sóc la teva única filla.

—És per això que no tinc alternativa —replica—. Com va tot?

«Espantós», tinc ganes de dir. «Horrorós, malament, fora de control».

—Bé.

—I com va amb l'imbècil que et va donar la meitat dels teus gens?

Faig una ganyota i obro la nevera. La mare no es talla quan es tracta d'expressar la seva mala opinió del pare.

—Malament —reconec.

Des de diumenge el pare ha estat molt distant i no sé si és perquè està enfadat amb mi o perquè intenta portar-se bé i deixar-me tranquil·la perquè faci la meva vida sense tenir-lo a sobre tota l'estona. És més probable que sigui el primer.

—Què ha passat? —pregunta la mare, de cop amb la veu tenyida de preocupació.

Arronso les espatlles encara que no em pugui veure, i després aguanto el mòbil a l'orella amb l'espatlla i remeno per dins de la nevera, apartant envasos de carn fins que trobo les pomes al fons. N'agafo una i m'aparto.

—Res —dic—. Que hem discutit molt.

—Per què? —Ara només sembla preocupada i se senten xiulets al fons. Deu ser al carrer.

—Per no tornar a dormir a casa —confesso. Amb la mare sempre ha estat fàcil ser sincera, sempre hi ha estat quan la necessitava, sempre ha estat la meva amiga. No he sentit mai aprensió de dir-li la veritat.— He estat tota la nit fora de casa un parell de vegades.

—Fent què? —Fora preocupació i patiment, ara és severa.— Eden? T'he de parlar dels anticonceptius?

Per un segon, em quedo callada, massa avergonyida per pensar una resposta. Aquesta és una altra característica de la mare: sempre parla sense embuts.

—Prou —dic—. Penjo, adéu mare, sisplau no em tornis a parlar mai més. No et puc tornar a mirar a la cara, m'he alegrat de coneixe't, t'estimo, adéu.

—Eden!

—Sí.

Sento que riu. Amb una rialla alegre i espontània.

—Perdona. És que ja tens setze anys i t'estàs fent gran i a la teva edat jo ja...

—Pots canviar de tema? —Amb les galtes vermelles, vaig a l'aixeta, rento la poma, i després m'assec al taulell i faig una queixalada a la fruita.

—Mmm... —diu la mare després d'un minut llarg d'escoltar com mastego—, veig que estàs passant un bon estiu, oi?

Faig una altra mossegada i gronxo les cames sobre la vora del taulell, decantant el cap mentre valoro la meva resposta. Sé segur que, si m'hagués quedat a Portland a passar l'estiu, me l'hauria passat intentant sortir amb l'Amelia sense l'Alyssa i la Holly. Ha estat bé allunyar-me una temporada de les seves contínues mofes sobre el meu pes. Segurament també hauria anat al gimnàs, fins i tot hauria estudiat, i sens dubte no m'hauria enamorat de qui no m'havia d'enamorar. L'estiu a Santa Monica ha estat una experiència nova en conjunt.

—Ha estat diferent —dic a la fi.

—I has fet molts amics?

Ho penso un moment. La Tiffani m'ha esborrat de la seva llista d'amistats, o sigui que ella no passa el tall, i en Jake no té ni suc ni bruc un cop has anat més enllà dels seus compliments per lligar, o sigui que tampoc el consideraria un amic, més aviat un idiota que se'm va intentar lligar. Així que em queden la Rachael, que ha omplert el buit de l'Amelia per aquest estiu, la Meghan, que sempre ha estat bona amb mi, i en Dean, que sempre hi ha estat per rescatar-me d'una festa o animar-me el dia. I en Tyler, és clar. Encara que amb ell crec que estem una mica fora dels límits de la zona d'amistat. Vam travessar aquesta línia ja fa temps.

Deixo anar l'aire.

—Déu n'hi do.

—I la ciutat t'agrada? —insisteix, amb una mena d'urgència a la veu. Me la imagino agafant fort el mòbil que aguanta al costat de l'orella, com fa sempre que fa safareig o quan escridassa els representants de vendes que li truquen a primera hora del matí.

—Suposo.

—Eden —diu a poc a poc, i després calla—. Què et semblaria quedar-t'hi a viure?

Aparto el mòbil de l'orella i arrugo la cara mirant la pantalla, pensant que potser no l'he sentida bé. Quedar-me? Viure aquí?

—Però què dius? —Torno a subjectar el mòbil entre l'orella i l'espatlla i baixo del taulell. Vaig cap a la porta del pati.— Vols dir per sempre? Jo?

—Nosaltres —corregeix. Calla, però encara sento cotxes que passen.

—Nosaltres?

—He estat pensant —diu, i la seva veu puja una octava quan es posa en el seu mode confidència—. Per què el teu pare pot marxar i començar una nova vida en un altre lloc? Per què no ho puc fer jo? Per què m'he de quedar a Portland quan ni tan sols tenia ganes de venir a viure-hi? M'agradava molt Roseburg, però nooooo, el teu pare volia viure a la gran ciutat de Portland!

—Santa Monica és una ciutat.

—Sí, però hi ha mig milió més de persones a Portland, Eden —informa amb la seva veu pràctica, la mateixa que fa servir amb els pacients—. Ho he mirat.

—Però per què? —Gairebé crido de pura exasperació. Per ser algú que detesta tant el pare, no té sentit que vulgui viure més a prop d'ell.— Si vols viure en una ciutat nova, per què no véns a Chicago d'aquí a dos anys. O al Canadà. Per què vols venir a Santa Monica?

Hi ha un moment de silenci i clavo les ungles a la poma amb impaciència mentre espero que em contesti. Respira fondo.

—Mira... —diu, una mica vacil·lant—, mentre eres fora he parlat amb gent. Em vaig apuntar a una pàgina de cites.

Això m'agafa totalment desprevinguda. La mare... sortint amb homes. És una cosa que em pensava que no veuria mai, més que res perquè durant tres anys m'ha estat donant la tabarra amb la idea que els homes són la llavor de Satanàs.

—Em prens el pèl o què?

—No. —Riu una mica, però veig que està nerviosa, potser avergonyida i tot.— Aquest estiu m'ha fet adonar que no vull viure sola quan te'n vagis a la universitat i que havia de tornar a posar aquesta divorciada al mercat. Ja fa un mes que parlo amb un noi molt simpàtic. —Espera un segon, suposo que vol saber si tinc alguna cosa per dir i, en vista que continuo en silenci, segueix:— Es diu Jack. I endevina on viu. A Culver City. A un quart d'on vius tu ara.

Sé on és Culver City. És on en Tyler i jo vam acabar a la comissaria.

—O sigui que vols venir a viure aquí perquè fa un mes que parles amb un home? Podria ser un indesitjable, mare.

—Ostres, Eden, no. —Sospira i sento que juga amb el clauer, i em fa pensar on deu ser i què fa.— Més aviat vull quedar amb ell per fer un cafè i a veure com va. Vés a saber. Podria anar bé i allà ja has fet amics i no et seria tan difícil començar en un institut nou. És un bon lloc per començar per a totes dues.

Menys difícil? Anar a l'institut amb la Tiffani, i amb en Jake i amb en Tyler? No puc pensar en res que em provoqui més ansietat que això.

—No ho sé —murmuro mossegant-me el llavi, i llenço la poma a la brossa, a mig menjar, i em passo una mà pels cabells—. És una cosa molt grossa.

—Crec que et podria anar bé —continua—. No hauries de tornar a veure aquelles noies. Les dels pares esnobs.

—L'Alyssa i la Holly —dic, però em surten les paraules en un xiuxiueig. Intento ignorar el malestar a l'estómac i el batec fort del cor, i em centro en la calidesa que irradia la mare a través de la línia.

—L'altre dia me les vaig trobar al Walmart —diu bruscament— i no et pots imaginar les ganes que tenia de llançar-los la bossa de cebes pel cap.

Ric, i és agradable riure amb el seu sentit de l'humor i la seva capacitat per aixecar el pitjor dels desànims, i és agradable saber que puc parlar amb ella.

—Ja m'ho imagino.

—Mira —diu, però llavors calla un moment i sento que s'obre una porta. Reconec el grinyol, les empipadores frontisses sempre mancades d'oli de la nostra porta que saluden d'una manera irritant cada vegada que l'obres.— Només és una idea. En parlarem quan tornis. Et sembla bé?

Estic a punt de dir «em sembla bé», però, abans que em surtin les paraules de la boca, la porta es tanca de cop, ressonant fort al mòbil. A continuació, hi ha uns lladrucs agudíssims.

Se m'aixequen les celles de cop.

—Això era un gos?

—Aix —murmura la mare—. Volia que fos una sorpresa.

30

DIVENDRES. JA ESTAVA CANSADA DE PLORAR per les cantonades esperant que en Tyler tornés. El volia veure, ni que fos uns segons quan vingués a casa a recollir roba. Però no es va presentar en tota la setmana, i no va contestar a cap dels meus missatges i no el vaig veure en cap moment.

Em va emprenyar més del que em pensava. Sabia que enyoraria veure'l cada matí, però no em pensava que em sentiria frustrada i enfadada amb ell. No tenia sentit que em marginés d'aquella manera. Quan li vaig preguntar si volia quedar al Refinery per fer un cafè (com a germanastres, naturalment), no em va contestar. Quan li vaig preguntar si estava bé, no em va contestar. Quan li vaig preguntar si tan sols recordava el que havia passat el cap de setmana passat, el meu mòbil no havia estat mai tan silenciós. Probablement la Tiffani el tenia lligat curt.

La Tiffani, que no em pot ni veure.

La Tiffani, que em rebrà a casa seva sense que m'hi hagi convidat.

La Tiffani, que segurament es posarà com una moto quan em vegi.

—Surts? —pregunta una veu per darrere, i, quan em giro d'esquena a la finestra de la sala, trobo els ulls encuriosits de l'Ella. Repassa el que porto posat, que no es pot qualificar de roba d'estar per casa.

—Estic castigada? —Em fa l'efecte que és possible, però el pare no m'ho ha dit, i per això reso perquè el cap de setmana passi sense conseqüències. Encara que estigui castigada, tampoc hi és per fer-m'ho complir.

—No —diu l'Ella—. On vas?

Torno a mirar per la finestra, a través de les persianes, i fixo la mirada en el cotxe de la Rachael, que està aparcat a l'entrada de casa seva. Sortirà en qualsevol moment. Plou, i el cel enfosquit projecta una ombra permanent sobre la ciutat i haig d'empetitir els ulls per veure-hi a través de les gotes dels vidres.

—Nit de pel·lícules amb la colla —contesto sense girar-me.

Hi ha un silenci, i sento que es mou per sortir de la sala, però llavors s'atura i respira fondo.

—Saps si... —murmura baixet—. Saps si en Tyler hi serà?

—Hi serà —dic immediatament. Aquesta és una altra raó perquè hagi acceptat anar-hi aquesta nit: en Tyler. Si l'única manera de veure'l és presentar-me a casa de la boja de la seva exnòvia, estic disposada a passar la mala estona. Només vull saber que està bé. Em giro i miro l'Ella als ulls.— El trobes a faltar?

No crec que sàpiga la resposta perquè se l'ha de pensar. Després que en Tyler se n'anés diumenge, ella es va passar la nit plorant, i part de mi es va preguntar si ho feia per alguna cosa més que les drogues.

—Sí —diu, a la fi, i torna al centre de la sala per seure al sofà. Agafa un coixí i se'l posa a la falda, estrenyent-lo fort.— La casa sembla buida sense ell, i sé que sembla estrany, perquè no hi era la meitat del temps, però continua sent difícil.

Entenc què vol dir. Vol dir el silenci que hi ha a la casa i que el menjar vegetarià de la nevera està intacte, vol dir que hi ha una cadira buida a taula cada matí i vol dir que el seu fill no entra trontollant en plena nit, encara més perdut que la nit anterior.

—Sí —dic—. T'entenc.

—Estic preocupada per ell —reconeix, i m'agrada que sigui sincera amb mi, com ho ha estat tot l'estiu.

L'Ella no està malament com a madrastra, malgrat la primera impressió que em va fer quan em va passejar pel jardí a la barbacoa presentant-me a tots els veïns. Em va semblar pesada, escandalosa. Però ara penso que potser era fingit, només una façana valenta, de la mateixa manera que el seu fill va ensenyant una façana per semblar que està bé... Però cap dels dos no ho està.

Sento que he estat cega tot l'estiu. Ara és tot tan evident, i m'agradaria haver estat capaç de comprendre-ho fa setmanes. Hauria d'haver entès en Tyler fa setmanes;

hauria d'haver entès millor la seva agressivitat amb el seu pare. Amb l'Ella em passa el mateix. Estava tan convençuda que em cauria malament que no la vaig entendre mai. Però ara començo a valorar la seva vulnerabilitat. Ara l'entenc.

Estic a punt de plorar i per això em giro a mirar per la finestra i em domino abans que l'Ella ho noti, però crec que ja ho ha notat. La Rachael encara no ha sortit de casa seva, així que em miro els peus i m'empasso el nus que tinc a la gola.

—En Tyler em va parlar del seu pare —dic baixet.

Sento que la respiració de l'Ella s'altera una mica i gairebé temo girar-me per por que estigui furiosa perquè he tret el tema, però estic sola a la casa amb ella i sembla un bon moment per parlar-ne. El pare ha portat en Jamie a una revisió del canell, i en Chase els ha acompanyat. I en Tyler... Bé. Ell se n'ha anat.

—T'ho va explicar?

Giro el coll per mirar-la, i veig els seus ulls esbatanats i les celles arrufades i els llavis separats, i llavors vaig al sofà i sec amb ella. Em mira sorpresa.

—El cap de setmana —explico, però parlo a poc a poc perquè no vull que se m'escapi res sense voler, com ara que vaig acabar al llit amb en Tyler—. M'ho va explicar tot.

—De veritat que t'ho va dir? —L'Ella només em mira pestanyejant, i, quan faig que sí, abraça el coixí contra el pit i mira a una altra banda.— No em puc creure que t'ho hagi explicat. No li agrada parlar-ne. Jo... —Se li esquerda la veu i mou el cap, encara una mica atordida.— Només vull que estigui bé. Només això. —La veu li sona delicada i apagada, els seus ulls van de mi a la paret.— No vull que tregui bones notes o endreci l'habitació o renti els plats, només que estigui bé, i no hi ha manera.

Sentint-la parlar així em fa venir plorera una altra vegada, així que no puc ni contestar. Si obro la boca, la veu em sortirà escanyada, i si la veu em surt escanyada, se m'escaparan les llàgrimes. Per això em quedo quieta, aguantant la respiració i mossegant-me fort els llavis, perquè no vull que em vegi plorar.

—He estat parlant amb una gent... —diu a poc a poc, cosa que sortosament em salva d'haver de parlar i espero a veure què explica—. Organitzen actes per tota la costa est. Actes de conscienciació per... —Respira fondo i continua:— Intenten conscienciar sobre diferents menes de maltractament. —Gira el cap, xucla els llavis endins i es refà una mica abans de tornar-me a mirar.— Els organitzadors volen que en Tyler sigui un dels oradors.

—Un orador?

Assenteix.

—Volen que representi el maltractament físic. En tenen d'altres que parlaran de violència domèstica, emocional... Volen que ell expliqui el seu cas, moltes vegades, durant un any. No crec que en sigui capaç, perquè detesta parlar-ne. Per això em sorprèn tant que t'ho hagi explicat.

Miro de pair la informació mentre la pluja pica contra els vidres. La setmana passada a en Tyler li va costar molt explicar-me la veritat, i no em puc ni imaginar com li costaria haver-ho d'explicar a desconeguts. Però, alhora, coneixeria altres persones que han passat pel mateix que ell, i això el podria ajudar.

—Li podria anar bé... Parlar-ne, vull dir.

—De fet, és una oportunitat excepcional —continua l'Ella, però mira fixament la catifa, com si sospesés els pros i els contres mentalment—. Però primer ha de posar una mica d'ordre en la seva vida. —Això és un pro. Aquesta podria ser l'empenta que necessita per deixar estar tantes distraccions i esdevenir una persona que no depèn de l'alcohol i les drogues.— I hauria d'anar a viure a Nova York un any, a partir de l'estiu que ve. —Això és un contra. Un gran contra.

Intento mirar-la als ulls, però encara fita el terra.

—És d'això del que parlava el pare la setmana passada? Quan va esmentar Nova York?

Un altre cop de cap.

—Encara no ho he dit a en Tyler. Ara no és el millor moment.

Em mira de reüll amb un petit somriure als llavis, però molt petit i breu. Aquesta és una cosa que sempre m'ha sobtat, que la gent somrigui quan està trista. No existeixen els somriures tristos. Només els valents.

—Ets molt bona mare —dic, perquè és l'únic que em passa pel cap veient com pateix per la situació amb en Tyler, i de sobte em surt sense voler. Ella només vol el millor per a ell i, de vegades, no n'hi ha prou. Però ho intenta.

Se li separen els llavis de sorpresa. Sembla que vulgui

dir alguna cosa, però la interromp el soroll d'un clàxon de cotxe. Sona tres vegades.

—Deu ser la Rachael —dic, i em poso dreta. M'alliso els texans i li somric, perquè em fa l'efecte que els darrers deu minuts he intimat més amb ella. Per primera vegada, la veig com la meva madrastra.— Ens veurem quan torni.

Fa un somriure ínfim i aquesta vegada no és un somriure valent. És sincer.

A fora, la Rachael ha sortit fent marxa enrere de la seva entrada i està accelerant furiosament el motor davant de casa meva. Abaixa la finestra mentre m'hi acosto.

—Tu m'havies de venir a buscar a mi! —brama—. Estem perdent un temps molt valuós!

Obro la porta i pujo, i em cordo el cinturó abans que el cotxe agafi l'avinguda. El seient està moll de la pluja.

—Estava parlant amb l'Ella —dic, però no vull donar-li peu a preguntar de què parlàvem, així que ràpidament afegeixo:— Quin és el pla?

—No siguis tan tafanera —ordena la Rachael, aixecant una mà del volant i brandant un dit cap a mi. Bufo. Si alguna cosa sóc, és tafanera.— No cal que facis res. Ho embolicaries tot o sigui que deixa'm parlar.

Faig cara d'exasperació i m'acomodo, tirant enrere el seient per tenir més espai per a les cames, i llavors sospiro.

—D'on surt aquesta pluja? Sembla que siguem a Portland —murmuro, picant amb els artells a la finestra per distreure'm, perquè els nervis se'm mengen. Però no puc deixar que la Rachael ho noti, perquè llavors voldrà saber per què estic nerviosa, i no hi ha forma humana que li expliqui que em fa una por horrorosa que la Tiffani es torni boja quan em presenti a casa seva.

Així que els cinc minuts del trajecte em comporto amb tota la normalitat que puc. Escric a l'Amelia, remeno els CD que hi ha a la guantera, ajusto la calefacció i, és clar, escolto la Rachael. Em torna a parlar d'en Trevor, i està emocionada perquè ell ha començat a afegir cors als seus missatges i es posa vermella explicant que afectuós que s'ha tornat de sobte.

Quan som a prop de casa de la Tiffani, ja no estic tan nerviosa perquè l'únic que vull és fugir del drama d'en Trevor i la Rachael. Prefereixo llançar-me a les urpes de la Tiffani que sentir que maques que són les espatlles d'en Trevor.

Però, tan bon punt parem davant de la casa, torno al meu estat d'ànim original. El cotxe d'en Tyler està aparcat a l'entrada, al costat del de la Tiffani, i de sobte torno a estar aterrida. Els hauré de veure a tots dos alhora, i estic segura que la Tiffani m'arrencarà els cabells, i no tinc ni idea de què em dirà en Tyler. Això suposant que em dirigeixi la paraula.

Em relaxo només una mica quan veig el cotxe d'en Dean i el d'en Jake. Com més siguem més riurem. Si aconsegueixo traspassar el llindar, almenys hi seran ells per compensar una mica. Ara mateix fins i tot em ve de gust veure en Jake.

—No te n'oblidis, deixa'm parlar a mi —diu la Rachael tot agafant la bossa de mà del seient de darrere.

Sincerament, no tinc ganes d'enraonar, de manera que no cal que es preocupi.

Tanquem el cotxe i pugem corrent la gespa cap a la porta, que la Rachael obre immediatament. Hi entra. No truca mai, i és una cosa a què encara no m'he acostumat. A sobre, no sols em sento com una intrusa, sinó com una mal educada. Tot i així, segueixo la Rachael dins de la casa i em rep una bafarada d'olor de crispetes.

Immediatament a l'esquerra de la zona oberta, en Jake i en Dean estan escarxofats en sofàs en L que segueixen la forma de la sala. La Meghan no vindrà aquesta nit, perquè està castigada després de l'últim cap de setmana, però en Dean s'asseu més dret quan ens veu, com reconeixent la nostra presència i ens fa un cop de cap i un somriure. Fora d'això tots dos semblen avorrits i desplaçats. En Jake juga amb el comandament de la tele, passant canals i sospirant cada vegada que canvia. Normalment els divendres anem a alguna festa. Normalment no és una nit de pel·lícules.

En algun lloc a la meva dreta se sent una rialla i els meus ulls se'n van immediatament cap allà. El primer que veuen és la Tiffani. Està traient del microones un bol de crispetes que deixa de qualsevol manera sobre el taulell perquè li crema les mans, rient tota l'estona i tan normal com sempre. Normal, no amb el cor trencat. Però no m'estranya, perquè en Tyler és al seu costat, sospirant davant del ridícul intent d'ella de preparar menjar. Intenta riure, però només se li estiren els llavis en un altre dels seus somriures falsos. Lleus i breus, com sempre.

No sé què està pensant ni què vol fer. Ara mateix, està vivint a casa de la Tiffani, creient-se una cosa que podria no ser veritat, una cosa que la Rachael està decidida a demostrar que és falsa. Què deu pensar? Tornaran a estar junts? Seria horrible que tornessin. En Tyler tot just s'havia desfet de la influència que el tenia lligat a ella i no voldria veure'l ficat en aquest embolic de nou.

Estan tots dos tan distrets a la cuina que ni s'han adonat que la Rachael i jo hem entrat a la casa, o sigui que jo jugo amb els dits nerviosament i me'n vaig a la sala. Intento plantificar-me un somriure a la cara, però l'únic que faig és arrufar encara més les celles.

En Dean deu notar la meva ganyota. S'asseu més dret i la samarreta blava li contrasta amb el marró dels ulls.

—És tot tan estrany —diu baixet. Fa un cop de cap en direcció a la parella de la cuina. La Tiffani passa una mà pels cabells d'en Tyler, pestanyejant.— Van trencar però...

«Què m'has de dir», penso. Estem tots igual de confosos. Han trencat? Ara només són amics? Ja tornen a estar junts? Què diantre són aquests dos, a més d'incompatibles?

La Rachael encara és a la porta mirant-los amb incredulitat. Estira el coll per mirar-nos a en Dean i a mi, assenyalant amb el polze la Tiffani alhora que articula «de què van?». A hores d'ara ja he descobert que la Rachael és molt anti Tyler-i-Tiffani.

En Dean i jo arronsem les espatlles, però el que tinc ganes de fer és arrencar el guix de la paret o esclafar el televisor o calar foc als coixins del sofà. Vull fer alguna cosa que alliberi la ira que em bull a dins, i ni tan sols sé amb què estic tan enfadada. Una part de mi està enfadada amb mi mateixa per posar-me en aquesta situació, en què em trobo atrapada entre el meu germanastre i la seva exnòvia, o nòvia. Ja no ho sé.

—Rachael! —La veu de la Tiffani arriba a la sala i tant la Rachael com jo ens girem a mirar-la. Abraça el bol de crispetes i somriu. Però no dura gaire. Els seus ulls es mouen fins a trobar els meus i, tan bon punt em veu, se li esborra el somriure.— Eden?

—Has tardat a adonar-te que havíem arribat! —rondina la Rachael de broma caminant cap a l'escala.

La Tiffani encara em mira fixament, furiosa.

—Perdona —diu a la Rachael, però no deixa de mirar-me. Sento que em perfora i intento mirar a terra, però no puc, perquè miro la persona que és a un pam d'ella.

I ell també em mira.

Els llavis d'en Tyler estan separats i es mossega la pell de l'interior de la galta, amb el cap lleugerament decantat. Està més pàl·lid del normal i els seus ulls estan més enfonsats a les conques, cosa que li dóna un aire més apagat, com si fes dies que no dorm i estigués a punt de desmaiar-se.

La Rachael s'escura el coll, a mitja escala.

—Tiff, podem parlar amb tu un moment?

—És clar —diu amb amargor, i amb una sacsejada

dels cabells, es gira i llança el bol de crispetes sobre el taulell.

Sento que en Dean mira des de darrere meu com ella va cap a la Rachael, i sento que en Jake veu futbol a la televisió, i veig que en Tyler va cap a la sala, amb uns pantalons de xandall i una samarreta descolorida. Li dóna un aire casolà, i això em fa sentir incòmoda. La Tiffani puja l'escala corrents, i la Rachael em fa senyals perquè vagi amb ella. I ho faig, perquè, encara que tingui una por horrorosa de la Tiffani, necessito saber si menteix o no. Però, quan començo a pujar els graons per seguir-les, en Tyler m'agafa pel colze.

M'estira enrere i aproxima els llavis a la meva orella.

—Què hi fas, aquí? —diu baixet.

—Et podria fer la mateixa pregunta —murmuro.

Me'l trec de sobre i el miro amb una fúria que ràpidament es converteix en una ganyota de decepció. Alguna cosa li canvia als ulls, de la mateixa manera que s'alteraven constantment el cap de setmana passat, però, abans que pugui començar a pair el canvi de la seva expressió, ja s'ha girat i se n'ha anat cap a en Dean i en Jake.

Em quedo un moment quieta. Em plantejo de fer-lo tornar i dir-li que l'Ella el troba a faltar, i que a Nova York l'espera una oportunitat perfecta i que no cal que es quedi aquí perdent el temps amb la Tiffani. Però la Rachael em crida des del replà, així que no tinc més remei que seguir el so de la seva veu i deixar en Tyler enrere. I al cap només hi tinc una cosa: «No podrem estar mai junts».

A dalt, la Tiffani és a la porta de la seva habitació, amb els braços encreuats. D'entrada sembla que ens vulgui obstruir l'entrada, però llavors m'adono que vol que ens afanyem i entrem. La Rachael entra primer.

Immediatament m'adono que l'habitació és diferent de l'última vegada que hi vaig ser. Hi ha roba escampada per terra i veig que és d'en Tyler.

La Rachael també se n'adona, i, per descomptat, té una opinió per donar.

—De debò que ta mare el deixa viure aquí? —Aparta uns texans amb els peus.

—Sí —etziba la Tiffani. Ara està clarament emprenyada, si tenim en compte que sóc a la seva habitació, per no parlar del fet que l'hem separada d'en Tyler.— I què voleu?

Ens mira a totes dues, esperant una resposta, mentre jo miro la Rachael i la Rachael la mira a ella. No penso dir res de res. Si dic alguna cosa, ho embolicaré tot, tal com ha dit la Rachael. Així que espero que executi el seu pla brillant, cada vegada més neguitosa per saber la veritat.

—No penso perdre el temps amb subtileses; t'ho preguntaré clarament —diu la Rachael, i l'ambient de l'habitació s'espesseix mentre esperem la pregunta que sé que farà. Amb la bossa de mà penjada del braç, pica a terra amb el peu amb impaciència i mira de fit a fit la Tiffani.— Estàs embarassada?

Miro la Rachael. Ja està? Aquest era el pla elaborat? Tanmateix sí que té la virtut de sobresaltar la Tiffani i agafar-la per sorpresa. Està tan atabalada per l'abrupta pregunta que es queda mirant la Rachael amb els ulls blaus esbatanats i els llavis separats. I llavors gira els ulls furiosos cap a mi.

Són gèlids. I carrisqueja les dents, tancant-les amb una fúria que la posseeix. Sap que jo ho he dit a la Rachael. Sóc l'única persona que l'hi ha pogut dir. Tarda un moment a contestar mentre la pluja pica contra els vidres i el cel es torna d'un gris lleig.

—S...sí —quequeja finalment.

Alço les celles i intercanvio una mirada amb la Rachael, que assenteix i després torna a mirar la Tiffani.

—D'acord —diu, i fica la mà a la bossa buscant alguna cosa—. No tindràs cap inconvenient a fer-te un parell d'aquestes, doncs, oi? —Mentre ho diu, la Rachael treu dues proves d'embaràs de farmàcia i les branda amb una expressió tensa.

I només cal aquests dos objectes perquè la Tiffani es quedi aterrida. Se'ls mira, amb els ulls molt oberts i pestanyejant furiosament, mentre els llavis li tremolen com si batallés per fer sortir les paraules de la boca. Veig que es clava les ungles al palmell de la mà.

—Cap inconvenient —diu en una mena d'esgarip, a la fi, però li tremola tant la veu que és evident que sí que n'hi ha, d'inconvenients.

—T'esperarem aquí —informa la Rachael amb un somriure tibat, tot deixant les dues capsetes a les mans tremoloses de la Tiffani.

La Tiffani estudia les proves, fa un cop de cap tremolós a la Rachael i se'n va de mala gana al lavabo. Camina a poc a poc i amb reticència, amb la respiració ràpida i irregular. Quan arriba a la porta, hi posa una mà plana a sobre i s'atura. Es gira ràpidament i té les galtes plenes de llàgrimes i la cara vermella.

—D'acord! No ho estic! —crida des de l'altra punta de l'habitació, i plora encara més.

La Rachael em mira amb un somriure triomfal, però no estic d'humor per correspondre-li. Estic esgotada. La Tiffani va mentir. Em posa malalta que hagués de recórrer a una cosa tan baixa i em preocupa encara més que pensés enganyar en Tyler. Quant de temps? Què pensava fer? Fingir que avortava i esperar que tots dos visquessin feliços per sempre?

—Es pot saber què et passa, Tiffani? —etziba la Rachael, i és exactament el que penso jo.

Has de ser una persona bastant dolenta i estar desesperada per fer una cosa així.

La Tiffani sanglota, però la pluja que peta contra els vidres sufoca el so del plor. De sobte, tot sembla molt sorollós i l'únic en què puc pensar és en en Tyler.

És a baix, ignorant de tot, i encara creu que és possible que hagi comès un error immens. Res d'això és just. Segur que està estressadíssim amb aquesta situació, pensant com ho explicarà a l'Ella i imaginant el que passarà amb la Tiffani. Però ara no té cap motiu per quedar-se amb ella, perquè no hi ha res que els lligui.

—Ho diré a en Tyler —esclato. El cor em batega frenèticament al pit i sé que necessito explicar-l'hi tan aviat com sigui possible, i ara no em refio prou de la Tiffani per deixar que ella arregli el seu error, així que obro la porta de la seva habitació.— Ho ha de saber.

—No! —crida la Tiffani, però jo surto furiosa al replà abans que em pugui aturar, massa furiosa per preocupar-me del que farà. Encara coneix el nostre secret, però ara mateix estic tan obsessionada perquè en Tyler sàpiga la veritat d'ella que tant se me'n dóna que ho expliqui.

Quan baixo saltant els graons, en Tyler està estirat al sofà mirant la pantalla del televisor amb en Jake i en Dean, veient un partit de futbol que no em fa ni fred ni calor.

—Tyler —etzibo, prou fort per cridar la seva atenció—. Necessito parlar amb tu. Ara. A la cuina. —Deixo anar les paraules tan de pressa com puc, i, tot i que em surten contundents, en Tyler nota la tensió a la meva veu i immediatament sap que passa alguna cosa.

Es posa dret mentre en Dean alça una cella encuriosit, però me'n vaig tan al fons de la cuina com puc perquè ni ell ni en Jake ens puguin sentir. En Tyler ve amb una expressió perplexa, trepitjant la catifa i amb els pantalons de xandall. S'atura just davant meu i ràpidament mira per sobre l'espatlla per veure si en Dean encara ens mira. Ja no ens mira.

—La Tiffani no està embarassada —dic en veu baixa però frenètica—. Ho fingeix perquè tornis amb ella.

Ràpidament retrocedeix i em mira amb la boca oberta i pestanyejant.

—Què?

—Ho acaba de reconèixer!

Es queda un moment mirant la paret i l'expressió dels seus ulls canvia, la seva respiració es calma. Espero.

Espero per veure quina expressió és la que es queda. Continuo esperant. Tanca fort la mandíbula, tanca els punys, se li endureixen les faccions i aviat està lívid. Sembla que s'estigui reprimint per no donar un cop de puny a la paret, així que li poso una mà al braç per consolar-lo, però l'aparto immediatament quan sento passes a l'escala.

La Tiffani baixa, amb la cara plena de llàgrimes, buscant amb els ulls per la sala. Tant en Jake com en Dean la miren amb els llavis separats, perquè la visió d'ella plorant és suficient per distreure'ls del partit. Es gira de la sala a la cuina i és llavors que troba els ulls d'en Tyler.

I deu saber per l'expressió d'ell que està furiós amb ella, perquè plora encara més mentre travessa corrent la sala cap a nosaltres, amb els ulls inflats.

—Sisplau, rei, em sap greu —diu, però sona escanyat i inintel·ligible—. Em sap molt de greu, molt.

Intenta tocar-lo, però ell se li aparta àgilment.

—Ets una psicòpata! —crida. Tan fort que tothom calla.

La Rachael és al peu de l'escala, amb els ulls fixos en l'escena, i en Dean i en Jake han posat la tele en pausa i s'han situat per observar.

—T'odio! —crida la Tiffani, però, quan la miro, no es dirigeix a en Tyler. Em mira a mi. Els seus ulls són ferotges, i podria apostar el que fos que sé què li passa pel cap en aquest moment. I per això penso: «Ja hi som. Els explicarà el nostre secret, perquè ara té tots els motius per fer-ho».

Tanco fort els ulls i espero, espero que la seva veu

cridi la veritat i que els altres es quedin de pedra, però ningú no diu res. Quan intento mirar amb els ulls mig clucs, la Tiffani té els llavis premuts i em continua mirant fixament. I llavors, un moment de no res, juraria que gairebé somriu.

I sóc conscient que no ho explicarà. Si més no, de moment. És obvi que pensa guardar el nostre secret un temps més.

I això em fa una por espantosa.

Es torna a posar a plorar i amaga la cara amb les mans, es gira, torna cap a l'escala i treu la Rachael del mig d'una empenta.

En Tyler continua furiós, i pica amb el palmell de la mà sobre el taulell abans de pessigar-se el pont del nas entre el polze i l'índex. Deixa anar l'aire a poc a poc, amb els ulls tancats.

—Me'n vaig —murmura quan els torna a obrir—. No em quedaré aquí. Està com un llum.

Sento que a dalt una porta es tanca de cop, i tots cinc ens mirem, sense saber ben bé què fer. En Tyler, en canvi, sap perfectament què fa. Travessa la cuina per agafar les claus del cotxe i sense dir res va cap a la porta i l'obre d'una estrebada. La pluja entra a la casa, deixant gotes d'aigua sobre la catifa, just abans que en Tyler desaparegui tancant la porta al seu darrere.

Silenci. En Tyler ha sortit volant i la Tiffani és a dalt tenint un atac de nervis i nosaltres som a la casa intentant pair el que acaba de passar.

—Això vol dir que no estan junts? —diu en Jake amb una petita rialla.

Des de l'altra punta, la Rachael em mira amb els ulls com unes taronges i les celles arquejades. Crec que no s'esperava que les coses anessin així; crec que no s'esperava que passés a l'acció tan ràpidament. Sembla que intenti decidir si ha de pujar a veure què fa la Tiffani o no, perquè canvia de peu i es belluga i puja i baixa uns graons mentre s'ho pensa.

Enmig de l'escandalosa pluja, sento el soroll del cotxe d'en Tyler que s'engega, el motor rugint a l'entrada. Em ve al cap la meva conversa amb l'Ella i ràpidament intento recordar tot el que ha dit, tot el que ha explicat de Nova York. Potser no sé on pensa anar en Tyler ara mateix, però sé on hauria d'anar. A casa.

M'estrenyo fort la dessuadora al cos i em preparo per córrer, em poso la caputxa i vaig a la porta, resant perquè sigui a temps d'atrapar-lo abans que marxi. Sense dir res, obro la porta i el vent em ve a la cara i em gela el nas. Sento que la Rachael em crida per darrere, preguntant on vaig, però estic massa concentrada en el cotxe d'en Tyler per fer-li cas.

Tancant fort la caputxa, corro pel sender de pedra i paro al costat del conductor, i les finestres estan tan tenyides i la pluja és tan forta que amb prou feines el veig. Pico amb els artells al vidre, empetitint els ulls perquè no m'entrin les gotes de pluja que em llisquen per la cara. Sembla un matí d'octubre a Portland, però pitjor.

En Tyler abaixa la finestra una mica.

—Puja! —crida.

Corro per davant del vehicle i pujo ràpidament al seient del costat, deixant anar un sospir quan tanco la porta. Només he estat fora vint segons, però estic xopa de dalt a baix. Em trec la caputxa i m'aparto els cabells de la cara. Llavors miro en Tyler.

Té els cabells molls i embullats quan serra els llavis i posa el cotxe en marxa.

—Marxem?

—No, Tyler. —Brando el cap. La pluja sona més forta aquí picant contra el sostre del vehicle, i el repic em ressona a les orelles.— Tornaré a dins.

Fa una ganyota, com si pensés que he perdut la xaveta.

—Per què has vingut, si es pot saber?

—Perquè... —dic, però em surt un panteix mentre m'eixugo la cara amb el revés de la mà—, necessitava parlar amb tu, així que escolta. Deixem clara una cosa primer. Sisplau, no tornis més amb la Tiffani.

Fa una rialla despectiva, agafant més fort el volant.

—A la merda la Tiffani. És increïble.

Miro pel vidre del parabrisa, veient com llisca l'aigua, i em relaxo un moment. El torno a mirar a ell, però els seus ulls estan fixos en el volant.

—Tyler —dic baixet, intentat atraure els seus ulls perquè em miri, i a poc a poc ho fa. Té les galtes una mica vermelles, en contrast amb la pal·lidesa dels llavis.— Vés a casa, sisplau, i parla amb la teva mare. Ara només hi és ella, i, creu-me, et deixarà tornar. Et vol parlar d'una cosa i és molt important, molt.

Tanca fort la mandíbula i gira el cap, mirant per la finestra del costat cap a la gespa, que es veu borrosa amb la pluja.

—Allà no sóc benvingut —diu tot tibat.

—Ho dic de debò. —Giro el cos de cara a ell, per poder veure-li els ulls. Estan vibrants però calmats, i gairebé puc veure el seu cervell com rumia el que li he dit.— Escolta-la, Tyler. Vés a casa i pregunta-li per Nova York.

Ajunta les celles i em mira de reüll.

—Nova York?

Deixo anar aire abans de continuar.

—Parla amb la teva mare, Tyler.

—D'acord. —Sospira tot passant-se una mà pels cabells molls, i tinc moltes ganes de fer-li un petó.

Em vull asseure a la seva falda com vaig fer fa setmanes al moll, vull tocar els seus llavis amb els meus com vaig fer la primera vegada a la seva habitació abans de marxar cap a la festa d'aniversari de la Meghan, i vull sentir el seu contacte de la mateixa manera que el vaig sentir dissabte.

Vull fer totes aquestes coses, però no m'hi veig amb cor.

Tinc una cosa ficada al cap que em diu que no val la pena. Que estigui clar que en Tyler i la Tiffani no tornaran a estar junts no vol dir que en Tyler i jo tinguem automàticament una relació. No podem. No hi ha manera que puguem estar junts, i això em fa més mal que res. Em fa més mal que l'abandonament del pare. Em fa més mal que els cruels comentaris de l'Alyssa i la Holly.

No és dolorós.

És un turment.

És l'únic en què he pensat els últims dies. He pensat que el mes que ve tornaré a casa. He pensat que els nostres pares ens matarien si descobrissin el que hem fet. He pensat que això està malament i és impossible convence'm del contrari.

Vull estar amb en Tyler. Ho vull. Més que res al món. Vull estar amb ell més que anar a la Universitat de Chicago. Vull estar amb ell més que estar prima. Faria el que fos per fer-ho possible. Però no ho serà mai, i per això no val la pena perdre el temps.

En Tyler nota la meva mirada.

—Què?

—Mataria per poder besar-te cada dia —reconec en veu baixa.

M'esforço per no plorar. Sé que aturar-ho aquí és el millor que puc fer per tots dos. Serà massa difícil continuar. Massa complicat. Massa lleig.

—Pots fer-ho —diu, i gairebé xiuxiueja quan es gira a mirar-me, estudiant-me amb els ulls delicadament, com si em pogués partir el cos pel mig si els entretanqués més—. Cada dia del món. No em faria res.

—A mi tampoc —murmuro. Sento una eixutesa a la gola mentre intento arreplegar prou coratge per acabar d'una vegada, per treure-m'ho tot de sobre amb l'esperança que així faci menys mal.— Però aquest és el problema, Tyler. I tots els altres?

Es pren un moment per pensar en les meves paraules i la mirada adolorida dels meus ulls, per entendre el que intento dir-li. I, quan ho entén, veig el mal que expressen les seves faccions. Ha de girar la cara mentre s'empassa la saliva, i, quan em torna a mirar, té les celles arrufades, els ulls arrugats a les puntes.

—Trobarem la manera —intenta, però la seva veu és feble i ha de parar un moment per trobar un to més ferm—. Ens en sortirem. Ho entendran. Potser al començament, no, però amb el temps, sí. De debò. Ens en sortirem. Ho fa... ho farem. —Gesticula amb les mans mentre parla, balbucejant una llista interminable de paraules tranquil·litzadores, però cap és útil.

—Tyler —dic, i para de respirar tan fort un moment per escoltar-me. I és llavors que les llàgrimes estan a punt de sortir, perquè sé exactament el que estic a punt de dir. Em fa por que sentir-m'ho dir només ho faci tot més real.— No podem estar junts.

I ara sí que sembla real. És la realitat.

En Tyler serra les dents perquè no li tremolin els llavis. Branda el cap lentament, tanca fort els ulls i treu aire pel nas. Es queda així un moment, sense fer res, intentant no perdre la serenitat. Mentrestant em cauen les llàgrimes i m'he d'eixugar les galtes ràpidament. Plorar sempre fa que les coses semblin pitjor del que són.

Però crec que aquesta és la pitjor situació en què em puc trobar. I per això puc plorar. Puc mirar els llavis tremolosos d'en Tyler amb els ulls entelats i puc sentir-me com si em morís per dins. Puc fer-ho, perquè m'estic morint. Sento el cos baldat. Una pressió al pit. El cor encongit.

Finalment en Tyler torna a obrir els ulls. El color maragda ha desaparegut, té les pupil·les dilatades de dolor, i inspira profundament i exhala a poc a poc. Es posa la mà als cabells i s'estira les puntes.

—No has dit el que has dit —diu, amb una veu que és un ínfim xiuxiueig.

La seva reacció només em fa plorar més. Les llàgrimes em cauen sense parar dels ulls i tan de pressa que no dono l'abast a eixugar-me-les.

—No ho podem fer —dic, amb la veu escanyada. Em comença a fer mal quan parlo.

—No ho facis. T'ho demano. Sisplau, Eden —suplica de sobte, amb la veu ràpida i ronca. Se li escanya al final i ell gira el cap de cop en direcció a la finestra, respirant contra el vidre. S'entela.— Hem arribat tan lluny... Ara no et pots rendir.

—Ho hem de fer.

Ara ja no m'importa balbucejar de qualsevol manera. Cada paraula que surt de la meva gola surt embarbussada i escanyada i sóc incapaç de recuperar la serenitat. Vull ser forta per fer el que cal, però no ho sóc. Sóc dèbil.

De sobte es gira, amb un neguit als gestos i les paraules.

—Digue'm què vols que faci i ho faré. Faré que funcioni. —Una mà agafa fort el volant; l'altra es posa sobre el meu genoll.

Miro els seus dits que toquen els meus texans. Només li miro la mà mentre intento empassar-me la fel que tinc a la gola. No torno a aixecar el cap.

—No ho facis més difícil.

—Necessito estar amb tu —xiuxiueja. Ara m'agafa

la mà i fa força amb el dit gros sobre el meu perquè no me'l pugui treure de sobre. Entrellaça els nostres dits. No tinc més remei que aixecar el cap, mirar-lo als ulls, que s'estan omplint de llàgrimes. No l'havia vist mai tan... tan destrossat.— Que no ho veus? No ets la meva distracció. Aquest sóc jo, Eden. Aquest. Ara. M'estàs deixant fet una merda, però tant me fa, perquè sóc jo. Estic fet una merda. I el que més m'agrada de tu és que puc estar fet una merda amb tu, perquè confio en tu. Ets l'única que m'ha estimat prou per descobrir com sóc. Vull ser el teu desastre.

—Et continuaré estimant —dic com puc, tot i que ara tinc tantes llàgrimes als ulls que gairebé no m'hi veig—. Però com a germanastre.

—Eden —suplica una vegada més, estrenyent-me la mà encara més, com si li fes por deixar-me anar—. I el cap de setmana passat? Vam... allò va ser per a res? Tot l'estiu ha estat per a res?

—No per a res —dic, però miro les nostres mans, la manera com encaixen perfectament. Se'm fa un nus a la panxa.— Hem après moltes coses.

—No és just! —crida, alhora que amb l'altra mà pica el volant. L'agafa tan fort que després se li tornen blancs els artells.— T'ho vaig explicar tot. Et vaig explicar la veritat. Vaig trencar amb la Tiffani i ara segurament està planificant com esguerrar-me la vida més del que ja me l'ha esguerrada, però tant me fa, perquè em pensava que valia la pena. Em pensava que valia la pena, perquè pensava en tu. Et posava a tu primer. Saps quina era l'única cosa que tenia al cap quan he sortit ara d'aquesta casa?

Ara sí que podré estar amb l'Eden. —Calla i es frega els dits mentre exhala. Li puja i li baixa el pit ràpidament i em deixa anar la mà i les posa totes dues al volant, amb els ulls fixos en la pluja que llisca pel parabrisa.— I ara véns tu i em dius que no ho vols.

—Et penses que vull fer-ho? Perquè t'asseguro que no, però ho faig perquè és el millor per a tots dos. —Intento forçar-lo a mirar-me als ulls una altra vegada, però no ho fa. Continua mirant l'entrada de la casa de la Tiffani, la pluja, perquè ara la pluja de fora supera la tempesta que hi ha aquí dins.— No vull veure com et poses pitjor si això surt malament. Què faràs si els nostres pares ens descobreixen i ens odien? No és el moment adequat. No ho podem fer. Tu has de posar ordre en la teva vida, perquè has d'anar a Nova York, i no et cal això a sobre.

—Què punyeta hi ha a Nova York? —crida, exasperat, amb els ulls ferotges posats en els meus—. Per què no m'ho pots dir?

—Perquè t'ho vol dir la teva mare —dic, i sóc un mar de mocs. Ensumo unes quantes vegades i intento recuperar l'alè, respirant a poc a poc i intentant asserenar-me. No em funciona gaire.— El que sigui que hi ha entre nosaltres, a partir d'ara ho hem d'ignorar. Ho hem d'aturar ara abans que sigui massa tard.

Belluga el cap, té els ulls tancats. La pluja encara repica als vidres, forta i incansable.

—Si és el que vols realment —murmura finalment amb una veu baixa, però sé que ho detesta tant com jo—, si de debò, de debò vols que ho ignorem... suposo que ho hauré de fer.

Faig un sospir formidable. Vull que això sigui un malson. Em vull despertar a Portland i que la mare em digui que no he posat mai els peus a Santa Monica i que no tinc un germanastre que es diu Tyler. No vull que res d'això sigui real. Fa massa mal que sigui real.

Quan obre els ulls i em mira, només m'escruta. No suporto la seva mirada, vessant d'emoció i de pena, però no puc deixar de mirar. La seva respiració sona més forta que la pluja i s'accelera quan s'inclina cap a mi, i sé exactament en què pensa, i també el vull besar. I ho faig, perquè és l'última vegada que ho faré.

Em poso de genolls i pujo a la seva falda, estiro els braços i li envolto el coll. És molt sobtat, però no me'n puc estar. Em recorda quan em va portar al moll, quan em va fer petons al cotxe, en aquesta mateixa posició. I tal com vaig fer fa setmanes, poso els llavis sobre els d'ell una vegada més.

Però aquesta vegada és tan lent que és una tortura. En Tyler em posa les mans a la cintura i m'abraça fort contra el pit, i tota l'estona els seus llavis capturen els meus al llarg d'uns segons lents i allargassats. Una vegada darrere l'altra, em va fent petons. Gairebé el sento sospirar a sobre meu. Fa mal fer-li petons, saber que no ho podré tornar a fer, però també em calma en certa manera. És com una conclusió.

El soroll de la pluja em perfora les orelles, i els nostres cossos estan humits, i els meus cabells estan tots despentinats, i en Tyler gairebé acaba de patir un col·lapse mental, i jo he plorat prou llàgrimes per omplir la piscina del nostre jardí, i tot és un gran embolic.

Resumeix la nostra situació completament.

I és per això que és perfecte.

En Tyler gemega i s'aparta. Quan els seus llavis finalment se separen dels meus, sento un buit a l'estómac i em nego a deixar-lo anar. L'abraço fort, amb la seva cara sobre la meva, i exhalo contra la seva galta. Encara tinc els ulls tancats. No estic segura si els seus també ho estan.

—Germanastres —xiuxiuejo, pronunciant baixet però amb fermesa—. Res més.

—Res més —confirma, però llavors acota el cap i s'aparta de mi, i finalment l'he de deixar anar. Es gira cap a la seva finestra i torna a posar les mans al volant. Crec que s'ha rendit.

Agafo la caputxa i me la poso. Em recullo els cabells molls rere les orelles i giro el cos cap a la porta. Agafo la maneta, però m'aturo un moment esperant que digui alguna cosa. Però no la diu i baixo del cotxe.

I així m'allunyo d'ell. De nosaltres.

Ràpidament tanco la porta perquè la pluja no entri al cotxe i travesso la gespa corrent. Miro per sobre l'espatlla i la pluja em cau a la cara una altra vegada, però no m'impedeix veure que el cotxe d'en Tyler surt de l'entrada i agafa la direcció de l'oest. Espero que vagi a casa. Em quedo quieta a la gespa sota la pluja torrencial, esperant que el seu cotxe desaparegui en la distància.

El que més m'agrada de la pluja és que la gent no pot saber si plores o no. I ara mateix em cauen les llàgrimes galtes avall sense parar i se'm fiquen per sota la dessuadora. El vent em fueteja i em giro i corro cap a la porta de la casa. Per sort, quan hi arribo, en Dean me l'obre. M'aturo tan bon punt poso el peu a dins, deixant que l'aigua em regalimi per la cara i els cabells despentinats caient cap a un costat.

—Que estàs boja? —pregunta, però riu—. Espera't, que aniré a buscar una tovallola.

Entra en una altra habitació, segurament el lavabo, mentre jo em quedo regalimant al costat de la sala. Veig que tant en Jake com la Rachael han desaparegut. La casa encara fa olor de crispetes i sento el presentador de futbol a baix volum comentant el partit, i després torna en Dean amb una tovallola blanca immensa. La desplega i me la posa sobre les espatlles, me la tanca fort i m'eixuga la cara. M'ofego.

En Dean encara té un somriure entremaliat als llavis, però, com més es fixa en la meva expressió, més seriós es posa. Aviat arrufa les celles.

—Estàs bé?

—Estaré bé —dic, però és una bestiesa.

Tot fa mal i tot sembla trencat. No sé si estaré bé, però no puc permetre que en Dean ho sàpiga, així que m'empasso les llàgrimes i vaig cap a l'escala.

—Són amb la Tiffani?

—En Jake i la Rachael? Sí. —Es mossega el llavi i se li escapa el riure.— Sé que sóc un mal amic quedant-me aquí baix en lloc de pujar a donar-li suport moral, però, de fet, estava a punt de marxar.

—Marxar? —repeteixo—. On vas?

—La Breve Vita fa una altra actuació al centre —diu

baixet, i m'agrada la manera com murmura, tímid a l'hora de reconèixer que està totalment obsessionat amb aquest grup. M'ajuda a distreure'm.— Pensava anar-hi després, per veure el final del concert quan acabés la pel·li, però crec que me n'hi vaig ara. Per què no véns? Si et ve de gust, és clar. Segur que tens millors coses per fer i sembles amoïnada, però potser t'animaries.

—Vindré —dic afectuosament, i no puc fer més que somriure mentre em deixo anar els cabells i me'ls intento eixugar. De sobte l'obsessió per les distraccions d'en Tyler pren sentit. Ara mateix, intento distreure'm amb en Dean, perquè, com menys pensa el teu cap en les coses que et destrossen per dins, més bé et sents.— M'agraden molt.

—N'estàs segura? —Inclina una mica el cap i em mira, prenent nota de la mullena que porto a sobre.

—Només és aigua —dic arronsant-me d'espatlles, i deixo caure la tovallola a terra per poder-me recollir els cabells en una cua humida. Ara mateix, m'importa un rave la pinta que faig. Em cremen els ulls i les galtes. Em couen.

—Ja m'eixugaré pel camí.

En Dean sembla que vulgui protestar, però després somriu i treu les claus.

—Ara hauràs de tornar a sortir.

Així que robo la tovallola. Aguantant-me-la sobre el cap com un paraigua improvisat, corro cap al cotxe, amb en Dean, i ens llancem de cap a dins tan de pressa com podem. La calefacció va a tota castanya i el tercer àlbum de La Breve Vita es posa en marxa al reproductor de CD. En Dean fa un parell de bromes amb la tovallola que no tenen cap gràcia, però ric igualment.

—Tenia raó amb la tempesta, eh? —S'inclina sobre el volant de camí al concert i fa mirades al cel a través del parabrisa de tant en tant. Deixa anar aire i es torna a tirar enrere al seient.— Sempre és una bogeria.

—Quant dura? —pregunto. Tinc els ulls fixos en els eixugaparabrises que malden per expulsar la quantitat de pluja que deixa els vidres borrosos, malgrat estar posats a la màxima velocitat. Plou així de fort des del matí.

—Tot el dia —diu en Dean, però el seu to és una mica estrany. Agafa fort el volant i es concentra en la conducció.— La veritat és que fa de mal dir.

El concert és en un local diferent del primer, amb els mateixos gots de paper aixafats a terra i la mateixa olor de colònia en l'ambient. En la foscor, en Dean em guia de nou cap al fons, on ens quedem repenjats a la paret. Aquí ningú no intenta treure't a empentes. Arronso les espatlles dins de la dessuadora, abandonant tota esperança d'eixugar-me. Sobretot després d'haver sortit del cotxe i haver tornat a córrer sota la pluja. El poc que m'havia eixugat no ha servit de res. Però en Dean també està xop, i tots els altres, així que ningú no s'hi fixa.

—Ara estan preparant un àlbum nou —m'explica en Dean enmig de l'enrenou. El grup és a l'escenari, però han parat un moment per beure aigua i afinar les guitarres.— El trauran al juny. Estic superimpacient. Serà una passada!

Somric amb la seva excitació i el seu entusiasme,

perquè és realment encantador veure'l tan engrescat amb això. Els seus ulls espurnegen, però llavors sembla que pensi que s'està posant en evidència, perquè gira el cap i es frega el clatell.

Hem arribat a temps per al començament de la pròxima cançó i el cantant es posa davant del micròfon. S'escura la veu i després mira la petita concurrència amb els ulls entretancats.

—És sensacional veure tanta gent amb aquest temps espantós —diu amb una rialla espontània—, i encara ho és més que hàgiu vingut a veure'ns. Estem a punt de cantar una de les meves cançons preferides del segon àlbum. —El públic crida entusiasmat imaginant quina cançó serà, i veig que en Dean es mossega els llavis i té els ulls enganxats a l'escenari.— Vam compondre aquesta cançó fa anys i és una història molt bona com va arribar a ser una cançó. —S'eixuga la suor del front amb el revés de la mà i es posa a caminar per l'escenari amb el cap cot i els ulls al terra.— Tenia un amic... Diguem-li Bobby. Aquest amic, en Bobby, era tot un personatge. Vaig anar a la universitat amb ell i vivíem a la mateixa residència. En Bobby estudiava dret. I sabeu què? En Bobby no suportava el dret. En Bobby volia estudiar teatre musical, però no va deixar el dret. I sabeu per què? Perquè la societat és una bona merda. —Belluga el cap i calla un moment abans de continuar:— En Bobby va viure un infern per acabar aquella carrera. Va malgastar quatre anys fent una cosa que no volia fer, perquè mentre estudiava a l'institut la gent li deia de tot perquè li interessava el teatre musical. Sabeu com se sent en Bobby ara? Està emprenyat de tenir una estupidesa de grau en dret. Així que no patiu pel que els altres pensen de les vostres decisions. Si ets gai, doncs vinga, endavant! Si vols posar una adrogueria, posa la puta adrogueria. Para de reprimir-te i fes el que realment vols i desitges. —Es torna a escurar la veu i se situa en posició al centre de l'escenari, amb els ulls que ens repassen a tots.— Per si encara no ho havíeu endevinat, tocarem *Holding Back*. Espero que us agradi. *Tanto amore*. Molt d'amor.

No sé què té aquest grup, però de sobte encara m'agraden més del que m'agradaven. La cançó ja m'agradava, i ja entenia el missatge que pretenia transmetre, però sentir parlar el cantant sense embuts encara em fa apreciar més la lletra. M'hi identifico una barbaritat. Sobretot amb aquesta cançó, perquè em fa pensar si he fet bé, si no hauria de tornar corrents a casa i dir a en Tyler que he comès un error immens, que sí que vull que estiguem junts. Però, en el fons, sé que ens hem de reprimir. No tenim cap més alternativa. Escoltant la cançó em tornen a sortir les llàgrimes. És agredolça.

Sento una forta punxada al cor, però em mossego el llavi i mantinc els ulls a l'escenari. El guitarrista comença a tocar, i després s'hi afegeix el baix, i després el bateria i finalment el cantant, i aviat la cançó ressona per tot, eixordadorament forta, cosa que la fa més emocionant. Sento que la música em vibra pel cos i que tinc la pell de gallina.

I és llavors que sento que en Dean m'agafa la mà.

M'agafa per sorpresa, però la seva pell és càlida i m'estreny fort abans d'acariciar-me la pell amb el dit gros en cercles. No em deixo anar. En part és perquè és tan sobtat i tan inesperat que no estic segura de què significa, i en part també perquè és gairebé... reconfortant. En Dean sempre m'ha fet sentir còmoda. I ara, si alguna cosa necessito, és tot el consol que em puguin donar.

Epíleg

DEU MESOS DESPRÉS

Si algú m'hagués dit l'any passat que acabaria el primer curs de batxillerat a Santa Monica i no a Portland, no m'ho hauria cregut. Hauria rigut. I, tot i així, sóc aquí, ficant els llibres de biologia marina a l'armariet i buscant les claus del cotxe. Quan les trobo i retrocedeixo, la Rachael ve cap a mi fent piruetes des de l'altra punta del passadís.

—Un altre dia liquidat! —diu animadament, amb un somriure immens. Aixeca dos dits davant meu. Ahir eren tres; abans-d'ahir eren quatre.— Falten dos dies per a la graduació.

—Sí, per a tu —murmuro, fent veure que m'emprenya, però després faig una ganyota i ric. La Rachael compta els dies des de Nadal i ja ha perfeccionat el mètode per llançar el birret, així que la deixo fer, malgrat la poca gràcia que em faci a mi la idea de la graduació.— Quan siguis a la universitat, recorda't de la teva millor amiga que encara és aquí.

—Ets la nostra nena petita —diu mentre estira un braç per acariciar-me el cap, però m'ajupo i l'esquivo, mirant-la amb fúria letal. Miro ràpidament pel passadís per assegurar-me que no ens ha vist ningú, però la Rachael riu i prem els llavis amb innocència.— Has de procurar que el nostre llegat no es perdi —diu—. Vull que escriguis el meu nom a tots els vàters per assegurar que em converteixo en una llegenda en aquesta casa. D'aquí a cinc anys vull que la gent sàpiga que vaig caminar per aquests passadissos.

—Desgraciadament a tothom li importa un rave. —Em pega al braç mentre tanco l'armariet, però llavors se li estronca la rialla i els llavis se li torcen en un mig somriure estrany. Conec aquesta expressió com el palmell de la meva mà, així que sospiro i faig la pregunta de cada dia. Ja en sé la resposta.— Ve la Tiffani, oi?

La Rachael assenteix ràpidament i quan em giro veig la mateixa cosa que veig cada dia. La Tiffani i en Jake, agafats de la mà, recorrent el passadís. No em fa ni fred ni calor. Sincerament, trobo que fan bona parella. La resta de l'escola sembla estar-hi d'acord i les noies no paren de dir a la Tiffani que es moren de gelosia, a la qual cosa ella normalment respon amb un somriure enlluernador. Ja fa temps que surten. En Tyler va ser ratllat de la seva llista d'«imprescindibles» fa molt de temps.

—Ei, nenes —diu baixet quan passa, i en Jake ens saluda amb el cap. Però no s'aturen; no s'aturen mai, perquè la Tiffani i jo encara no ens parlem. Som educades, de la mateixa manera que ho són en Tyler i en Jake (tot i que ara la tensió ha empitjorat), però no som amigues. La Rachael i la Meghan intenten sortir amb nosaltres per separat. Per sort la Tiffani anirà a la Universitat de Califòrnia a Santa Barbara, així que a la tardor farà les maletes i se n'anirà. En Jake va a l'Ohio State, a mig país de distància, i no sé pas quant de temps suportaran aquest parell la distància. Els dono un mes.

Floten passadís avall i desapareixen per la sortida, i la Rachael em mira i deixa anar l'aire que retenia.

—La part bona és que no l'hauràs de veure cada dia —diu.

Aquesta és la part difícil de ser d'una colla d'amics que fan tots un curs més avançat que tu. Quan la Rachael, la Meghan, la Tiffani, en Jake, en Dean i en Tyler es graduïn dijous, em quedaré sola. Em queda l'últim any per fer abans de poder viure també l'experiència universitària. De moment, hauré de conformar-me amb els amics del meu curs, els que he anat fent al llarg de l'any a poc a poc, que potser no són amics íntims, però són una bona colla de gent.

Gronxo el clauer dins del dit índex i vaig cap a la sortida. La Rachael em segueix ràpidament, així que la miro de costat. Encara bo que ella anirà a la Universitat de Califòrnia a Los Angeles. Ella i en Dean són els únics que no se'n van a viure a fora.

—Has quedat amb en Trevor aquesta nit?

—Crec que sí. —Se li il·lumina la cara només de sentir el seu nom. Potser tenen una relació, però la Rachael encara el veu com el seu enamorat, com si encara se l'hagués de lligar. Es posa vermella quan el té al costat i no para de somriure.— I em sembla que la Meghan va dir que en Jared la venia a veure.

—On és la Meg? —pregunto mentre sortim cap a l'extens aparcament dels alumnes. El sol abrusador ens cau a sobre mentre anem als nostres cotxes, a l'aparcament que es va buidant. Ningú no es queda gaire estona quan ja s'han acabat les classes.— No l'he vista.

—Ha hagut de marxar després de dinar —informa la Rachael quan arribem als nostres cotxes, aparcats un al costat de l'altre, naturalment. La Rachael obre la porta de l'Escarabat i llança la bossa dins, però es queda a fora un moment, mirant-me per sobre dels sostres dels nostres vehicles.— Ens veiem demà, a primera hora?

Quan assenteixo m'envia un petó i jo faig veure que el rebo.

—Que et diverteixis amb en Trevor! —crido abans de pujar al meu cotxe i engegar. El volant em crema les mans quan el toco, així que condueixo amb les puntes dels dits per sortir de l'aparcament i enfilar el bulevard.

Per sort, casa la mare és a la regió del Nord de Montana, com la del pare, i és pràctic tenir-los tots dos vivint a prop, perquè així no haig d'anar amunt i avall d'una punta de la ciutat a l'altra. Agafo el camí de casa per l'avinguda Deidre, passo per davant de casa del pare per veure qui hi ha, i quan miro pel retrovisor veig el cotxe de la Rachael que es desvia per entrar a casa seva. En algun moment vam comentar de broma que podríem anar juntes en un sol cotxe, perquè les nostres rutes són exactament iguals, llevat que la meva dura dos minuts més, però no hem aconseguit mai compartir cotxe. Ara ja és massa tard per començar.

Abaixo la finestra perquè el cotxe s'airegi i em poso les ulleres de sol, bellugant el cap al ritme del nou senzill de La Breve Vita, una melodia optimista amb una tornada que fa dies que tinc ficada al cap. L'escolto una vegada darrere l'altra.

Quan arribo a casa de la mare, no em sorprèn que no hi hagi cotxes aparcats al davant. Tant ella com en Jack són a la feina, com acostuma a passar els dies feiners quan torno a casa. Entro al jardí, apago el motor i baixo del cotxe, de nou sota el sol ardent. Avui fa una calor espantosa. M'eixugo la suor, trec les claus i entro a casa.

La casa de la mare sempre m'ha semblat més acollidora que la del pare. D'ençà que la va trobar en venda l'any passat, me'n vaig enamorar. M'agrada que sigui petita i només tingui dos dormitoris. M'agrada que tingui un bonic porxo i una llar de foc. A dins sempre s'hi està bé, i és el lloc perfecte per a mi i la mare. I ara també per a en Jack, és clar. Va venir a viure amb nosaltres fa un mes i començo a trobar normal veure'l sempre.

La Gucci em ve a saludar tan bon punt entro. Ve saltant i lliscant per terra, amb la llengua a fora. Fa voltes a les meves cames, ensumant-me la roba quan li rasco darrere les orelles, tal com li agrada. És un pastor alemany preciós. Va resultar que la mare parlava seriosament l'estiu passat quan proposava que agaféssim un gos, i quan vaig tornar a Portland i vaig trobar un cadell corrent per la casa va ser sens dubte la millor rebuda del món. La mare li va triar el nom. Una vegada em va dir que creia que això ajudaria la Gucci a adaptar-se a Los Angeles. Em va costar una mica d'entendre.

Més o menys quan la mare es va començar a plantejar de venir a viure aquí, va sorgir una vacant al Saint John's Health Center, un hospital al mig de la ciutat. I si això no era sort, sí que ho va ser quan li van donar la feina. El sou és millor i els torns són més suportables, i la mare ja no sembla sempre tan cansada. Sempre somriu, i sé que és per una combinació de diferents coses: en Jack, la feina nova i la Gucci. Venir a viure aquí li ha estat molt beneficiós.

—Espero que estiguis d'humor per menjar espaguetis amb mandonguilles, perquè és l'únic que em veig capaç de fer aquest vespre —rondina tot entrant a la sala. S'ha tret l'uniforme, però encara porta els cabells recollits, i el somriure se li reflecteix als ulls quan la Gucci la saluda saltant-li a sobre.

—Avui està esverada —comento, indicant amb el cap l'embogit animal, que intenta omplir la mare de petons, però ella no el deixa—. L'has tret a passejar abans d'anar a treballar?

—No, feia tard —reconeix la mare, espolsant-se els pèls de gos dels pantalons. S'arromanga i assenyala amb el cap la corretja penjada al costat de la porta.— La pots treure tu, mentre jo faig el sopar?

Accepto. Fa molt bon temps, estic avorrida i m'aniria bé anar a veure algú. Deixo la mare preparant el sopar, poso la corretja a la Gucci, que ara és més forta que jo, i m'estira cap a fora com fa sempre. Una vegada vaig intentar endur-me-la a córrer, però vaig acabar rebentada i panteixant al cap de deu minuts, completament incapaç de seguir el seu ritme, així que vaig haver de tornar a casa abans de caure morta.

Només tardem deu minuts a arribar a la nostra primera parada: la casa d'en Dean. En comptes d'entrar directament com faig sempre, intento ser creativa, així que trec el mòbil i marco el seu número. Miro la finestra del dormitori mentre escolto el to monòton.

—Eden —contesta.

Somric en sentir la seva veu.

—Dean, baixa. La Gucci et vol veure. —Quan la gossa em sent dir el seu nom, se li aixequen les orelles i em mira amb els ulls enormes brillants.

En Dean riu encantat i, tot i que vaig sentir la mateixa rialla ahir mateix quan vam anar al cinema, és com si fes dies que no la sento. Em sembla que no me'n cansaré mai.

—Ara mateix —diu, i penja.

Em guardo el mòbil a la butxaca i acaricio el cap de la Gucci.

—Veus que bé, nena? —S'asseu al meu costat sobre la gespa d'en Dean, remenant la cua mentre esperem que ell surti. Torno a tenir el front suat.

S'obre la porta de la casa i en Dean surt i es pica les cuixes.

—Gucci! —crida a plens pulmons.

Sap que no ho suporto, perquè la Gucci sempre surt disparada, i amb la força que té gairebé m'arrenca el braç de l'espatlla abans que tingui temps de deixar anar la corretja. Quan la deixo anar, salta per sobre la gespa i a sobre d'ell, fent-lo retrocedir un o dos passos.

—Tu amb qui surts? —crido, i, quan em sent, em fa

un somriure maliciós i aparta la Gucci. Agafa la corretja i ve cap a mi.— Amb mi o amb la gossa?

—Amb tu de totes totes —diu en Dean. Amb la mà lliure m'agafa per la cintura i m'atrau cap a ell, i em fa un petó als llavis. En Dean sempre ha estat tendre i suau fent petons, i sempre ha estat dels que somriuen entre petó i petó, que és exactament el que fa ara. Sento com els llavis se li torcen en un somriure sobre els meus.— En saps més tu que la gossa, de fer petons.

Ric mentre ell s'aparta i em dóna la corretja.

—Seria preocupant si no fos així.

Per darrere d'ell, en Hugh, el pare d'en Dean, ha tret el cap per la porta i em saluda amb la mà. Porta una granota blau marí plena de greix, que vol dir que no fa ni un quart que ha tornat de la feina. En Hugh té un taller i en Dean està a punt de començar a treballar amb ell, després de graduar-se. En Dean ho considera un any de transició abans d'anar-se'n a la universitat, i m'alegra que es quedi a Santa Monica mentre jo acabo l'institut.

—Encara vols que vingui després? —pregunta.

—I tant. —Els dimarts al vespre són els dies que la mare i en Jack surten per deixar-nos sols. La mare fins i tot n'ha començat a dir «diadean».

—Que bé. —Treu la cartera de la butxaca dels texans i busca entre els bitllets.— Té —diu, i em passa el mateix bitllet de cinc dòlars que fa un any que ens passem l'un a l'altre. Trobem qualsevol excusa per ferho.— Cinc dòlars per deixar-me veure el gos.

Faig cara d'exasperació i em guardo el bitllet gastat a

la butxaca, agafo més fort la corretja de la Gucci i miro per l'avinguda.

—Volia passar per casa del pare. Ens veiem al vespre.

M'acomiado d'ell fent-li un petó ràpid als llavis. La Gucci el mira quan entra a casa, així que haig d'estirar fort per treure-la d'allà, però després em segueix i anem cap a casa del pare.

Només és a cinc minuts caminant de pressa, que no és gaire difícil tenint en compte que la Gucci m'estira i em fa accelerar. Quan ens hi acostem, veig que hi ha els tres cotxes: el Lexus, el Range Rover i l'Audi. Això vol dir que hi són tots, inclòs en Tyler. Sento alguna cosa a la panxa.

Quan vaig cap a la porta de la casa, sento veus i rialles que vénen del pati de darrere, així que em desvio i vaig cap a la porta del jardí. En Chase és a la piscina, el pare intenta encendre la barbacoa i en Jamie dóna puntades de peu a una pilota. La Gucci borda quan la veu i intenta llançar-se cap al pati, però l'agafo fort pel collar i la retinc.

—Eden! —El pare aixeca el cap de la barbacoa i em fa un cop de cap, sincerament content de veure'm. No ens hem arribat a asseure mai a parlar del que va passar l'estiu passat, i encara estic enfadada amb ell, però últimament s'ha esforçat molt més per entendre's amb mi. Potser la nostra relació no tornarà a ser el que era. O potser només és qüestió de temps. Però almenys ara ho intenta.

—Que tens gana? Estem a punt de cuinar un festí. —Em recorda l'estiu passat, el meu primer dia a Santa Monica i la primera vegada que vaig veure en Tyler. Sembla que hagin passat deu anys.

—La mare està preparant el sopar —dic al pare ràpidament, perquè encara estic enfeinada intentant retenir la Gucci. Faig una mirada suplicant a en Jamie.—Jamie, pots amagar la pilota un moment, sisplau?

Fa una ganyota i llança la pilota amunt i la recull abans de girar-se i llançar-la dins de la casa a través de les portes del pati. Ara que la Gucci ja no pot fer cap desastre la deixo anar. Es posa a ensumar pel jardí com una desesperada.

—En Tyler hi és? —pregunto.

Més que res perquè avui no he pogut parlar amb ell a l'institut, i encara no ha passat un sol dia sense que parlem, però també ho pregunto perquè una part de mi voldria saber què fa ara, i què pensa ara, i si encara li agrada tant el cotó de sucre com li agraden els parcs d'atraccions.

El pare no aixeca el cap de la barbacoa, però apunta cap a la casa amb el dit.

—A dalt.

Deixo la Gucci al jardí sota la vigilància d'en Jamie i vaig cap a la casa, que també és la meva segona casa. L'últim any he anat passant cada vegada més temps aquí, i ara realment sento que en Jamie i en Chase són els meus germans petits. L'Ella no ocuparà mai el lloc de la meva mare, però sé que hi puc confiar. El pare... bé, el pare és el pare. Alterno una setmana a casa de la mare i una aquí, i així puc viure amb les dues meitats de la meva família, perquè, sincerament, els estimo a tots.

—Eden! Et quedes a la barbacoa? —L'Ella és a la cuina, mesurant gerres de suc, però para per somriure. Porta el vestit jaqueta i la part de dalt està pulcrament plegada sobre el respatller d'una cadira darrere d'ella, i m'imagino que no fa gaire que ha arribat a casa. Fa sis mesos que ha tornat a treballar.

—Aquesta nit, no —dic—. He sortit a passejar el gos i he pensat que podia passar. En Tyler és a dalt, oi?

—Sí, fent les maletes. —Sospira però somriu.

Malgrat el mal que em fa el pit de pensar que se'n va, travesso la cuina i surto al passadís, i pujo els graons de dos en dos. A dalt hi ha silenci, i el sol encegador il·lumina totes les habitacions. La porta de la d'en Tyler està entreoberta i s'escapa un feix de llum del sol. L'obro del tot.

Hi ha dues maletes obertes sobre el llit, mig plenes de roba, i la resta de l'habitació està buida. Totes les altres coses s'han enviat a l'altra punta del país i l'esperen al seu pis, al centre de Manhattan. En Tyler surt del lavabo i em somriu.

—Ei —dic.

—Ei.

Hi ha un silenci, el mateix que hi ha cada dia quan parlem. No és un silenci incòmode. Està esdevenint familiar. És com si necessitéssim un moment per calmar-nos per no fer o dir alguna cosa que no hauríem de fer o dir. Un moment per posar cares de pòquer, planificar-nos la façana, convence'ns que ja no estem enamorats de la persona que tenim davant.

Ignorant la manera com em suen les mans i com se m'accelera el batec del cor, miro les maletes un moment abans de tornar a mirar-lo a ell.

—Et pots creure que realment te'n vas a viure a Nova York?

Va costar molt convèncer en Tyler perquè ho acceptés, però ho va fer. Dilluns se n'anirà a Nova York i s'hi quedarà tot un any, viatjant per la costa est, compartint la seva experiència, i possiblement ajudant altres persones. Però ha hagut de treballar de valent per poder aprofitar aquesta oportunitat. Dijous es graduarà amb una nota de notable alt. Fa vuit mesos que no es droga. L'última vegada que ens va alçar la veu a un de nosaltres va ser l'any passat. És com si li haguessin tret un pes de sobre ara que tothom sap la veritat i tothom l'entén. Era inevitable que la veritat sortís a la llum quan va dir que se n'anava a viure a l'altra punta del país. Ara la Rachael es porta una mica més bé amb ell.

—És una bogeria —contesta en Tyler arronsant les espatlles, i ve cap a mi amb més roba, que desa a la maleta—. Demà enviaran el cotxe i ja estarà tot.

—Serà raríssim no veure't en tot un any.

Estic molt orgullosa d'ell per tot el que ha fet i tot el que està a punt de fer, però alhora em fa mal saber que no hi serà. Per molt que intenti convence'm del contrari, és molt més, molt més que el meu germanastre. Com m'ho faré per no veure la persona que estimo cada dia? De vegades, en el fons, sé que potser serà millor. Potser estar separats un any ens anirà bé. Ens donarà temps per superar-ho.

—Això és el pitjor —murmura. Tanca una maleta i la cremallera i llavors es gira. Els seus ulls continuen sent tan bonics com sempre, però miro de no pensar-hi.—Has tornat a pensar en l'estiu vinent?

La setmana passada, en Tyler em va convidar a anar a Nova York l'estiu que ve. Els actes s'acaben al juny, però ell no tornarà a casa fins a l'agost, així que passarà les vacances d'estiu a la ciutat i vol que jo també hi vagi. Però és una idea perillosa.

—Només nosaltres dos —recorda, amb els ulls ardents intentant reprimir un somriure. Ha fet un pas més cap a mi, i això m'accelera el pols i el cor em batega sorollosament de la mateixa manera que fa sempre que se m'atansa massa. Tot l'aire dels pulmons se m'escapa. Estira un braç i tanca la porta de l'habitació, que fa un petit clic.

Al llarg de l'any, hem ignorat l'atracció que sentim amb constància, i encara més hem procurat que ningú no sospiti que la sentim. A més, jo ara tinc en Dean. M'hauria de centrar en ell. Però, de tant en tant, només de tant en tant, en Tyler i jo ens oblidem de fingir. Com ara.

Fa un altre pas cap a mi i m'agafa amb els seus braços i m'estreny contra el cos i sento l'olor de la seva colònia. La colònia Bentley, la seva preferida. Ja el trobo a faltar i encara no ha marxat, i quan repenjo la barbeta a la seva espatlla em posa les mans a la cintura. I llavors l'abraço i ell m'abraça a mi i no hauria de ser una cosa mal feta, perquè encara m'està permès abraçar el meu germanastre, però hi ha alguna cosa que no està bé. Hi ha tensió sexual i no n'hi hauria d'haver.

El seu alè és càlid al meu coll quan exhala, la seva galta frega la meva. M'agafa més fort la cintura pujant suaument els llavis pel coll, i em fa un petó breu molt a prop dels llavis. Sento que somriu enmig del petó.

—Ens veurem l'estiu que ve, Eden —xiuxiueja.

Agraïments

Gràcies als meus lectors que han estat amb mi des del començament i han vist créixer aquest llibre. Gràcies per fer tan plaent el procés d'escriptura. I gràcies per acompanyar-m'hi tant de temps. Gràcies a tothom de Black & White Publishing per creure en aquest llibre tant com jo. Estaré sempre agraïda a la Janne, per les seves ganes de menjar-se el món; a la Karyn, per tots els seus comentaris i els seus coneixements, i a la Laura, per estar tant per mi. Gràcies a la meva família pel seu constant suport i ànim, sobretot a la meva mare, la Fenella, per portar-me sempre a la biblioteca quan era petita i facilitar així que m'enamorés dels llibres; al meu pare, l'Stuart, per animar-me sempre a ser escriptora i, finalment, al meu avi, George West, per creure en mi des del primer dia. Gràcies a la Heather Allen i la Shannon Kinnear per escoltar les meves idees i permetre que divagués sobre el llibre, sense dir-me mai que callés, per molt que la meva excitació us fes tornar boges. Gràcies a en Neil Drysdale per ajudar-me a arribar fins aquí. Gràcies, gràcies, gràcies. I, finalment, gràcies a la Danica Proe, la meva mestra quan tenia onze anys, per ser la primera persona que em va dir que escrivia com una autora de debò i per fer-me veure que autora era precisament el que volia ser.

SÈRIE
you

ESTELLE MASKAME
LOVE • NEED • MISS
love you
UN AMOR TEMPESTUÓS, UNA RELACIÓ ADDICTIVA
labutxaca

ESTELLE MASKAME
LOVE • NEED • MISS
need you
ATREVEIX-TE A REVELAR EL TEU AMOR
labutxaca

ESTELLE MASKAME
LOVE • NEED • MISS
miss you
DEIXA QUE EL COR DECIDEIXI
labutxaca

Estelle Maskame és una jove autora escocesa de vint anys que s'ha fet famosa amb aquesta sèrie a la plataforma Wattpad, amb més de quatre milions de descàrregues i 125.000 seguidors a Twitter. És una apassionada de la literatura romàntica i una lectora compulsiva. Adora els llibres i la xocolata, odia anar al dentista i que la despertin abans de les deu del matí.

www.estellemaskame.com